文春文庫

機械仕掛けの太陽

知念実希人

文

目次

単行本　二〇二一年十月　文藝春秋刊
ＤＴＰ制作　言語社

機械仕掛けの太陽

プロローグ

2019年秋

〝それ〟はただ、そこにあった。

名前はなかった。意思を、意識を持たぬ〝それ〟らには必要なかった。

呼吸をせず、食べず、動かず、生殖をせず、代謝をしない。ゆえに、〝それ〟は生きてはいなかった。有機物で構成された物体でしかなかった。

ただ〝それ〟は一つのことだけをプログラミングされていた。

増殖すること。

〝それ〟がいつ生じたのかは誰にも分からない。誕生から四十六億年が経つこの惑星のどこかの時代で、偶然の積み重ね、もしくは『神』と呼ばれる概念によって創り出された。

〝それ〟は長い長い間、翼をもって暗闇の中を飛び回る、漆黒の獣とともに存在していた。

しかしいま、〝それ〟の前には、他の獣がいた。

翼をもたず、体毛は頭部の一部に集中し、二本足で直立歩行しながら、複雑な鳴き声を発する獣。

その獣が、顔面の中心部にある二つの穴から空気を吸い込んだ。

〝それ〟とともに。

外殻に無数の突起を纏《まと》う球状の〝それ〟の姿は、まるで光冠を帯びて輝く太陽のようだった。

獣の細胞に着地した〝それ〟の突起が、細胞の膜にある複雑な形をした構造物と結合する。まるで、鍵穴に鍵が嵌《は》まるかのように。

膜が〝それ〟の外殻と、融《と》けた蠟のように混ざり合いはじめた。

〝それ〟の中に折りたたまれて収められていたひも状の物質が、細胞内に放出される。

狭い金魚鉢に押し込められていた海蛇が大海に放たれたかのごとく、その物質は細胞質を泳ぎ回りながら、自らの複製体を作りはじめた。

生み出された複製体が、さらに次の複製体を生成していく。

二倍、四倍、八倍、十六倍、三十二倍……。

ネズミ算式に増えるその物質に満たされていく細胞は、もはや獣の一部ではなく、〝それ〟を化学合成し続ける、有機工場と化していた。

やがて、細胞が破裂すると同時に、無数の〝それ〟が撒《ま》き散らされ、そして周囲の細胞へと取り付いていく。

その光景はまるで、燃え上がった太陽が、眩《まばゆ》いフレアを噴き上げるかのようだった。

第1章　Wild strain（野生株）

1　2020年1月6日

「一帆《かずほ》、そろそろご飯だから、タブレットは終わりにしなさい」

椎名梓《しいなあずさ》がキッチンから声をかけると、絨毯《じゅうたん》にぺたりと座って動画配信サイトで動物番組を見ていた一人息子の一帆は、「もうちょっとだけ」と答える。

「そんなに顔に近づけたら目が悪くなるでしょ。それに、三十分だけの約束。いまは何時かな？」

梓が掛け時計を指さすと、一帆は小さい額にしわを寄せた。

「えっと、七時……四十五分？」

四歳の一帆は最近、時計の勉強をしているが、まだ完璧ではなかった。

「惜しい、六時四十五分ね。ほら、短い針が『6』と『7』の間にあるでしょ。そのときは、小さいほうの時間じゃなかったっけ？」

「あー、そっかー」

一帆は悔しそうに頭に手を当てる。その愛らしい姿に、思わず口元が緩んだ。

「いいのよ。長い方の針が何分を指しているかは当たったんだから。すごいじゃない。この前まで全然分からなかったのに」

「だって僕、いっぱい勉強したし」

一転して、一帆は誇らしげに胸を張った。

「えらいえらい。で、六時十五分から動画を見ているから、ちょうど三十分経ってるよ。カズ君はえらいから、もうやめられるよね」

「でもー、いまカピバラさんを見ているから」

下唇を突き出した一帆が指さした液晶画面には、気持ちよさそうに温泉に浸かっているカピバラの親子が映っていた。

「じゃあ、そのカピバラで終わりにするのよ。約束できる？」

「うん、分かった！」

屈託ない笑みを浮かべながら、一帆は大きく頷いた。梓は息子に微笑み返したあと、L字ソファーでせんべいを齧《かじ》っている母の春子《はるこ》に視線を移す。

「お母さん、おせんべい食べないでよ。もうすぐご飯なんだから」

「ごめんごめん、なんか口寂しくてさ」

春子は慌ててせんべいを菓子皿に戻した。

「口寂しくてって、お母さん糖尿病でしょ。間食しちゃダメって、いつも言っているじゃない。そもそも、お菓子を買ってこないでよ。あったら食べちゃうんだからさ」

梓は大きくため息をつく。

「この前、カズ君とスーパーに行ったとき、『これ、ばぁばが好きそうじゃない？』って勧められてさ。ねえ、カズ君」

話を振られた一帆は、「え、なに？」と目をしばたたかせた。

「何でもない。カピバラ可愛いわね」

「うん。ばぁばも一緒に見る？」

寄り添って画面を覗き込みはじめた一帆と春子を見て、梓は苦笑する。しっかりと指導しなくてはと思ってはいるが、母にはどうしても強く言うことができなかった。

梓が小学生のとき、父が肺がんで命を落とした。それから、春子は様々な仕事をしながら、女手一つで必死に梓を育ててくれた。二年前、梓が銀行勤務の夫と、お互いの多忙が原因で離婚してからは、三人でマンションに住んでいる。忙しい梓の代わりに、春子が一帆の面倒を見てくれていた。

同居にあたって「カズ君のために」と、三十年以上、毎日二箱近く吸っていたタバコもやめてくれたのだ。間食ぐらいは大目に見てもいいのではと思ってしまう。

「ママ、今日のご飯もカレー？」

カピバラの動画を見終えて、タブレットの電源を切った一帆が顔を上げる。

「うん、いつもカレーでごめんね」

梓は呼吸器内科の医師として、地下鉄氷川台《ひかわだい》駅から徒歩十五分ほどにある心泉医大附《しんせんいだいふ》属氷川台《ぞくひかわだい》病院に勤めていた。大泉学園《おおいずみがくえん》にあるこの自宅マンションからは車で二十分ほどと近いのだが、外来と病棟業務のどちらもこなしているため、平日は午後九時以降に帰宅することが多い。しかし、火曜日は『研究日』という名目で大学病院での勤務が免除され、医局から紹介された中規模の病院で午前だけ外来診療をしていた。

大学病院の給料は低く、今年三十六歳になり病棟長を務める梓でも、それだけでは年収は五百万円程度しかない。多くの同僚は研究日に外勤先で一日勤務をしたり、人によってはそのまま翌朝まで当直業務をこなすなどして、収入を上げていた。しかし、梓にとっては給料よりも、家族との時間の方が遥かに大切だった。

すでに還暦を過ぎた母に負担をかけすぎないためにも、火曜と週末の夕食当番は梓が担っている。ただ、料理のレパートリーが少ないのが悩みだった。

「うぅん、大丈夫。ママのカレー美味しいから一番好き」

「あれ、ばぁばのご飯は一番じゃないの？」

春子がわざとらしく口をへの字にする。一帆は少し困ったような表情で考え込んだあと、「どっちも一番好き」と両手を広げた。可愛らしいその姿に、胸の奥が温かくなっていく。そのときふと梓は、春子がつけたままにしてあるテレビに、『肺炎』の文字が躍っていることに気づいた。

視線が引きつけられ、キッチンを出てテレビに近づいていく。

『中国湖北省《こほくしょう》の武漢《ぶかん》で去年十二月以降、原因が特定されていない肺炎の患者が五十九人確認され、重症者も出ていることが発表されました。これを受けて厚生労働省は……』

キャスターが淡々と原稿を読み上げる。画面の下方に『中国武漢で原因不明の肺炎相次ぐ』とテロップが表示されていた。

中国……、原因不明の肺炎……。

「……ＳＡＲＳ」

唇の隙間から言葉が漏れる。

ＳＡＲＳ、重症急性呼吸器症候群。コロナウイルス科ベータコロナウイルス属に分類されるＳＡＲＳウイルスによって引き起こされるその重症肺炎は、二〇〇二年十一月中旬に中国広東省《かんとんしょう》で最初の症例が確認された。

当初、中国はその情報を隠蔽し、三ヶ月近く経った二〇〇三年二月十一日になって、ようやくＷＨＯに報告した。しかし、すでにその時点で患者数は三百人を超え、中国国内にとどまらず近隣の国にまで浸透していた。

初期対応の遅れもあって、最終的にＳＡＲＳはアジアや北米を中心に、全世界二十九の国と地域に広がり、八千九十六人の感染者と、七百七十四人の死者を出した。二〇〇三年七月五日にＷＨＯは終息宣言を行い、その後、ＳＡＲＳの発生は確認されていない。しかし、人間で患者が出ないからと言って、病原体が根絶されたとは限らない。

もともとＳＡＲＳは野生のコウモリの間で循環していたウイルスが、中間宿主を介して人間社会に浸透したと考えられている。もしかしたら、人間から隔絶された場所で存在し続けていたSARSウイルスが、再び社会へと侵入したのかもしれない。

二〇〇三年当時、まだ大学二年生だった梓も、連日のようにSARSについてのニュースが報道され、社会全体に異様な雰囲気が漂っていたことを覚えている。

結局、日本国内で感染者が発生することはなくSARSは終息したが、今回もそう上手くいくとは限らない。一度国内で感染が広がれば、一気にパニックになるだろう。

二〇一五年に韓国でSARSに近い性質をもつMERSの感染が拡大し、三十人以上の死者が出た際は、韓国社会が大きな混乱に巻き込まれている。

国内で患者が出たら、私も診療に参加することになるかもしれない。

心泉医大附属氷川台病院には、危険な感染症に罹患した患者でも入院できるよう、陰圧に保たれた感染症専用病床が三床ある。そこに患者が送られてくる可能性は十分にあった。

「ママ、どうしたの？」

一帆に話しかけられて、梓は我に返る。いつの間にか、ニュース番組は天気予報に切り替わっていた。

「ううん、なんでもない。ごめんね、ぼーっとしちゃって」

リモコンでテレビの電源を落とし、一帆の頭を撫でる。柔らかい髪の感触が緊張をほぐしてくれた。春子がひざまずいて、一帆と目の高さを合わせる。

「隣の大きな国でね、お風邪が流行《はや》っているんだって。それでね、ママってお医者さんでしょ。だから、気になったみたい」

「お風邪？　ばい菌？」

一帆は小首をかしげた。

「ばい菌じゃなくて、ニュースになるってことは、たぶん……ウイルスかな」

梓は低い声で言う。肺炎の大部分は肺炎球菌などの細菌によるものだ。しかし、細菌性の肺炎が急速に伝播《でんぱ》していくことはほとんどない。

もしニュースに取り上げられていた肺炎がウイルスによるものなら、かなりの人数がすでに発症していることになる。

もしかしたら、ヒト―ヒト感染が起こっているかもしれない。梓の背中に冷たい震えが走る。

動物から人間への感染なら、大きく広がることは少ない。しかし、人間から人間へウイルスが伝播するようになると、爆発的に感染拡大しかねない。

「ねえ、ウイルスってなに？　ばい菌じゃないの？」

「うーん、ちょっと違うんだよね。ばい菌は生き物だけど、ウイルスは生き物じゃないの。ご飯も食べないし、息も吸わないし、自分で動くこともしないんだ。けどね、体の中で増えて人を病気にしちゃう」

「それって怖いの？」

「ああ、ごめんんね。怖くなんかないよ。大丈夫だからね」

一帆の表情が曇るのを見て、梓は慌てて首を横に振る。

「ママがね、どんなウイルスもばい菌もやっつけちゃうから」

おどけて力こぶを作ると、一帆の顔がぱっと明るくなった。

「え、そうなの!?　ママ、すごいね」

「そう、ママはすごいんだよ。だから、安心してね」

「あのね、僕もばい菌をやっつけられるんだよ。幼稚園の先生にね、教えてもらったの。ちゃんと石鹸をつけてね、お手々を洗うとね、ばい菌が死んじゃうんだって」

「そっかそっか。一帆もママと一緒だね」

梓は目を細める。二歳までは体が小さく、小児喘息でよく発作を起こしていた一帆だったが、幼稚園に入ってぐんと体力がつき、喘息発作も起こさなくなった。

そのとき、キッチンからしゅうしゅうという音が聞こえてきた。振り返ると、火にかけたままにしていた鍋が吹きこぼれていた。

「ああ、忘れてた」

小さな悲鳴を上げながら、梓はキッチンへと戻って火を消す。鍋を覗き込むと、ジャガイモ、ニンジン、玉ねぎ、そして牛肉がいい具合に煮込まれていた。あとはルーさえ入れれば完成だ。

プラスチック製のまな板の上で、カレーのルーを切ろうとすると、「ママ」と声をかけられて振り返る。一帆がキッチンの入り口に立っていた。その胸には、お気に入りのパトカーのおもちゃが抱かれている。

「どうしたの？　もう少しでカレーができるから、ちょっと待っててね」

「あのね、『ういるす』って生き物じゃないなら、なんなの？」

さっきの中途半端な説明では、四歳児の旺盛な知識欲を満足させられなかったらしい。

さて、なんと答えるべきか。医師としての専門知識を子供でも呑み込めるように、頭の中で嚙《か》み砕いていく。

「それみたいなものかな」

十数秒の思考の末、梓は一帆の手元を指さした。

「これ？」

一帆は不思議そうに、持っているパトカーを見下ろす。梓は一帆に近づくと、パトカーの裏側についているスイッチを入れる。タイヤが勢いよく回転しはじめた。

「ウイルスっていうのは、このパトカーみたいなものなんだよ。機械仕掛けで、ただ決められた動きだけをするもの」

言葉を切った梓は、回転灯の赤い光を見つめながら、小さく付け足した。

「……だからこそ、ウイルスは恐ろしい」

パトカーが発する不吉なサイレン音が、いびつに空気を揺らしていた。

2　2020年1月11日

ソファーに腰かけスマートフォンを眺めていると、ニュース速報のポップアップが表示される。

『中国　武漢　肺炎の男性（61）が死亡　死者は初めてか』

硲瑠璃子《はざまるりこ》は鼻の付け根にしわを寄せると、そのリンクに人差し指で触れた。

『中国　湖北省武漢の保健当局は原因となる病原体が特定されていない肺炎の患者の男性（61）が死亡、７人が重症と発表。死者は初めてと見られる』

思わずスマートフォンを顔に近づける。今週の初めあたりから、この中国で発生している原因不明の肺炎のニュースが流れはじめた。

心泉医大附属氷川台病院の救急救命部で看護師をしている瑠璃子の周りでも、「なんか気味悪いよね、あれ」と、噂になっている。

たしか、四十人くらい感染者がいたはずだ。ただ、これまで死者は出ていないので、あまり気にしていなかった。

人が死ぬ可能性のある感染症だとしたら、少し気をつけないといけないかもしれない。救急救命部には、様々な患者がひっきりなしに運び込まれる。観光客が急病で運び込まれることも少なくなかった。

五十六年ぶりに東京で開催されるオリンピックを約半年後に控え、観光業界は外国人観光客の誘致に躍起になっている。とくに、『爆買い』と呼ばれるほど多くの買い物をする中国人観光客はこの数年、とてつもなく増えた。銀座へ買い物に行くと、日本語よりも中国語の方が多く耳に入って来るほどだ。

今夜、夜勤に入る前に師長に相談して、肺炎症状があり、中国への渡航歴が認められる患者にどう対応するか決めておいた方が良いかもしれない。今年二十八歳になる瑠璃子は、師長、主任に次ぐベテランだ。救急救命部での看護のシステムについて検討する立場にあった。

俯《うつむ》いて思考を巡らせていると、「なあ」と声をかけられる。顔を上げると、カーペットに胡坐《あぐら》をかいてゲームをしていた恋人の定岡彰《さだおかあきら》が振り向いて、こちらを見ていた。三十二型のテレビの画面には、『GAME OVER』の文字が浮かんでいる。

「どうしたんだよ、そんな難しい顔してさ」

中堅の商社に勤務している彰と友達の紹介で出会い、熱烈なアプローチを受けて交際をはじめてから五年が経つ。半年ほど前からは、この平和台にあるマンションで同棲をはじめていた。

ただ、平日は毎日のように接待が入っていて深夜遅くに帰宅する彰と、曜日に関係なく勤務が入る瑠璃子の予定はなかなか合わず、こうして昼から二人で家で過ごせる日は珍しかった。

天気も悪くないので外出してデートでもしたいところだが、あいにく今夜、瑠璃子が夜勤に当たっている。休日だからと十一時過ぎまで寝ていた彰を起こし、瑠璃子が作ったパンケーキを二人で食べ、それからはリビングでゆったり過ごしていた。

交際当初は、五歳年上でブランド物のスーツを着こなす彰に、同年代の男にはない魅力を感じていた。しかし、交際期間が長くなるにつれ、完璧な大人の男性と思っていた彰も次第に隙を見せるようになってきた。特に同棲をはじめてからは。

自炊が苦手で、いつもコンビニエンスストアで買ってきた食事しかとらないことや、休日は寝間着のまま一日中ゲームに没頭することもあると知るうちに、燃え上がるような恋心は消えていったが、代わりに温かい安心感をおぼえるようになった。彼のそばこそが自分の居場所だ。その想いは、同棲をしてからさらに強くなっている。

先月、キッチンで夕食の準備をしていると、ソファーに横たわってテレビを見ていた彰が声をかけてきた。

「なあ、俺たちそろそろ籍を入れないか？」

密かにロマンチックなプロポーズを期待していた。けれど、何気ない求婚が自分たちらしいとも思った。なにより、その言葉を聞いた瞬間、背中にのしかかっていた重荷が消えたような解放感があった。

熊本に住んでいる両親からは、ことあるごとに「まだ結婚はしないのか？」「孫の顔が見たい」と重圧をかけられていた。特に父は典型的な古い九州男児で、「子供を産んで、家庭を守ることが女の役目で、それこそが幸せだ」と口癖のように瑠璃子に言い聞かせ、看護師を目指すことすら強く反対した。そんな父から距離を置きたくて、東京の看護学校に進んだようなものだった。

彰と結婚すれば、実家にも顔向けできる。両親や親戚からの干渉もやむだろう。あとは子供を産めば、私も一人前の女として認められる。

その価値観が、父が押し付けようとしていたものと寸分違わないことに頭の隅で気づきつつも、瑠璃子はそこから目を逸《そ》らす。

まずは『一人前の女』にならなければ、両親に幼い頃から掛けられた心の枷《かせ》を外すことはできないのだから。

「いい式場がないのか？」

ゲーム機のコントローラーを放った彰が手元を覗き込んでくる。

「中国の肺炎？　ああ、なんか少し騒ぎになっているよな」

「うん、ちょっと気になって。ほら、救急部って色々な患者さんが来るから」

「でも、中国だろ。外国の話じゃん。瑠璃子が気にすることないだろ」

「まあ、そうかもしれないけど……」

瑠璃子は曖昧《あいまい》に答える。

飛行機をはじめとする交通網の発達で、世界は相対的に小さくなっている。ここまでグローバル化が進み、国家間の人の移動が頻繁な現代では、病原体は容易に国境を越えて拡散する。そのことを瑠璃子は、二〇一四年に思い知らされた。

東南アジアなどの熱帯・亜熱帯地域で見られる、蚊が媒介するウイルスによる感染症であるデング熱が六十九年ぶりに国内で確認され、首都圏で感染拡大したのだ。

その頃、まだ二年目の新人看護師で、感染症病室がある病棟で働いていた瑠璃子は、デング熱に感染した高校生の担当になった。

全身を紅く細かい発疹に覆われ、四十度に近い高熱、強い筋肉の痛みに苦しむ彼を見て、同情するとともに、感染症に対する恐怖をおぼえた。

デング熱はあくまで蚊が媒介して感染が広がり、人から人へ直接感染することはない。もし、患者から直接感染し、死に至る可能性のあるウイルスが拡大したりしたら……。部屋の気温が一気に下がった気がして、瑠璃子は自らの肩を抱いた。

中国はこの二十年ほど、目覚ましい経済発展を遂げ、多くの中国人が国外旅行を楽しむようになった。その人気の旅行先の一つが、比較的距離が近いこの日本だ。

瑠璃子が表情をこわばらせていると、彰が呆れ顔になる。

「そんなに不安ならさ、仕事辞めれば？　あと三ヶ月で年度が変わるから、ちょうどいいんじゃないか」

「え、でも、とりあえずまだ勤務していいって……」

「まあ、そうだけどさ」

彰は不満げに視線を逸らした。結婚したら家庭に入ることを、彰が望んでいるのは分かっていた。彼の収入なら、自分が専業主婦になっても問題なく生活できるだろうし、海外赴任が多い商社勤めの彰の妻になるからには、いつかは仕事を辞めることになるだろう。

しかし、バイトと奨学金で必死に学費を賄いながら、厳しい授業や実習を乗り越えて摑み取った看護師という職業に誇りを持っていた。救急救命部では責任のある立場についているし、新人の指導も担っている。

可能な限り仕事を続けたいと根気よく彰に伝え、海外赴任が決まるか、子供ができるまでは看護師として勤務するということで落ち着いていた。

「とりあえずさ、再来月うちの親に会うのは大丈夫？　休みは取れるんだよね」

雰囲気が悪くなるのを避けるためか、彰は話題を変える。

「うん、それは大丈夫。もう、休みの申請しているから」

瑠璃子は大きく頷く。三月に大阪にある彰の実家に行き、将来の義理の両親とはじめて顔を合わせることになっていた。

一人息子の嫁として、ちゃんと気に入られるようにしないと。まだ二ヶ月もあるというのに、いまから緊張してしまう。

「よかった。一生守ってやるから、幸せになろうな」

はにかんだ彰は、瑠璃子を柔らかく抱きしめる。

「うん、ありがとう」

答えながらも、瑠璃子は喉の奥にものがつかえるような感覚をおぼえていた。

私はただ『守られる』だけの存在なのだろうか？　か弱く、男の庇護下にある従順な存在。それは、父親にくり返しくり返し強いられ、反発をおぼえた女性像そのものなのではないのだろうか。

結婚することで、私は本当に枷から解き放たれるのだろうか。

漠然とした不安をおぼえた瑠璃子の首筋に、彰が吸い付くように口づけをした。不意をつかれ、口から小さな悲鳴を上げてしまう。それに興奮したのか、彰は胸元に手を伸ばしてきて、シャツの上から乳房に指を這わせてきた。

「ちょ、ちょっと彰君。私、今日夜勤なんだってば」

「四時半に出れば間に合うだろ。あと一時間以上あるじゃないか」

「けど……」

午後六時から翌朝九時までの十五時間、連続して勤務するのだ。重症患者が多く搬送されれば、その間、息をつく暇もないほど忙しく動き回らなくてはならない。救急救命部は常に生死が交錯する戦場。そこでの長時間勤務は、心身ともに疲弊する。できれば体力を温存しておきたかった。

しかし、肉欲のスイッチが入った彰は瑠璃子の抵抗を楽しむかのように、唇を重ね、こじ開けるように舌を口腔内に侵入させてきた。彰の手が下腹部から焦《じ》らすように移動し、やがてジーンズの上から子宮に圧力をかけはじめる。

骨盤の内部から全身に広がっていく快感に抗《あらが》えなくなった瑠璃子は、息を弾ませながら彰の背中に手を回す。

原因不明の肺炎への不安は、官能の波にかき消されていった。

3　2020年1月16日

「はいはい、血圧は百二十八の八十四。冬で寒いのに安定しているね、町田《まちだ》さん」

耳から聴診器を外して首にかけた長峰邦昭《ながみねくにあき》は、ゴム球についている摘みを回して水銀式血圧計のカフから圧力を抜いていった。

「先生のおかげだよ」

顔にシミの目立つ高齢の男は、禿げ上がった頭に手を当ててはにかむ。この長峰医院に昔から高血圧と肺気腫の治療で通っている、町田という男だった。

「それじゃあ、同じ降圧剤を出しておくよ。塩分は控えめに。暖かい日は散歩でもして、最低限の運動はするようにね。あと、そろそろ本気で禁煙した方がいいぞ」

「まあ、そのうちな」

町田は肩をすくめる。長峰はため息をつきながら、キーボードを叩いて電子カルテに血圧を記録し、先月と同じ処方を打ち込んだ。

「運動と言えば先生、最近、こっちの方はどう？」

町田はゴルフクラブを振るようなそぶりを見せる。

「最近は全然。一度、ぎっくり腰をしちゃったし、さすがに真冬にゴルフできるような齢じゃないだろ」

「なに言っているの、俺たち同い年だろ。七十二歳なんてまだまだ若いって」

「そう思いたいけどね」

苦笑しつつ、長峰は無意識に白衣の上から胸元に触れた。胸部の正中線上に刻まれた手術の傷痕が、少し疼《うず》いた気がした。

三年前の冬に友人たちとゴルフをしていて激しい胸痛に襲われ、動けなくなった。すぐに救急要請をして近くの病院に搬送されたところ、不安定狭心症と診断され緊急入院となった。

精密検査で心臓冠動脈に複数の狭窄《きょうさく》が認められ、冠動脈バイパス手術が必要だと診断された。

循環器内科医である息子の紹介で、腕の良い心臓外科医に執刀してもらった結果、現在は手術前よりも遥かに調子が良くなっている。

「毎日の診察のストレスで、血圧が上がったりしていたせいだよ。もう七十歳を超えているんだし、診療所を畳んで引退しなって」

四十二歳のときに大学の医局をやめ、縁もゆかりもない西東京市柳沢《やぎさわ》でこの長峰医院を開業してから、三十年が経っている。いまでこそ、多くのかかりつけ患者がいて安定しているが、ここまで来るのには多くの苦労があった。それが冠動脈を蝕《むしば》んだのは確かだろう。

もう、この診療所を畳もうか、そんな考えが最近よく頭をかすめる。

しかし近隣には内科・小児科の診療所はここしかない。もし自分が引退すれば、かかりつけの患者たちは徒歩で二十分ほどの距離にあるクリニックで受診しなければいけなくなる。高齢の患者の中には、その二十分の距離を歩くのが不可能な者も少なくない。

最初は、息子が私立の医学部に進学したとしても、その高い学費を払えるようにと開業を決意した。しかし、すでに息子は一人前の医師になり、二年前には初孫もできた。老後の蓄えも十分にある。すべては、縁もゆかりもない自分を、〝町医者〟として受け入れてくれたこの地域の人々のおかげだ。そう思って医院を続けてきたが、最近はさすがに体力的にきつくなってきている。心臓の血管が詰まりかけてまで何のために働いているのか、分からなくなってきていた。

「そういえばさ、先生」

町田に声をかけられて、胸元に手を当てていた長峰は我に返る。

「なんかさ、中国でへんな病気が流行っているだろ。あれって、心配ないの？」

「ああ、あれか」

先週あたりから、中国で感染が広がっている肺炎について、しきりにテレビがニュースを流していた。病院に人々が押し寄せ、パニック状態に陥っている現地の映像は、たしかに不安を煽《あお》るものだった。

「感染症が専門じゃないから詳しくないけど、大丈夫だと思うよ。新しい病気がちょっと広がって、何週間かで収まるっていうことは結構あるからさ。そもそも、ああいう病気は動物から人間にはうつるけど、人から人にはそう簡単にうつらないんだよ」

ニュースによると患者の多くは、武漢の海鮮市場で感染したと考えられているということだった。様々な動物を生きたまま売買する海鮮市場では、野生動物から病原体に感染するリスクが高い。これまで、似たような事例が何度も生じている。感染源と思われる海鮮市場はすでに閉鎖されていた。

「いまごろ、WHOかなにかが職員を送って、病気を封じ込めているんじゃないかな」

「そうかそうか。先生がそう言うなら安心だよ」

町田はがははと笑い声をあげる。大きく開けた口から飛んできた唾液の飛沫が、長峰の頬に当たった。

「なんだっけ？　たしか、コロナウイルスとか言うんだよな」

記憶を探るように、町田は視線を彷徨《さまよ》わせる。長峰は「ああ、そうらしいね」とあごを引いた。

中国武漢の病院で入院している肺炎患者から、新しいタイプのコロナウイルスが検出されたという情報が、二日前に医師会からＦａｘで送られてきている。もし、武漢から日本に入国した発熱患者が受診したら、保健所に連絡するように指示があった。

「コロナって、そんな怖い病気なの？」

「いいや、コロナ自体は珍しくもなんともないウイルスだよ。基本的に冬風邪の病原体だ。町田さん、先月、咳と鼻水でうちを受診しているだろ。そのときにかかっていたのも、コロナウイルスの可能性が高いな」

「ということは、俺はもう免疫を持っているから、安心ってことか？」

「いや、今回見つかったのは、新しいタイプのコロナウイルスみたいだから、安心かどうかは……。とりあえず、いまのところはあまり心配する必要ないって。少なくとも日本国内では一人も患者が出ていないんだからさ」

長峰は電子カルテに『新型のコロナについて質問を受ける。おそらく心配ないと答える』と記入をしたあと、『保存』のアイコンにカーソルを合わせて、マウスをクリックする。

「はい、それじゃあ薬出しておいたから、処方箋もらっていってくださいね。次回は来月」

「ありがと。それじゃあ先生」

診察室のドアを開けて出ていく町田に「お大事に」と声をかけると、長峰は背もたれに体重をかけて背中を反らした。背骨がこきこきと音を立てるのが心地よい。腕時計に視線を落とすと、正午を過ぎていた。電子カルテを見ても、診察待ちの患者はいない。午前の診療はこれで終わりだ。

立ち上がって白衣を脱いだ長峰は、診察室の扉を開けると、看護師と事務員に「お疲れ様」と声をかける。そのとき、腰のあたりから電子音が響いた。ズボンのポケットから携帯電話を取り出す。往診をしているグループホームなどから、入居者の健康についての問い合わせが入ることはよくあった。

二つ折りの携帯電話を開いた長峰は、首をひねった。液晶画面にはグループホームの名称ではなく、『大樹《だいき》』の文字が表示されている。埼玉の総合病院に勤務している一人息子、長峰大樹からの電話。

こんな時間に、大樹がなんの用だ？　息子との関係は最近少しだけぎくしゃくしていた。今年の正月、大樹は「悪いけど父さん、俺は長峰医院は継がないよ」と言ってきた。かなりのかかりつけ患者をかかえるこのクリニックを息子に引き継ぐことこそ自分の最後の仕事だと思っていた長峰はショックを受け、大樹と言い争いになった。それ以来、大樹と連絡をとっていなかった。なのになぜ？

かすかに不安をおぼえつつ、長峰は『通話』のボタンを押す。

「どうした、大樹？　もしかして、紅実《くみ》ちゃんになにかあったのか？」

長峰は早口で、孫の安否を訊ねる。

『違うよ、父さん。紅実は元気だよ』

「そうか。それならいいんだ」

長峰は安堵の息を吐く。いま、この世界で最も大切なものは、二歳になる初孫だった。この前、正月に会ったときに、満面の笑みで「じぃじ」と呼んでくれたあの子さえ無事なら、あとは些末《さまつ》なことだった。

『よくないよ。父さん、診察のとき、マスクはしてる？』

「マスク？　していないぞ。なんでだ？」

開業医として三十年間、咳や鼻水、咽頭痛などの感冒症状を呈する患者を無数に診察し、ありとあらゆる種類の病原体を日常的に浴び続けた結果、ほとんど感染症にかからなくなっていた。毎年、マスクなどせずにインフルエンザ患者を何千人も診察しているが、一度たりとも感染したことはない。

『新型のコロナウイルスの件、知っているよね』

「ああ、なんか中国で流行っているやつだな。医師会からも一応、通達がきてた。それがどうした？」

『まずいかもしれない』

電話から聞こえてくる大樹の声が低くなる。

「まずい？」

意味が分からず、長峰は聞き返す。

『同期の感染症専門医と話したんだ。中国の状況から見て、たぶんヒト―ヒト感染が起こっているってことだった』

「本当か？」

長峰は携帯電話を両手で摑んだ。人から人へと直接伝播するようになると、感染症のリスクは一気に上がる。感染が制御できなくなり、爆発的に社会に病原体が広がっていく可能性があった。

『まだ、十分な情報が出てないから分からない。ただ、警戒しておいた方がいい。最悪、二〇〇九年みたいなことになるかもしれない』

「二〇〇九年……」

声がかすれる。恐ろしい記憶が脳裏に蘇った。

二〇〇九年四月に、これまでにないタイプのインフルエンザがメキシコで確認された。もともとは豚の間で流行していたウイルスが変異し、ヒト―ヒト感染をする能力を得たとされているその新型インフルエンザは、当初致死率が極めて高いというデータが出て、世界中を大きな恐怖に陥《おとしい》れた。

感染は北米を中心に拡大していき、四月の下旬に当時の麻生《あそう》内閣は検疫体制の強化を指示、空港にサーモグラフィーを配備し、入国者の体温を確認するなどの処置を取るとともに、発熱相談センターや発熱外来を設置した。

しかし、五月十六日には神戸市で感染者が初めて確認され、それ以降、全国に感染が急拡大していった。

幸い、新型インフルエンザの致死率は当初の報告より遥かに低く、また大量に備蓄してあった抗インフルエンザ薬を早期に投与できたため、日本国内での死者は極めて少なかった。

しかし、これまで人類が経験していなかった感染症の伝播性はすさまじく、七月から八月にかけて、長峰医院でも毎日、数十人、多い日には百人を超える新型インフルエンザ患者が押しかけ、医療システムが崩壊しかけた。

「また、新型インフルエンザみたいなことになるかもしれないのか？」

口から零《こぼ》れた声は、自分でもおかしく思えるほどにかすれていた。

『一応、警戒しておいた方がいい。明日から診察のときはちゃんとマスクをつけて、頻繁に手をアルコール消毒しておいてくれ。あと、ドアノブを通じての接触感染も考えられるから、診察室の扉は開けておいた方がいいかもしれない』

「おい、そんなに焦るなって。うちの医院の患者はみんな、この近くに住んでいる人たちだ。外国人観光客なんてほとんど来ないって。中国からの観光客は、銀座とかそっちに行くだろ」

『父さん、まだ知らないのか？』

深刻な響きを孕《はら》んだ大樹の声に、胸の奥で不安が湧きあがってくる。

「知らないって、なんのことだ？」

『すぐにテレビのニュースを見てくれ。いますぐに』

息子にうながされた長峰は、診察室を出ると、採血や心電図検査などを行う検査室を抜けて、患者待合に向かう。

「あれ、先生、どうかしましたか？」

長椅子が並んでいる待合を掃除していた事務員が振り返った。

「リモコン、テレビのリモコンは？」

事務員は「これですけど」と、受付に置かれているリモコンを手に取って渡してくる。

長峰はせわしなく、受け取ったリモコンのボタンを連続して押し、壁掛け型テレビの電源を入れた。大型の液晶画面にニュース番組が映し出される。女性キャスターが深刻な表情で原稿を読み上げていく。

『続いてのニュースです。本日、中国・武漢で発生している肺炎の原因とみられる新型コロナウイルスに感染した患者が、日本国内で初めて確認されました。これを受けて厚生労働省が会見を行い、注意を呼び掛けています』

画面が切り替わり、厚生労働省の会見画面が映し出される。スーツを着た厚生労働省の職員が、緊張した面持ちでマイクを持っていた。『新型肺炎　国内で初確認　厚労省会見』というテロップが躍っていた。

『一月十四日、あの、神奈川県内の医療機関から、管轄の保健所に対しまして、えー、中国の湖北省武漢市の滞在歴がある肺炎の患者が報告をされました。この方につきましては、去る一月六日に……、現在、あの、国立感染症研究所での検査制度……、この患者様の検体を……、昨日の二十時四十五分ごろに新型のコロナウイルスの陽性結果が得られ……』

たどたどしい口調で職員が説明していくのを、長峰は身じろぎもせず凝視し続ける。海外に一度も出たことがない長峰は、武漢市での感染拡大など、遥か彼方の別世界の出来事だと思っていた。しかし、それは間違いだった。

スペイン風邪のときは、一九一八年三月にアメリカで最初の症例と思われる患者が発生、八月ごろに日本に上陸し、十一月に大流行が生じた。だが、この百年間で人間は交通網を発達させ、世界を一気に小さくした。

かつてはアメリカ大陸から日本への病原体の伝播まで、半年近くかかった。けれど、いまや数時間あれば中国の内陸部から日本へと、人は、そしてその体内に潜んだ病原体は移動が可能になっている。

もし、大量の感染者が国内に入り込み、ウイルスをばら撒いたりしたら……。急に酸素が薄くなったかのような息苦しさをおぼえ、長峰は喉元に手を当てる。気がつくと、テレビからは次のニュースが流れていた。

『今月二十四日からはじまる春節を控え、中国の日本大使館や領事館では、中国人観光客に対するビザの発給作業がピークを迎え……』

唇の隙間から小さなうめき声が漏れた。

4　2020年1月24日

「疲れた……」

呼吸器内科の医局へ入った椎名梓は肩を揉みながら、部屋の隅にある自らのデスクに向かう。横目で壁時計を見ると、午後六時を過ぎていた。午後の外来を終えて戻ってきたのだが、六時半から、肺がんの化学療法を行っている担当患者への病状説明が入っている。それを終えても、明日退院予定の患者の療養計画書や、医学誌に提出するための論文を書かなくてはならない。その前に一杯だけコーヒーを飲んで、カフェインを補給したかった。

今日も一帆が起きている時間には帰れそうにない。あの子が眠る前に電話をして、おやすみを言おう。

医局に備え付けられている自動販売機で缶コーヒーを買いながら、梓は口を固く結ぶ。二十四歳で医師になってからの十二年間、一流の呼吸器内科医になるために大学病院の医局に所属し、少ない給料で多忙な勤務に耐えてきた。一般の総合病院では治療が困難な、様々な疾患の患者がここには紹介されてくる。そのおかげで経験を積むことができ、総合内科専門医、呼吸器科専門医などの資格を取ることはできた。

けれど、このままでいいのだろうか……？

三十歳を過ぎた頃に、そんな疑問が胸の奥に生まれ、それはいまや胸郭を満たすほどまでに成長していた。特に、四年前に一帆を出産してからは。

一帆と十分に向き合うことができるのは、週末ぐらいだ。それも、月に二回は日直や当直業務で潰れてしまう。

勤務が楽な病院に転職し、もっと家族との時間を作るべきではないのだろうか。医師としての実力をつけるという目標が達成されたいま、進むべき道に迷いが生じていた。

火曜日に外勤に行っている中規模の病院では、呼吸器内科の部長待遇で来年度から勤務しないかと、半年ほど前から誘われている。勤務時間も短くなり、夕食の時間までには帰宅できるようになるし、当直も月に二回程度とだいぶ少なくなる。さらに、給料もいまより遥かに上がる。

条件だけ見ると、いいことずくめのように思えるが、決断できずにいた。

呼吸器内科医としての枠の専門は、結核やＡＩＤＳ患者のニューモシスチス肺炎などの特殊な肺感染症だった。しかし、外勤先の病院は結核病棟を持たず、呼吸器内科医の仕事といえば一般的な細菌性肺炎や肺がんの治療だけだ。

十数年かけて培った専門知識を発揮できなくなってしまう。そのことに葛藤し続けていた。

もし、今年度で医局を辞めるなら、そろそろ部長に言っておかないと。結論を出すタイムリミットが迫っていることに焦りをおぼえる。

プルトップを開けてホットコーヒーを一口すると、コクのある苦みと、優しい甘みが口の中に広がり、芳醇な香りが鼻腔に広がった。やや多く含まれている砂糖とクリームがコーヒーの風味をいくらか損なっているが、専門外来で三十人近く診察し疲れ果てた心身にはそれが逆に染みわたって、消えかけていた気力の残り火に酸素を送り込んでくれる。

転職のことはまた今度考えよう。問題を棚上げにすることを決めつつ、梓は自分のデスクに向かう。

倒れこむように椅子に腰かけた梓は、デスクにコピー用紙の束が置かれていることに気づいた。

「なにこれ？」

小首をかしげると、「よう」と隣から声がかかった。同期の呼吸器内科医である茶山《さやま》悠人《ゆうと》が、椅子の背もたれに背中を預けるように体を反らして、デスクとデスクの間にある衝立から顔を出していた。

「さっき、部長が置いていったぞ。ニューイングランド・ジャーナル・オブ・メディシンに今日掲載された論文だってよ。医局員、全員のデスクに配っていった」

「ＮＥＪＭの論文？」

『The New England Journal of Medicine』は世界で最も権威のある医学誌だ。もちろん、梓もよく目を通している。しかし、これまで部長が全医局員のデスクに論文のコピーを置いたことなど、一度もなかった。

梓は論文のタイトルに視線を落とす。そこには『A Novel Coronavirus from Patients with Pneumonia in China, 2019』と記されていた。

「中国の肺炎患者から発見された、新しいコロナウイルス……」

胸骨の裏側で心臓が大きく跳ねる。いま中国の武漢市で流行している、新型肺炎の原因ウイルスについての論文だ。

年始に複数の患者が原因不明の肺炎を起こしているとニュースになって以降、中国では感染が拡大し続け、とうとう昨日、中国政府は武漢市を封鎖するという強硬手段に出た。電車が止まり、軍が動員されて市民の移動を制限している光景はあまりにも衝撃的で、まるで映画を見ているような心地になった。

「なんか部長、これが日本でも流行るんじゃないかって思っているみたいだな。年取ると、心配性になるんだろうな」

軽い口調で茶山は言う。学生時代、学籍番号が近かったので茶山とは実習などで同じ班になることが多かった。医学生、研修医、そして医局と、一人前の呼吸器内科医となるためのつらい道をともに進んできた茶山は、まさに『戦友』だ。茶山の妻は、梓が紹介した高校時代の親友で、いまや家族ぐるみの付き合いだった。

「茶山は心配してないの？」

茶山は「全然」と肩をすくめる。

「ウイルス性肺炎って言ったって、しょせんコロナだろ。新型のインフルエンザならまだしも、コロナが大流行なんてするわけないさ。だろ？」

「そうかもしれないけど……」

感染症の世界的流行は、常に警戒されている。しかし、その主な対象は新型インフルエンザだった。

他の動物、とくに強毒性の鳥インフルエンザがヒト―ヒト感染するように変異し、大流行する。百年前に数千万人の犠牲者を出した最悪のインフルエンザ、スペイン風邪のように。それが恐れられているシナリオだった。

だからこそ、政府は新型インフルエンザの流行に備えて法律を整備し、アビガンなどの治療薬を備蓄している。

梓は医学生時代に受けた講義を思い出す。公衆衛生学の教授は、新興感染症に対する説明をしたあと、こう続けた。

「まあ、公衆衛生が発達した現代の先進国で、何十万人と犠牲者が出るような大流行を起こすポテンシャルを持つ病原体は、インフルエンザだけだな。新型インフルエンザにだけ警戒しておけば、それで十分だよ」

二十年近く前に聞いた言葉が、やけに鮮明に耳に蘇る。

「そうかもしれないじゃなくて、そうなんだよ。あんまり心配し過ぎると、胃に穴が開くぞ」

学生時代から変わらない茶山の屈託ない笑みを見て、不安が希釈されていった。

「けど、中国だと感染拡大しているんじゃないの？」

「住民がパニックになって、病院に押しかけているんだよ。どんなに感染力の弱いウイルスでも、そんな状況じゃ広がって当然さ」

たしかに、ニュースで見た武漢の病院には混乱した市民が殺到し、満員電車のようなすし詰めの状態で多くの人々が叫んでいた。

「じゃあ、日本では大丈夫かな？」

「大丈夫に決まっているだろ。WHOもヒト—ヒト感染は、同居家族ぐらいの濃厚接触じゃないと起きないって発表してる。それに、日本人は世界有数の綺麗好きだ。毎日風呂に入るし、家では靴を脱ぐ。欧米からの観光客も、街にまったくゴミが落ちていなくて感動するぐらいなんだぞ」

「だよね」

そう、たんなる杞憂に過ぎない。

梓は胸の中で自分に言い聞かせつつ、デスクに置かれている論文のコピーを手に取った。その内容は、二〇一九年末に中国・武漢で原因不明の肺炎を発症した患者から、新しい型のコロナウイルスが検出され、それが病原体と考えられるというものだった。

外来業務で疲弊している脳に甘い缶コーヒーで糖分を補給しつつ、梓は英文で書かれた内容を流し読みしていく。基本的には、すでにWHOから発表されている内容と変わらなかった。中国がWHOに伝えた情報を論文にしたものなのだから当然だろう。

なぜ、部長はこれを全医局員に配ったのだろう。空になった缶コーヒーをデスクに置いてページをめくった瞬間、背骨に氷水を注がれたような心地になった。そこには、新型のコロナウイルスが検出された症例の、詳しい病状経過が記されていた。患者の胸部レントゲン写真とともに。

「なに……、これ……？」

半開きの口から零れた声は、自分のものとは思えないほどかすれていた。

論文に貼られている小さなレントゲン写真、そこに映った肺野《はいや》全体が白く細かい粒子で塗りつぶされていた。まるで、厚いすりガラスの窓から、吹雪を眺めているかのように。

「間質性肺炎か？」

弱々しい声が鼓膜を揺らす。横を向くと、茶山が血の気の引いた顔で写真を凝視していた。

「そうだと思う」

梓は胸元に手を当てる。乳房を通して、早鐘のように加速している心臓の鼓動が掌《てのひら》へ伝わってきた。

間質性肺炎。肺でのガス交換を担う肺胞ではなく、その外側で肺の構造を支える間質という部分に炎症が起こる病態。

多くの細菌やウイルスによる肺炎は、肺胞や気管支に炎症を起こす。その場合、抗菌薬や抗ウイルス薬の投与により炎症が治まれば、肺の機能は戻ることが多い。しかし、間質に強い炎症が生じると組織線維《せんい》化が生じ、肺の柔軟性が失われ、治癒後も呼吸機能が大きく落ちることが少なくなかった。

「けれど、こんなひどい間質性肺炎なんて、特発性間質性肺炎か膠原病《こうげんびょう》の間質性肺炎の急性増悪でしか見たことがないぞ……。感染でここまでの状態になるなんて……」

呆然と茶山がつぶやく。

「抗がん剤使用中の患者がサイトメガロウイルスに感染して、似たような状態になった症例を見たことがある。あと、AIDS患者のニューモシスチス感染でも、強い間質性肺炎が生じることも」

「抗がん剤とAIDSって、両方、易感染《いかんせん》状態の患者だろ。けれど中国だと、普通の市民がこの肺炎になっているんだぞ」

「……SARS」

梓がつぶやくと、茶山は「え？」と眉を顰《ひそ》める。

「学会の症例報告で、SARS患者のレントゲン写真を見たことがある。……これにそっくりだった」

二人の間に沈黙が降りる。鉛のように重く、冷たい沈黙。

唐突に、茶山がやけに明るい声で沈黙を破った。

「SARSとそっくりならやっぱり安心だ。今回も日本では流行らないさ。この前、国内で出た症例も、中国で感染したやつだろ。いくら重症間質性肺炎を起こすウイルスでも、流行しないなら関係ないって」

「うん、そうだよね」

梓は相槌を打った。茶山の声が上ずっていることに気づかないふりをしつつ。

「ああ、そういえば俺、まだ明日からの点滴のオーダーを出していない患者がいたんだよな。ナースに文句言われる前にやらないと」

茶山は「じゃあな、椎名」と軽く手を上げ、医局の出入り口に向かっていく。扉から出ていく茶山を見送った梓は、論文のレントゲン写真に視線を戻す。

視界から遠近感が消えていき、そこに映った白く濁った肺野に吸い込まれていくような錯覚に襲われた。

5　2020年1月31日

カレーライスの皿が載った盆を持ちながら、硲瑠璃子はフロアを見回す。正午を少し回った時刻、職員食堂は医師や看護師でごった返し、ほとんど席が埋まっていた。マスク越しに、食欲を誘うカレーの香りが漂ってくる。

だから、この時間は嫌なんだよね。瑠璃子は胸の中で愚痴をこぼす。

外来や病棟と違い、いつ患者が搬送されてくるか分からない救急救命部では、看護師の昼休み時間は決まっていない。待機している看護師の数が減らないよう、順番に一人ずつ休憩をとることになっていた。休憩時間が正午から午後一時を外れていれば、すいている食堂でゆったり昼食を取れるのだが、今日のようにその時間帯に当たると、席を探して一人彷徨うことになる。

背後から「瑠璃子」と声がかけられた。振り返ると、新人の頃、同じ病棟で働いていた同期の原口梨花《はらぐちりか》が席に座って手を振っていた。

「席、探しているの？　それなら、そこ座りなよ」

梨花はテーブルを挟んで向かいの席を指さす。

「ありがと、梨花。お邪魔するね」

盆をテーブルに置いた瑠璃子は、椅子を引いて腰掛け、つけているマスクを外して、救急救命部のユニフォームである紫色のスクラブのポケットに押し込んだ。

「なんか、会うの久しぶりだね。元気だった？　相変わらず、救急部は忙しい？」

昼定食の酢豚に入っているパイナップルをよけながら、梨花は微笑む。

「うん、さっきは胸痛で搬送された心筋梗塞の患者さんが、処置室で心停止して大変だった。心肺蘇生で心拍再開させて、そのままカテーテル室に運んで治療できたけど」

「うわ、相変わらずスリリングな毎日送ってるね。私とは大違い」

おどけるように言いながら、梨花は中華スープを一口飲んだ。

梨花は現在、産婦人科外来で外来看護師をしている。看護師三年目のとき、月に五回以上夜勤がある不規則な生活と、先輩看護師からのいじめともとれる厳しい指導に心身のバランスを崩し、うつ病の診断で半年間休職したあと、外来へと異動した。

「もう慣れたよ。梨花はどうなの？」

瑠璃子はスプーンでカレーをすくい、口に運ぶ。

「うーん、まあそれなりに忙しいよ。内診やらエコーやらの補助をしないといけないし、お産で入院する妊婦さんへの説明とかもあるしさ。ただ夜勤がなくて、基本的に定時で帰れるのは大きいかな。あと、外来の看護師って、子育てが終わって復職したベテランナースとかが多いんだよね。病棟みたいに意地悪なお局様《つぼねさま》みたいなのがいなくて、みんな優しいのがなにより楽」

「あ、それは羨ましい」

「なに言っているの、瑠璃子」

梨花は皮肉っぽく唇の端を上げる。

「あんたはもう、けっこうなベテランでしょ。意地悪される側じゃなくて、する側なんじゃないの？」

「人聞きの悪いこと言わないでよ。後輩の指導はしているけど、いじめてなんかいない」

「怒らないでよ。冗談だって」

梨花はけらけらと笑う。同じ病棟にいた頃、表情が消え去った状態でふらふらと働いていた梨花を知っているだけに、潑溂《はつらつ》とした姿に口元がほころんでしまう。

「けどさ、このままだらだら生きていたら、マジでお局になっちゃうよ。例の彼とまだ付き合ってるの？　もう六年目でしょ。そろそろ、結婚の話とかないの？」

「実は……」

瑠璃子がカレーを食べながら、彰からプロポーズを受けたこと、三月に彼の実家に挨拶に行く予定であることを告げると、蕾《つぼみ》が開くように梨花の顔に笑みが広がっていった。

「おめでとう！　結婚式には呼んでよね。うわー、先を越されちゃったか。でも、嬉しい」

無邪気に喜んでくれる友人の姿に、胸の奥が温かくなっていく。

「ありがと。けど、ちょっとそれで悩んじゃって……」

瑠璃子は結婚後、どのように働いていけばいいか迷っていることを伝える。誰にも相談できずに悩んでいたが、つらい新人時代を力を合わせて乗り越えてきた友人になら、自然と話すことができた。

「うーん、けっこう難しい問題だね」

梨花は腕を組む。

「やっぱりさ、結婚して妊娠することとか考えると、夜勤がある勤務は厳しいと思うんだよね。年齢的にもそろそろ、徹夜が響く年になってくるし」

「嫌なこと言わないでよ」

瑠璃子は唇をへの字に歪めた。

「仕方ないじゃない。事実なんだからさ。たしかに彼氏が言うように、仕事辞めて専業主婦になるのも、悪くない選択肢だと思うよ」

「やっぱりそうかな……」

瑠璃子はスプーンを回して、カレーとライスを混ぜていく。梨花は「ただささ」と続けた。

「瑠璃子って、看護に命かけてるでしょ」

「命かけてるってわけでは……」

「ううん、同期の中で一番、瑠璃子が看護への想いが熱かった。だからこそ、希望していた救急救命部への転属も出来たんだよ」

瑠璃子の脳裏に、セピア色の記憶が蘇ってくる。

小学一年生のとき、マイコプラズマ肺炎になって入院した。その際、両親と離れ、見知らぬ病室で一人眠ることに怯えていた瑠璃子の不安を、担当の看護師が癒してくれた。勤務時間が終わったというのに、べそをかく瑠璃子の手を握り、眠るまで子守唄を歌ってくれた。

それ以来、看護師になることが瑠璃子の人生の目標になった。あの経験がなければ、厳しい父の意向に反して、看護学校に進学することもなかっただろう。

「だからさ、瑠璃子はずっとナースでいるべきだって。救急の看護は厳しくても、私みたいに外来看護師をするとかさ。子供ができても、看護師なら空いている時間で働くこともできるし。きっと瑠璃子なら、家庭と看護を両立できるって」

梨花の力強い言葉が、乾いた地面が雨を吸うかのように体に染み込んでいく。そうだ、救急看護だけがナースの仕事じゃない。

いつの間にか、『妻』か『看護師』かを選ばなくてはならないと思っていた。女は結婚したら家庭に入るもの。父から教え込まれたその古い価値観に、縛られていたのかもしれない。けれど、もうそんな時代じゃない。

曇っていた視界が一気に晴れたような気がした。梨花に礼を言おうと口を開きかけたとき、ざわりと食堂の空気が揺れた。周囲の職員たちの視線が、同じ方向を向いていることに気づき、瑠璃子は振り返る。

天井近くに備え付けられている大きな液晶テレビに、昼のニュースが映し出されていた。

『WHO、世界保健機関は三十日、新型コロナウイルスによる肺炎について、「国際的に懸念される公衆衛生上の緊急事態」に当たると宣言しました。新型肺炎の感染が拡大する中、中国国内では……』

キャスターが淡々と伝えるニュースの音声が、やけに大きく食堂内に響き渡る。画面ではWHOのテドロス事務局長が険しい表情で、緊急事態を宣言している映像が映し出されていた。

これまで、感染が拡大しているにもかかわらず、「流行は中国国内に限定している」と宣言を見送ってきたWHOがとうとう、緊急事態であることを認めた。すでに新型コロナウイルスの感染者は、SARSの総感染者数を超えている。日本でも中国から入国してきた人々を中心に、感染者がぽつりぽつりと発生していた。

瑠璃子の呼吸が早く、浅くなっていく。

やがて、新型コロナウイルスについてのニュースが終わると、職員たちはテレビから視線を外した。しかし、どこか毛羽立った空気が変わることはなかった。誰もの顔に、得体のしれない感染症に対する不安が浮かんでいる。

「ねえ、これって大丈夫なの?」

梨花が声をひそめながら訊ねてくる。

「私に分かるわけないでしょ」

「けどさ、武漢からの飛行機で帰ってきた人の中にも、肺炎を起こしている人がいるんでしょ」

「みたいね」

瑠璃子は小さく頷いた。

一昨日、政府がチャーターした飛行機で、一月二十三日から封鎖されている武漢から、邦人二百人ほどが帰国した。その中の五人が体調不良を訴えて医療機関に搬送され、そのうちの一人には肺炎が認められたということだった。

武漢では想像以上に感染が広がっているのかもしれない。だとしたら、すでに感染は武漢にとどまらず、中国国内で拡大しているのではないだろうか。

実際、封鎖の噂を聞いた多くの人々が、二十三日の夜に武漢を脱出したという情報もある。だとすると、封鎖が逆効果になってもおかしくない。

中国は一月二十五日に国内外全ての団体旅行を禁止したが、一月二十四日からはじまった春節の大型連休に合わせて、すでに多くの中国人旅行客が日本を訪れていた。

「ねえ、やっぱり、マスクとかしといた方がいいのかな？　瑠璃子、いつもマスクしているでしょ」

不安げに梨花が細い眉をひそめた。

「えっ、私がマスクしているのは、別に感染対策とかじゃなくて、いろいろな花粉とかにアレルギーがあるからだよ。あと、救急部での仕事中は、外傷の患者さんの血とかが飛んでくるから」

「でも最近、外でマスクをつけている人、かなり多くなっているよね」

言われてみれば、たしかにそうかもしれない。

「なんか、マスクが品薄になって買えないって、友達も言ってた」

「買えないって、そんな大げさな。まあ、そんなに心配しなくてもいいとは思うけど、それで安心できるなら、一応しておいた方がいいんじゃない」

梨花が「そうする」と頷くのを見ながら、瑠璃子はカレーをすくおうとする。かすかに震えたスプーンが皿に当たり、硬質な音を響かせた。


「休憩終わりました」

午後一時、昼休憩を終えた瑠璃子は一階にある救急救命部の経過観察室へと戻った。救急処置を終えた患者の経過を見るための五つのベッドは、すべて空だった。隣にある救急処置室の三つの処置用ベッドにも患者の姿はない。休憩中に救急搬送はなかったらしい。

後輩の看護師に「次、休みでしょ。交代しよ」と声をかけつつ、瑠璃子は経過観察室を進んでいく。点滴などを作るときに使用する作業台に近づいた瑠璃子は、「あれ？」と声をあげた。いつもそこに置かれているサージカルマスクの箱がなくなっていた。

「マスクの箱、誰か知らない？」

「私がしまいました」

振り返ると、大柄な中年女性が立っていた。瑠璃子の直属の上司に当たる救急部の看護師長だ。

「え、どこにしまったんですか？　新しいのが必要なんですけど」

勤務中、休憩ごとにマスクを交換するのが瑠璃子の習慣だった。

「師長室にしまいました。今後、マスクは私が管理します。とりあえず、三日に一枚支給するので、それを大切に使って」

「三日に一枚⁉」

声が裏返る。院内で使用されているサージカルマスクは、基本的に使い捨てだ。それを使い回すなんて、聞いたことがなかった。

「待って下さい。サージカルマスクを三日も使うなんて不潔です。細菌が繁殖しますよ」

早口で抗議すると、師長はゆっくりと首を振った。

「私が決めたことじゃなくて、さっきの会議で院長が決めたことです」

「院長が……？」

なぜ、院長がマスクの数を抑えようというのだろう？　経費削減のため？　混乱する頭に手を当てていると、師長は大きなため息をついた。

「気持ちは分かるけど、我慢して。手術部に優先してマスクを回す必要があるの。オペには清潔なマスクが不可欠だから」

「優先してって、マスクが足りないんですか？　もしかして、コロナのせいですか？」

師長は硬い表情で頷いた。

「日本中の病院からマスクの注文が入って、卸の在庫が完全になくなっているらしいの。しかも、中国からのマスクの輸入がストップして、今度いつ入って来るか分からないって。マスクだけじゃなくて、アルコール消毒液も、防護服も全部足りない」

「そんな……」

ほんの数十分前、梨花からマスクが品薄になっていると聞いても、とくに危機感はおぼえなかった。しかし、まさか勤務に必要不可欠な備品が、こうもあっさりと枯渇《こかつ》するとは想像だにしなかった。

瑠璃子は呆然と立ち尽くす。

日常が崩れていく音がどこからか響いてきた気がした。

6　2020年2月5日

「ちょっと、茶山。マスクつけなよ」

椎名梓は隣で電子カルテのキーボードを打っている同僚の茶山に声をかける。キーボードのそばには、くたびれたサージカルマスクが置かれていた。

「ナースステーションの中ぐらい、いいだろ。これ、もう三日目だから、なんか変な臭いがしているんだよ」

「あなたの口が臭いんじゃないの？」

「人聞き悪いこと言うなよな。サージカルマスクを三日も使えば当然だろ。うちの病院、過剰反応しすぎじゃないか」

　ぶつぶつと愚痴をこぼしつつ、茶山はマスクを装着した。

　先月末、心泉医大附属氷川台病院では突然、全職員が勤務中はマスクを装着するように通達された。ＷＨＯが新型コロナウイルスについて、『公衆衛生上の緊急事態』を宣言したことを受けての対応だった。ただ問題は、マスク不足で三日に一枚しか病院から支給されないことだった。

　病院から通達があった日の夜、帰宅する前に梓はマスクを買おうとドラッグストアへ向かった。病棟や外来なら、個人が購入したマスクを使用しても問題ないとされていたからだった。

　しかし、マスク売り場の前について、梓は呆然と立ち尽くした。普段は大量の在庫が陳列されているそのスペースから、ごっそり商品が消え去っていた。

『マスク売り切れ中　次回入荷は未定です』

　マジックペンでそう書かれたコピー用紙が、無造作に貼られていた。

　マスクだけでなく、アルコールなどの消毒液も品切れになっていた。パニックが広がりつつある。空の棚を眺めながら、梓はそのことをまじまじと思い知らされた。

「そもそも、症状もない俺たちがマスクする意味あるのかよ。マスクって基本的に、他人に感染させないためにつけるものだろ。熱とか咳とかの、感冒症状があるやつさえつけていればいいんじゃないか？」

　茶山は苛立《いらだ》たしげに髪を掻き上げた。

「一週間前に出たドイツの論文、見たでしょ」

梓が低い声で言うと、「ああ、あれか」と茶山の表情が引き締まった。

「なにかの間違いじゃないのかな。発症よりずっと前に、他人に感染させるなんて」

「だといいけど」

一月三十日に、衝撃的な論文が The New England Journal of Medicine に掲載された。新型コロナウイルスに感染した患者が、症状が出る三日前から大量のウイルスを排出し、周囲に感染を広げているというものだった。

「SARSでもMERSでも、大量にウイルスをばら撒くようになるのは、症状が進んで肺炎が悪化してからだ。だから、院内感染が主だった。同じコロナウイルスなのに、今回のやつだけ無症状で他人を感染させるなんておかしいって」

「常識的には考えられないけど、まだどんなウイルスなのか正体がつかめない。だから、最大限の警戒をするべきよ」

「最大限の警戒ねえ。ちょこちょこ感染者が出ているけど、基本的に中国で感染したケースだろ。それに、国内では死者は出てない。心配し過ぎじゃないか。政府だって、そこまでの危険性はないって判断しているはずだ。中国からの旅行者を止めていないんだからさ」

茶山の言う通り、政府は二月一日に新型コロナウイルスを指定感染症とする政令を施行し、二週間以内に中国湖北省に滞在歴がある外国人や湖北省発行の中国旅券を所持する外国人の入国禁止を決定したものの、それに当てはまらない旅行者は日本に殺到していた。特に、春節の大型連休を利用して訪れる中国人観光客が。

「日本の対応が正しいとは限らないでしょ。もしかしたら、アメリカみたいに、慎重に対応した方がいいのかも」

アメリカが一月三十一日に、中国渡航歴のある外国人と中国からの渡航者の入国を禁止したのを皮切りに、多くの国が中国に対して国境を閉ざしつつある。そんな中、中国人旅行客のインバウンドを重視し、水際対策の強化に消極的な安倍《あべ》政権の姿勢に、批判の声も強まっていた。

「俺は過剰反応だと思うけどな。イタリアなんて、国内でたった二人感染者が出ただけで、六ヶ月の非常事態宣言だろ。やりすぎだよ。そんなに恐ろしいウイルスじゃないさ。WHOも感染力は低いから、渡航制限は必要ないって言っているだろ」

茶山はおどけるように肩をすくめた。

「でも、あのクルーズ船で、客が何人も発熱しているじゃない」

「ああ、ダイヤモンド・プリンセス号ってやつか。ニュースで見たけど、でかい船だよな。いつか、あんな豪華客船で家族旅行とかしてみたいよな」

「なに呑気なことを言ってるの。発熱者がたくさん出ているのに」

たしなめつつ、梓はニュースサイトで見た、ダイヤモンド・プリンセス号の情報を頭の中で反芻する。

一月二十日にダイヤモンド・プリンセス号は乗客を乗せ、横浜港を出港したが、一月二十五日に香港で下船した八十代の男性がその後、新型コロナウイルスに感染していることが確認された。

また、船内で発熱している乗客が複数いることが判明したため、横浜港に帰港し、一昨日から検疫が行われている。

「たくさんいるからこそ、安心なんだよ。新型コロナウイルスはよほどの長時間、感染者と濃厚接触しないとうつらないはずだ。何十人も発熱しているってことは、蔓延しているのは新型コロナじゃないさ。たぶん、インフルエンザだろ」

「まあ、そうだとは思うけど……」

梓はマスクの下で弱々しくつぶやく。茶山の言っていることはもっともだ。これまでに出てきている情報では、ダイヤモンド・プリンセス号で新型コロナウイルスの感染拡大が起きているとは考えにくい。

あまり神経質になるのはよくない。茶山をはじめとする呼吸器内科の同僚たちはそれほど警戒はしていないし、テレビなどに出ている専門家たちも、この新型コロナウイルスが日本で流行する可能性は低いとしている。

全部、取り越し苦労だ。一帆が喘息を持っているから、未知の呼吸器感染症に対して過剰反応を示しているだけだ。梓は自分に言い聞かせる。

私は母親であると同時に、医師でもある。冷静で科学的な判断をしなければ。

これまで、国内で確認されている感染者の大部分は、中国で感染したと思われる症例だ。日本で流行するほどの感染力を、新型コロナウイルスは持っていないということだろう。

感染者が見つかると、即座に保健所が介入し、濃厚接触者を判定して封じ込めを行い、感染が広がるのを防いでいる。結核に対して保健所が日常的に行っている濃厚接触者の追跡は、今回も感染の防御に大きな効果を示していた。

大丈夫、世界でもトップクラスのこの国の公衆衛生は、今回のウイルスもはねのけるはず。

マスクの下で数回深呼吸をして気持ちを落ち着けた梓は、マウスをクリックして電子カルテのアカウントからログアウトする。とりあえず、回診した患者の診療記録は入力した。梓は「お先に」と茶山に声をかけ、ナースステーションをあとにした。

呼吸器内科の病棟である、七階西病棟から医局のある三階まで階段で降りていく。時刻は正午を少し回ったところだった。午後一時から、気管支鏡の当番になっているので、早く昼食を取らなければ。

扉を開いて呼吸器内科医局に入り、自分のデスクに近づいた梓は、バッグから小さな弁当箱を取り出す。昼食はいつも、母の春子が作ってくれる弁当だった。平日、春子は朝早く起きて、一帆と梓の分を作ってくれる。

弁当を開けた梓は、マスクを取りながら「いただきます」とつぶやいて、鶏の唐揚げを頬張る。冷えているのに柔らかさを保っている鶏肉に歯を立てると、口の中にコクのある脂の味が広がった。

唐揚げを咀嚼《そしゃく》しながらふと顔を上げた梓は、医局の一角にある休憩スペースに、白衣姿の同僚たちが集まっていることに気づく。

普段、同僚たちは食堂に昼食を取りに行き、この時間帯の医局は空いていることが多いのだが、先週から感染対策として食堂の席が半数になり、さらに会話が禁止された。そのせいで、弁当や売店で買ったサンドイッチなどを医局のデスクで食べる医師が増えていた。しかし、普段はみな自分のデスクで黙々と昼食を取っているだけだ。なぜ休憩スペースに医師が固まっているのか分からなかった。

唐揚げを呑み込んだ梓は、使用しはじめてから三日目になって、ややくたびれているサージカルマスクをつけ、同僚たちに近づいていく。

「どうしたんですか？」

並んでいる白衣の背中に声をかけると、恰幅の良い中年の男、医局長の梅沢大介《うめざわだいすけ》が振り返った。普段は赤らんでいる顔が、いまは死人のように蒼白だった。

梅沢は無言のまま、少しだけ体をずらして、あごをしゃくる。休憩スペースに置かれている大型テレビが、梓の視界に飛び込んでくる。そこに映し出されているテロップを見て、喉の奥から笛を吹くような音が漏れた。

『横浜・クルーズ船の感染者約10人を病院搬送へ』

画面の下部には大きな文字で、そう記されていた。

『横浜港沖に停泊しているクルーズ船について、ウイルス検査でおよそ十人の乗船者に新型コロナウイルスの感染が確認されたことが分かりました』

女性アナウンサーの深刻な調子を孕んだ声が、静まり返ったフロアに響き渡る。海に浮かぶ白亜の巨大な客船を空撮した映像が、画面には映し出されていた。一見すると、ラグジュアリーホテルをそのまま船に載せたかのような姿だが、梓の目にはそれが絶海に隔離された監獄のように映った。

『ご覧いただいているのは、そのクルーズ船を上空から捉えた映像です。大型客船ダイヤモンド・プリンセスの乗客乗員はおよそ三千七百人で、一昨日夜から検疫が……』

三千七百人という数字が読み上げられた瞬間、医師たちからうめき声が起こった。

検査をしたのはまだ乗客のごく一部、基本的には発熱や感冒症状のある者たちだけだったはずだ。それなのに、すでに十人も陽性者が出てしまった。潜伏期があることも考えると、あの船の中にどれだけの感染者がいるのか予想もつかない。

先月からぱらぱらと国内で感染者が確認されている。日本各地にある感染症指定医療機関の感染症専用病棟で、それらの患者を受け入れる準備を整えていたはずだ。しかし、感染症専用病棟は決して多くない。もし、あのクルーズ船の中に何十人、何百人と感染者がいれば、一瞬で全国の病床が埋まってしまうだろう。

そうなったとき、いったいどこで、この未知の感染症の患者を診ればいいというのだろう？

「話が違うじゃねえか……」

息を乱す梓の耳に、梅沢のつぶやきが届く。

そう、話が違う。ＷＨＯの発表では、ヒト―ヒト感染は起こりにくく、同居家族などでなければリスクは低いという話だった。しかし、このクルーズ船内で大量の発熱者が出ているという事実は、このウイルスは容易に人から人へと伝播することを物語っていた。

インフルエンザに匹敵、いや、もしかしたらそれを凌駕する感染力を持っているかもしれない。

心臓が氷の手で鷲摑みにされたような感覚をおぼえ、梓は胸元を押さえる。

日本では毎年、冬を中心に一千万人を超える人々がインフルエンザに感染する。それを超える感染力となると、どれだけの国民がこの重症肺炎を引き起こすウイルスに曝露《ばくろ》されることになるのか、予想もつかなかった。

しかも、この新型ウイルスはインフルエンザではなくコロナウイルスだ。インフルエンザならワクチンの製造方法が確立しているし、政府も新型インフルエンザの流行を想定して、タミフルやアビガンなどの抗インフルエンザ薬の備蓄をしている。しかし、一般的な冬風邪のウイルスであるコロナウイルスに、ワクチンも治療薬も存在しない。

「遺書……、用意しておいた方が良いかもな」

ぼそりと梅沢がつぶやいた。梓ははっと息を呑む。

そうだ。もしこのウイルスが蔓延するようになり、感染者が病院に殺到すれば、間違いなく医療従事者はこれに曝露されるだろう。

私はこのウイルスに殺されるかもしれない。いや、私ならいい、もし気管支喘息という持病を持つ一帆が、命より大切な一人息子が感染したら……。

部屋の空気が急に薄くなったかのように息苦しくなる。必死に息を吸うが、いくら呼吸をくり返しても、さらに苦しさは強くなっていった。やがて、両手が細かく震えはじめた。

過換気症候群だ。医師としての経験が、自分の身になにが起きているのか診断を下す。恐怖やストレスなどの心理的な要因により息苦しさをおぼえ、そのせいで頻呼吸になる病態。

過剰な呼吸により体内の二酸化炭素が減ると、血液がアルカリ性に傾き、血中のカルシウム濃度が下がって筋肉に痙攣・硬直が生じて、さらに苦しさが増すという悪循環になる。

呼吸のスピードを下げないと。そう思うのだが、窒息するのではという恐怖をおぼえるほどの苦しさがそれを許さなかった。

このままでは意識を失ってしまう。そう思ったとき、背中にそっと手が添えられた。

「大丈夫だよ、椎名先生。大丈夫。深呼吸をしなさい」

銀髪と見紛うほどに全体が白い頭髪をした、小柄な男性がそこに立っていた。呼吸器内科の部長である、扇谷《おうぎや》太郎《たろう》。マスクをしていても、いつものように穏やかに微笑んでいるのが見て取れる。まだ六十二歳のはずだが、好々爺《こうこうや》といった雰囲気がその全身から醸し出されていた。

心泉医科大学呼吸器内科教室の客員教授で、呼吸器感染症を専門にしている扇谷は、梓にとって師のような存在だった。

「深く吸って……、そして、吐いて……」

ゆったりとした扇谷の指示を聞くことで、嵐のように負の感情が荒れ狂っていた胸の内が、次第に凪《な》いでいく。それにつれて息苦しさも薄れ、呼吸の速度も安定していった。手の震えも止まる。

「うん、大丈夫そうだね」

満足げに扇谷が頷くと、テレビにくぎ付けになっていた医局員たちが彼に気づいて振り返り、慌てて「お疲れ様です」と頭を下げる。

軍隊のように厳しい上下関係が敷かれている外科とは違い、内科では部長でも強く畏怖されるような存在ではない。しかし、臨床医としてたしかな実力を持ち、同時に部下である医局員たちが働きやすい環境を整えることに腐心している扇谷に対して、誰もが自然と敬意を抱いていた。

「なんか、大変なことになっているねえ」

テレビを眺めながら、扇谷は間延びした声で言う。その落ち着いた態度が、沸騰しそうなほどに混乱が渦巻いていた医局の空気を、いくらか冷ました。

「あの、部長、どうしましょう？」

おずおずと梅沢が訊ねると、「どうって？」と扇谷は小首をかしげた。

「いえ、コロナの対応です。もし、これが市中で蔓延したら……」

「そうだね。そうなったら由々しき事態だ。そうならないことを祈りつつ、準備は整えていかないといけないね。今日中に病院長に相談して、早めに方針を決めておくよ。だから、君たちはいま自分たちができることをしておきなさい」

「俺たちができることですか？」

いぶかしげに梅沢が聞き返すと、扇谷はパンパンと手を打ち鳴らす。

「しっかり昼食をとって、午後の診療に備えることだよ。腹が減っては戦はできぬ。僕たちがいま力を注ぐべきは、やって来るかどうかも分からない新型コロナの患者じゃなくて、現時点で入院していたり、外来受診する患者なんだからね。ほら、解散解散」

扇谷に促された医局員たちは、ためらいがちに顔を見合わせたあと、緩慢に各々のデスクへと戻っていく。

「テレビなんて、煽情的に不安を掻き立てるだけだよ。特にワイドショーはね」

扇谷は休憩スペースのローテーブルに置かれているリモコンを手に取り、テレビの電源を落とした。

「ああ、椎名先生、ちょっといいかな」

会釈してデスクに戻ろうとしていた梓を、扇谷が手招きする。

「話があるんで、僕の部屋まで来て欲しいんだ」

「部長室までですか？」

梓が目をしばたたかせると、扇谷は「そう」と頷いた。

梓は扇谷のあとについて、医局のある新館から連絡通路を通り、隣にある旧館へと向かった。

五年前に作られた十二階建ての新館、二十年前に作られ現在は周産期センターとなっている本館の他に、心泉医大附属氷川台病院には、この旧館があった。昭和四十三年に作られた五階建ての建物は、新館が稼働するまでは病棟としての機能を維持していたが、いまは主に各科の当直室や部長室、そして資材置き場として利用されていた。

腰の後ろで手を組んで前を歩く扇谷の小さな背中を眺めつつ、梓は不安をおぼえる。扇谷は部長としてかなりフットワークが軽く、医局員に用事があると自分から医局に赴くことが多い。にもかかわらず、わざわざ自分の部屋まで移動するということは、なにか重要な話があるのだ。

他の医局員には聞かれたくない、重要な話が。口腔内がじわじわと乾燥していく。

各診療科の部長室が並んでいる旧館二階フロアに到着した扇谷は、天井や壁にシミの目立つ廊下を進むと、『呼吸器内科部長　扇谷太郎』と表札のかかった扉を開ける。大量の専門書が詰まった天井まで届きそうな本棚と安っぽいデスク、そして年季の入った応接セットが置かれた部屋。そのソファーに、眼鏡をかけた白衣姿の女性が座っていた。

「おまたせおまたせ。悪かったね、姉小路《あねこうじ》先生」

扇谷が軽く手を上げると、女性医師は「いえ、気になさらないでください」と立ち上がった。化粧っ気の薄い顔は無表情で、声は小さく聞き取りにくい。百七十センチはありそうな長身と、ベリーショートの黒髪とが相まって、マニッシュな雰囲気を醸し出している。

「椎名先生、こちらは姉小路香苗《かなえ》先生。知っているよね？」

扇谷の問いに、梓は「はい、もちろんです」と頷いた。姉小路香苗は一年先輩の感染症内科医だった。感染症に対する知識はこの病院でも随一で、呼吸器感染症を専門とする梓は、よく担当患者の治療について姉小路に相談をして、アドバイスをもらっていた。

「それで、なんのお話でしょうか？」

部屋の奥に置かれたデスクの椅子に腰かけた扇谷に、梓はおずおずと訊ねる。なぜ感染症内科に所属している姉小路が、呼吸器内科の部長室にいるのか分からなかった。

扇谷は腹の前で手を組み、椅子の背もたれに体重をかけると、ゆっくりと口を開いた。

「ダイヤモンド・プリンセス号で、新型コロナの感染者が複数確認されたのは知っているね」

新型コロナの話題。心臓が大きく跳ねる。

「はい、知っています」

梓は早足でデスクに近づいた。

「厚労省からの情報だと、いまの時点で判明している感染者は十人だけだが、どうやら他にも多くの乗客や乗員に、発熱などの症状が生じているらしい」

「感染が広がっているということですね」

梓は喉を鳴らして唾を呑み込んだ。扇谷が頷く。

「どれだけ、感染者がいるんでしょう？」

「分からない」扇谷は首を横に振った。「おそらく、ゆうに百人は超えるだろうということだ。数百人になってもおかしくない」

「数百人……」

それ以上、言葉が続かなくなる。これまで、日本国内で確認された新型コロナ患者は、累計で十五人ほどだ。その何十倍もの感染者が、一隻の船の中に詰め込まれているなんて。もはや、あのクルトズ船はウイルスを培養する巨大なシャーレのようなものではないか。

「いまやダイヤモンド・プリンセス号は、どの国よりも感染者を出している場所になっています。世界中が日本の対応に注目しているでしょう」

梓の隣にやってきた姉小路が、平板な声で言う。

「これまで国は、感染者をその地域の感染症指定病院の専用病室に入院させて、順次、治療を行えばよいと思っていた。しかし、一気に日本中の専用病室がすべて埋まるほどの患者が、あの船の中で発生している可能性がある。武漢からのチャーター機の感染者で行ったように、すべて国立国際医療研究センターで受け入れることは不可能だ」

扇谷がなにを言おうとしているのか、梓は理解する。

「うちの感染症専用病棟にも、入院させるということですね」

七階にある三床の感染症専用病棟。フロア自体が陰圧に保たれ、病原体が外に漏れないようになっているうえ、各部屋にトイレやユニットバスが付いている。さらにカメラで病棟内の様子を見ることができ、医療従事者が可能な限り感染のリスクに晒《さら》されることなく、診療を行える構造となっていた。

「その通りだ」

扇谷は重々しく頷いた。

「陽性が確認された乗客、乗員は随時、船を降りて救急車で首都圏の感染症専用病棟へと送られることになった。明日か明後日か分からないが、うちの病院にも受け入れ要請があるだろうね。下手をすれば、三床、すべて埋まるかもしれない」

「私が……」

そこまで言ったところで、声がかすれて出なくなる。砂漠のようにからからに乾燥した口腔内を必死に舐めて湿らせると、梓はやけに摩擦係数の高い言葉を喉の奥から絞り出す。

「私が主治医を務めるんでしょうか？」

「いいえ、違います」

扇谷の代わりに、姉小路が答えた。

「私が主治医をします。今回のような新興感染症は、感染症内科が担当すると決まっています。椎名先生には、サポートをお願いします」

「サポート？」

「はい。今回の新型コロナウイルスの最大の問題は、重症間質性肺炎を起こすことです。感染症病棟に入っての診察や処置は私がすべて引き受けますが、肺炎の治療について椎名先生からアドバイスをもらえればと思っています」

姉小路の慇懃《いんぎん》な説明を聞いて、梓は小さく安堵の息を吐く。呼吸器感染症を専門とする医師として、感染のリスクは受け入れているつもりだった。しかし、まったく未知の、致死性の高いウイルスに対して恐怖を感じずにはいられなかった。

姉小路は「とりあえず」と続ける。

「患者が三人までは、すべてうちの科で対応します」

「三人まで？」

「はい、そうです。うちの科のマンパワーが限られていますので」

現在内科は、呼吸器、循環器、消化器、腎臓、神経など臓器別に細かく分かれている。感染症という全身で生じる疾患を専門とする感染症内科医は、かなり数が少ない。この心泉医大附属氷川台病院では、姉小路と今年度で定年になる部長の二人だけしかいなかったはずだ。

「そもそも、うちの病院の感染症病棟は三床しかありません。それ以上の患者は受け入れられないんじゃないですか？」

混乱した梓がこめかみに手を当てると、扇谷が押し殺した声で言う。

「そういうわけにはいかない。もし東京で、そしてこの国で大量の感染者が出るようなら、全力で対応する必要がある。それが、感染症指定病院の義務だ。さっき院長と相談して、ここを再稼働させ、即席の感染症病棟を作ることを決めた」

「ここってまさか、この旧館にですか⁉」

梓は甲高い声を上げる。扇谷は「そうだ」と重々しく頷いた。

「でも、五年も病棟として使っていないんですよ」

「まだ配管は生きている。業者を入れれば酸素吸入や吸引もできるようになるだろう。それに、簡易的な陰圧装置の設置も可能ということだ。明日から僕が監督しつつ、作業を開始する。そして、患者が入りはじめたら、うちの科がすべて担当することにした」

「うちの科って、呼吸器内科が⁉　他の科は手伝ってくれないんですか？」

「必要に応じて、人員を派遣してくれる予定だが、基本的には呼吸器内科が感染症内科の協力のもと、治療に当たることになった」

「そんな！　いま私たちが診ている患者はどうするんですか？」

「肺がんなどの患者にかんしては、本院から腫瘍内科が医局員を派遣して、できる限り引き継いでくれるらしい」

「そんなの不公平です。たしかに新型コロナの感染症は肺炎を起こしますけど、私たちも全く治療経験がない未知の疾患なんです。なら、全ての科、少なくとも内科全体で診るのが当然だと思います」

梓が早口で抗議すると、扇谷は大きく息を吐いた。

「椎名先生、君の言いたいこともよく分かる。おそらく、他の医局員たちもそう感じるだろう。ただね、この練馬区には区民病院がないんだよ。五十二年前にこの旧館が稼働して以来、ずっとうちの病院は地域一帯の医療の、最後の砦であり続けていた」

扇谷は立ち上がって窓に近づくと、カーテンを開く。練馬の住宅街が窓の外に広がっていた。

「感染が広がったとき、もしこの病院がもつ全ての力を新型コロナ診療に注いでしまったら、地域の医療は崩壊する。脳卒中、心筋梗塞、交通外傷、悪性腫瘍、早急な治療が必要なそれらの患者が医療にアクセスできず、結果として命を落とすだろう」

「だからって、私たちが負担を全て背負い込むんですか？」

扇谷は「そうだ」と迷うことなく肯定した。

「我々、呼吸器内科が防波堤となってこの病院を、ひいては地域の人々を守るんだ。ただ、もちろん強制はできない。うちの科の全員に協力して欲しいが、どうしても難しいという場合は、外来などを担当して他の医局員の負担を軽減するためのサポートを頼むつもりだ」

感染力も致死率もはっきりと分からず、そして治療法も五里霧中のウイルスと対峙する。いかに医師という仕事に誇りを持ち、患者を救うことに喜びを見出している梓でも、即答することはできなかった。

「扇谷先生は……、新型コロナ患者が入院して来たら、担当するんですか……？」

決断までの時間を稼ぐかのように、梓は問う。扇谷は目をしばたたくと、マスクをつけたまま、ふっと相好を崩した。

「椎名先生、僕は呼吸器内科の部長、つまりは医局という船の船長のようなものだよ。嵐が来て船が沈没するときは、船長は全ての乗員の避難を確認するまで船に残り続けると決まっている」

穏やかに語るその口調は、すでに扇谷がひたひたと迫りくる敵と先陣を切って戦う決意を固めていることを伝えてくる。

高齢になればなるほど、新型コロナウイルスの致死率が上がることは、中国のデータからすでに明らかになっている。

還暦を過ぎている扇谷が覚悟を決めているというのに、二十歳以上若い自分がこんなに怯えているなんて……。激しい自己嫌悪に襲われながら、梓は口を開く。

「すみません、主治医として診る件は、少し考えさせてもらってもいいですか？」

「ああ、もちろんだよ。いまこの場で結論を出して欲しいわけじゃない。ゆっくり考えてくれ」

扇谷が柔らかく目を細めるのを見て、触れれば切れそうなほどに張り詰めていた緊張の糸がいくらか弛緩《しかん》する。

「そうですよね。そもそも、感染が広がるかどうか分かりませんしね」

こわばった顔の筋肉を無理やり動かして笑みを浮かべると、姉小路が「いいえ、広がります」とひとりごつようにつぶやいた。

「これまでのデータ、そしてあのクルーズ船での感染状況から見て、感染症の専門家として断言できます。このレベルの危険な病原体が人間社会に侵入するのは、百年ぶりです。間違いなく世界各国が、このウイルスに蹂躙《じゅうりん》されるでしょう」

「百年ぶりって、まさか……」

梓が喉の奥から震える声を絞り出すと、姉小路はかすかに頷いた。

「ええ、スペイン風邪以来の危機です」

7　2020年2月20日

長峰邦昭は診察室の椅子に腰かけながら、新聞を開く。時刻は午後四時半を回っている。普段なら、この時間にはかなり患者がいるのだが、今日はこうして新聞の隅々に目を通す余裕があった。

いや、今日だけでなく数週間前から、目に見えて患者が減っていた。原因は明らかだった。

『クルーズ船　きょうも乗客約500人が下船へ』
『新型ウイルス　中国　新たに108人死亡　死者は2112人に』

新聞の見出しを眺めつつ、長峰はマスクの下で唇を歪める。

年明けに中国・武漢で原因不明の肺炎が広がっているというニュースが流れてから、世間の感染症に対する危機感が強くなり、多くの人々がマスクや手洗いなどの感染対策を取るようになった。

そのおかげで、感染症が明らかに減った。例年ならこの季節、インフルエンザ患者で待合が溢れかえるのだが、今年はまったくいない。

さらに今月の初旬、横浜港に停泊中の巨大クルーズ船で大量の感染者が出て、十三日には国内で初の新型コロナウイルス感染症による死者が確認されたことで、世間の警戒は最高潮に達していた。

街にくり出す者が減り、多くの人々がマスクを着用するようになった。そのせいでマスクが足りなくなり、どこに行っても手に入らなくなっている。インターネットでは、マスクや消毒薬が定価の十倍以上の値段で取引されているらしい。

新聞をめくった長峰は、目に飛び込んできた見出しに口を固く結ぶ。

『新たに3人肺炎か　乗客ら受け入れの医療センター　愛知　岡崎』

『新型ウイルス　クルーズ船　下船し入院中の日本人乗客2人死亡』

ダイヤモンド・プリンセス号では搭乗者全員の検査が終わり、昨日から陰性が確認できた乗客たちの退去がはじまっていた。しかし一方で、すでに感染が確認されて医療施設に搬送された患者たちが、高齢者を中心に次々と肺炎を起こして重症化している。とうとう、死者も出てしまった。

「最初の症状が軽くても、時間が経つにつれて肺炎を起こすことがあるのか。……やっかいだな」

新聞を折りたたんだ長峰は、ぶるりと体を震わせると、そばに置かれている灯油ファンヒーターの出力を上げる。先週から換気のために窓を開けるようにしているため、冬の凍てついた空気が吹き込んでくる。それだけでなく、ドアノブを介しての接触感染を防ぐために診察室の扉を撤去し、代わりに目隠しのための衝立を置いている。受付にはビニールカーテンも設置していた。しかし、これで十分なのか自信は持てなかった。人類がこれまで出会ったことのないウイルスへの対抗策を、日本中が、いや世界中が必死に模索していた。

「コビド、だったっけ？　おぼえにくい名前だな」

長峰はふっと鼻を鳴らす。

二月十一日、ＷＨＯは新型コロナウイルスの名称をSARS-CoV-2、それにより引き起こされる感染症をＣＯＶＩＤ-19とすると発表した。ＳＡＲＳに極めて似たウイルスであり、それによる疾患が二〇一九年に確認されたことを受けての命名だが、覚えにくいことこのうえなく、誰もがこのウイルスを『新型コロナ』、もしくは『コロナ』と呼んでいた。

長峰は立ち上がると診察室を出て、看護師が暇そうにしている検査室を抜け、閑散としている待合室へ入る。そこに設置されたテレビでは、クラシック音楽に乗せて、ヨーロッパの街並みが映し出されていた。先月までは地上波のテレビ番組を流していたのだが、あまりにも新型コロナウイルスの恐怖を煽る報道が多く、患者が不安になるということで、この映像を流すことにしていた。

「先生、どうしたんですか？」

受付窓口からビニールカーテン越しに声をかけてくる事務員に、「ちょっとね」と曖昧に答えると、長峰はスリッパから備え付けの外履きに履き替えて外に出る。

自動ドアの前に、『中国湖北省に滞在歴がある、または滞在歴がある人物と接触し、発熱などの症状がある場合は院内に入らず、保健所に連絡してください』と記された看板が立てられていた。地元の医師会からの指示で置いたものだ。他にも、鼻腔の奥に綿棒を突っ込んで行うインフルエンザ抗原検査も、新型コロナウイルス感染のリスクがあるので、一時的に控えるよう通達が来ていた。

医師会がマスクや消毒液などを集め、診療所に供給してくれているおかげで、なんとかそれらは枯渇せずに済んでいる。地域の医療を守ろうと、関係者が力を合わせている。しかし、新型コロナウイルスが一気に感染拡大したら、そうした努力も焼け石に水なのではないだろうか。感染の大波に巻き込まれ、一気に医療崩壊を起こしてしまうかもしれない？

アメリカや欧州各国が素早く検疫を強化したのに比べ、春節のインバウンドを期待したのか、日本政府の対応は明らかに後手に回っている。ダイヤモンド・プリンセス号という一隻の船の中にいる三千七百人の中で、十四億人の人口を抱える中国に匹敵する感染者を出してしまった日本の対応に、世界中から疑問の声が上がっていた。英国の次期ロンドン市長候補から、「東京の代わりにロンドンでオリンピックを開いてもいい」と皮肉を言われる始末だ。

厳しい行動制限を課す中国では、感染が抑え込まれはじめている。このままでは、日本だけが感染を制御できなくなるのではとさえ囁かれていた。

漠然とした不安に苛《さいな》まれていると、肩を叩かれた。驚いて振り返ると、青白い顔をした老人が、荒い息をつきながら立っていた。この医院のかかりつけ患者である町田だった。

両膝に手を当て、虚ろな目で見上げてくる町田の姿に、長峰は目を剝《む》く。

「町田さん、どうしたんだ⁉」

町田は「苦しい……」と声を絞り出し、そのまま、崩れ落ちそうになった。慌てて支えた町田の体が、燃え上がるほどに熱いことに気づき、長峰の心臓が大きく跳ねる。

「町田さん。最近、中国に行った人と会ったりしていないよな」

答えようとしているのか、町田は口を開く。しかし、そこからは喘《あえ》ぐような音が漏れるだけだった。

迷っている場合じゃない。長峰は町田に肩を貸すと、引きずるようにして院内に連れていく。

「どうしたんですか⁉」

事務員が驚きの声を上げるが、答える余裕はなかった。足腰に力を入れ、町田を検査室まで連れていき、ベッドに横たえる。

「バイタルを測って！」

息を乱しながら長峰が指示を出す。この医院を開業したときから勤めているベテラン看護師は、一瞬目を丸くしたが、無駄な質問をすることなく素早く動きはじめた。体温計をわきにはさみ、人差し指にパルスオキシメーターを嵌める。

長峰は首にかけていた聴診器を耳につけると、町田のシャツをたくし上げ、肋骨が浮かぶ胸部に集音部を当てる。目を閉じて聴覚に意識を集中させると、左右両肺の下部から、ごぼごぼっという泡が弾けるような音が聞こえた。

「体温三十九・四度、サチュレーションは七十八パーセントです」

看護師の報告を聞いて長峰は奥歯を嚙みしめる。あまりにも低すぎる。高熱を出していることからしても、おそらく両肺に重度の肺炎を起こしている。

「酸素を五リットルで開始する。レントゲンを撮るから、準備を」

指示を飛ばしながら、長峰は検査室の隅に常備している小さな酸素ボンベを運び、それにプラスチック製のマスクとチューブを取り付けると、ハンドルを回した。蛇の威嚇音のようなシャーという音とともに、ボンベから吐き出された酸素がチューブを通ってマスク内に吹き出した。

町田の口にマスクを当てつつ、長峰は「深呼吸をして。ゆっくり深呼吸を」と声をかける。天井を眺めながら荒い呼吸をしていた町田の表情が、かすかに緩んでいく。呼吸の速度もじわじわと低下していった。

指に嵌められているパルスオキシメーターに表示される血中酸素飽和度が、『82』、『83』、『84』……と、じわじわと上昇しはじめ、やがて『92』となったところで上昇が止まる。

マスクについているゴム紐を町田の後頭部に回して固定し、長峰は胸を撫でおろした。

「町田さん、町田さん、分かるか」

声をかけると、町田はベッドに横たわったまま、かすかに頷いた。焦点を失っていた目にも、いまはしっかりと意思の光が宿っている。

「たぶん、肺炎を起こしてる。しかも、かなり重症だ。いつから苦しくなったんだ？」

「一週間……くらい前から……、苦し……かった……」

「一週間？」長峰は耳を疑う。「一週間前から苦しかったのに、こんなに悪くなるまで放っておいたのか？　はやくうちに来ればよかったのに」

「医院はコロナが……危ないと……思って……」

苦しいのに受診しない方が、遥かに危ないんだよ。そう叱りそうになってしまうが、長峰は喉元まで出かかった言葉を呑み込んだ。

その判断はあくまで自分が医師だからこそできるものだ。医学の世界に五十年以上いる自分ですら、新型コロナウイルスには漠然とした不安を抱いている。ましてや医学知識のない一般人にとっては、正体不明の感染症など、恐怖という概念を具現化したような存在だろう。

「とりあえず、レントゲンを撮るぞ。ゆっくりでいいから立って」

血中酸素飽和度が下がらないよう、慎重に町田をX線撮影室へと移動させ、撮影する。再び町田をベッドに横たえたあと、診察室の電子カルテで撮影したばかりの胸部X線写真を確認する。想像通りに両下肺に肺炎と思われる濃い浸潤影が映っていた。

かなりひどい肺炎だが、これなら入院して抗菌薬を投与すれば回復するだろう。大きく息を吐いた長峰は検査室へと戻り、町田に声をかける。

「町田さん、やっぱり肺炎だ。これから近くの病院に、救急車で搬送してもらうよ。大丈夫、ちゃんと治療を受けたら回復するから」

　そこで言葉を切った長峰は、一つ訊ねておくべきことがあることを思い出す。

「念のため聞くけど、町田さん、最近中国に行ったり、中国から来た人と食事をしたりしていないよね」

「……したかも、しれない」

　酸素マスクの下でつぶやいた町田の言葉を聞いて、長峰は息を呑む。

「中国から来た人と、会ったのか!?」

「直接、会ったわけじゃ、ない。ただ、先週、銀座で昔の知り合いと、飯を食ったとき、隣に、中国語を話す客が、何人もいて、大声で騒いで、いた……」

　とぎれとぎれに絞り出される町田の説明に、心臓の鼓動が加速していく。隣にいる看護師が、「先生……」と不安げに声をかけてきた。

「大丈夫だ、これはコロナじゃない。コロナは特殊な間質性肺炎を起こすけれど、レントゲンでは典型的な細菌性肺炎の所見だった。これは普通の肺炎だ」

　なかば自分に言い聞かせるように言うと、診察室に戻って電話の受話器を取る。車で五分ほどのところに、総合病院がある。三百床ほどと規模は大きくないが、この医院を開業してからの付き合いで、入院が必要な患者はまずそこに送っていた。

　総合病院の医療連携室に繋ぎ、入院が必要な患者がいると言うと、職員が『ああ、長峰先生、いつもお世話になっています』と愛想よく答えた。

　いつものように、患者の名前、年齢、病状などを伝える。職員は『承知しました。

ベッドが空いているかすぐに確認して、折り返しお電話差し上げます』と通話を終えようとした。

「ああ、ちょっと待ってください。一つ伝えておきたいことがあるんです」

長峰は慌てて止めると、町田が中国人と思われる人々の隣の席で食事をしたことを告げた。その瞬間、電話越しに伝わってくる職員の態度が一変した。

『長峰先生、そちらの患者さんはコロナの検査を受けていますでしょうか？』

「検査？　いや、受けていないと思うけれど」

『でしたら、コロナの検査をして下さい。それまで、入院を受けるわけにはいきません』

「そんな！　コロナの検査なんてうちが契約している検査会社ではできない」

『申し訳ありません、長峰先生。それが当院の方針ですので。検査で陰性が証明されたら対応いたします。それでは失礼いたします』

逃げるように職員は電話を切った。気の抜けた電子音を響かせる受話器を、長峰は呆然と見つめる。

いったい、コロナの検査なんてどうやってやればいいというんだ。片手を額に当てた長峰の脳裏に、町田がやって来る直前に眺めていた、医院の入り口に置いてある看板が浮かび上がった。

そうだ、保健所だ。新型コロナウイルス感染が疑われる場合は、保健所に連絡を取り、検査を受けることになっている。

電話のフックを手で押し下げ、保健所に電話をする。すぐに回線は繫がった。応対する保健所職員に事情を話したうえで、検査を依頼する。しかし、『申し訳ありませんが、検査はできません』と相手は即答した。

「どうして？　中国人観光客との接点があって、肺炎を起こしているんですよ」

『先生、その観光客は湖北省から来ているんですか？　そもそも、本当に中国人観光客だったという確証があるんですか？』

「確証なんて、あるわけないじゃないか！」

苛立ちを隠すことなく声を荒らげると、保健所職員の諭《さと》すような声が受話器から響く。

『先生、新型コロナの検査はＰＣＲで行われます。そして、そのキャパシティは限られています。特にこの国では』

長峰の口から「あ……」という音が漏れる。

ＰＣＲ検査とは専用の機器により遺伝子情報を指数関数的に増幅させ、該当する病原体がいるか否かを判定する検査だ。結核菌の検査などで使用されることはあるものの、日常的に行われるような検査ではなかった。

『現在、ダイヤモンド・プリンセス号の検体の処理だけで、日本のＰＣＲ検査はかなり切迫しています。残念ながら、確実に湖北省にいた人物と接触した方でなければ、いかに肺炎を起こしていてもＰＣＲ検査はできません。対象を広げれば、混乱が起きるだけです。どうかご理解ください』

「……分かりました」

長峰は軋《きし》むほどに強く握りしめた受話器を、フックへと戻した。

保健所の主張はもっともだ。けれど、検査を受けなければ町田は入院できない。

電子カルテのディスプレイに映し出された、白く濁った町田の肺野を凝視する。

この重症肺炎を在宅で治療することが果たして可能だろうか?

「……絶対に無理だ」

すぐに答えは出た。もともと肺気腫で予備能が低い肺に、強い炎症が起きている。ここまで高熱が出ているということは、血中に細菌が侵入する敗血症を起こしているかもしれない。場合によっては、ICUで集中管理が必要となる状態だ。

唇を嚙んだ長峰は、普段から付き合いのある病院に片っ端から入院依頼をしていく。しかし、どこも判を押したように、観光客のことを伝えると『まずコロナの検査で陰性を確認してください』という答えだった。

中国人観光客らしき人々と接触したことを伝えずに、入院依頼をしようか。一瞬、そんな考えが浮かぶが、長峰は大きくかぶりを振る。

だめだ。もし町田が新型コロナウイルスに感染していたら、その可能性を伝えずに入院させた場合、院内感染が生じるかもしれない。入院している患者たちは、感染症に対して最も脆弱な人々だ。感染が拡大すれば、多くの犠牲者が出るだろう。

どうすればいいというのだろう。検査を受けなければ入院できないが、その検査をすることができない。

分からない、分からない、分からない……。

長峰はやや寂しい頭髪を乱暴に搔き乱す。そのときふと、数ヶ月前に練馬にある心泉医大附属氷川台病院の職員が、「入院が必要な患者さんなら、ぜひご紹介ください」と営業に来ていたことを思い出す。

国民皆保険制度により医療費を完全に国に決められている日本では、病床の九十パーセント以上を常に稼働させなければ、急性期病院は赤字になってしまう。それゆえ、どの病院も診療所に、入院が必要な患者の紹介を望んでいた。

ここから心泉医大附属氷川台病院はかなり離れているので、実際に患者を紹介したことはなかったが、練馬一帯の地域医療の要であるあの病院なら、受け入れてくれるかもしれない。

儚《はかな》い希望を胸に、長峰はデスクの抽斗《ひきだし》の奥にしまっていた資料を取り出す。心泉医大附属氷川台病院は、各科の当番医に直接電話ができるシステムになっていた。

緊張しつつ、長峰は電話番号を打ち込んでいく。呼び出し音が二回響いたところで回線が繋がった。女性の声が聞こえてくる。

『はい、呼吸器内科の椎名です』

「失礼します。私、西東京市にある長峰医院の長峰と申します」

長峰が名乗ると、椎名という女性は『お世話になっています』と、型通りの対応をする。

「細菌性肺炎によると思われるCOPD（慢性閉塞性肺疾患）急性増悪の患者さんの入院をお願いできればと思いまして。ただ、実は……」

長峰は今日何度目か分からない説明をしていく。数分かけて事情を話し終えた長峰は、おずおずと「入院は可能でしょうか?」と訊ねた。

『分かりました。それでは患者さんのお名前と、生年月日を教えてください』

「受けてくれるんですか⁉ 中国から来た人たちと接触しているかもしれないのに」

思わず、受話器を両手で握りしめる。

『はい、もちろんです。新型コロナのPCR検査にかんしましては、当院の中央検査部で独自に可能です。結果が出るまでは個室で管理させていただきます』

その場に崩れ落ちてしまいそうなほどの安堵をおぼえつつ、長峰は「ありがとうございます」と心からの感謝を伝える。

「これで、この地域の医師としての義務を果たすことができます。本当に感謝します」

『医師としての義務……』

受話器から、独白のようなつぶやきが聞こえてきた。

「どうかされましたか?」

長峰が訊ねると、椎名は『いえ、なんでもありません』と、やや慌てたような口調で答えた。

『こういうときはお互い様です。地域医療のためにも、今後も開業医の先生方と力を合わせていきたいと思いますので、どうぞよろしくお願いいたします。この度は、ご紹介ありがとうございました』

8　2020年2月27日

「うん、お胸の音も問題ないですね。昨日の採血の結果でも、炎症の数値はほとんど正常レベルに近づいていますし、抗生物質は今日までにしましょう。それで問題なければ、退院の相談ができますよ」

聴診を終えて話しかけると、ベッドに横たわった老人は「ありがとうございます」と微笑んだ。ベッドには『町田洋平《ようへい》様　担当　椎名梓医師』と記されている。

町田は、一週間前に西東京市柳沢にある診療所から紹介されてきた。診療所の医師の話では、銀座で食事をした際に、中国人観光客らしき人々と隣の席になったので、多くの病院から受け入れを断られたということだった。

町田が救急車で救急救命部に搬送されると、梓はN95マスク、フェイスガード、防護ガウン、キャップに手袋などのPPEと呼ばれる個人防護具で完全なる感染対策を取ったうえで、診察に当たった。

救急救命部で撮影したCTで肺気腫に細菌性肺炎が合併した典型的な所見が得られたため、念のため新型コロナウイルスのPCR検査を行ったうえで、呼吸器内科病棟の個室に入院させて抗菌薬の投与を開始した。

予想通りPCR検査は陰性であり、喀痰《かくたん》より肺炎球菌が検出されたので、入院翌日には大部屋に移動させ、治療を続けている。抗菌薬の投与により肺炎は急速に改善していた。

町田はベッドで上体を起こすと、頭頂部が見えるほどに頭を下げた。

「椎名先生と長峰先生に命を救ってもらいました。本当にありがとうございます」

「いえいえ、そんな」

胸の前で両手を振りながら、梓は一週間前に長峰という開業医と交わした会話を思い出す。

――これで、この地域の医師としての義務を果たすことができます。

長峰は感極まった口調で、そう言った。診療所の周囲に住む人々の健康を守る。そのために全力を尽くす。その決意が患者紹介用の院内携帯から強く伝わってきた。

果たして、私は自分の義務を果たせているのだろうか？　梓は自問する。答えは出なかった。

この町田のように、新型コロナウイルスに感染している可能性が否定できない患者の診察も、感染防御をしながら行っている。しかし、コロナ専用病棟が稼働した際、そこで勤務するかについては、まだ答えが出せていなかった。

呼吸器内科部長の扇谷が中心になり、旧館に即席の感染症病棟が出来上がりつつあった。すでに簡易陰圧装置が設置され、電子カルテをはじめとする様々な機材も準備され、いつでも稼働できる態勢になっている。

毎日、全国で十人から二十人ほどの感染者が出ているものの、感染は小康状態になっていた。新館にある三床の感染症専用病床には、感染したダイヤモンド・プリンセス号の乗客が入院したが、それ以降、感染者の入院依頼は来ていない。そのおかげで、まだコロナ病床に患者を入れるという事態にはなっていなかった。けれど、いつかは患者を受け入れなくてはならなくなる。この数日で、梓はそう確信していた。

韓国では新興宗教団体の礼拝でのクラスター（集団感染）を起点として感染が拡大しており、一日三百人ほどの新規感染者が出ている。イタリアでは北部で感染者が多数確認され、十一の自治体が封鎖状態になっていた。またイタリアに滞在歴がある人々を中心に、欧州各国で感染者が出はじめている。

これまで感染を抑え込んでいたアメリカでも、とうとう感染経路不明の陽性者が発見され、地域社会ですでに感染が広がっている可能性があるとＣＤＣ（疾病管理予防センター）が警告を出した。

「先生、大丈夫かい？」

物思いに耽《ふけ》っていた梓は、町田に声をかけられ我に返る。

「え、ええ、大丈夫です。退院はいつ頃がいいかなと思って。ああ、そうだ町田さん。退院したら、しっかりと禁煙して下さいよ」

くぎを刺すと、町田は首をすくめて頭を掻いた。

病室を出た梓は、重い足取りで廊下を進んでいく。新型コロナウイルスの院内感染を警戒し、先週から面会に制限がかかっていた。家族のみ毎日一人、短時間の面会だけが許されている。そのせいで、昼下がりの病棟はいつもより閑散としていた。

呼吸器感染症を専門としている身として、感染リスクに晒されることは覚悟している。しかし問題は、普段診ている疾患と違い、自分が感染すると家族にうつしてしまうリスクが極めて高いことだ。

いまや、新型コロナウイルスは全世界の公衆衛生に対する、最大の脅威となっている。多くの一流医学誌に大量の論文が掲載され、発見されてからまだ二ヶ月足らずのウイルスの全容を、世界中の科学者が必死にあばこうとしていた。

信じがたいことだが、新型コロナウイルスの感染者が、発症前から大量のウイルスを排出しているのは、様々な報告からもはや疑いようのないことだった。発熱などの症状が出てから警戒しても遅い。すでに周囲の人々に感染させているかもしれない。その性質が感染対策を難しくしていた。

母の春子は高齢のうえ、肺気腫と糖尿病を患っている。感染した際、肺炎を起こし、重篤化するリスクは極めて高いはずだ。どうやら、子供は重症にはなりにくいようだが、気管支喘息を持っていてたびたび発作を起こしている一帆が、呼吸器に炎症が生じるウイルスに晒されるのはただただ恐ろしかった。

二人を守らなければならない。しかし、そのためにどうすればいいのかが分からなかった。

三月末で退職してしまおうか。そんな考えが頭をかすめる。

大学病院の給料は安いが、それでもこれまで節約をして、それなりに貯金はある。家族三人なら、一、二年は問題なく生活できるはずだ。

人口密度が高く、人の移動が多い地域ほど、感染症は広がりやすい。一帆が小学校に入学するまでの二年間、都会を離れ自然に囲まれた環境で過ごすのも悪くないかもしれない。

けれど……。梓はマスクの下で唇を固く結ぶ。

おそらく今後、医療現場は戦場と化す。そして、同僚の呼吸器内科医たちはその最前線で戦うことになるだろう。仲間を置いて、自分だけ敵前逃亡することなど、果たして許されるのだろうか。

思考が絡まったままナースステーションに入ると、看護師たちが集まり、ざわついていた。

「なにかあったの？」

顔見知りの看護師に声をかける。振り返った彼女の顔はこわばっていた。

「来週から学校が休校になるんです。ほんの何分か前に、発表されたらしいんです」

「休校って、どこの学校が？　誰が発表したの？」

意味が分からず、梓が聞き返すと、看護師は苛立たしげにかぶりを振った。

「全国の学校です。安倍さんが発表したんです」

数回、まばたきをくり返したあと、梓は目を剝く。

「安倍さんって、首相⁉」

「そうです。いきなり首相が全国の小・中・高校なんかを三月二日から休校にするって言い出したんですよ。うちの子、まだ七歳だから、一人で一日中留守番させるわけにもいかないし。どうしよう」

両手で頭を抱える看護師を眺めながら、梓は必死に状況を整理する。

二〇〇九年に新型インフルエンザが大流行した際、一斉休校を行った地域では感染が拡大しにくかった。広がりつつある感染を制御するという意味では、一定の効果があるかもしれない。

ただ、インフルエンザと違い、新型コロナウイルスは子供の間では比較的伝播しにくいというデータが出ている。全国で休校を行うという判断が正しいのか、梓には確信が持てなかった。

「まさか、保育園まで閉まらないよね!?」

他の看護師が、悲鳴じみた声を上げる。

そう、もっとも影響が大きいのは保育園が休園になる場合だ。共働きが多くなっている現在、保育園が休みになると多くの人々が仕事に行けなくなってしまうだろう。

そして、子供を保育園に預けて働いている看護師は多い。

入院患者のケアを行う看護師が不足すると、病院の機能は一気に低下する。そうなれば、必要な医療を人々に提供できなくなってしまう。

感染者が溢れかえることでの医療崩壊を心配していたが、まさかこんな形でマンパワーが削がれていくなんて……。

肺気腫を患っている春子は、細菌などにより肺に炎症が生じると、入院治療が必要となる。そして、一帆はこれまで何度か重い喘息発作を起こし、夜間救急を受診しているし、二度ほど入院をしたこともあった。

もし医療が受けられない状態になったら、二人は危険に晒される。新型コロナウイルスの感染を避けるだけでは、命よりも大切な家族を守ることはできない。

いま、私にできること、私がやるべきことは……。

ざわめきが収まらないナースステーションで一人、深呼吸をくり返していると、「椎名先生」と声をかけられた。振り返ると、感染症内科の姉小路が、普段通りのどことなく眠そうな顔で立っていた。

「COVIDの患者について相談があるんだけど、いいですか？」

「あ、はい、もちろんです」

梓は姉小路とともに、電子カルテの前に移動する。マウスを操作する姉小路の無表情な横顔を眺めながら、梓はおずおずと口を開いた。

「全国一斉休校の件、聞きましたか？」

「ええ、さっき総理が発表したらしいですね」

姉小路は画面に視線を向けたまま答える。

「効果はあるでしょうか？」

「極めて限定的でしょう。高病原性新型インフルのパンデミックに対してのマニュアルでは、一斉休校が有効な対応策として挙げられていますが、新型コロナはインフルと大きく性質が違います。現在までのデータでは、インフルのような子供間での伝播はそれほど多くありません」

「じゃあ、意味がないということですか？」

「間接的には意味があるんじゃないでしょうか」

「間接的？」

聞き返すと、姉小路はかすかにあごを引いた。

「一斉休校という強い措置は、いまだかつてないものです。このウイルスを舐めていた安倍首相も、ようやく未曾有の事態だということに気づいて、切れるカードをどんどん切っていくフェーズに入ったということです。総理の危機感は、多くの国民にも伝わり、気づかせるでしょう」

そこで言葉を切った姉小路は、マウスを持つ手を止めると、横目で視線を送ってきた。

「ウイルスとの戦争が始まったと」

「戦争……」

かすれ声が唇の隙間から零れる。姉小路は「ええ」と、再びディスプレイに視線を戻した。

「これはまぎれもない戦争です。人間の体内に入り込み、その細胞を破壊しつつ増殖することだけをプログラムされた敵との全面戦争。グローバル化が進み、人間とその体内に潜んだ病原体が容易に大陸間を移動できるようになった現在、感染症は百年前のスペイン風邪のときとは比較にならないほど、容易に拡散するようになっています。うまく対処できなければ、世界中が一方的にこのウイルスに蹂躙されるでしょう」

淡々とした姉小路の口調と、その壮絶な内容のギャップが、不安を搔き立てていく。

戦争がはじまる。いや、それはすでにはじまっていたのだ。

相手は意思を持たない有機機械。一切の慈悲もなければ、交渉もできない。

戦争など、自分とは違う世界の出来事だと思っていた。この日本では、ずっと平和が続くと思っていた。しかし、それがガラス細工のように美しく、そして脆《もろ》い幻想でしかなかったことを、いままざまざと見せつけられていた。

「今日撮った、半田《はんだ》さんのポータブルレントゲン写真です」

姉小路がマウスをクリックすると同時に、ディスプレイに胸部X線写真が映し出される。その両肺野は、校庭にラインを描くときに使う石灰の粉をばら撒いたかのように、白く濁っていた。

先々週、心泉医大附属氷川台病院は、ダイヤモンド・プリンセス号から三人の感染者を受け入れた。そのうちの二人は、発熱や咳などの症状があったものの、肺炎を起こすことなく一週間ほどで症状が改善し、ＰＣＲ検査も陰性となって退院していた。

当初は半田も、他の二人と同じような経過をとっていた。しかし、九十キロを超える肥満体で、重度の糖尿病を患っている半田が解熱することはなく、入院から十日ほどしたところで突然、血中酸素飽和度が低下した。

胸部のＣＴを撮影したところ、入院時はなかった陰影が確認され、ウイルス性の間質性肺炎を発症したと診断が下された。そこから症状は急激に悪化し、三日後には挿管しての人工呼吸管理となっていた。

「肺炎、昨日のレントゲンより明らかに悪化していますね」

梓は前のめりになって、画面を凝視する。

「はい、間違いなく」

姉小路は人工呼吸管理になった日から今日まで、約一週間にわたって撮影したレントゲンを順に映し出していく。時間経過とともに、白い影が肺野をじわじわと侵食し、その色を濃くしている。

「椎名先生、呼吸器内科から見て、どうですか？」

姉小路に促された梓は、口元に手を当てる。

「レントゲン写真だけでも、両肺全体に強い炎症が波及しているのが見て取れます。間質性肺炎特有のすりガラス状の陰影だけでなく、浸潤影もかなりはっきりしてきています。おそらく、ＡＲＤＳを起こしているでしょう」

ＡＲＤＳ、急性呼吸窮迫症候群。肺で生じた強い炎症によって、毛細血管から水分が滲み出して肺胞が水浸しになり、重症呼吸不全を起こす病態。

「二〇〇三年のＳＡＲＳのときも、ＡＲＤＳが高確率で生じたと報告があります。まったく同じ病態だと思います」

「はい、私もそう考え、ＡＲＤＳに対する治療を行っています。けれど、病状は悪化し続けています。私の治療に不備がないか、確認して頂けますでしょうか」

姉小路が慇懃に、そして陰鬱に言う。梓は「分かりました」と、姉小路に代わってマウスに手を添え、現在の半田に行われている治療を確認していく。

数分かけて診療記録を隅々まで読み終えた梓は、大きく息を吐いた。

「ＡＲＤＳの治療に不備はまったくないと思います。新型コロナウイルスに対して、抗ウイルス薬の投与など、直接的な治療は行っていますか？」

「家族の許可を得て、抗ＨＩＶ薬のリトナビルを投与しています。ＳＡＲＳやＭＥＲＳに対して、一定の効果があったという報告があったので。ただ、現在のところ、効果は見られていません」

姉小路の顔が険しくなる。あまり感情を表に出さない女性だが、考えうる限りの治療を行っているにもかかわらず、患者が急速に悪化している状況に苦しんでいるのだろう。

「人工呼吸管理でもサチュレーションが保てなくなってきています。このままだと、まもなくステルベンするでしょう」

ステルベン、ドイツ語で『死亡』を意味する隠語を口にした姉小路が、「なにかアドバイスはありませんか？」と見つめてくる。

ディスプレイに映し出される胸部Ｘ線写真に、梓は視線を注ぎ続ける。

まだ治療の選択肢はいくつか残っている。しかし、それらは全てリスクを孕んだものだ。どれを選ぶべきなのか、そして選ぶべきでないのか、呼吸器内科医としての十数年の経験に訊ねるが、この無味乾燥な写真からだけでは必要な情報を得られなかった。

梓はゆっくりと目を閉じると、意識を自らの内側に落とし込んでいく。

ウイルスとの全面戦争、姉小路はそう言った。だとしたら、すでにここは戦場だ。日本は、私たちは、敵の侵略を許してしまったのだろう。守勢に回っても、ただ焼き尽くされるのを待つだけならば、リスクを取って戦うべきだ。

大切な家族を守るために。

肺の底に溜まっていた滓《おり》を洗い流すかのように、深く息を吐くと、梓は瞼《まぶた》を上げて姉小路に向き直った。

「姉小路先生、半田さんを診察させてください」

「診察って、感染症病棟に入ることになるんですよ。まだ新型コロナの性質が分からない以上、感染するリスクもゼロではありません」

「分かっています」

力強く頷いた梓をまじまじと見つめた姉小路は、ふっと目を細めた。

「分かりました。では、戦場にご案内しましょう」

ナースステーションの奥にある、金属製の棚で仕切られた狭いスペースで、梓は白衣を脱いでハンガーにかける。姉小路が『椎名』とマジックペンで記されたN95マスクを渡してきた。

「N95マスクは在庫が少ないので、基本的に再利用します。使い終わったら、そこの保管ケースにしまっておいてください」

姉小路はすぐわきにある、五十センチほどの高さの金属製のケースを指さす。ガラス製の扉を通して、内部にある三段の棚に並んだN95マスクが紫色のライトで照らされているのが見える。紫外線による殺菌装置だった。

梓は「分かりました」と頷くと、サージカルマスクを外し、代わりにN95マスクを装着した。耳にひもを引っかけるサージカルマスクとは異なり、N95マスクは強力な二本のゴムひもを後頭部に回し、口元に押し付けるように身につける。麻疹《はしか》や水痘《すいとう》などの、空気感染するウイルスの侵入も許さないマスクだけあってかなり呼吸がしづらいが、結核病棟でN95マスクをつけての勤務を日常的に行っている梓には、そこまで気にならなかった。

「続いて、そこにあるPPEをすべて身につけてください」

姉小路が指さした棚には、感染症病棟に入るために必要な個人防護具が並べられていた。

梓は水中メガネのようなアイシールドをつけると、髪をすべて包み込むように防護キャップをつけた。さらに、ビニール製の長袖防護ガウン、防水ズボン、シューズカバーをつけ、最後にラテックス製の手袋を嵌める。

「ガウンは後ろが開いているので、テープで隙間なく閉めますね」

補助についてくれた中年の看護師が、養生テープをガウンの背中に貼り付ける。これで肌が露出している箇所はほとんどなくなった。去年、一帆に誕生日プレゼントとして渡した、ラッピングされリボンをつけられた恐竜のおもちゃになったような心地になる。

「準備できましたね」

ややくぐもった声が聞こえてくる。見ると、いつの間にか姉小路もPPEに全身を包まれていた。

「では、行きましょうか」

なんの気負いもない口調で言うと、姉小路はすぐそばにある金属製の重そうなドアを開いた。かすかに背中から風が吹き抜けていく。病原体が外部に漏れないよう、病棟内部が陰圧に保たれているので、ナースステーションの空気が引き込まれているのだろう。姉小路が扉をくぐる。喉を鳴らして唾を呑み込んだ梓は、彼女のあとを追った。背後で扉が閉まる音が、やけに大きく鼓膜に響いた。

「感染症病棟へようこそ」

姉小路はおどけるように両手を大きく広げた。

幅二メートルほどの廊下、その三メートルほど先にビニール製のカーテンが垂れ下がっていた。壁に沿って感染性廃棄物を意味するバイオハザードマークが描かれたプラスチック製のケースが三つ置かれていることに気づき、緊張が高まっていく。

「ここはイエローゾーンとなっています。診察が終わったあと、ここでＰＰＥを脱いで、再利用しないものはそこのプラスチックケースに廃棄します。床を見て下さい」

「床？」

視線を下げると、入り口からビニールカーテンまでの廊下が、黄色いテープで囲まれていた。

「ここの空気中には病原体はいない状態になっていますが、床や壁などにはウイルスが付着していると考えて下さい。扉から向こうのナースステーション内はウイルスが存在せず、マスクだけで通常業務が可能なグリーンゾーン、そして……」

姉小路はビニールカーテンを指さす。

「あそこから奥がレッドゾーン。『敵』の領域です」

ビニールカーテンの下の床に、黄色いテープに沿う形で、向こう側に赤いテープが貼られていた。

姉小路は陰圧装置のせいでかすかになびいているビニールカーテンに近づくと、無造作にそれを掻き分けて奥へと進む。

「椎名先生、大丈夫ですか？」

足を止めた姉小路が振り返った。梓は「はい」と震え声で返事をすると、枷が付いているかのように動きが悪い足を動かして廊下を進んでいく。

床に張られた赤いテープを跨《また》いだ瞬間、気温が一気に下がった気がした。ビニールカーテンをくぐり足を踏み入れたレッドゾーンは、まるで映画を見ているかのように、現実感がなく見えた。

この空間にはウイルスがいる。容易に伝播し、肺を焼く致死性のウイルスが。

雲の上を歩いているかのように足元がふわふわとし、アイシールド越しの廊下がぐにゃりと曲がって見えた。

次の瞬間、大きな破裂音が鼓膜を震わせた。梓の体がびくりと震える。融けるかのように歪んでいた世界が、直線を取り戻した。

「大丈夫、椎名先生？」

相撲のねこだましをするかのように、梓の顔の前で両手を鳴らした姉小路が訊ねてくる。

「無理はしなくていいんですよ。不安をおぼえるのは当然なんだから。特に、あなたのようにご家族と同居している人は」

「家族……」

脳裏に屈託ない笑みを浮かべた一帆の姿がよぎる。梓は手袋を嵌めた拳を握りしめた。

「大丈夫です」

腹の底から声を出した梓を、値踏みするように数秒間、観察したあと、姉小路は踵《きびす》を返して「こっちです」と廊下を奥に進んでいった。

十メートルほどの廊下の片側に、金属製の扉が三つ並んでいる光景は、ハリウッド映画で見た刑務所を彷彿させた。

「入院したダイヤモンド・プリンセス号での感染者三人のうち、二人はもう退院し、いま使っているのは奥の一室だけです。全ての部屋にトイレとバスルームが設置されていて、患者同士が接触することなく生活できるようになっています。患者の状態が良い場合は、食事などもそこの窓を通して、廊下から渡します」

一番手前の扉の前を通過しながら、姉小路が説明する。扉のそばに開閉できる窓があり、トレーなどを置ける台が付いていた。ますます、刑務所を連想してしまう。

人気《ひとけ》のない廊下に、梓と姉小路の足音がやけに大きく反響した。最も奥にある扉の前まで移動すると、姉小路は開けて中に入る。

殺風景な十畳ほどのスペース、その奥に置かれたベッドに肥満体の男がうつぶせに寝かされていた。

その口からは気管内チューブが飛び出していて、機械音を響かせる人工呼吸器に接続されている。ベッドわきに置かれた点滴棒には、いくつもの点滴袋や点滴壜がセットされていて、そこから細いチューブが何本も垂れ下がり、男の首筋に差し込まれた中心静脈ラインや、手背《しゅはい》の点滴ラインに繋がれていた。医療現場で『クリスマスツリー』と揶《や》揄《ゆ》される状態だ。

ベッドサイドには、梓たちと同様にPPEに身を包んだ看護師が二名いて、点滴量の調整や、病状の記録を行っている。

「お疲れ様です、姉小路先生、あと椎名先生ですよね」

梓たちに看護師が挨拶をする。おそらくは顔見知りなのだろうが、顔が露出している部分がほとんどないので、誰だか分からなかった。

「状態は？」

姉小路が低い声で訊ねる。

「サチュレーションは九十パーセント程度で変わりありません。血圧が低下してきたので、指示にある通りDOAを増量しました。ただ、もうすぐマックス量になります」

すでに昇圧剤を大量に使用しないと、血圧が保てない状態になっているのか。口元を引きしめながら、梓は部屋を見渡す。簡素な部屋だが、姉小路の説明通りユニットバスがついていて、この中で生活ができるようになっている。すこし大きめのビジネスホテルの部屋といった様相だった。窓はあるが、病原体が漏れないよう、はめ殺しになっている。

「気をつけてください」

姉小路が小声で囁いてくる。

「痰の吸引とか、エアロゾルが発生する処置を定期的に行っています。多分、この空間には大量のウイルスが漂っている。絶対にN95マスクを外さないように。それが命綱だから」

この厚さわずか数ミリのマスクしか、ウイルスと自分の呼吸器を隔てるものがない。その事実に、腹の底が冷えていく。

姉小路と梓はベッドに近づいた。

「うつ伏せにしているんですね」

梓の問いに、姉小路は「ええ」とうなずく。

「海外からの報告で、重症の肺炎を起こしたケースでは、うつ伏せにした方が呼吸状態が改善しやすいというデータがあったから。ただ、この巨体だから大変でしたけど」

「実際に、改善しましたか」

「いくらかは。ただ、それでももう血中酸素濃度が保てなくなってきた」

かなり厳しい状態だ。もはや、じり貧と言ってもいいだろう。

人工呼吸器の設定と、その隣に置かれたモニターに表示されている数値を梓が確認していると、姉小路が人工呼吸器のパネルを指さした。

「ここからさらにＰＥＥＰを上げるのはどう？」

人工呼吸器の設定の一つであるＰＥＥＰ、呼気終末陽圧は、呼気時に気管内に軽い圧力をかけ、肺胞が潰れないようにできた。肺が水浸しになっているARDSでは、PEEPを十分にかけることで肺胞が膨らみ、呼吸状態が改善することがある。

　数秒考え込んだあと、梓は首を横に振った。

「お勧めしません。すでにそれなりにPEEPをかけている状態です。ここからさらに上げても、状態が改善するとは限りません。それに、この患者さんはかなり喫煙歴が長いですよね」

「ええ、毎日二十本、三十年以上吸っている」

「だとしたら、肺気腫が進んで、肺胞が脆くなっている可能性が高いです。これ以上、圧力を加えると、肺胞が破れて気胸になり、肺が潰れるかもしれません。現在の呼吸状態でそれが起きたら、ほぼ即死でしょう」

　恐ろしい予想に、姉小路と看護師たちは黙り込む。人工呼吸器のポンプ音だけが空気を攪拌《かくはん》していった。

「分かりました」

　固い声で姉小路がつぶやく。

「PEEPは現在の設定のままにしておきます。他にいま、できることはありませんか？」

　アイシールド越しに注がれる姉小路の眼差しは、どこか縋《すが》るような色を孕んでいた。初めて対峙するウイルスに対してどう戦っていいか分からず、途方に暮れているのだろう。

梓は呼吸器内科医としての知識と経験を最大限に駆使して、このウイルスに対抗するための武器を検討する。一つの答えが浮かび上がって来た。

「ステロイドを投与しましょう」

「ステロイド？」

姉小路の双眸《そうぼう》が見開かれる。

「ＳＡＲＳやＭＥＲＳの症例で、ステロイドを投与した際、どうなったかご存じないんですか？」

「知っています。ステロイドによる免疫抑制によりウイルスの排出が遷延《せんえん》しました」

「それなら……」

前のめりに反論しようとする姉小路の前に、梓は手を突き出した。

「呼吸器内科医として断言します。現在の治療を続けていたら、二、三日以内にこの患者さんは亡くなります。いまはリスクを取るべきです」

梓は静かに話し続ける。

「新型コロナの重症化は、発症から一週間以上経ってから起こることが多いです。そして、各国から出ているデータでは、その時点で患者からのウイルス排出量はかなり減っています。それが、重症化してから大量のウイルスを撒き散らすＳＡＲＳやＭＥＲＳとの違いです」

姉小路は「ええ」と小声で相槌を打った。

「つまり、新型コロナの患者は、重症化した時点ですでに体内のウイルスはかなり減少している状態だと考えられます。ウイルスが直接、肺に強い炎症を起こしているのではないはずです」

「……サイトカインストーム」

姉小路がつぶやいた。梓は「そうです」と大きく頷く。

サイトカインは免疫細胞がウイルスやがん細胞などの異物を認識した際に分泌される生理活性物質で、免疫系を活性化する作用がある。しかし、異物の量が多すぎたり、その病毒性が強すぎる場合、サイトカインによって活性化された免疫細胞自体がさらに大量のサイトカインを分泌し、免疫系が暴走状態になることがある。その状態こそがサイトカインの嵐、サイトカインストームだった。

サイトカインストームが生じると、核分裂の連鎖反応が起きたかのごとく、炎症が炎症を呼んでいき、臓器が焼け野原にされていく。

「サイトカインストームが起きているなら、ステロイドによる免疫抑制が有効かもしれない。けれど、免疫細胞ではなくウイルスが直接、肺に炎症を起こしていたら、一気に増殖して状態が悪化……おそらくは亡くなるんじゃないですか」

姉小路は眉間に深いしわを刻みつつ、目を閉じた。賭けに出るべきか否か、主治医という患者の命に責任を負う者として苦悩しているのだろう。

「姉小路先生」

梓は穏やかな口調で先輩医師の名を呼ぶ。ゆっくりと瞼を上げた姉小路に向かって、梓は微笑んだ。N95マスクとアイシールドで表情は見えないかもしれない。それでも、気持ちは伝わるはずだ。

「よかったら、一緒に半田さんを診ていきましょう。いえ、この半田さんだけでなく、これから入院してくるＣＯＶＩＤの患者さんたちも、力を合わせて診察していきましょう」

梓の真意をはかりかねているのか、姉小路は探るような目つきになる。

「アドバイスするだけではなく直接、ＣＯＶＩＤ患者の診察をするということですか？コロナ病棟が開いたら、そこに入るつもりですか」

「そうです」

梓は腹の底から声を出す。

「だからこそ、半田さんの治療に直接参加させてください。このウイルスと戦う経験を積ませてください」

そして、あなたの背中にのしかかっている責任の半分を、私に背負わせてください。

梓は心の中で付け足した。

姉小路が無言で見つめてくる。梓はその視線を正面から受け止めた。

やがて、目を逸らした姉小路が看護師に向き直る。

「ステロイドを投与します。デカドロンを用意して下さい」

看護師が「いいんですか？」と押し殺した声で訊ねた。

「ええ。それ以外に救命する方法はありませんから。家族には私から説明して、同意を得ます」

穏やかな声で答えた姉小路は、手袋を嵌めた手を梓に向かって差し出してきた。

「椎名先生、長い戦いになると思うけど、力を合わせて乗り越えましょう」

いままでの人工音声のような感情がこもっていないものではなく、友人に向けたような気さくな声。

「はい、よろしくお願いします」

梓は姉小路の手を力強く握る。ラテックス製の手袋を通して、姉小路の体温が伝わってきた。


「家に帰ってこられなくなるって言うの⁉」

母の春子の声がダイニングに響き渡る。梓は「ごめんなさい」とうなだれた。

数時間前、半田の診察を終えたあと、梓は旧館へと向かった。

部長室に迎え入れてくれた扇谷に、姉小路とともに感染症病棟に入って半田を診ていくことにしたと報告したうえで、コロナ病棟が稼働した際は、自分も主治医としてかかわっていくという決意を伝えた。

扇谷は「ありがとう、よろしく頼む」と穏やかに、そして少しだけ申し訳なさそうに微笑んだ。

残っていた仕事を一気に終え、保険用の書類記入などの雑務は明日以降に回し、定時で病院をあとにして家に帰った梓を、息子の一帆は満面の笑みで迎えてくれた。

久しぶりに家族三人で食卓を囲んだ夕食の最中、春子がみそ汁の椀を手にため息をついた。

「そう言えば、来週から幼稚園も休園になるって、さっきメールが来たの。本当にそこまですることあるのかねぇ。カズ君も、お友達に会えなくて寂しいよね」

「ううん、大丈夫」

隣の席に座って、子供用のフォークでハンバーグを崩していた一帆は、大きく首を横に振った。

「ばぁばとママがいるから寂しくないよ」

話を切り出すタイミングを探っていた梓は、刃物で抉《えぐ》られたかのような痛みをおぼえ、胸を押さえて小さくうめいた。

「どうしたの、梓？」

「ママ、大丈夫？」

不安そうに声をかけてくる春子と一帆に、梓は胸に手を当てたまま告げた。COVID患者を担当することになったこと。そして、感染するリスクがあるので、春子と一帆にうつさないためにも、当分、この家を出なくてはならないということ。

目を伏せ続ける梓を、春子と一帆は驚きの表情を浮かべたまま見つめ続ける。鉛のように重い沈黙が部屋におりた。

数十秒後、沈黙を破ったのは春子だった。

「とりあえず、ご飯を食べましょう。冷めたら美味しくないから」

その言葉を合図に、三人は食事を再開した。しかし、ついさっきまでの団欒の雰囲気はなかった。ただ、食器の音だけが虚しく響いていた。

梓は箸でハンバーグを口に運ぶが、ほとんど味を感じなかった。咀嚼しながら横目で隣の席を見ると、一帆がじっと皿を見つめたまま、付け合わせのニンジンをフォークで転がしていた。

「あのね、一帆」

梓はおずおずと息子に声をかける。

「会えなくなるっていっても、ずっとじゃないからね。あとね、毎晩、テレビ電話でママとお話できるようにするから。一帆、タブレット使えるでしょ。それに、ずっとばぁばと一緒だから、寂しくはないからね」

媚びるような口調に自己嫌悪が湧き上がってくる。

一帆はフォークを動かす手を止めると、梓を見て笑顔を作った。

「大丈夫だよ、ママ。お仕事だから仕方ないよね。ばぁばとお留守番しているから、頑張ってね」

健気なその姿に、視界が滲んでくる。

「ごめんね……、本当にごめんね」

箸を置いた梓は一帆を抱きしめる。一帆は梓の背中に小さな手を回してくれた。

どこか固い空気のまま食事は終わり、一帆は洗面所に歯磨きに向かった。

「一人で出来る？　ママ、手伝おうか？」

「大丈夫。一人で出来るから」

廊下の奥にある洗面所から返事があった。

「どこに泊まるつもりなの？」

家を出ることを伝えてからずっと無言だった春子が、キッチンで食器を洗いながら声をかけてきた。

「とりあえず、池袋のビジネスホテルに泊まるつもり」

梓は母の隣に移動すると、シンクに置かれている皿を手に取って、スポンジでこすりはじめる。春子は「そう」とだけつぶやくと、泡にまみれた手元に視線を落とし続ける。

「お母さん、ごめんね。いつも一帆のこと頼んでいるのに、もっと負担をかけることになって」

謝罪すると、春子は洗った皿の水を切った。

「なんであなたが謝るの。悪いのは私なのに」

「お母さんが悪い？」

意味が分からず、聞き返す。

「私が年寄りで、しかもカズ君と一緒に住むようになるまで、ずっとタバコを吸っていたせいでしょ。だから、私にコロナをうつさないように、あなたは気をつけているのよね」

春子は唇を固く噛んだ。

「お母さんだけじゃない。一帆にも絶対にうつしたくないの。まだ、どんなウイルスなのか性質がはっきりと分からない。いまのところ、子供は重症化しにくいみたいだけど、どんな後遺症が出るか分からない」

麻疹のウイルスは感染して数年以上経ってから、ＳＳＰＥ（亜急性硬化性全脳炎）という致死的な神経疾患を引き起こすことがある。ＳＳＰＥになると、それまで元気だった子供が次第に動けなくなり、やがて意思の疎通もできなくなって、最終的には命を失う。発見されてからまだ二ヶ月足らずの新型コロナウイルスに、似たような性質がないとは、誰にも断言できなかった。

「そうだよね。まずは絶対にカズ君を守らないとね」

春子の声に力がこもる。

「本当は私が医者を辞めるか、そうでなくても、直接コロナの患者さんを診ないで済む病院に転職すればいいのかもしれない。けど、コロナを診られる医者がみんな逃げたら、その他の患者さんが医療を受けられなくなるの。一帆が喘息の発作を起こしても、どこも診てくれなくなるかも。だから……」

感情が昂って、言葉が続かなくなる。そんな梓の背中を、春子はタオルで水を拭き取った手で撫でてくれた。

「分かってる、分かってるよ。あなたはお医者さんなんだよね。やるべきことがあるんだよね。きっとお父さんも喜んでくれるよ」

春子が懐かしそうに『お父さん』と口にした瞬間、胸の奥が熱くなる。肺がんで命を落とした父は、命が尽きる寸前までやせ細った顔に笑みを浮かべながら、梓の頭を優しく撫でてくれた。きっとその経験が、自分を医師に、呼吸器内科医にしてくれた。父のような人を救いたい、その想いでつらい研修を耐えることができた。

熱い涙が溢れてくる。両手で顔を覆う梓に、春子は優しく囁きかけてきた。

「大丈夫、カズ君のことは私に任せて。ちゃんと面倒を見るから、あなたは安心して、自分のやるべきことをしなさい」

「ありがとう、お母さん」

鼻声で礼を言ったとき、「歯磨き終わったよー」と一帆が戻ってきた。

「ほら、皿洗いは私に任せて、あなたはカズ君と遊んであげなさい。まだ四歳なのに気をつかえる子だから、『大丈夫』って言っているけど、本当は寂しいはずだから、今日だけでもいっぱい甘えさせてあげなさいよ」

促された梓は、手の甲で涙をぬぐうと、手を拭いて一帆が待つリビングへと向かう。

「きれいに磨けたかな。ママにチェックさせて」

「大丈夫だよ。僕もうすぐ年中さんになるお兄さんだから」

一帆は大きく口を開けて、真っ白な歯を見せた。


「一帆、もう寝ちゃった？」

間接照明で照らされた部屋で絵本を広げていた梓は、隣に横たわる一帆に声をかける。返事の代わりに、小さな寝息が聞こえてきた。

梓は口元をほころばせると、ベッドのわきにある小さな本棚に絵本をしまい、間接照明の明かりを絞っていく。

夕食後、梓はずっと一帆と一緒に過ごした。一帆がいま大好きな『ウルトラマンオーブ』という特撮番組を動画配信サービスで一緒に見たり、怪獣のおもちゃで一緒に遊んだりしているうちに就寝時間になった。一帆と並んで子供部屋のベッドに横たわり、『にじいろのさかな』の絵本を読み聞かせているうちに、一帆は眠ってしまった。

もし、今日感染症病棟に入ったことで私が感染していたとしても、体内でウイルスが増殖して排出されるようになるまでには、何日かかかるはずだ。今夜はこの子と一緒に寝ても、新型コロナウイルスをうつす心配はない。

梓は息子の陶器のように滑らかな頰を優しく撫でる。そのとき、一帆が「ママ……」とつぶやいた。起こしてしまったかと思い、反射的に手を引く。しかし、一帆が目を開けることはなかった。代わりに、閉じた瞼から涙が溢れ、間接照明の淡い明かりを乱反射する。

「ママ……、ママ……」

一帆は涙を流しながら、つぶやき続ける。人差し指で一帆の涙をぬぐった梓は、愛する息子を抱きしめる。険しかった一帆の表情が、わずかに緩んだ気がした。クリームパンのような手が、梓のパジャマをしっかりと摑む。

「ごめんね、一帆。どんなことがあっても、ママが守ってあげるからね」

一帆の頰にキスをすると、その耳元で梓は優しく囁いた。

小さな体から伝わってくる体温が、ただただ愛しかった。

9　2020年3月12日

疲れた……。

硲瑠璃子は鈍痛がわだかまる額を押さえる。経過観察室の掛け時計を見ると、針は午前七時を回ったところだった。あと二時間で交代だ。しかし、そこまで耐えられるのか自信がなかった。

昨日の午後六時から救急救命部で夜勤を行っていた。交通外傷や脳梗塞、虫垂炎など搬送されてくる患者はかなり多かったが、異常な数というわけではない。にもかかわらず、これまでの夜勤では経験したことのないほどの疲労に苛まれていた。

原因は新型コロナウイルスの感染拡大を受けて、先週から救急救命部で敷かれている感染対策だった。

搬送されてくる患者全員に対して、フェイスガードや手袋、ガウンなどの感染対策を取ったうえで処置に当たることになっていた。ガウンや手袋は患者ごとに取り換えなければならない。心泉医大附属氷川台病院では手袋は優先的に手術部と救急救命部に支給されていたため、なんとか在庫があったが、ガウンが枯渇していた。そのため、急遽ビニールでできた雨合羽を大量に購入し、ガウンがわりに使用することになった。しかし、全く通気性のない雨合羽の内側はサウナのように熱がこもり、容赦なく体力を削り取る。

感染への恐怖も相まって、同僚の誰もが疲弊していた。

瑠璃子は経過観察室に並んでいるベッドに視線を向ける。睡眠薬の過剰服薬で運ばれてきた若い女性が気持ちよさそうに眠っている。徹夜の勤務で重い頭に、大きないびきの音ががんがんと響いた。

いつもなら、この女性のように容体が安定している患者は病棟に上げる。しかし先週から、救急搬送から入院になる場合は、ＰＣＲ検査で陰性が確認できるまでは救急救命部の経過観察室で管理すると規則が変わっていた。そのせいで、息をつく暇もない。

「裕先輩、もう大丈夫ですから少し休んできてください」

後輩の看護師が力ない声をかけてくる。

本来、夜勤中は一時間ずつ交代で仮眠をとるのだが、慣れない勤務体制でうまく仕事が回らなかったため、夜勤に当たっている四人のうち最年長である瑠璃子は、休むことなく業務を続けていた。

「悪いけど、そうさせてもらおうかな。仮眠室にいるから、なにかあったらすぐに内線で呼んで」

ここで意地を張って倒れたりしたら、それこそ迷惑をかけてしまう。

瑠璃子は救急救命部を出ると、おぼつかない足取りで廊下を進み、非常階段で三階まで上がる。各科の医局などがあるフロアの隅に、救急救命部の看護師用仮眠室があった。四畳半ほどのスペースにシングルベッドと洗面台だけがある簡素な部屋に入った瑠璃子は、つけていたサージカルマスクを外して洗面台に置き、石鹸をつけて丹念に手を洗っていく。

ふと視線を上げると、疲れ果てた表情の女性と視線が合った。その目は虚ろに濁り、アイシャドーを塗ったかのように濃い隈に縁どられている。顔色は青白く、表情筋が弛緩していた。

瑠璃子は手を伸ばすと、硬く冷たい鏡の表面に指を這わせた。

この数週間で十歳以上、老けた気がする。ただ、勤務の負担が上がったからだけではない。じわじわと感染者が増えている現在の状況に対する不安が、心を蝕んでいた。

昨日、三月十一日は東日本大震災から九年に当たる日だった。しかし、感染拡大を受けて、追悼式典も大半が中止になっていた。

瑠璃子はふと九年前を思い出す。九州に住んでいた高校生の瑠璃子が直接被害を受けることはなかった。テレビの画面で見る東北の悲惨な状況、津波に呑み込まれていく街の光景はあまりに現実感がなく、最初はまるでフィクションの中の出来事を見ているかのようだった。

けれど、原子力発電所の建屋が水素爆発で吹き飛び、日々、犠牲者の数が増えていくにつれ、それがこの日本で現実に起きていることに気づいていった。こんな理不尽なことが起こりうる。大自然の猛威の前には、平和な毎日などいとも簡単に崩れ去ってしまう。その事実がただただ恐ろしかった。

疲れ果てているせいか、あの頃の恐怖を思い出してしまう。瑠璃子は頭を振ると、倒れ込むようにシングルベッドに横になって目を閉じた。なにもかも忘れて眠ってしまいたい。しかし、やけに神経が毛羽立ち、意識が落ちていくことはなかった。瞼の裏に、つい先日の光景が鮮明に映し出される。

「行けなくなったって、どういうことだよ！」

三日前の夕食時、婚約者の定岡彰は険しい顔で怒鳴った。

二月二十七日に安倍首相が全国の小・中・高校・特別支援学校の一斉休校を決め、翌二十八日にはさっぽろ雪まつりが要因と思われる感染拡大により、北海道で知事が独自の緊急事態宣言を発令したのを受けて、心泉医大附属氷川台病院では県を跨いだ職員の移動の自粛を呼びかけはじめた。

当初はあくまで軽い呼びかけに過ぎなかったが、イタリアで感染爆発が起こり老人保健施設のクラスターが頻発して多くの患者が亡くなっているのを受けて、かなり強い要請へと変化している。その結果、三月末に予定されていた、大阪にある彰の実家への挨拶は延期せざるを得なくなった。

「移動するななんて、病院に命令する権限はないだろ。そんなの、訴えたら勝てるぞ」

ダイニングテーブルをはさんで向かい側に座る彰は、顔を紅潮させて声を荒らげた。

「法律の問題じゃなくて、安全の問題なの。もし、院内にコロナが入り込んだら、大変なことになるの。だから、お願いだから少しだけ延期させて。ご両親には私からも謝るから」

彰の怒りを鎮めようと、瑠璃子は諭すような口調で言った。しかし、彰は不貞腐れたかのように、そっぽを向くだけだった。

三月に入ってから、彰の機嫌は明らかに悪くなっていた。世界的な新型コロナウイルスの感染拡大を受け、東南アジアやヨーロッパでの事業を中心に展開していた彰の会社は、大きな損害が生じていた。彰が中心になって企画し、ほぼ決定していたプロジェクトも、状況が改善するまで無期限延期となったということだった。

「そもそもさ、コロナをそんなに警戒する必要あるのかよ。中国ではもう収まりかけているんだろ。それに、アメリカじゃインフルエンザの方が遥かに死んでいるってネットにあったぞ。インフルより弱い病気に、なんでこんな大騒ぎしているんだよ。あんなの、ただの風邪だって噂だぞ」

「それは分からないけれど……」

強い口調で言われ、口ごもることしかできなかった。まだ情報が錯綜しすぎていて、新型コロナウイルスがどれほどの脅威なのか、瑠璃子自身もはっきりと評価できていなかった。しかし、救急医たちはかなりの危機感を持って感染対策に当たっている。また、顔見知りの内科医たち、特に呼吸器内科に所属する医師たちは悲愴感を漂わせていて、瑠璃子の不安を煽っていた。

結局、彰とはいまもぎくしゃくしたままだ。同棲をはじめて半年以上が経つが、ここまで家の空気が悪くなったことは未だかつてなかった。

こんな状態で結婚なんてできるんだろうか？　瑠璃子は目を開けて上体を起こす。ストレスで脳神経が焼け切れそうだった。目を閉じていても眠るどころか、嫌なことばかり浮かんできてしまう。

気分転換になればと、瑠璃子はリモコンを手に取ると、部屋に備え付けられているテレビをつける。次の瞬間、『新型コロナはパンデミック　ＷＨＯ』の文字が視界に飛び込んできた。

瑠璃子は身を乗り出すと、音声のボリュームを上げる。

『ＷＨＯ、世界保健機関は先ほど、新型コロナウイルスの感染拡大状況を、パンデミックとして評価すると発表しました』

女性キャスターの声とともに、ＷＨＯのテドロス事務局長が深刻な表情で会見に臨んでいる姿が映し出された。

瑠璃子は身じろぎもせず、テレビ画面にくぎ付けになる。

とうとう、ＷＨＯがパンデミック、世界的大流行を宣言した。前回のパンデミック宣言は、二〇〇九年の新型インフルエンザの大流行のときだった。

あのとき、瑠璃子自身も新型インフルエンザに感染し、三日ほど高熱を出して寝込んだ。頭、喉、関節、筋肉、全身が軋むような痛みに苛まれ、高熱に浮かされた。両親の話では、なにやら譫言《うわごと》のようなことをつぶやいていたらしい。

あれほどつらいインフルエンザだったが、結局は弱毒性でパンデミックの宣言は必要なかったと現在では評価されている。だからこそ、ＷＨＯは今回の新型コロナウイルスでパンデミックを宣言するのを躊躇《ためら》っているとも言われていた。

そのＷＨＯがとうとうパンデミックを認めた。それほどにこのウイルスは危険だということだ。

九年前、東日本を襲った大災害、それに匹敵する危機がいま迫ってきている。そして、私は気づかぬうちに、その最前線に立っているのかもしれない。

足が震え出す。大量の蟻が這い上がって来るかのように、その震えは体幹、上肢、そして頭部へと広がっていった。

氷点下の世界に裸で投げ出されたかのような寒気をおぼえ、瑠璃子は自らの両肩を抱いた。しかし、震えが止まることはなかった。上下の歯が、カチカチと音を立てる。

『まあ、世界的な感染の広がりが続いていることへの判断、だと思います。えー、日本としてもこれまで以上に、国際社会と協力をしながら、対応をしていきたい、対応を強めていきたいと……』

いつの間にか、画面には安倍首相が官邸で記者の質問に答えている場面が映し出されていた。その口調には覇気がなく、表情は弛緩しているように見える。安倍首相は潰瘍性大腸炎という難病を患っている。症状が悪化すると発熱、腹痛、大量の下血などを起こすつらい疾患だ。そして、潰瘍性大腸炎はストレスで悪化する。

新型コロナウイルスへの対応で強いストレスを受け、首相は持病が悪化しているのかもしれない。

新型コロナウイルスが確認された当初、入国制限に後ろ向きだった安倍政権の対応に対しては、否定的な医療従事者が多い。先週から一斉休校という思い切った対応に出たが、医師たちの多くは焼け石に水だと考えていた。

これから首相はこの国の先頭でリーダーシップを取って、感染対策を行えるのだろうか。春節のインバウンドに固執して入国制限が遅れたように、今年の夏に予定されているオリンピックを意識して対策が緩くなることはないのだろうか。

トランプ大統領があれだけ対策は完璧だとアピールしていたアメリカで、最近急速に感染が拡大しているだけに、不安は尽きなかった。

瑠璃子がテレビの電源を落とし、両手で頭を抱えたとき、ノックの音が響いた。

「硲さん、ちょっといい？」

扉の向こう側から聞こえてきた声に、瑠璃子は数回まばたきをすると、慌てて洗面台に置いていたサージカルマスクをつけて扉を開ける。予想通り、扉の向こう側には、救急救命部の看護師長が立っていた。

「休憩中ごめんね。ちょっとだけいいかしら」

「あ……、ええ、もちろんです」

状況を把握できないまま、瑠璃子は師長を迎え入れる。

「とりあえず、座って」

どこか人工的な笑みを浮かべる師長に促された瑠璃子は、不吉な予感をおぼえながらベッドに腰掛けた。

「少し込み入った話になるけど、いい？」

「でも、もう少ししたら勤務に戻らないといけないんですけど……」

「ああ、それなら大丈夫。ここに来る前に救急部に寄って、他のナースたちに私から言っておいたから。この話が終わったら、硲さん、上がっていいわよ」

夜勤の終了時刻前に帰宅してもいい？　そんなこと、いままで一度もなかった。頭の中で警戒音が響き渡る。

「お話って、なんでしょう？」

「あのね、最近、コロナの患者さんが増えてきたでしょ。うちでも受け入れているの知っているわよね」

「ええ、知っています。たしかいまも、感染症病棟に三人、入院していましたよね」

ダイヤモンド・プリンセス号で大量の感染者が出た際、この病院もそのうちの三人を受け入れた。一人が重症化し、一時は危篤状態まで悪化したが、たしか病状は改善して人工呼吸器から離脱できたはずだ。

治癒した感染者が退院していった病床にも、新しい患者が入院してきている。

「ええ、いまは感染症病棟の三床だけで受け入れをしている。けれど、東京都から病床を増やすように要請が来ているの。それで、旧館に新たにコロナ専用病棟を作って、来週から患者の受け入れをはじめるんだって。ただ、いままで稼働していなかった病棟だから、スタッフがいないでしょ。で、各部署からそこにナースを派遣することになったの」

師長がなにを言おうとしているかに気づき、瑠璃子の顔がこわばる。

「私が……コロナ病棟に行くんですか……？」

師長は「ごめんなさい」と、首をすくめた。

「病棟勤務の経験があって、さらに人工呼吸器の扱いにも慣れたナースが欲しいって要請がきたの。かなりの数、人工呼吸器を使う可能性があるからって」

「人工呼吸器をかなりの数……」

つまり、それだけ重症肺炎になるリスクが高いウイルスだということだ。それが漂っている病棟で働く。想像しただけで息苦しくなってきて、瑠璃子は首元を押さえた。

「これって、強制なんですか？」

瑠璃子は上目遣いに師長を見る。

「いいえ、まさか。強制なんかじゃないわよ。けれど、できるなら裕さんにお願いしたいの。各部署から人材を出すことになっているんだけど、うちには病棟勤務の経験がある子が少なくて、若い子たちだと苦労しそうだし」

言外に、「お前が行かなければ、後輩が代わりに行ってつらい思いをすることになる」と告げられ、マスクの下で瑠璃子は唇を歪めた。

瑠璃子が小学生の頃、三年前に亡くなった父方の祖父から、戦争の話を聞いたことがある。学生だった祖父は徴兵され、台湾で終戦を迎えたということだった。

「赤紙が来たときにはな、目の前が真っ暗になったよ。俺もお国のために死なないといけないのかと思ってな」

祖父が首を横に振りながらつぶやいた言葉が、やけに鮮明に耳に蘇る。

師長からの要請は、私にとっての赤紙だ。いま私は、戦場で見えない敵と戦うことを強いられている。

「いま、返事をしないといけないんですか？」

喉の奥から絞り出した声は、自分でもおかしく感じるほどに震えていた。

「まさか、そんなわけないじゃない。まずは帰って、ゆっくり考えて。答えは次の勤務のときに聞かせてくれればいいから。ただ……」

師長はあごを引いて顔をのぞき込んでくる。

「できればいい答えを期待してる」

次回の勤務は明後日の朝だ。帰宅して今日と明日で覚悟を決めて来い。師長はそう言っているのだ。

「私の他には、誰が救急部から派遣されるんですか？」

コロナ病棟での勤務が避けられないとしても、気のおけない同僚たちと支え合えるなら頑張れるかもしれない。そんなかすかな希望を、露骨に目を逸らした師長の言葉が打ち砕いた。

「あなただけよ。ごめんなさい」

「私だけ!?」声が裏返る。「どうしてですか？　他にも人工呼吸器の管理ができて、病棟勤務の経験があるナースは何人かいるじゃないですか」

頭の中に、年齢の近い同僚たちの顔が浮かぶ。しかし、師長はただ俯いて黙り込むだけだった。その姿を見て、一つの可能性に思い当たる。

「もしかして、私が独身だからですか？」

救急救命部で同年代の看護師の大部分が既婚者だ。病棟勤務の経験があって未婚なのは、瑠璃子だけだった。彰との婚約のことは、まだ職場には伝えていない。お互いの両親に直接挨拶をし、正式に結納を交わしたあとにと思っていた。

「もし死ぬなら、夫とか子供がいない独身者の方がトラブルになりにくい。そういうことなんですね」

精一杯の皮肉を込めた問いに、師長は「いえ……、そういうわけじゃ……」と言葉を濁らせる。その態度が、瑠璃子の想像が正しいことを如実に語っていた。

瑠璃子は奥歯を嚙みしめると、勢いよく立ち上がり、師長とすれ違って扉のノブを摑んだ。

「あ、硲さん、どこへ行くの？」

「帰ります。もう、上がっていいんですよね」

「それはそうなんだけど……」

「じゃあ、失礼します。考えなくちゃいけないことができたので」

瑠璃子は勢いよく扉を開いた。これ以上、師長と二人でこの小さな部屋にいたら、大声をあげてしまいそうだった。

仮眠室から出て、大きな足音を立てながら廊下を進みはじめると、背中から「待って」という師長の声が追いかけてきた。瑠璃子は聞こえないふりをして、足を動かし続ける。

「誤解しないで、硲さん。あなたを推薦したのは、きっとあなたなら、コロナで苦しむ患者さんを支えられると思ったから。あなたこそ、これからたくさんの重症患者を受け入れないといけない病棟で、中心になるべき存在だと思ったからなの」

いまさら取り繕われても遅い。瑠璃子は両手で耳をふさぐと、逃げるように廊下を小走りに駆けていった。

暗い天井を見つめ続ける。師長との話を終えた瑠璃子は、ロッカールームで着替えるとすぐに病院を出て、彰と同棲をしているマンションに向かった。

普段、出勤する人々でごった返している朝の帰り道も、今日はやけに閑散としていた。新型コロナウイルスの感染拡大を受けて、可能な限り在宅勤務に切り替えている企業も多い。そのせいで、世界的に悪名高い日本の通勤ラッシュも、いくらか緩和されているのだろう。

普段よりだいぶ弱くなった人の流れに逆らって進み、マンションへとたどり着いた瑠璃子は、顔を洗うことも着替えることもせず寝室に向かうと、ベッドに倒れ込んだ。

遮光カーテンが引かれた薄暗い部屋で、ただ何時間も天井を眺め続けていた。

全身の血液が水銀に置き換わったかのように体が重い。目の奥にずっと鈍痛がわだかまっている。疲労と睡眠不足で、もはや指一本動かすことすら億劫なのに、神経が昂っているせいか眠気は全く感じなかった。

新型コロナウイルスと対峙することへの恐怖はだいぶ薄れていた。ただ、独身だからコロナ病棟へ行くことになったという事実に打ちのめされていた。

「結婚しない女に価値はないってこと？」

そんな独白が、寝室の濁った空気に溶けていく。

——子供を産んで、家庭を守ることが女の役目で、それこそが幸せだ。

幼い頃から何度となく、父から言い聞かせられた言葉が頭をよぎる。そんな前時代的な考えに、ずっと強い反感をおぼえていた。

お父さんは間違っている。女でも社会に出て働いたっていいはずだ。男も女も関係ない。

そう思ったからこそ、東京に出て看護学校に入った。看護師になったあとも、必死に経験を積んで、一人前の救急看護師になった。

自分は救急救命部に必要なスタッフだと思っていた。なのに、独身だというだけでいとも簡単にコロナ病棟へ飛ばされてしまう。

これまで必死に積み上げてきたものが、一瞬で崩れ去ってしまった。

素手で脳髄を掻き混ぜられているかのような、身の置き所のない苦悩に苛まれた瑠璃子は、両手で頭を抱え、頭皮に爪を立てる。鋭い痛みが、心を蝕まれる苦しみをいくらか緩和してくれる。

だめだ、このままでは『自分』が壊れてしまう。瑠璃子は倦怠感で飽和した体に鞭打って立ち上がり、寝室の隅に置かれている化粧台へと近づく。化粧品やアクセサリーが収められている抽斗を開けると、その一番奥に隠すように置かれている小さなプラスチックケースを取り出し、蓋を開ける。中には錠剤が並んだＰＴＰシートが入っていた。

錠剤を親指で押し、掌の上に出す。それは、極めて強力な抗不安作用を持つ、エチゾラムという精神安定剤だった。

新人看護師として働きはじめてすぐに、月に数回夜勤がある不規則な生活と、先輩看護師からの厳しい指導、そしてなにより担当看護師として接していた患者が亡くなっていくことへのストレスが重なり、心のバランスを大きく崩した。その頃に受診した心療内科で「本当につらいときだけ、頓服《とんぷく》で飲みなさい」と渡してもらったのがこのエチゾラムだった。

幸いにも、次第に環境に慣れていき、自然とストレスも減ったので、この薬を使用することはなかった。あくまでお守り代わりとして、ずっと化粧台の抽斗の奥にしまっていた。

けれど、いまこそ心療内科の主治医が言っていた「本当につらいとき」に違いない。使用期限は切れているが、ずっとシートの中で保管していたので、きっと使えるだろう。瑠璃子が迷うことなく錠剤を口の中に放り込むと、唾液で溶けるように作られた湿製錠が、ほろほろと崩れて、甘味が舌を包みこむ。

どうか効きますように。そう祈りつつ、瑠璃子は再度ベッドに倒れ込むと、ダンゴムシのように体を丸めた。つらい現実から身を守るかのように。

数分、その状態を続けていた瑠璃子は、体が浮き上がるような感覚をおぼえて目をしばたたく。師長と話してからずっと胸元にわだかまっていた締め付けられるような感覚が、頭蓋骨の内側にこびりついた不快な記憶とともに溶け去っていく。瑠璃子は深呼吸をする。数時間ぶり、いや数週間ぶりに肺の隅々まで酸素が行き渡ったような気がする。

こわばっていた全身の筋肉が弛緩していく。瑠璃子は小さく丸まっていた体を伸ばし、四肢を広げてベッドの上で大の字になった。

鋼鉄の鎖のように硬く、冷たく、体を縛っていた苦悩が消え去り、代わりに耐えがたい眠気が襲ってくる。瑠璃子は抵抗することなく、睡魔に身を委《ゆだ》ねた。

体が浮き上がるような感覚とともに、瑠璃子の意識は闇の中へと落ちていった。


「瑠璃子……、瑠璃子……」

遠くから名を呼ばれる。聞いたことのある声。

やけに重い瞼を上げると、かすむ視界の中に黒いシルエットが見えた。

「……お父さん？」

瑠璃子はしょぼしょぼする目をこする。

「なに寝ぼけているんだよ」

呆れ声を浴びせかけられ、頭にかかっていた霞が晴れていく。スーツ姿の婚約者が、険しい表情で見下ろしてきていた。

「彰君？」

「なにが彰君だよ」

とげのある口調で彰は吐き捨てる。

「え、でも、なんで？　仕事は？」

「終わったから帰ってきたに決まっているだろ」

驚いて、身につけたままの腕時計に視線を落とす。針は七時十五分を指していた。薬を飲んだのが十時頃だから、九時間以上も寝ていた？　夜勤の疲労、師長との話でのストレス、そしてはじめて飲んだエチゾラムの効果で、想像以上に深く、長時間眠りこけてしまったようだ。

十分な睡眠を取ったからか、身も心もいくらか軽くなっていた。

「なあ、飯は？」

「え、ご飯？」

反射的に聞き返すと、彰はこれ見よがしに大きなため息をついた。

「なんだよ、夜勤明けは夕飯用意するって約束だっただろ」

「あ、ごめんなさい。疲れて眠っちゃって」

慌てて言い訳をすると、彰が舐めるように全身に視線を這わせてくる。

「いくら疲れているからって、着替えもしないで寝たのかよ。それに、化粧も落としていないだろ。あまりにもだらしなくないか」

「……ごめんなさい」

首をすくめて謝罪すると、彰は大きくかぶりを振った。

「なんでもいいから、とりあえず飯を作ってくれよ。俺は仕事で疲れているんだからさ」

ネクタイを緩めながら当てつけるように言ってくる態度に、一瞬、反感が湧き上がる。私だって、徹夜での夜勤を終えて疲れて帰ってきたの。自分だけが仕事しているような態度はやめてよ。

喉元まで出かかった反論を、瑠璃子は必死に呑み下した。夕飯を用意する約束を破ってしまったのはたしかだ。ここで言い返しても、険悪な雰囲気になるだけだ。

「ちょっとだけ待って。すぐに簡単なものを作るから」

冷凍食品のストックがあったはずだ。それを解凍して盛り付ければ、とりあえずは形になる。

ネクタイを外した彰が「ああ、頼むよ」と答えたことに安堵した瑠璃子は、急いでキッチンに行くと、冷凍庫を開けて献立を考えはじめた。

「そう言えば、最近は帰りが早いね。前は深夜になることが多かったのに」

どこかぎくしゃくした空気を払拭しようと、冷凍食品を取り出しつつ瑠璃子は声を上げる。ダイニングテーブルの席に座った彰は、スマートフォンをいじりはじめた。

「全部コロナのせいだよ。接待が完全に禁止になったんだ。そのせいで、仕事が全然進まない」

「でも、その分、自分のプロジェクトを練れるんじゃないの？　コロナ収まったら動き出すんでしょ」

明らかに苛立っている彰の機嫌を直そうと、瑠璃子は必死に明るい話題を探す。

「まあな。プレゼンの資料をブラッシュアップしてる。うちの部長も前向きだから、うまくいったら新しいプロジェクトの責任者として抜擢されるはずだ」

「新しいプロジェクト……」

冷凍食品を準備しながら、瑠璃子は小声でつぶやいた。

「あのさ、もしかしたら私も新しい部署に移ることになるかもしれないんだ。……コロナ病棟なんだけど」

自分がコロナ病棟勤務になれば、当然、同棲している彰の感染リスクも上がる。婚約者がどんな反応をするのか、心配だった。

「コロナ病棟？」

スマートフォンから顔を上げた彰の眉が、ピクリと動いた。

「まだ決定じゃないよ。ただ、私に行って欲しいって師長が言ってきて……」

そうだ、まだ婚約者と同棲をしていることを告げていないからこそ、コロナ病棟へ推薦されたんだ。師長に事情を話せば、断れるかもしれない。

「瑠璃子、コロナ病棟で働きたいの？」

「まさか！」瑠璃子は激しく首を振る。「あんな気味の悪いウイルスがうようよしている場所でなんか働きたくないよ。完全防護で働かないといけないし、なにより感染が怖いしさ」

「コロナなんてそんな怖がる必要ないと思うけどさ、嫌ならやめればいいじゃん」

「そうだよね。やっぱりコロナ病棟への異動は断った方がいいよね」

彰がそう言ってくれたことが嬉しかった。婚約者が難色を示していると伝えれば、師長も納得してくれるかもしれない。

「そうじゃなくてさ、看護師を辞めなって」

彰は再びスマートフォンに視線を落とす。

「看護師を……？」

予想外の言葉に、瑠璃子は口を半開きにする。

「そうだよ。ちょうどいいじゃないか。今月いっぱいで退職しろよ。そうしたら、家のこともちゃんとできるだろ」

「待って。子供ができるか、彰君が海外に出向するまでは看護師を続けていいってことになっていたじゃない」

「それは、瑠璃子がやりたいって言っていたからだろ。けど、働くのが嫌になったなら辞めればいいじゃないか」

瑠璃子を見ることもせず、彰はさも当然といった様子で告げた。

「働くのが嫌なんじゃないの。コロナ病棟に異動するのが不安なだけ」

「同じことだろ。そもそもさ、別に看護師なんて患者の世話するだけだ。瑠璃子じゃなくても誰にでもできるじゃないか」

誰にでもできる？　看護学校を出て、国家試験を受け、そして七年間かけて必死に身につけた看護師としての技術が、誰にでもできる？

めまいに襲われるほどの怒りをおぼえた瞬間、今朝、師長から別れ際にかけられた言葉を思い出す。

――あなたなら、コロナで苦しむ患者さんを支えられる。

喉の奥から「ああ……」とうめくような音が漏れた。

師長は私だからこそ、コロナ病棟に推薦したと言ってくれた。たしかに独身だということも関係していたかもしれない。けれど、救急救命部で培った私の看護師としての能力も評価してくれていた。

看護師の仕事は決して、『誰にでもできる』ようなものじゃない。特に伝播性と致死率が高いウイルスによる呼吸器感染症患者の看護は。

WHOがパンデミックを宣言した。人類とウイルスの戦争が始まった。その現場で私は必要とされている。身につけた技術で、人を救うことができる。

体が火照《ほて》っていく。腹の底から、熱い想いがとめどなく湧きあがってくる。

コロナ病棟への異動を受け入れよう。私にしかできないことをして、私にしか救えない人たちを救おう。

瑠璃子はつけていたエプロンを外すと、そのまま玄関に向かう。

「おい、どこ行くんだよ?」

ハイヒールを履いた瑠璃子は振り返り、目を大きくしている彰を見る。

「頭を冷やしたいから夜風に当たってくる。冷凍食品を出しておいたから、適当に食べて。レンジで解凍するくらい、誰にでもできるでしょ」

10　2020年4月10日

「腫れてはいないけど、喉が少し赤いな」

八十代の女性患者の咽頭を、長峰はペンライトで照らす。その顔の前には、透明なプラスチックシートが垂れ下がっていた。妻がクリアファイルとヘアバンドで作ってくれた、自家製のフェイスガードだった。

新型コロナウイルスは口や鼻からだけでなく、目からも感染する。発熱や風邪症状のある患者を診察するときには、アイシールドかフェイスガードをつけるように医師会から推奨されていた。しかし、正規品は品薄で手に入らないため、こうしてハンドメイドで個人防護具を作らなくてはならなかった。

「リンパ節も腫れていないし、胸の音も問題ない。乾燥による炎症でいいんじゃないかな。のどの痛みを取るうがい薬とトローチ、あと念のため頓服で解熱鎮痛剤を処方しておくから、それを使って様子をみておいて。はい、マスクをつけていいよ」

長峰が診察を終えると、患者は緩慢に布マスクをつける。

「先生、私、コロナじゃないよね」

不安げに患者が放ったその質問に、長峰はかすかに緊張する。

「この二週間以内に、家族以外の人と外で食事とかした？」

「いいや、まさか。ほとんど家から出てないよ。恐ろしくて」

患者は首をすくめた。

三日前の四月七日、政府は東京を含む七都府県に緊急事態宣言を発令していた。可能な限りのステイホームとテレワークの実施により、八割程度の接触機会の低減を目指すとともに、感染のリスクが高い『密接・密集・密閉』の三密を避けるように強く要請された。

また東京では小池《こいけ》都知事がくり返し、不要不急の外出を控えるように呼び掛け、ロックダウン（都市封鎖）まで仄《ほの》めかしている。今日の会見では『遊興施設、大学や学習塾、運動や遊技施設、劇場、集会や展示施設、商業施設』の六業態や施設への休業要請を行い、さらに飲食店の営業を午後八時まで、酒類提供を午後七時までにするよう求めていた。

街はゴーストタウンのような様相を呈していた。ただ、最も劇的に人出を減らしたのは、政府や知事の呼びかけではなく、国民的コメディアン死亡の一報だった。

三月中旬から新型コロナウイルスの感染で重篤になっていると伝えられていた志村《しむら》けんが、ＥＣＭＯ（体外式膜型人工肺）の導入などにより集中治療を受けたものの、三月二十九日に死去した。

その訃報は日本中に大きな衝撃を与えた。同年代であり、若い頃、『8時だョ！全員集合』や『ドリフ大爆笑』を楽しんだ長峰も訃報を知ったとき、胸に穴が開いたかのような喪失感をおぼえた。

致死性の高いウイルスのパンデミックという百年に一度の異常事態に、多くの人々が正常性バイアスにとらわれ、切迫した危機感を抱けていなかった。しかし、世代を超えて愛されていた志村けんの死亡は、新型コロナウイルスが『いまそこにある危機』であることを、まざまざと思い知らせた。

世間の警戒度は一気に上がり、街からは人の姿が消えた。

なぜ、こんなことになってしまったのだろう。長峰は胸の中でつぶやく。

今年、二〇二〇年は日本にとって五十六年ぶりの東京オリンピックが開かれる、記念の年になるはずだった。しかし、すでに三月二十四日にオリンピックの来年度への延期が決まっていた。

二月にはロンドン市長候補が「東京の代わりに五輪を開いてもいい」という発言までしていたイギリスも、いまや新型コロナウイルスの感染爆発が起き、ジョンソン首相まで感染して、一時はICUで集中管理を受けるほど国内の状況が悪化していた。そのほかの欧州各国、そしてアメリカでも急速に感染拡大している。

一年後、本当にオリンピックが開催できる状態になっているのだろうか。

五輪延期の一報を聞いたとき、長峰の頭にそんな疑問が浮かんだ。

もし、新型コロナウイルスを制御できなくなった場合、人口の七割程度が感染して免疫を獲得しなければ、流行が収まることはない。八千万人が感染し、そのうちの一パーセントが死亡したとしたら、犠牲者は八十万人に及ぶ。もし感染が爆発的に増加し医療崩壊すれば、さらに致死率は上がり、百万人以上が命を落としてもおかしくないだろう。

さらに、麻疹や水痘などの、一度感染すると生涯免疫が持続する感染症と違い、冬風邪を起こす一般的なコロナウイルスにはくり返し感染することがある。

このパンデミックがどういう終焉を迎えるのか、長峰は想像すらできなかった。

この数週間の出来事を思い起こしていた長峰は、患者に「先生？」と声をかけられ、はっとする。

「ああ、外に行っていないなら、コロナの可能性はほとんどないから大丈夫だよ」

「本当？　念のため、検査とかしてくれませんか？」

「ごめんな。うちでは検査できないんだ。もし熱が出たら、ここに電話をして。話を聞いてくれるから」

長峰は帰国者・接触者相談センターの電話番号が書かれた用紙を患者に渡す。大きな病院では院内でＰＣＲ検査をはじめているところも多いが、未だに診療所の医師の判断で新型コロナウイルスの検査を行うことはできなかった。感染の可能性がある患者は、帰国者・接触者相談センターに連絡を取ってもらい、そこで感染している可能性が高いと判断された場合のみ、検査を受けることができる。

「そうなんだ」

落胆した様子で用紙を受け取り、診察室から出ていく患者の背中にもう一度「ごめんな」と声をかけると、長峰は椅子の背もたれに体重を預けた。

患者は普段の半分以下になっている。要因の一つは、多くの人々がマスクや手洗いなどを徹底しているため、一般的な感染症が急激に減ってきていることだった。普段ならまだインフルエンザ患者が受診する季節だが、この二ヶ月ほど発熱患者自体がほとんどいない。

診療所の経営という面では苦しいが、感染症が減ること自体はいいことだ。問題は、高血圧・脂質異常症・糖尿病など、継続的に投薬が必要な慢性疾患患者の受診者も減っていることだった。

おそらく、新型コロナウイルスを恐れ、受診を避けているのだろう。しかし、自己判断で内服を中止すれば、病状が悪化し、心筋梗塞や脳卒中などのリスクが上がりかねない。

新型コロナウイルスをなんとかしないと、社会が回らなくなる。しかし、三ヶ月前に発見された新しいウイルスに対抗する術はまだ皆無だった。効果的な治療薬がないどころか、感染の有無を調べる検査さえ満足にできない体たらくだ。

全国では毎日数百人の感染者が確認されている。志村けん死去の衝撃と、緊急事態宣言で人々の接触はかなり減ったが、欧州で外出禁止などの強い行動制限を導入しているにもかかわらず感染が収束しないところを見ると、さらに感染者は増えていく可能性が高かった。

唯一、最近大きく改善したのが、マスクや消毒薬の状況だった。

四月一日に安倍首相が表明した全世帯への布マスク二枚の供給は、『アベノマスク』と揶揄され、「エイプリルフールだろ」「信じられないほどの愚策」と酷評されるなど、長峰も当初は呆れかえっていた。しかし、不足しているマスクを買い占め、高額で転売していた者たちが値崩れの不安から一気に在庫を吐き出した結果、市場に大量のマスクが出回るようになった。

政府がそこまで意図していたかどうかは分からないが、少なくとも医療現場にもマスクが十分に供給されるようになり、これまで三日ほど使いまわしていたサージカルマスクを毎日交換することができるようになっていた。少なくとも医療現場からは、『アベノマスク』に対して感謝の声が上がっている。命を助けられたという医療関係者の声すらあった。

また、多くの酒造メーカーが消毒用のアルコール製造に乗り出してくれたこともあり、そちらの供給も改善してきていた。

しかし、それらは予防のためのものでしかない。いまこの国でじわじわと増殖しているウイルスから人々を守るためには、攻めるための武器が必要だ。

それは、早期に診断するための検査、治療のための薬剤、そしてなによりもワクチンだった。

「ワクチンはいつできるんだ……」

無意識にそんなつぶやきが口から漏れる。

二〇〇九年の新型インフルエンザの際は、従来の季節性インフルエンザと同じ方法で早期にワクチンが生産され、供給された。しかし、冬風邪を起こす一般的なコロナウイルスに対するワクチンは存在しない。SARSやMERSなどの致死性の高いコロナウイルスに対するワクチン開発は行われたが、それらも実用化には至っていなかった。

一般的な薬品は開発、治験、承認までに最低数年はかかる。数年、それは指数関数的に増加する感染症に対しては、永遠にも等しい時間だった。

このまま何もできず、ただウイルスに蹂躙されるのを待つことしかできないのだろうか。絶望をおぼえながら、片手で目元を覆うと、カタカタという音が奥の扉の向こう側から聞こえてきた。

長峰は立ち上がり、引き戸を開けて診察室の隣にある院長室へと入る。わずか三畳ほどのスペースの右側に天井まで届く棚があり、医学雑誌や囲碁の教科書、消毒用アルコールやマスクの在庫、万が一のときに使うＡＥＤなどが並んでいる。それらとともに置かれているＦａｘが紙を吐き出していた。

e-mailにほとんど役目を奪われたＦａｘだが、インターネットを十分に使えない高齢の医師も多いため、医療業界では未だに現役だった。とくに、開業医の互助会の性質が濃い医師会の連絡は、いまもＦａｘが主流だ。

また看護師の人材派遣会社からの営業かなにかだろうか？　そう思って印刷を終えた用紙を手に取った長峰は、大きく息を吞んだ。

診察室に戻り椅子に腰かけた長峰は両手で用紙を摑むと、そこに書かれている文字を舐めるように読みはじめる。

「武器ができる……」

無意識にそうつぶやいたとき、腰辺りからジャズミュージックが響いた。

「誰だ、こんなときに」

ズボンのポケットから取り出した二つ折りの携帯電話を開く。液晶画面には『大樹』と息子の名前が表示されていた。あいつがなんの用だろう？　長峰は通話ボタンを押すと、顔の横に携帯電話を持ってくる。

「どうした、大樹？」

『父さん、いま仕事中か？　ちょっと話せる？』

久しぶりに聞く息子の声は、低くこもっていた。

「ああ、一応外来中だけど、全然患者が来なくて開店休業だから大丈夫だ。どうかしたのか？」

『なあ……、患者が来ないなら、医院を閉じないか』

一瞬、なにを言われたか理解できなかった。

「いや、来ないと言っても、まったくゼロってわけじゃない。十数人は受診するから、さすがに休業にはできないって」

軽い口調で言うと、『そんな場合じゃないんだよ！』という、苛立たしげな声が電話から響いてくる。

「どうしたんだ、なにかあったのか？」

『なにかあったんじゃない。これから起きるんだ』

「起きるって、なにが？」

『コロナの感染爆発だよ』

大樹の声は、これまで聞いたことがないほどの悲愴感に満ちていた。長峰は「感染爆発……」とその言葉をくり返す。

『そうだよ。イタリアの状況知っているだろ！　個人の診療所は軒並み閉めて、診察をストップしてる』

「ああ、知っているよ」

答えながら、長峰はニュースで見たイタリアの惨状を思い出す。

三月初めに北部からはじまったイタリアの感染の波は、やがて津波と化してその全土を覆いつくした。新型コロナウイルスに感染した人々が殺到した病院は機能不全を起こし、COVIDに限らず、他の疾患の治療もまともに行えない医療崩壊状態に陥り、多くの人々が命を落とした。

そして、その中には多くの医療従事者が含まれていた。

いまやイタリアでのCOVIDによる死亡者は、中国を超えて世界最多になっている。感染を恐れた個人診療所の多くがその門を閉ざし、医療崩壊に拍車がかかっていた。

『イタリアだけじゃない、イギリス、フランス、アメリカ、先進国でも軒並み感染が制御できなくなってる。日本だってきっとそうなるはずだ』

「そうかもしれないな」

長峰が答えると、電話から奥歯が軋むような音が響いた。

『なに呑気なこと言っているんだよ。長峰医院にもコロナの患者が押しかけるぞ。待合が発熱患者で埋まるんだ。そうなったら、スタッフも……、父さんも間違いなく感染する』

「そうだな。そうなるだろうな」

『分かっているなら、さっさと医院を閉めてくれよ。父さん、もう七十を過ぎているんだぞ。しかも、狭心症でバイパス手術も受けてる。そんな重症化リスクの塊みたいな父さんが、コロナに感染したら、どれくらい危険か分かっているのか？　十パーセント、いや二十パーセント近い致死率になるはずだ』

「二十パーセントか、はは、結構高いな」

軽い口調で言うと、『笑い事じゃない！』という怒鳴り声が鼓膜に叩きつけられた。耳に軽い痛みをおぼえた長峰は、思わず携帯電話を顔から離す。

「……大樹、お前、コロナの患者を診ているのか？」

大樹は埼玉の総合病院で循環器内科医をしている。全国で毎日数百人の感染者が出ている現状、そこでCOVIDの患者を診ていてもおかしくなかった。

数秒の沈黙ののち『ああ、診てるよ』という声が返ってくる。

『五十代の重症患者のECMOを俺が管理している』

ECMOは太腿の静脈から大量の血液を体外へと引き出し、それを人工肺により酸素化した後に頸部の静脈から体内へと戻すことにより、肺の代わりとして機能する。血液を引き出すためにカニューレと呼ばれる管を静脈深くへ挿入する侵襲性の高い処置であり、出血、感染、血栓症などのリスクが高く、人工呼吸管理でも救命できない症例に、最終手段として検討されるものだった。

当然、それを使いこなすには高度な専門知識・技術を要し、循環器内科医、心臓外科医、臨床工学技士をはじめとする多くの経験豊かなスタッフが必要で、実施可能な施設は限られていた。

「そうか、大変だな。気をつけろよ」

『気をつけなくちゃいけないのは、俺じゃなくて父さんだ。重症間質性肺炎がどれくらい苦しいか、知っているだろ』

「ああ、もちろん知っている。勤務医の頃、何例か看取ったことがあるからな」

肺でのガス交換が妨げられ、いくら酸素を投与してもそれを取り込めなくなる間質性肺炎は、まるで陸で溺れるようなものだ。

いまでこそ鎮静の技術が上がり、そこまで苦しむ者はほとんどいなくなったが、かつては「早く殺してくれ！」と叫ぶ者すら少なくなかった。

『父さんに、そんなことになって欲しくないんだよ。なあ、老後の貯金も十分にあるだろ。医院を閉めたって、特に問題ないじゃないか。だから、もう廃業して、感染が収まるまで母さんと家にこもっていてくれよ。父さんのことが、本当に心配なんだよ。……頼むよ』

息子の懇願に、胸に痛みをおぼえる。

「ありがとうな、そこまで心配してくれて」

『じゃあ、閉めてくれるのか⁉』

期待に満ちた息子の声に罪悪感をおぼえつつ、長峰はゆっくり口を開いた。

「いや、それはできない」

『なんでだよ！　まだ状況分かっていないのかよ！』

「分かっているよ。お前が説明してくれたおかげで、よく分かった。けれどな、それでもここを閉めるわけにはいかないんだ。医師法の第一条にこう書かれていることを知っているだろ。『医師は、医療及び保健指導を掌《つかさど》ることによつて公衆衛生の向上及び増進に寄与し、もって国民の健康な生活を確保するものとする』。つまり、俺たちは公衆衛生のために尽くす義務があるってわけだ。そしていま、医師法ができてから最大の公衆衛生の危機が訪れている」

大樹から返事はなかった。長峰は気にすることなく言葉を続ける。

「医者って仕事はさ、お国に保証されたものだ。医者以外が医療行為をしたら、犯罪になる。俺たちだけが医療を行う権利があるんだ。ただ、権利ってやつには当然、義務が生じる。いまは、このわけの分からないウイルスから、国民を可能な限り守るっていう義務だな。まあ、俺たちはいわば兵隊みたいなものだ。兵隊が敵から逃げるわけにはいかないだろ」

長峰はふっと鼻を鳴らすと、「古い考えかもしれないけどな」と付け足した。

『……父さんはもう、十分に義務は果たしただろ。三十年以上もその診療所で、地域医療に貢献してきたじゃないか。なのに、まだ戦う必要があるのかよ』

「だからこそだ」

長峰は静かに告げる。

「この診療所は、地域の人たちに支えられてきた。よそ者の俺を医師として信頼して、受け入れてくれたんだ。そのおかげで、お前を育て、一人前の医者にすることもできた。だから、ここを閉めるにしても、いまじゃない。兵隊は戦争が起こったからって、市民を残して敵前逃亡はできないだろ。閉めるとしたら、この危機が去ってからだ。それが医師としての俺の務めだ」

偽らざる気持ちを言葉に乗せて伝える。大樹なら、同じ医師という職業を志した息子ならきっと理解してくれると信じて。

十数秒の沈黙ののち、『また連絡する』と回線が切れた。

「怒らせちまったみたいだな。反抗期を思い出すよ」

携帯電話をポケットにしまった長峰が、デスクに置かれたＦａｘ用紙を眺める。

『発熱外来開設に際してのアンケート』

用紙にはそう記されていた。車で二十分ほどのところにある総合病院の敷地内に、西東京市の医師会が新型コロナの検査可能な発熱外来を設置する方向で話が進んでいるらしい。それが稼働しはじめたら、医師として診察に参加できるか、その意思を確認するアンケートだった。

「大樹にまた怒られるな」

苦笑しながら長峰はペンを手に取ると、迷うことなく『参加可能』の文字を丸で囲んだ。

11　２０２０年５月６日

あと一時間か、それなら我慢できる。

アイシールド越しに廊下にかかっている時計を確認しながら、硲瑠璃子はＮ95マスクの中に小さなため息をつく。下腹部には軽い尿意がわだかまっているが、防護ガウンと防水ズボン、さらにはシューズカバーを身につけ、それらを養生テープで隙間ができないように留めているため、気軽にトイレに行くことはできなかった。

日勤では、午前に三時間、午後に四時間、PPEを着込んでレッドゾーンで勤務をする。その間、トイレも水分補給も困難だ。看護師の中には、どうしても尿意が耐えられないときのために、成人用のおむつを穿いて勤務に当たる者すらいた。

こめかみに鈍痛をおぼえ、瑠璃子は歯を食いしばる。N95マスク、アイシールド、防護キャップで頭部が締め付けられているため、勤務が終わる頃には決まって頭痛に苛まれていた。

このコロナ専用病棟で勤務をはじめてから一ヶ月以上経つが、いまだにこの重装備に慣れることはできなかった。しかし、PPEを身につけずにこの空間に入ることはできない。

廊下の奥にはビニールカーテンが垂れ下がり、その下に赤いテープで線が引かれていた。あの線よりこちら側は、『敵』の領域だ。この病棟には肺に、そして全身の血管に激しい炎症を起こし、人の命を奪うウイルスが大量に存在している。

硬いものを軽く叩く音が聞こえ、瑠璃子は横を向く。強化ガラスで完全に仕切られたナースステーションから、呼吸器内科の医局長である梅沢が手を振っていた。

こうしてガラスで病棟と完全に隔離することで、ナースステーション内はマスクだけで過ごせるグリーンゾーンになっている。ガラスの向こう側は『敵』の侵入を許していない安全圏だ。

梅沢がホワイトボードを掲げる。そこには『三号室の前園《まえぞの》さんの心電図がうまく取れていない。確認して』と汚い字で書かれていた。

瑠璃子は頷いて廊下を進みつつ、小さく舌打ちする。昼の休憩時間などを除き、常にPPEを着込んでレッドゾーンで勤務することが多い看護師と比較し、医師たちはそれほどレッドゾーンに入らず、ナースステーションから無線やホワイトボードを使った筆談で指示を出してくることが多い。

世間では感染症内科や呼吸器内科の医師が最前線でウイルスと戦っていると思われているようだが、本当に最前線に立っているのはコロナ病棟で働く看護師たちだ。

もちろん、呼吸器内科の医師たちには病棟業務以外にも、外来や気管支鏡当番などの勤務があり、ずっとレッドゾーンにいられないことは理解している。そして、看護師に比べて圧倒的に数が少ない呼吸器内科医が感染したら、替えが利かないことも。

しかし、理解と納得は違う。看護師は感染しても新しく補充できると考えられているとしたら、まるで使い捨ての駒ではないか。

司令官が安全圏から、弾丸が飛び交う前線の兵士に指示を出しているような不公平感を、この病棟で勤務をはじめてからずっとおぼえていた。

胸郭内にどす黒い感情が湧くのを感じながら、引き戸を開けて三号室へと入った。できるだけウイルスを廊下に出さないよう、各病室の扉は基本的に閉められている。

壁や天井に染みが目立つ大部屋に、四つのベッドが並んでいた。何年も倉庫代わりに使われていたフロアを、急造で感染症病棟に仕上げたことが様々なところに見て取れる。窓は決して開かないよう、養生テープで窓枠に固定されており、そこに簡易陰圧装置が付いていた。

四つのベッドのうち、右奥の一つに七十代の男性患者が横たわっていて、その他は空いていた。

緊急事態宣言が発令され、街から人が消えた影響か、四月中旬には、一日二百人を超えた日もある東京の新型コロナ新規感染者数も、この数日は百人を切っている。そのおかげで現在、コロナ病棟への新しい入院患者は減っていて、病床にも少し余裕がある状態だった。

「前園さん、大丈夫ですか?」

ベッドに近づきながら、瑠璃子は患者の情報を頭の中で整理する。二週間ほど前に入院した前園は、肺炎が悪化して一時は人工呼吸管理を検討するほどだったが、その後、呼吸器症状は改善していて、いまは少量の酸素を投与するだけで済むようになっていた。このまま治癒していけば、近いうちに退院も可能だろう。

鼻に当てたチューブから酸素を吸いつつ、天井を見つめる前園の入院着がはだけ、胸につけていた心電図の電極が外れている。どうやら、自分で剝がしてしまったようだ。

「前園さん、このパッドは大切ですから付けたままにしておいてくださいね」

瑠璃子はラテックス製の手袋を嵌めた手で、電極を付け直す。これでナースステーションに置かれているモニターに、心電図が表示されるはずだ。

乱れた入院着を直していると、前園がぐるりと首を回しこちらを見た。アイシールド越しに、虚ろな双眸と目が合う。

「なんだお前は⁉」

唐突に、前園は悲鳴じみた声を上げる。本来、入院患者にはマスクの着用を頼んでいるが、大部屋に一人しか入院していない前園には強く要請せず、スタッフが処置などをするときだけ、マスクをつけてもらっていた。当然、いま前園の口はマスクで覆われていない。そこから大声とともに、唾液の飛沫が顔に飛んできた。強い恐怖をおぼえた瑠璃子は一歩後ずさる。

「なんで、うちにいるんだ！　出ていけ、出ていけよ！」

恐怖に顔を歪めながら、前園は叫び続ける。

せん妄だ。瑠璃子は前園の身になにが起きているのか、すぐに気づいた。

せん妄とは、自分がいる場所や時間が分からなくなる見当識障害や、幻覚や妄想などにより、興奮や混乱が生じる精神症状だった。高齢の入院患者に比較的起こりやすく、特に全身状態が悪いときリスクが高まる。

このコロナ病棟ではせん妄が起きる確率が、他の病棟に比べて遥かに高かった。当然だ、肺炎を起こして消耗している患者が多いうえ、私たちはこんな格好をしているのだから。

瑠璃子は窓ガラスに薄く映る、自らの姿を見る。マスク、アイシールドをはじめとするPPEで身を包んだその姿は、宇宙人か危険な研究をしている科学者にしか見えない。患者はこの姿に不安を掻き立てられこそすれ、安心することはないだろう。

「前園さん、落ち着いて下さい！　看護師の硲です。ほら、ここに名前が書いてあるでしょ」

瑠璃子は防護ガウンの胸元にマジックペンで記された『硲瑠璃子』の文字を指さす。顔がほとんど露出していないので、個人を認識するためにこうして胸に名前を書いていた。

「うるさい！　近づくな、人殺し！　助けて、助けてくれ！」

落ち着くどころか、前園はさらにパニックになり、両手を振り回す。大きくバランスを崩したその上半身が、ベッド柵を乗り越えそうになった。

「危ない！」

瑠璃子は反射的に、前園の体を支える。ひときわ大きな叫び声をあげた前園は、瑠璃子の顔に手を伸ばす。その指先がN95マスクにかかったことに気づき、頭から氷水を浴びせられたかのような心地になる。

N95マスクはこのレッドゾーンを支配する『敵』から身を守るために、最も重要な防具だ。これが剝ぎ取られれば、ウイルスと呼吸器を隔てるものがなくなる。

瑠璃子は両手で前園の手首を摑んで引きはがすと、大きく飛びのいた。ドーム状になっているN95マスクに触れる。大きくずれていたが、口と鼻が露出してまではいなかった。瑠璃子の背中を氷のように冷たい汗が伝っていく。

病室の扉が勢いよく開き、PPEに全身を包んだ女性が「どうしたの⁉」と部屋に飛び込んでくる。その胸元には『椎名梓』と記されていた。

椎名はこの病棟で、新型コロナ診療の先頭に立っている呼吸器内科医だった。他の医師たちの多くが可能な限りレッドゾーン内に入ることなく診療を行っているのに対し、この椎名と、感染症内科の姉小路、あと呼吸器内科の茶山などが積極的にＰＰＥに身を包んでコロナ病棟に入り、患者の診療に携わっている。

「せん妄状態です」

瑠璃子が告げる。椎名は大声を上げ続けている前園に一瞥《いちべつ》をくれると、部屋に備え付けられている救急カートを開けた。中からシリンジと注射針、そして抗精神病薬であるハロペリドールのガラスアンプルを取り出した椎名は、慣れた手つきでシリンジに注射針を装着すると、ガラスアンプルの蓋をつまんでひねった。パリンという音ともに蓋が割れたアンプルに、注射針を差し込み、中に入っている透明の薬液を吸い上げていく。

支離滅裂な内容を叫び続けている前園のベッドを大きく迂回《うかい》するように、椎名はそっと窓際に移動すると、背後から前園に近づいていく。混乱で視界が狭まっているのか、前園が椎名に気づく気配はなかった。

足音を殺して前園のすぐ後ろに回った椎名は、迷いのない動作で入院着の袖を左手でたくし上げると、露出した肩に間髪をいれずに注射針を差し込み、薬液を三角筋に注入する。

前園が一瞬固まった隙に針を抜いた椎名は、素早くベッドから離れて瑠璃子の隣まで戻ってきた。

前園は再び大きな声で叫びはじめたが、数十秒経つと激しく振り回していた両手の動きが緩慢になり、危険な光を孕んでいた眼球を瞼が覆っていく。

のそのそとベッドに横たわった前園が寝息を立てはじめるのを、瑠璃子は呆然と見つめ続けた。

「この年齢と全身状態のうえ、一人個室に閉じ込められて、しかもこんな宇宙人みたいな格好の私たちが闊歩していたら、せん妄になるのも当然ね。もう少し病状が良くなったら、せん妄も消えると思うけど、それまでは念のため、内服薬に抑肝散《よくかんさん》をくわえておきましょう。あれで、せん妄はかなり抑えられるから。あとでオーダーしておく」

淡々と言いながら、椎名は針のついたシリンジをダストボックスに捨てる。

「あ、ありがとうございます」

礼を言うと、椎名は「気にしないで。お疲れ様」とねぎらいの言葉を残して病室から出ていった。瑠璃子は完全に眠ってしまった前園の酸素チューブの位置を直し、その体に毛布を掛けると、椎名を追って廊下に出た。

「あの、椎名先生」

呼び止めると、椎名は振り返って「なに？」とかすかに小首を傾げた。自分がなぜ慌てて彼女を追ったか分からず、瑠璃子は必死に頭を整理しつつ、N95マスクの中で口を開く。

「どうして先生は、レッドゾーンにいるんですか？」

「どうしてって、ここの患者の担当だからだけど？」

質問の意図が分からなかったのか、椎名の頭部がさらに傾く。

「でも、他のドクターはできるだけレッドゾーンに入らないようにしているじゃないですか。なのに、椎名先生と姉小路先生と茶山先生、あと呼吸器内科部長の扇谷先生はかなりの時間、私たちナースと同じようにPPEを着込んで病棟内にいますよね」

「私と姉小路先生は一応、このコロナ病棟の責任者だからね。扇谷先生は齢が齢だから、できればあまり入って欲しくないんだけど、それじゃあ部長として示しがつかないってことで、毎日部長回診をしているんだ」

椎名はおどけるように肩をすくめた。

「それって、不公平じゃないですか？」

「でも、私はこの病棟以外の入院患者の担当と、外来を免除してもらっているから。それに、チーム制で診ていて、私がいないときは他のドクターがちゃんと診てくれているから、あんまり気にしていないよ」

瑠璃子はラテックス製の手袋を嵌めた手を握りしめる。

「先生は感染することが、怖くないんですか？」

私は怖い。この病棟で重症患者をたくさん看護しているうちに、どんどん怖くなっている。いつベッドに横たわり、大量に投与される酸素を必死に貪りながら苦しむ側に回るか分からない。

「そりゃ、怖いよ」

椎名は穏やかな口調で言った。

「でも、私はいま三十六歳で基礎疾患はないから、感染したとしても死亡する確率は五百回に一回くらい。そこまで高い確率じゃないし」

「でも、死ななくても肺炎が起きたら凄く苦しむことになります。若くても重症化して、後遺症で生涯酸素吸入が必要になる人もいます」

長い人生を後遺症で苦しみながら生きていく。その恐怖は、死への恐怖に勝るとも劣らなかった。

「悪いことはできるだけ考えないようにしているの。だって、やるしかないんだから」

「やるしかないって、こんなの焼け石に水じゃないですか？　次々やってくる感染者を治療していったって、コロナが消えるわけじゃない。私たちがやっていることに、意味ってあるんですか？」

この病棟で働きはじめて一ヶ月、ずっと腹に溜め込んでいた疑問を椎名にぶつける。自分がやっていることが八つ当たりに近い行為であることは気づいていた。けれど、訊ねずにはいられなかった。目の前にいるこの女性なら、なにか答えを持っているかもしれない。そう感じたから。

「意味はあると思う。こうして私たちが必死にコロナの患者さんを診ることで、医療を守り時間を稼ぐことができる。医療っていうのは広義のインフラの一つだから、それが破綻したらたくさんの人が苦しむことになる」

「時間を稼いで、何になるんですか？　どうせみんながかかるまで、この病気、消えないじゃないですか。何を待つって言うんですか」

「ワクチン」

椎名は静かに言うと、瑠璃子の目をまっすぐに見つめてくる。

「一週間前、イギリスのオックスフォード大学がアストラゼネカと一緒に、新型コロナワクチンの治験を開始した。それに、アメリカではファイザーとあとはモデルナとかいうベンチャー企業がmRNAワクチンっていう、新しいタイプのワクチンの治験をもうすぐはじめるんだって」

「ワクチンが間に合うんですか？」

かすかな希望をおぼえ、前のめりになる瑠璃子の前で、椎名は「分からない」と首を横に振った。

「治験が成功するのか、したとしてもいつ承認されて使えるようになるのか、まだ誰にも分からない。ただ、世界中の専門家たちが力を合わせて、ワクチン開発に力を注いでいる。これまで新しい感染症が出ても、人類はただじっとそれが過ぎ去るのを待つことしかできなかった。けれど、もしかしたら今回は、はじめて科学がウイルスに勝つことができるかもしれない」

言葉を切った椎名は、アイシールドの奥の目を閉じる。

「だから、ワクチンが承認されて行き渡るまで、できるだけ感染を抑え込んで、重症化した人は私たちが治療して被害を少なくするしかないの。……それ以外に、このウイルスとの戦争に勝つ方法はない」

椎名の口調が不吉な色を帯びる。瑠璃子は喉を鳴らして唾を呑み込んだ。

「もし、ワクチンが行き渡る前に感染が制御できなくなったら、どうなるんですか？」

「ほとんどの国民が感染して免疫を持つまで、ウイルスの猛威に晒されることになるわね。国内だけで最低でも数十万人、下手したら百万人を超える死者が出るかもしれない」

「百万人……」

あの未曾有の大災害、東日本大震災でさえ死者・行方不明者は二万人に満たない。その何十倍もの犠牲者が出る可能性がある。まさに想像を絶する事態だ。

「しかも、それはあくまでCOVIDで直接亡くなる人数でしかない。医療崩壊で一般的な疾患の治療も提供できなくなったら、間接的な死者はどれだけ増えるか分からない」

椎名の平板な口調は、それが単なる悲観的な予想ではなく、ほんの数ヶ月後に十分に起こりうる事態であることを伝えてきた。

椎名はゆっくりと目を開ける。

「けど、いまはそんなことを考えても仕方ない。世界中の医師、研究者、疫学者、政治家、それぞれが各々の立場でこの世界的な危機に立ち向かっている。私たちは私たちにできることをしましょう」

「私たちにできること……」

瑠璃子がその言葉をくり返すと、椎名は力強く頷いた。

「ええ、目の前にいる患者を全力でケアすること」

椎名は「話はこれで終わり」とでもいうように、手袋を嵌めた両手を合わせる。パンッという小気味よい音が廊下に響いた。そのとき、すぐわきの病室の扉が開き、看護師が顔を覗かせる。

「椎名先生、レートが落ちてきました。間もなくです」

椎名は「分かった」と、重々しく頷いた。

「間もなくって、何がですか？」

反射的に瑠璃子は訊ねる。

「そこの部屋の患者さんが、もうすぐ亡くなるの」

そう言い残して、椎名はすぐそばの病室に吸い込まれていった。瑠璃子は誘われるように、その後についていく。

前園がいた隣の部屋と、まったく同じつくりの病室。その奥のベッドに、高齢の女性が横たわっていた。

担当患者ではなかったので、直接看護したことはなかったが、たしか先週入院した八十二歳の患者だ。入院後、急速に肺炎が悪化し呼吸状態も切迫、全身の炎症による多臓器不全も進行して、昨日から尿が出ない状態になっている。

瑠璃子は今朝の申し送りで聞いた情報を思い起こしていく。

尿が出なくなるというのは、死が近いことのサインだ。腎臓が尿を作れなくなると、一日程度で息を引き取るケースが多い。

瑠璃子はベッドわきに置かれているモニターに視線を送る。そこに表示されている心拍数は、毎分三十回を切っていた。酸素マスクがかぶさっている口は定期的に大きく開き、喘ぐような呼吸をしている。下顎《かがく》呼吸と呼ばれる、終末期に見られる現象だった。

死期が近くなると一般的には心拍数が上がり、必死に全身の血液循環を保とうとする。しかし、やがてそれも限界を迎え、脈拍は遅くなり、そして完全に心停止に陥るのだ。

瑠璃子の予想通り、心電図に表示される波の間隔がみるみる広がっていき、やがて一本の平坦な線になった。ピーという、気の抜けた電子音が部屋の空気を揺らす。

椎名は感染予防のため各病室に備え付けとなっている聴診器を手に取るとベッドに近づき、壁についている摘みを回して、患者のマスクに大量に供給されていた酸素を止めた。

「お疲れさまでした。確認させて頂きますね」

柔らかく声をかけると、椎名は聴診器で心拍と呼吸の停止を確認したあと、ペンライトの光を患者の目に当てて、瞳孔反射の消失を確認する。

「午後三時二十八分、ご臨終です」

掛け時計をちらりと確認したあと、椎名が厳かに死亡を宣告する。

椎名と看護師が頭を下げた。慌ててそれに倣《なら》いつつ、瑠璃子は強い違和感をおぼえていた。

一般的に、死亡宣告は家族の立ち会いのもとに行われる。しかし、コロナ病棟では家族の面会はもちろん、死後に別れを告げることすら許可されていなかった。

ベッドの上で大きく目を剝き、餌をねだる鯉のように口を大きく開いた患者を見つめる。この年齢なら、子供だけでなく孫もいた可能性が高い。新型コロナウイルスが存在しなければ、この女性はずっと後に多くの家族に見守られながら天寿を全うできたかもしれない。しかし、実際に彼女を看取ったのは、自分たちのように顔も見えない他人だけだ。

「これから、ご家族に連絡して死亡を伝えたあと、死亡診断書を書きます。エンゼルケア、お願いできる？」
椎名に声をかけられた看護師は、疲れ切った様子で頷くと、出入り口の近くで立ち尽くしている瑠璃子に、「硲さん、手伝ってくれる？」と声をかけてきた。

「あ、はい、もちろんです」

瑠璃子は小走りにベッドに近づく。大きく見開いた患者の目を、撫でるようにして閉じさせた椎名が、「よろしく」と場所を譲り、出入り口に向かって歩き出した。

椎名の重い足取りを見て、彼女も自分と同様に、この異常な環境での勤務に疲弊し、そして無力感に苛まれていることに気づく。

「それじゃあ、はじめましょうか」

エンゼルケアとは患者の遺体から点滴等の医療機器を取り去ったうえで、洗浄や死化粧などをして、その姿を整えることを言う。しかし、このコロナ病棟では死後も感染の危険があるということで、一般病棟よりもかなり簡略化されたエンゼルケアにならざるを得なかった。

体を拭いて着替えさせた後は、化粧も施《ほどこ》すことなく白い納体袋に入れ、葬儀会社に引き渡すことになる。新型コロナ患者の火葬を請け負ってくれる葬儀会社も多くはなく、契約するのに一苦労だったと聞く。

そして、遺体は家族に会うことなく、そのまま火葬されることになっていた。

瑠璃子は二週間ほど前にテレビで見た、女優の岡江《おかえ》久美子《くみこ》が新型コロナで亡くなった際のニュースを思い出す。ご遺体が火葬されたあと、葬儀会社の社員が自宅まで遺骨を運んでいた。しかし、濃厚接触者である家族に直接渡すことはできず、桐の箱に入った遺骨はその敷地に、まるで荷物のように置かれることになった。

この女性の遺骨も、そのようにして届けられるのだろうか。この悪質なウイルスはどこまで人間の尊厳を奪うのだろうか？

視界が滲み、鼻の奥が痛くなってくる。

目も鼻も拭えないことにもどかしさをおぼえつつ、瑠璃子は遺体を布巾で拭い続けた。

「ただいま」

暗い玄関に、自分の声が虚しくこだまする。

靴を脱いで重い足取りで廊下を進んだ瑠璃子は、手探りで電灯のスイッチを押す。LEDライトの漂白された明かりに、無人のリビングダイニングが浮かび上がった。

腕時計を見ると、時刻は九時近くになっていた。勤務は午後五時までなのだが、それからコロナ病棟の清掃業務にあたっていた。病院が契約している清掃業者がコロナ病棟の清掃を拒否したため、清掃まで看護師の仕事になっていて、帰りがこんな時間になってしまった。

婚約者の彰は今日までゴールデンウィークで休みのはずだが、いないということは仕事に行っているのかもしれない。

「在宅じゃ仕事モードに入らなくて、企画をまとめられないんだよ」

勤めている商社がテレワークを推奨しだしてから、彰はそんな不満を漏らしては、テレワーク用に日中借りることができる池袋のビジネスホテルに行くことが多くなっていた。

オリンピック特需を控えて大量に開業したビジネスホテルも、緊急事態宣言の発令で閑古鳥が鳴くようになり、客の受け入れに必死だった。

できれば、外出はして欲しくないのだが、ビジネスホテルの部屋にこもって一人で仕事をする分には、感染リスクはほとんどないだろう。仕事のことに口出ししたくなかったので、やめて欲しいとまでは伝えていなかった。

バッグを廊下に置いた瑠璃子はそのまま洗面所へ直行すると、着ている服を脱いで、バスルームへと入り、頭から熱いシャワーを浴びる。

体や髪にウイルスが付着していた場合を考え、帰宅後すぐにシャワーを浴びる習慣になっていた。

クレンジングで化粧を落とし、髪を洗うと、重く濁っていた気持ちもいくらか晴れる。

バスルームを出て、ドライヤーで髪を乾かしていく。もともと、肩にかかるぐらいまでの長さがあった髪は、コロナ病棟の勤務が決まってからバッサリと切って、ショートカットにしていた。彰からは不評だったが、長い髪をキャップの中に押し込むのは大変だし、それだけウイルスが付くリスクが大きい。背に腹は代えられなかった。

寝間着に着替えた瑠璃子は、廊下に置いておいたバッグを手に取ってダイニングへ向かうと、近くのコンビニエンスストアで買ってきたサンドイッチとサラダを、エコバッグから取り出しテーブルに並べた。

食欲はないが、食べなければ体がもたない。椅子に腰かけた瑠璃子は包みを破ると、サンドイッチを口に運びはじめた。

同時に、隣の席に置いたバッグから二つ折りにされた用紙を取り出し、机の上に広げる。それは、三月から東京都台東区にある永寿《えいじゅ》総合病院で起きた、日本最大の院内クラスターの全容をまとめた報告書のコピーだった。

まだ新型コロナウイルスの脅威がどの程度か分からなかった二月後半、脳梗塞で入院した患者が新型コロナウイルスに感染していて、潜伏期の状態だった。

入院後にその患者が肺炎を起こした際、当然、脳梗塞による嚥下《えんげ》機能の低下から生じる誤嚥性肺炎だと考えられた。しかし、日が経つにつれ病棟内のスタッフ、そして入院患者に発熱が生じるようになり、PCR検査を行った結果、すでに新型コロナウイルスが院内でアウトブレイクを起こしていることが分かった。

永寿総合病院のスタッフたちは、その危機に全力で立ち向かったが、新型コロナウイルスの伝播性はすさまじく、血液がんの化学療法を受けている患者たちが入院する無菌病棟にまでウイルスの侵入を許してしまう。

五月に収束するまで百九十二人の感染者と、四十三人の死者を出す大惨事となり、患者だけでなく医師の中にも重症化しECMO導入された者までいた。

収束までに一ヶ月以上、上野近辺の地域医療の要であった総合病院がいかにして、世間から謂《いわ》れのない非難と差別を受けつつ、必死に未知のウイルスと戦ったのか。詳細が克明に描かれた報告書を読んでいるうちに、視界が滲んで文字が追えなくなってくる。

哀しみ、感動、恐怖、どの感情から涙が湧いてくるのか自分でも分からなかった。そのとき、玄関扉が開く音が聞こえてきた。

「あっ、彰君、お帰り」

慌てて手の甲で目元を拭った瑠璃子は、廊下から姿を現した婚約者の姿を見て、目を疑った。

彰の頬は赤く上気し、目は血走り、そして足元はおぼつかなかった。明らかに酒に酔っている。

「どうしたの？　なにがあったの？」

「いや、べつに何もないって。ちょっとホームパーティーに行ってただけだよ」

「ホームパーティー⁉」

瑠璃子が金切り声を上げると、頭に響いたのか、「大きな声、出すなよ」と彰は顔をしかめた。

「どういうこと？　仕事に行ってたんじゃないの⁉」

「仕事だよ。取引先の会社のアメリカ人の重役が、ホームパーティーに招いてくれたんだって。ゴールデンウィークなのに、どこにも行けなくてかわいそうだからって。二十人くらいで盛り上がったな」

「二十人⁉」

あまりの衝撃に、瑠璃子は勢いよく立ち上がる。椅子が倒れ、大きな音を立てた。

「なに考えているの⁉　いまどんな状況か分かってないの？　緊急事態宣言が出ていて、不要不急の外出を控えるように、あんなにくり返し言われているんだよ」

「取引先との付き合いは、大切な仕事なんだよ。俺の仕事に口を出さないでくれ」

面倒くさそうにかぶりを振ると、彰はキッチンに行って水道の水をコップで飲む。その姿を呆然と眺める瑠璃子の脳裏に、数時間前に見た女性の最期の姿がよぎった。

コロナ病棟で勤務することで、彰に感染させてしまう危険性に怯えていた。けれど、逆に彰からうつされるリスクの方が遥かに高いことにようやく気づいた。

テーブルに置かれた報告書に視線を落とす。もし自分が感染したら、心泉医大附属氷川台病院で、同じ悲劇が起こらないとも限らない。

瑠璃子はキッチンに立つ彰の背中を睨みつける。この人は、私と同僚、そして患者を危険に晒している。この人は、私の仕事に最低限の敬意も払ってくれない。

瑠璃子は寝室に入ると、クローゼットから旅行用のキャリーケースを取り出し、着替えを詰め込んでいく。

「おい、なにやってるんだよ？」

異変に気付いた彰が背後から声をかけてきた。

「出ていくの。コロナが終わるまで、彰君と同じ家には住めない」

「はぁ、なに言っているんだよ。ちょっと落ち着けって。なんでそうなるんだよ」

焦る彰に答えることなく、瑠璃子は手を動かし続ける。瞳から零れた涙が、キャリーケースに押し込んだブラウスに吸い込まれていった。

12　2020年5月29日

「はい、残念ながら現在の状況で人工呼吸管理にした場合、二度と機械から離脱することはできず、そのままお亡くなりになると思われます。また、人工呼吸のために気管内チューブを挿管する処置自体が、お体にかなり負担になります。先ほども申し上げた通り、鎮静をかけることで苦痛を取りながら経過を見ていくのが良いかと思います。……はい、……はい、分かりました。状況が変わりましたら随時ご連絡を差し上げます。はい、失礼します」

コロナ病棟のナースステーションに置いてある電話の受話器を戻した椎名梓は、大きなため息をついた。

「また家族へのインフォームドコンセントか、お疲れさん」

隣から、同僚の茶山が声をかけてくる。梓は弱々しくうなずいた。

「直接会って話をするなら、相手の表情も見えるから厳しい話もうまく伝えられるけど、電話だと本当に難しい」

「そもそも、伝える内容がシビアだしな」

「そう、家族の死を伝えるようなものだからね」

梓は押し殺した声で言う。

四月上旬に発令された緊急事態宣言後、人々が可能な限り外出を自粛してくれたおかげで、一時は数百人に及んでいた国内の新規感染者は、一日五十人を割る日も増えてきた。四日前の五月二十五日には、一ヶ月半ぶりに東京、埼玉、神奈川、千葉の首都圏と、北海道の緊急事態宣言が解除され、街にも徐々に人が戻りはじめていた。

ただ、じわじわと日常を取り戻している世間とは対照的に、このコロナ病棟の負担は明らかに上がっていた。

新型コロナウイルス感染で亡くなるケースでは、発症から二週間ほどしてから肺炎が重症化し、その後、二週間ほどかけて命を落とすという経過を辿《たど》ることが多い。それゆえ、一日数百人ほどの感染者が出ていた頃に感染した患者が、ここ数日で次々と危篤状態に陥っていた。

若く、体力と肺機能に余裕がある患者にかんしては、人工呼吸管理にしてなんとか命を繋ぎ留め、肺炎が収まるのを待つのも可能だ。しかし、高齢者にそれをするとほぼ確実に、人工呼吸管理中に命を落とすか、最悪の場合、二度と人工呼吸から離脱できずただ機械によって生かされているだけの状態になる。

マスクとアイシールドで顔が見えない医師に、気管内チューブを挿管するために口の中に無骨な器機を挿入されるのが、人生最後に見る光景になってしまうのだ。

それを避けるため、高齢患者の家族には状況を説明したうえで、人工呼吸管理にすることなく、苦痛だけ取って自然に看取ることを勧めている。そして、ほとんどの場合、家族はそれを受け入れてくれていた。

「茶山、なにやっているの？」

梓は横目で茶山を見る。彼は難しい顔で、手元のメモに視線を落としていた。

「いや、遺書の文面をな……」

「遺書!?」

声が裏返る。茶山はマスクの前で人差し指を立てた。

「でかい声出すなよな。ナースたちが不安になるだろ。念のためだよ、念のため。梅沢先生に勧められたんだ。あの人なんて、弁護士と相談して、本格的な遺言書作成してるぞ」

今朝、医局長の梅沢が大量に体に蓄えた脂肪を貧乏ゆすりで揺らしながら、パソコンのキーボードを叩いていた姿を思い出す。あれは遺言書の文面を考えていたのかもしれない。

「ようやく、医局長もコロナ病棟に入る覚悟を決めたのさ。さすがに、部長が上の階にもう一つコロナ病棟を作っているし、専用ＩＣＵも稼働したことで覚悟を決めたんじゃないか」

茶山はあごをしゃくった。強化ガラスの向こう側にレッドゾーン、コロナ病棟が見える。レッドゾーンに入ってすぐ右手にある扉、そこについている窓から光が漏れていた。

かつてここは循環器内科の病棟で、集中管理が必要な患者用のＣＣＵ（冠疾患集中治療室）があった。新型コロナ患者が次々と重症化していることを受け、かつてＣＣＵだったスペースをコロナ患者専用ＩＣＵとして、二日前から三床が稼働していた。重症化しているものの、人工呼吸管理などの集中治療を施せば社会復帰可能と考えられる患者がそこに入院している。

「医局長、ほとんどレッドゾーンに入らなかったからね」

思わず棘《とげ》のある口調になってしまう。

「まあ、梅沢先生、あんな肥満体で、しかも糖尿病でインスリンを使っているからな。感染したときの死亡率が俺たちとは桁違いだ。たぶん、二、三パーセントの確率で命を落とす。五十回に一回、弾が飛び出してくるロシアンルーレットを引きたくないと思うのも、仕方ないだろ」

「それはたしかに」

「俺たちだって感染したら、数百回に一回、弾が出るロシアンルーレットをすることになる。だから念のため、遺書を準備しておこうかと思ってな」

「でも、そこまでは……」

「いや、こういうの書くと逆に死なないってジンクスがあったりするだろ。それにさ、万が一のとき、子供にメッセージを遺したくて」

「子供……？」

茶山に子供はいなかったはずだ。数秒、思考を巡らせたのち、梓は目を見開いた。

「もしかして！」

「ああ、そうだよ。礼子《れいこ》が妊娠したんだ」

「おめでとう！　男の子？　女の子？」

「なんで椎名がそんな興奮しているんだよ。まだ心拍が確認できたところだから、性別なんて分かるわけないだろ」

「あ、そうだよね。ごめん」

同僚と高校時代の親友の間に子供が生まれるということに興奮し、我を忘れてしまっていた。家族と離れ、このコロナ病棟で勤務をはじめてからつらい思いばかりしてきたが、久しぶりに晴れやかな気分だった。

「ただ さ……」

茶山は一転して陰りを帯びた声でつぶやく。

「俺の子供、こんな世界に生まれてきて幸せになれるのかなって、ちょっと不安なんだよな。アメリカじゃ、コロナで子供もどんどん死んでいっているし……」

一時はトランプ大統領が感染対策を自画自賛するほど感染を抑え込んでいたアメリカだが、いまや世界最悪の感染の波に呑み込まれていた。アメリカでのＣＯＶＩＤによる死亡者は、すでに十万人を超えている。

「大丈夫だって。日本は感染を抑え込んだじゃない。これくらいの制限をすれば、感染拡大はしないって分かったんだから、もう国内で大流行なんて起こらないよ。夏になればそのうちに消えていくって」

半ば自らに言い聞かせるように梓は伝える。

茶山が「だといいな」と弱々しく微笑んだとき、目の前からガンガンと大きな音が響いた。驚いて顔を上げると、レッドゾーン内にいる看護師がナースステーションと病棟を隔てる強化ガラスを叩いていた。

彼女が手に持った小さなホワイトボードに『ICU　急へん！』と殴り書きにしてあった。

目を見開いた梓は、立ち上がってナースステーションの奥にある扉の前まで走ると、白衣を脱いでPPEを身につけていく。一刻も早くレッドゾーンに入りたいのだが、完全に隙間なくPPEを着込んだことを確認できないと、病棟内に入ることは許されていなかった。

追いついた茶山が、養生テープでガウンの背中を留めてくれる。

置いてある姿見で、完璧にPPEを装着したことを確認した梓は、扉を開けて中に入り、小走りでイエローゾーンを抜けて、ICUへと向かった。

三床あるICUの一番手前のベッドに、看護師たちが集まっていた。

「状況は！」

N95マスクの下から声を張り上げる。

「突然、サチュレーションが下がりました。酸素をマックスにしましたが、現在、八十二パーセントです」

ベッドのそばで患者の鼻にチューブを差し込んで、痰の吸引を試みている看護師が声を張り上げる。その胸には『硲瑠璃子』と記されていた。先日から、このICU担当になった看護師だ。もともと救急部所属だっただけあって、このような急変でもパニックになることなく対応してくれている。

梓はベッドで苦しげにあえぐ女性の顔を見る。まだ三十代で、小学生と幼稚園児の子供がいたはずだ。数ヶ月前に乳がんの手術を受け、術後の化学療法を行っているタイミングで新型コロナウイルスに感染し、重症化していた。

肺炎は小康状態だった。急に血中酸素飽和度が落ちたということは、どこか大きな気管支に痰が詰まったか、それとも肺塞栓症が起きたのだろう。

梓の脳内に様々な可能性が浮かび上がってくる。

新型コロナウイルスは肺だけでなく、全身の血管に強い炎症を起こす。そのため、脳梗塞、心筋梗塞、そして肺塞栓症などの血栓症のリスクが高くなっていた。

いや、いまは原因を考えるより治療だ。この女性を、幼い子供を遺して逝かせるわけにはいかない。

「挿管します、準備を。チューブは七・五ミリ」

梓が指示を出すと、痰の吸引を終えた硲が「はい！」と返事をして救急カートから必要な機材を取り出していく。

梓は壁の棚からアクリル製のエアロゾルボックスを手に取った。下と奥が空いていて、側面には腕を入れるための穴がある透明の箱を、患者の頭部に被せる。

気管支チューブの挿管では、患者の口元に顔を近づけなくてはならないうえ、大量のエアロゾルが発生する。そのままでは医師が感染するリスクが高いということで、このエアロゾルボックスを使用する規定になっていた。

「側管からジアゼパムを一アンプル、ワンショットして」

梓の指示とともに、看護師の一人が点滴ラインの側管から、強力な鎮静剤であるジアゼパムを投与する。すぐに、苦しげに喘いでいた女性の表情が弛緩した。

「喉頭鏡！」

梓が差し出した左手に、裕がL字形のブレードを持つ無骨な器機を手渡してくる。梓は両手をエアロゾルボックスに差し込むと、患者の前歯に当てた右手の親指と人差し指を交差するようにして開口させ、そこに左手で持った喉頭鏡のブレードを差し込んで前方に持ち上げ、喉頭展開をしていく。かなり喉が細い。腕に力を入れてようやく、わずかに声帯が確認できた。そこにチューブを差し込めれば挿管成功だ。

「チューブを！」

声帯に視線を固定したまま、梓は右手を差し出す。気管支チューブが渡されると、それをエアロゾルボックスの右の穴から差し込み、キシロカインゼリーが塗られた先端を声帯の奥にある気管へと差し込もうとする。

しかし、アイシールド、そしてエアロゾルボックスと顔の前に二つの遮蔽物があるせいで遠近感がよく分からない。しかも、小さな穴から差し込んだ腕の動きも制限されてしまい、チューブがどうしても声帯の奥へと滑り込んでくれなかった。

「サチュレーション、七十パーセント台に低下しています」

悲鳴じみた看護師の報告がさらに焦りを呼ぶ。必死に喉頭を持ち上げていた左手が痺れてきた。かすかに見えていた声帯が視界から消える。

このままだと、挿管できない。患者が死んでしまう。一度、チューブを裕に返し、再び喉頭展開を試みようとしたとき、肩を叩かれた。

振り返ると、そこにはPPEに身を包んだ大柄な男性が立っていた。胸には『麻酔科部長　市ヶ谷《いちがや》誠《まこと》』と記されていた。

「俺が代わろう」

この心泉医大附属氷川台病院麻酔科のトップにして、心泉医科大学麻酔科講座の客員教授である市ヶ谷は、啞然としている梓から喉頭鏡を奪い取り、ベッドのそばに陣取った。鼻歌交じりにエアロゾルボックスに両手を差し込んだ市ヶ谷は、流れるような動作で喉頭展開をして、「チューブ頂戴」と手を差し出してくる。

硲が慌ててチューブを渡すと、市ヶ谷はまるで使い終わった鉛筆をペン立てに戻すかのような自然な動作で、そのチューブを患者の喉へと差し込んだ。

「はい、挿管終了」

軽い口調で言った市ヶ谷は、アンビューバッグをチューブに繫いで数回酸素を送り込む。患者の胸が大きく上下し、七十パーセントを切りそうなほど低下していた血中酸素飽和度がみるみる上がって、九十パーセントを超えた。

「肺塞栓じゃなさそうだな。痰の詰まりが取れたかな。椎名先生、呼吸器の設定と点滴の調整は俺がやっておくから、カルテの記載だけ頼めるかな」

「あ、ありがとうございます。でも、なんで市ヶ谷先生が……」

状況についていけず梓が呆然としていると、市ヶ谷は肩をすくめた。

「なにを言っているんだ。ICUを麻酔科医が管理するのは当たり前じゃないか」

「でも、ここはコロナ病棟のICUですよ」

たしかに、病院の方針でICU内の患者管理は麻酔科の管轄になっていた。しかし、まさかこのコロナ病棟でまでその原則が適用されるとは思っていなかった。

「関係ない。ICUはICUだ。まあ、本館の手術室からは離れているから、基本的に昼間は俺が一人で管理するけどね」

「先生がお一人でですか？」

「なんだい、こんな還暦過ぎたおいぼれだと不満かな？　けれど、うちの医局員たちは、昼間は手術の麻酔をかけないといけないんだよ。扇谷先生にも許可はとった」

「いえ、ただ感染した場合……」

「ああ、重症化しやすいだろうな。けど、俺は医者だ。四十年近く麻酔科医をやってきた。この病院の誰より、挿管と全身管理はうまいぞ。なら、この未曾有の事態に、培ってきた実力を使わないという選択肢はないだろ。呼吸器内科だけが背負い込まないで、俺たちにも少しは格好をつけさせてくれ。これが麻酔科医としての集大成になるかもしれないんだから」

市ヶ谷はアイシールドの奥で気障《きざ》にウインクをする。梓は胸の奥から熱いものがこみ上げてくるのを感じた。

「ありがとうございます。よろしくお願いします」

梓は声を張り上げると、防護キャップを被った頭頂部が見えるほどに頭を下げた。

「お疲れさん、大変だったな。市ヶ谷先生が挿管をしてくれたんだって？」

　PPEを脱いでナースステーションに戻ると、茶山が声をかけてくる。

「うん、本当に助かった。あとは任せて昼休みを取ってきていいとまで言われちゃった」

「おっ、さすがは市ヶ谷先生、粋な気遣いだな。それじゃあ、行こうか」

「行くって、食堂？」

「椎名、お前、今日なにがあるか知らないのか？」

　茶山は目をしばたたいた。

「なにって……？」

　意味が分からず戸惑っていると、茶山は「いいから、ちょっとついて来いよ」と手招きをしてナースステーションから出ていく。梓は首を捻《ひね》りながら彼について新館に移動すると、屋上に続く階段をのぼっていった。

　普段は閉鎖されている屋上の扉が開いている。外に出た梓は、目を丸くした。

　屋上にはマスク姿の医師や看護師が、数十人も集まっていた。

「なに、これ？」

　梓がつぶやいたとき、歓声が上がる。そこにいる人々が、遠くの空を見上げる。つられて視線を上げた梓の口から「わぁ」という声が漏れた。

　晴れ渡った青空に、六機の自衛隊機が白い飛行機雲をひいて飛んでいた。

「ブルーインパルスが、コロナ治療に当たる医療従事者、つまりは俺たちへの感謝をしめすために飛んでいるんだよ」

　茶山の説明を聞きながら、梓は目を細めて青いキャンバスに描かれる白い軌跡を眺める。

一帆もこれを見ているだろうか。

私はいま、世間に、そしてなにより息子に誇れる仕事をしている。

体の奥にヘドロのように溜まっていた疲労が洗い流されていくような心地になる。

梓は両手を大きく広げ、胸を反らして空を仰いだ。

第2章　α《アルファ》

1　2020年7月5日

暑い、いや熱い。全身を炭火で炙《あぶ》られているかのように、熱が体の内側に染み込んでくる。汗を吸った下着が、体に張り付いて不快だ。

冷たい水を飲みたい。いや、水でなくてもいい、冷えた空気を一息吸い込みたかった。密閉性の高いN95マスクの中に、自分が吐き出した生ぬるい空気ではなく。

「じゃあ、熱が出たのは一昨日の夜で、今日の朝から倦怠感が出はじめたということだね」

倒れそうなほどのめまいをおぼえながら、長峰邦昭は必死に言葉を絞り出す。少し離れた位置に置かれた丸椅子に座った中年男性は、「はい」と首をすくめるように頷いた。その目は虚ろに濁り、背中は丸まっている。

「息苦しさは？」

「それは大丈夫です。ただ、体が凄くだるいだけです」

男性は弱々しい声で答えた。

日曜の午後六時前、長峰は田無《たなし》駅から車で五分ほどの距離にある、秀医会《しゅういかい》西東京病院の敷地に設置されたテントで発熱外来を担当していた。

初期には保健所の許可がなければできなかった新型コロナの検査だったが、この半年で様々な医療施設や検査会社などが必死にPCR検査のキャパシティを増やした結果、医師が必要だと判断すれば行えるようになっていた。

五百床の病床を持ち、地域医療の要となっているこの秀医会西東京病院の敷地にもプレハブ小屋が作られ、PCR外来と発熱外来が設置された。

PCR外来は全身状態は良好だが、新型コロナに感染している可能性があると地域の開業医などが判断した患者が送られてきて、検査のみを受けるシステムになっている。これまで、長峰も数人の発熱患者を紹介した。

一方で、発熱外来はすでに呼吸苦などの症状が出ていて、場合によってはそのまま入院が必要な患者が対象だった。毎日午後四時から六時まで行われ、西東京市医師会が秀医会西東京病院の施設を利用するという形で行われる。当然、担当するのは西東京市医師会の医師、つまりはこの一帯で自分の診療所をもつ開業医たちだ。

今日、長峰ははじめての発熱外来の担当医に当たっていた。

この発熱外来、PCR外来ができてから、普段の診療はだいぶ楽になった。それまでは、どれだけCOVIDが疑わしい患者が受診しても、帰国者・接触者相談センターの電話番号を渡し、「ここに連絡をして」と言うことしかできなかったが、いまは必要に応じ検査を行うことができる。

だからこそ、たとえ感染リスクがあったとしても、発熱外来を担当することに迷いはなかった。

ただ、この暑さは予想外だった。

プレハブに一応の空調はついているのだが、感染対策のために窓を開けて換気をしておく必要があるため、暑く湿った外気が常に吹き込んでくる。そんな室内で、さらに感染対策のためにN95マスク、アイシールド、ガウン、キャップ、防水ズボンなどのPPEを隙間なく着こまなくてはならないのだ。蒸し焼きにされているような心地になる。首筋に冷却スプレーをかけたり、氷嚢《ひょうのう》を当てたりして必死に体温を下げながら患者を診てきたが、もはや限界は近かった。

この患者が最後だ。長峰は自らを鼓舞《こぶ》しながら、問診を続ける。

「なにか心当たりはないかな。この二週間以内に大人数で会食をしたり、周囲でコロナの人が出たり、あとは歓楽街に行ったり」

長峰が「歓楽街」という言葉を口にした瞬間、弛緩していた患者の表情がかすかにこわばった。

「いや……、べつに……」

露骨に視線を外す男に、長峰は諭すように話しかける。

「医師には守秘義務があるから、ここで聞いたことは会社にも奥さんにもばれない。ただ、あなたに適切な医療を施すためには、正しい情報が必要だ。だから、正直に答えてくれ。そうじゃないと、あなたがどれだけコロナに感染している可能性があるのか判断ができないから」

「実は……、先週、キャバクラに行きました」

患者は上目づかいに視線を送ってきながら、蚊の鳴くような声で答えた。

長峰はマスクの下で小さくため息をつく。五月二十五日に緊急事態宣言が解除されてから、ホストクラブやキャバクラなどでの感染者が増えてきた。

音楽がかかっている密閉された空間で、酒を飲みながら話をすることの多いそれらの業態は、まさに感染リスクの塊だ。さらに新人のホストやホステスは、狭い部屋で集団生活を送っていることも多い。当然、クラスターが生じやすかった。

なぜ、これだけ歓楽街での感染に対して注意喚起がされているにもかかわらず、そこに行ってしまうのだろう。新型コロナウイルスが怖くないのだろうか。

もはや新型コロナによる危機は過ぎ去ったかのような風潮が、世間では広まりはじめていた。テレビのワイドショーでは、新型コロナ診療を全くしたことのない医師や、専門家を自称する学者たちが、しきりに楽観論を繰り広げている。

曰く、コロナは日光に弱いので夏には消え去る。

曰く、日本人はコロナに強い体質を持っている。

曰く、すでに集団免疫ができ上がっている。

なにを馬鹿なことを言っているんだ。公共の電波で根拠のない楽観論をばら撒く者たちを見るたび、長峰は怒りに拳を握りしめずにはいられなかった。

そんなに甘いウイルスじゃない。たしかに、緊急事態宣言で徹底的な外出自粛が行われた結果、感染は急速に収束した。しかし宣言が解除され、人々が動きはじめるとともに、再びウイルスも息を吹き返しはじめていた。

六月の初旬には、歌舞伎町のホストクラブなどでクラスターが頻発し、じわじわと感染が広がりつつあった。

七月に入り、東京では二ヶ月ぶりに一日の新規感染者が百人を超えていた。

燻《くすぶ》っていた感染の火種に、いま燃料が供給されている。このままでは、ふたたびウイルスの業火《ごうか》が社会を焼きはじめるだろう。しかし、どうすればその炎を抑え込めるのか分からなかった。

無力感に苛まれながら、カルテに『先週歓楽街への出入り有り』と打ち込む。手袋を嵌めた手で苦労しながらキーボードを叩いた長峰は、デスクに置かれたパルスオキシメーターを手に取り、「ちょっと指を失礼」と患者の人差し指に着ける。

爪を通して血液中の酸素飽和度を測る小さな機器の画面に『89％』と表示された。長峰の眉根が寄る。

正常の血中酸素飽和度は九十六から九十九パーセントだ。あまりにも低すぎる。

「息苦しくはないんだよね？」

再度訊ねると、患者は「全然」と不思議そうに首を横に振った。

もし本当に酸素飽和度が八十九パーセントなら、かなりの呼吸苦が生じるはずだ。うまく測れていないのだろう。

まあいい。さっさと必要な検査をしてしまおう。これ以上この格好でいたら、熱中症になってしまう。

「とりあえずPCR検査をして、そのあとにCTを撮影しよう。その結果を見て、対応を決めるから。じゃあ、真横を向いてくれるかな」

長峰の指示通り、患者が丸椅子を回して真横を向いた。

「マスクから鼻だけを出して。そう、口は絶対に出さないように。そして、ずれないようにマスクを両サイドからしっかり押さえて」

長峰はかすかに緊張しつつ、後ろに控えていた看護師から綿棒を受け取る。これから行う処置こそ、この発熱外来で最も危険な作業だった。

「鼻の奥に入れるんで、嫌な感じがするけど、我慢して」

長峰は慎重に患者の鼻の奥に綿棒を差し込んでいく。ここで患者がくしゃみをすれば、大量のエアロゾルが口から吹き出し、そばにいる自分はそれを浴びることになる。たとえPPEを着込んでいても、危険なことには変わりない。

鼻腔の奥に綿棒の先端が当たる感触が、手袋越しに伝わってくる。長峰は手首を小さく回して、鼻咽頭粘膜を採取する。痛みで患者の顔が大きく歪んだ。

「はい、採取は終わり、マスクを戻して」

安堵の息を吐きながら、長峰は採取した綿棒を看護師に渡す。看護師は慎重にそれを円筒状のプラスチックケースに入れた。このあと、このケースはこの病院の中央検査部に送られ、PCR検査が行われる。今晩中には結果が出るはずだ。

「じゃあ、最後にCTの撮影に行きますね。この車椅子に乗って下さい」

看護師が押してきた車椅子に、患者は緩慢な動きで移った。

「先生、本当にお疲れさまでした。それでは失礼します」

長峰に労いの言葉をかけ、看護師は患者を乗せた車椅子を押してプレハブ小屋から出ていった。この時間、秀医会西東京病院の地下にあるCTは、発熱外来の患者専用になっている。一般患者とは接触しないよう、機材搬入口からエレベーターで地下に降り、一時的にレッドゾーンとして封鎖されている区間を通ってCT撮影室へと患者を運ぶのだ。

CT撮影後は毎回、部屋の換気と消毒も行うらしい。

看護師と患者を見送った長峰は、ゆっくりと立ち上がった。めまいをおぼえて一瞬バランスを崩したあと、足を引きずるようにしながらプレハブ小屋を出て裏手へと回る。そこに、バイオハザードマークのついたプラスチックボックスと、テーブルが置かれていた。

長峰は防水ズボンとキャップを脱いでプラスチックボックスに捨てると、ガウンの襟に手をかけ、養生テープで固定された背中側を破っていく。中に籠っていた熱気が、蒸発した汗とともに吹き出した。灼熱の拘束具から二時間ぶりに解放された長峰は、目を閉じて背中から吹き込んでくる風を味わうと、内側に巻き込むようにして防護ガウンを脱いでいく。こうすれば、ウイルスが付着している可能性がある外側に触れないですむ。

ガウンを丸めて脱ぎ終えると、同様に手袋を外側に触れないようにして取り去り、それらをまとめてプラスチックケースに入れた。

長峰はN95マスクとアイシールドを外して、プレハブ小屋の外壁についているフックに掛けると、テーブルに置いてあるアルコールの消毒液で両手を丹念に消毒する。これで安全にPPEを脱ぐことができた。深呼吸をくり返して肺に溜まっていた熱を吐き出しながら、自らの体を見下ろす。中に着ていた手術着の上下は、汗を吸って完全に変色していた。

ふと長峰は、テーブルにミネラルウォーターのペットボトルが二つ置かれていることに気づいた。かなり冷えているのか、その表面には水滴がついている。

『お疲れさまでした　どうぞ水分補給して下さい』

風で飛ばないよう、ペットボトルで固定されたメモ用紙に、そう記してある。

「ありがたい」

長峰はペットボトルの蓋を開けると、その中身を喉の奥に流し込む。冷えた水が痛みにも似た刺激を残しながら、食道を落ちていく。

一気に五百ミリリットルのペットボトルを飲み干した長峰は、すかさずもう一本を手に取り、蓋を外す。

周囲に誰もいないことを確認すると、長峰は空を仰ぎ、冷水を額から全身に注いだ。内側と外側から体が急速に冷やされていく感覚が、この上なく心地よかった。

「お疲れ様です、長峰先生」

人気《ひとけ》のない外来待合のベンチに腰かけていると、声をかけられる。顔を上げると中年の男性医師が立っていた。年齢は五十歳過ぎといったところだろう。たしか、この病院の内科部長だ。

一時間ほど前、発熱外来を終えた長峰は、秀医会西東京病院のロッカールームでシャワーを浴び、借りていた手術着から自前のポロシャツに着替えた。

もうこの病院でやるべきことは残っていなかったが、灼熱の外来であまりにも消耗し、帰宅する気力すら湧かなかった。冷房が効いた場所で少し休憩してから帰ろう、そう考えた長峰は、外来が終了し患者が消えた一階の待合で、ペットボトルの麦茶を啜《すす》りながら座っていた。

「ああ、どうも」

弱々しく微笑むと、医師は「ちょっとご報告がありまして」と、隣の席に腰かけた。

「発熱外来の最後に来た患者さんのことなんですが」

「あの中年の男性ですね」

「ええ、そうです。あの方、個室に入院させました。おそらくコロナなんで」

「え？」長峰はまばたきする。「もう、ＰＣＲ検査の結果が出たんですか？」

ＰＣＲはくり返し遺伝子を増幅する必要がある。一時間で終わる検査だとは思えなかった。

「いいえ、PCRの結果が出るのは明日の朝でしょう。ただ、CTを見たところ、コロナで間違いないと思います」

発熱外来では、診察とPCR用の検体採取、そして検査のオーダーまでは医師会の医師がするが、それ以降は秀医会西東京病院が引き継ぐという契約になっていた。

「CTだけでコロナか分かるものなんですか？」

首をかしげると、医師は「ご覧になりますか？」と訊ねてくる。長峰は大きく頷く。自分が診察した患者がどのような状態だったのか知りたかった。

「では、こちらへどうぞ」

医師はすでに明かりが落とされている内科外来へ長峰を案内する。LEDの電灯をつけ、診察ブースに入った医師は、電子カルテを起動させるとマウスを操作して、画面に胸部CT画像を表示した。液晶画面に映し出された肺の断面図を見た瞬間、長峰は不織布マスクの下で大きく息を吞んだ。

いまだかつて、このような胸部CT画像を見たことがなかった。両肺野にいくつも、境界が不明瞭な白い球状の影が映し出されていた。その光景は、大小のマリモが肺に食らいついているかのようだった。

「これが……」

「はい、コロナに特徴的な肺炎像です。コロナ以外で、このような肺炎を見たことはありません」

「じゃあ、本当に血中酸素飽和度が下がっていたのか……。けれど、本人は全然息苦しくないって……」

長峰が呆然としていると、医師がぼそりとつぶやいた。

「Happy hypoxia」

「え、なんですか？」

「Happy hypoxia、幸せな低酸素血症。つまり、血中酸素飽和度が大きく下がっているにもかかわらず、本人は息苦しさを感じない状態です。コロナ患者ではよく見られます。そのせいで、かなり肺炎が進んでいるのに受診せず、自宅で命を落とすケースも見受けられます」

「なんでそんなことが？」

「分かりません。この感染症には我々の常識がまったく通じないんです」

医師は低くこもった声で言う。

俺たちはいま、なにと戦っているんだ。いったい、この『敵』は何者なんだ。

長峰は画面を凝視し続ける。視界から遠近感が消え去り、肺野に浮かんでいるマリモが飛び掛かってくるような錯覚に襲われた。

2　２０２０年８月１日

コロナ病棟のＩＣＵで呼吸器の設定を確認しながら、硲瑠璃子は重い頭を振る。すでに四時間以上、ＰＰＥに全身を包んで勤務をしている。めまいと吐き気が瑠璃子を苛《さいな》んでいた。

重症コロナ患者の全身管理を担当するＩＣＵの勤務では、少し体調が悪くてもそう簡単にレッドゾーンから出ることはできない。そのため、一般的なコロナ病棟での勤務より心身をすり減らしていた。

先々週までは負担が偏らないよう、ＩＣＵとコロナ病棟、それらを半々で勤務していた。しかし七月中旬あたりから感染拡大し、昨日など全国で千五百人以上、東京にいたっては四百六十二人というこれまでで最大の感染者が出て、入院患者もみるみる増えてきた。そのためこの四階だけでなく、先週から新しいコロナ病棟を五階でも稼働させはじめ、さらにＩＣＵのベッドも三床から五床へと増やすことになり、瑠璃子はＩＣＵ専属となった。

重症患者の看護ができる看護師が限られているので仕方ないとは思うが、それでも負担は大きかった。

特に、心の負担が……。

瑠璃子はベッドにうつぶせに横たわる患者を見る。村江《むらえ》姫奈《ひな》という女性だった。口からは気管内チューブが伸び、両目に乾燥防止のための保護テープが貼られている顔は、どきりとするほどに幼い。池袋のキャバクラに勤めるホステスで、まだ二十三歳だった。

現在の感染者の六割以上が二、三十代という状況だ。若年者は比較的重症化しにくいとはいえ、数が多ければ当然、少数ながら重症になる者も出てくる。この姫奈がまさにそれだった。

この子は助かるんだろうか？　瑠璃子は口を固く結ぶ。

三週間ほど前、勤めていたキャバクラでクラスターが生じ、従業員全員が検査をした結果、彼女も感染していることが確認された。当初は症状がなかったため軽症者用の宿泊施設に入所していたが、その後発熱し、血中酸素飽和度も低下したため、心泉医大附属氷川台病院に入院となった。

入院当初は少量の酸素と解熱剤の投与でかなり体調が楽になったらしく、同室の患者や担当の看護師にやけに人懐っこく話し掛けてきた。

「私ってアウトドア派だからさ、こんなに長い間、外に出なかったことなんてほとんどないんだよね。それにここじゃ、お酒も飲めないしさ。早く治って、祝杯挙げたいよ」

一度、瑠璃子が担当になったときは、無邪気にそんなことを語っていた。しかし、入院から一週間ほどして肺炎が急速に悪化し、ついには人工呼吸管理になった。

「ねえ、瑠璃子ちゃん、助けてよ。私まだ死にたくない。まだやりたいことといっぱいあるの」

人工呼吸用のチューブを挿管するために、鎮静剤を投与する寸前、喘ぐような呼吸の隙間からそう声を絞り出した姫奈に、瑠璃子は「大丈夫。きっと治るからね」と声をかけ、手を握ってあげることしかできなかった。

これだけ間質性肺炎が悪化すれば、たとえ回復しても後遺症は残るだろう。肺の線維化によって呼吸機能が悪化し、場合によっては生涯、酸素吸入が必要になるかもしれない。

それでも、なんとか助かって欲しかった。マスクとアイシールドで表情すら見えない医師が、武骨なL字形のブレードのついた喉頭鏡を構えている。それが人生の最後に目にする光景だなんて、あまりにもつらすぎる。

大丈夫、この子は若いから体力がある。人工呼吸でここを乗り切れば、きっと回復することができるはず。そう自分に言い聞かせながら、瑠璃子は『レムデシビル　村江姫奈様』と記された点滴バッグを点滴棒にぶら下げ、そこから伸びるチューブを点滴ラインの側管に接続する。

このレムデシビルは、現在日本で唯一承認されている、新型コロナウイルスに対する抗ウイルス薬だった。

もともとはエボラ出血熱用に作られたが、それに対しては十分な効果をあげられず、ほぼお蔵入りになっていた。しかし、試験管レベルの実験で新型コロナウイルスの増殖を強力に抑制する効果が確認され、治験を行ったところ一定の有効性を示したため、特例承認という形で五月から重症肺炎を呈した患者に使用されている。ただ、細菌性肺炎に対する抗生剤のように劇的な効果を示すわけではなく、あくまで致死率をいくらか下げるだけで、特効薬と言うには程遠かった。

なんとか特効薬が欲しい。いや、一番大切なのはワクチンだ。このウイルスの感染を防ぐワクチンは、いつになったらできるのだろう。

点滴ラインについている輸液ポンプの投与量を調整しながら、瑠璃子は先日、呼吸器内科の椎名から聞いた話を思い出す。

アストラゼネカ、ファイザー、ジョンソン・エンド・ジョンソンなどのメガファーマと呼ばれる巨大製薬企業や、モデルナ、ビオンテックなどのバイオベンチャー企業が、次々と新型コロナワクチンの臨床治験を開始していた。

特にビオンテックと協力関係にあるファイザーとモデルナの二社のワクチンは、動物実験や初期の治験で良好な免疫反応が確認され、すでに数万人規模の第Ⅲ相と呼ばれる最終治験に入っている。早ければ今年中にも有効なワクチンが供給されるということだった。

安倍首相の指示のもと、日本はすでにファイザー、モデルナ、アストラゼネカと、全人口を超える量のワクチンを契約し、確保していた。治験が成功し承認されれば、すぐにでも接種が開始されるはずだ。

本来、ワクチンをはじめとする薬剤の開発には最低でも数年かかる。だが、スペイン風邪に匹敵するウイルスのパンデミックを受け、世界中から資金が集まり、空前のスピードでワクチン開発が進んでいた。

とくに新型コロナウイルスにより世界最悪の被害を受けているアメリカでは、トランプ大統領が『Operation Warp Speed（ワープスピード作戦）』を発令し、国家一丸となってワクチンの開発に当たっている。

世界中がウイルスという敵を前に、力を合わせている。ワクチンさえできれば状況は一変して、人類はこのウイルスとの戦いに勝利できる。だから、それまでなんとか持ちこたえることが医療従事者の使命だ。

椎名は淡々と、それでいて強い決意を孕んだ口調でそう説明してくれた。呼吸器感染症の専門家がそう言っているのだ。信じるしかない。

そうしないと、……心が壊れてしまう。

瑠璃子が唇を嚙んでいると、出入り口の自動扉が開いて、夜勤に当たっている看護師たちが入ってきた。いつの間にか、交代時間になっていたらしい。アイシールド越しに外界を見ていると、現実感が薄くなる。そのせいか、時間の感覚が狂うことが少なくなかった。

申し送りをして、イエローゾーンでPPEを脱ぎ、ナースステーションに入る。清掃会社の撤退により、一時は看護師がレッドゾーンの清掃まで行っていたが、現在は感染対策をしつつ清掃を行う会社が受け持ってくれていた。あとは看護記録を書くだけだ。個人防護具をすべて外し、N95マスクをサージカルマスクに換えると、体が浮き上がるかのように軽くなる。

電子カルテの前に座ったとき、「ねえ、硲さん」と声をかけられた。横を向くと、ついさっきまでICUで一緒に働いていた看護師の猪原瑞枝《いはらみずえ》が、隣に座っていた。二歳年上の瑞枝は、循環器内科病棟からこのコロナ病棟にやって来た。お互い独身で、しかも九州出身だったため気が合い、よく話すようになっていた。

「硲さんって、まだここで働くつもりなの？」

なにを言われたか分からず、口から「は？」と呆けた声が漏れた。

「いや、一緒に働いてきた仲間だから、硲さんにだけは伝えとかないといけないと思ってさ。私、今月でこの病院退職するから」

「退職⁉」

声が大きくなる。瑞枝は慌てた様子でマスクの前で人差し指を立てた。

「大きな声出さないでよ。まだ、師長以外には伝えてないんだからさ」

「ご、ごめんなさい」

謝罪しつつ、瑠璃子は前のめりになる。

「でも、辞めるってどうしてですか」

「どうしてもこうしてもないでしょ。私たちのこと、このマスクみたいに使い捨てできる便利な道具くらいにしか思っていない病院で、必死に働くなんて馬鹿らしいじゃない」

瑞枝はおどけるように、つけているサージカルマスクのゴム紐を軽くつまんだ。

「使い捨てって、さすがにそこまで……」

瑠璃子が言葉を濁すと、瑞枝はかぶりを振った。

「じゃなけりゃ、こんなに頑張っている私たちのボーナスをカットしたりしないって」

反論の言葉が見つからず、瑠璃子は口元に力を込める。

今年に入って、多くの病院の経営状態が急速に悪化していた。特に新型コロナ診療をしている病院が。

感染症の患者を入院させる場合には、患者どうしの接触を最低限にすることが重要だ。可能な限り個室、そうでなくても普段は六床入る大部屋を、四床以下に減らして管理している。それゆえ、一つの新型コロナ用の病床を作るためには、二から三床の一般病床をつぶさなくてはならなかった。

さらに、都からコロナ病床の確保を要請されているので、入院する感染者が減っている時期にも、それらの病床は空けておく必要があった。

また、患者の受診控えも経営悪化の大きな原因だった。病院に行くことにより新型コロナウイルスに感染するかもしれないという恐怖心が、人々の足を病院から遠ざけていた。

定期的な内服などが必要な患者が、自己判断で治療を中断した結果、持病が悪化して救急搬送される症例が最近増えている。

そのような状況にあって、全国の病院で夏のボーナスが大幅にカットされるケースが多発していた。

第二波の感染拡大の起点になった歌舞伎町の近くにあり、多くの感染者を受け入れていた大学病院で、看護師のボーナスをゼロにすると先月、一時発表された。それに抗議して四百人近い看護師が退職の意向を示し、地域医療崩壊の危機ということで大きなニュースになっていた。

この心泉医大附属氷川台病院でも、スタッフのボーナスは去年の半額ほどになった。

コロナ病棟で奮闘する看護師も合わせて。

「けど、病院も赤字みたいだし……」

瑠璃子が弱々しく言うと、瑞枝の眉間に深いしわが寄った。

「だからって、他の病棟のスタッフと同じように、私たちのボーナスまでカットするのはあり得ないでしょ。私たち、文字通り命がけで働いてきたんだよ」

胸の中にため込んでいたものが噴き出してきたのか、瑞枝の声が大きくなっていく。

「ずっと防護具を着込んで、レッドゾーンで看護してきた。本当の最前線で踏ん張ってきたのは、医者じゃなくて私たち看護師でしょ。もちろん、お金のために頑張っていたわけじゃない。コロナの患者さんをなんとか助けたいと思ってこの数ヶ月、必死に働いてきた。けどさ、それなのにボーナスカットだなんて……。私たちの命がけの苦労、病院は全然評価してくれていないってことじゃない」

一息にまくし立てた瑞枝は、黙り込んでいる瑠璃子に「ごめんね」と弱々しく微笑む。

「硲さんに言うことじゃないよね」

「いえ、そんな……」

曖昧に答える瑠璃子の前で目を伏せた瑞枝は、蚊の鳴くような声でつぶやいた。

「もうさ、心が折れちゃったんだよね」


LEDライトに照らされた外廊下を、瑠璃子はゆっくりと進んでいく。ゴールデンウィークに婚約者である定岡彰と同棲していたマンションを飛び出してから、瑠璃子は東伏見にある看護師寮で生活をしていた。

心泉医大附属氷川台病院が借り上げている単身者用のマンションで、オートロックなどセキュリティもしっかりしているし、家賃も安いので助かっている。

彰とはゴールデンウィークのあと電話で何回か話をして、少し距離を取ってお互いに頭を冷やし、新型コロナの感染が収束したあたりで会って話し合おうということになっていた。しかし、その前に第二波が来てしまい、三ヶ月近く直接会えずにいる。

しきりに「会いたい」「マンションに戻ってきて欲しい」と言ってくる彰の態度から、彼が別れたくないと思っていることは明らかだったし、瑠璃子も同じ気持ちだった。しかし、コロナ病棟での勤務で心身ともに限界が近く、いまは彰のことまで考える余裕がなかった。

「退職……か」

口から零れた言葉を、生温かい夜風が掻き消していく。頭の中には、二時間ほど前に、瑞枝と交わした会話がくり返し流れていた。

瑞枝の話を聞いてショックを受けた。ボーナスが低いだけで退職など、なんとか思いとどまらせたいと思った。けれどよく考えれば、瑞枝の決断は当然のことなのかもしれない。

強い決意を持ってコロナ病棟で働いていた。最前線でウイルスと戦い、患者を救うことこそ、自分の使命だと感じていた。

しかし、病院は評価してくれなかった。

病院にとって、コロナ病棟で働いていようが、看護師などいつでも補充できる労働者に過ぎないのかもしれない。

突き詰めれば看護師も一つの職業でしかない。労働を提供し、その対価をもらうための手段に過ぎない。労働と対価が釣り合わなければ辞めるという判断は、極めて妥当なものだろう。

なんで、私はこれまで退職を考えなかったのだろう?

答えはすぐに出た。彰に言われたからだ。「看護師なんて誰にでもできる」と。

必死に身につけた看護師としての実力を蔑《ないがし》ろにされ、コロナ病棟での勤務を決意した。それこそが、自分の義務のように感じられていた。

けれど、違ったのかもしれない。彰の方が正しかったのかもしれない。

百年に一度のパンデミックという危機に酔って、まるで自分がヒーローにでもなったかのように舞い上がっていただけなのかもしれない。

足元が崩れ去っていくような錯覚に襲われ、瑠璃子は一瞬バランスを崩す。そのとき数メートル先の扉が開き、若い女性が顔を出した。隣の部屋に住む看護師だった。入居時に挨拶をしたので、顔を知っていた。

近所のコンビニエンスストアにでも行くつもりなのか、Tシャツに緩いスラックスというラフな格好をしている。

「こんばんは」

声をかけると、女性がこちらを見た。その目が大きく見開かれる。マスクをしていても、その顔に浮かんだ感情がなにを示すか、手に取るように分かった。

強い恐怖。

「ど、どうも……」

会釈をして女性は部屋の中に引っ込んだ。扉の向こう側から響く錠を掛ける音を聞きながら、瑠璃子は立ち尽くす。

なぜ彼女が恐怖に顔を歪めたのか、なぜ逃げるように部屋に戻ったのか、瑠璃子はすぐに理解した。なぜなら、ロッカールームなどでたびたび、同じような反応をされるから。

彼女たちは新型コロナウイルスに、そしてそれが蔓延する病棟で働いている私たちに怯えているのだ。近づいたら、自分も感染するかもしれないと。

新型コロナウイルスはたしかに感染力の強いウイルスだが、麻疹のようにすれ違っただけで感染するほどではない。国が定める濃厚接触者の定義も、『マスクなしで感染者と一メートル以内で十五分以上接触をした者』となっている。ロッカールームや廊下で、マスクをしてすれ違ったくらいで感染することは決してない。

医療従事者ならそのくらいの知識はあるはずだ。にもかかわらず避けられるなら、私たちはどれだけ一般の人々からの偏見の目に晒されているのだろう。

コロナ病棟でなんか働きたくなかった。けれど、私の能力が必要とされていると思い、これまで必死に恐ろしい『敵』に支配された現場で戦ってきた。

なのに、なんで疎《うと》まれないといけないのだろう。別に賞賛が欲しかったわけじゃない。けれど、蔑《さげす》まれる謂《いわ》れはないはずだ。

扉を開けて暗い玄関に入ると、マスクを顔からはぎ取ってバッグと一緒に放り捨て、壁に背中を預けてそのまま座り込む。立てた膝の間に頭をうずめるようにして、瑠璃子は体を小さくした。

すべてコロナのせいだ。あんなウイルスがなければ、私はいまごろ結婚式を挙げられていたはずだったんだ。なのに、いまはウェディングドレスではなくＰＰＥを着込んで、必死に酸素を貪る患者たちに寄り添っている。

「……辞めよう」

半開きの唇の隙間から、そんな言葉が漏れた。

そうだ、もう病院を辞めてしまおう。最初から彰君の言う通り、退職しておけばよかった。そうすれば、私はこんなふうに壊れてしまうことなどなかった。

ふと瑠璃子は、横倒しになっているバッグからピルケースがはみ出していることに気づいた。そっと手を伸ばし、薄い桜色のプラスチック製ピルケースを手に取ると、その蓋を開ける。

中には二種類の薬が入っていた。一つはＳＳＲＩと呼ばれるタイプの抗うつ剤だった。彰と同棲していたマンションを出てから一ヶ月ほどして、夜、なかなか眠ることができなくなった。常に不安が胸のあたりにわだかまり、息苦しさをおぼえるようになっていった。

近所にある心療内科を受診すると、うつ病と診断され、抗うつ剤を処方された。それを内服して一週間ほどすると、症状はだいぶ改善された。

心療内科の主治医は、コロナ病棟での勤務と婚約者との関係悪化のストレスが原因なので、休職をするように勧めてきた。しかし、自分がいなくなったらコロナ病棟で苦しんでいる患者たちに迷惑をかけることになると、忠告を受け入れなかった。

なにを意固地になっていたのだろう。自分の命を削ってまで、他人の命を守る必要などないはずだ。

そうだ、いますぐ師長に電話をして、退職の意思を伝えよう。そうすれば、この終わりのない苦しみからも解放されるはずだ。瑠璃子はバッグからスマートフォンを取り出す。そのとき、脳裏に人工呼吸管理になる寸前の、村江姫奈の姿がよぎった。

――瑠璃子ちゃん、助けてよ。私まだ死にたくない。

瑠璃子の手から零れ落ちたスマートフォンが玄関の床で跳ね、硬質な音を立てる。目に涙を溜めながら、必死に助けを求める年下の女性。彼女を見捨てていいのだろうか。

私じゃなくても、あの子の看護はできる。

けど、あの子は私に助けを求めてきた。

相反する想いが頭蓋骨の中で衝突し、激しい頭痛をおぼえる。次の瞬間、けたたましいポップミュージックが玄関に響き渡った。陽気な旋律が神経を逆撫でする。顔をしかめながら、着信音を響かせているスマートフォンを手に取る。その液晶画面には『お母さん』と表示されていた。

熊本にいる母からの電話だ。看護師になるという瑠璃子の夢をずっと応援してくれ、東京の看護学校に進学するときは、味方になって父を説得してくれた母。心配させるのでコロナ病棟で勤務していることは伝えていないが、この数ヶ月、本当につらいときは母に電話していた。彼女の柔らかい声を聞くだけで、毛羽立っている気持ちが癒されていた。

お母さんと話したい。どうすればいいか相談したい。

心の底から湧き上がる衝動に身を委ねて『通話』のアイコンに触れると、スマートフォンを顔の横につける。

「お母さん！」

『瑠璃子か？』

鼓膜を震わせたのは、予想に反して最も聞きたくない声だった。

「……お父さん」

看護師になるという夢を否定し続けた声、呼吸が乱れていく。

「なんでお父さんが、お母さんの携帯で電話かけてくるのよ？」

『俺からの電話だと、お前は出ないだろ。だからだ』

父の硲竜二《りゅうじ》は険しい声で言った。

『それよりお前、どういうつもりだ。母さんから聞いたぞ、盆に帰ってこないって』

毎年、盆にはなんとか休みを取って、一泊だけでも実家に顔を見せていた。しかし、今年はそれができないことを、先週母に伝えた。

「どういうつもりって、病院から言われているの。県をまたいだ移動と、同居家族以外との会食は禁止だって」

感染が再拡大しはじめた二週間ほど前から、全ての職員にそのような通達が出ていた。

『病院なんて関係ない。年に一回、親戚が集まるんだぞ。お前がいないと俺の顔が潰れるだろ』

竜二が苛立たしげに言う。瑠璃子は耳を疑った。

「まさか、今年も親戚全員で集まるつもりなの？」

毎年、盆には瑠璃子の実家に、三十人近い親戚が集まり、宴会が行われる。しかし今年は、盆の帰省を控えるよう、政府からくり返し呼びかけられている状況だ。

『当然だ。代々続いてきている行事だぞ。俺が勝手にやめたりしたら、ご先祖様に申し訳が立たないだろ』

「やめて！　お願いだから今年だけはやめて！　本当に危険なの！」

瑠璃子はスマートフォンを両手で摑む。様々な場所から集まった人々が一堂に会して飲食を共にする。もっとも感染リスクが高い行為だ。その中に一人でも感染者がいれば、多くの者がウイルスに曝露され、クラスターが起きる。

『なにが危険なんだ。本当に危険なら、政府が旅行に金を出したりしないだろ』

呆れ声で言われ、瑠璃子は奥歯を嚙みしめる。七月二十二日から、東京を除く四十六道府県で『Go To トラベル』がはじまっていた。感染が急拡大している局面での人の流れを促進する政策に、医療現場から強い憤りの声が上がっている。

同居している者たちだけで旅行をし、現地の人々との接触を最低限にするなら、感染リスクは低いだろう。しかし、多くの人々が同居していない家族や友人たちと旅行を楽しみ、そして現地の歓楽街への出入りも増えている。

そして最大の問題は、人々が「政府が旅行を推進しているのだから、もう心配する必要はないのだ」と勘違いをすることだった。その油断は感染対策の緩みに繋がってしまう。

いまの父のように……。

『分かったらお前も帰ってこい。いいな』

命令するような父の口調に、奥歯が軋みを上げる。

「なんで分からないのよ。私だって帰れるなら帰りたいよ。お母さんに会いたいよ。でも、みんなにウイルスを感染させるかもしれないから、それはできないって言っているんじゃない」

胸の中で嵐のごとく吹き荒れる感情を必死に抑え込みながら、瑠璃子は告げる。

『お前、看護師なんだろ。なのにコロナなんて怖がっているのか。情けない。そんなの素人と同じじゃないか。そんななら、看護師なんてやめちまえ。そもそも、あんなのちょっとした風邪なんだろ。その言葉を聞いた瞬間、視界が紅く染まった気がした。

「ふざけるな！」

喉《のど》を嗄《か》らして瑠璃子は叫ぶ。生まれてこの方、これほどの大声を出した記憶はなかった。スマートフォンから、息を呑むような音が聞こえる。

「看護師だから怖いのよ！　コロナで死んでいく人たちを何人も何人も見ているからこそ怖いのよ！　なにが風邪だ！　うちの病棟で死んでいく患者の前でそのセリフ、言ってみなさいよ！」

目から溢れた涙が頬を伝うのを感じつつ、瑠璃子は怒鳴り続ける。

『うちの病棟って、お前……』

父のかすれ声が聞こえてくる。

「そう、コロナ病棟で働いているのよ。ずっと前からね」

胸の中で荒れ狂っていた怒りをすべて吐き出すと、『終了』のアイコンに触れて回線を切断する。スマートフォンを無造作に放り捨て、両手で頭を抱えて、肩を震わせて泣きはじめた。

この過酷な現実に溺れ、窒息してしまいそうだった。

たとえ看護師を辞めたところで、私が救われることはない。そのことに気づいてしまった。

怒りのトリガーを引いた父のセリフ、それはコロナ病棟で勤務する決め手になった婚約者のセリフと全く同じものだった。

閉じた瞼の裏に、父と婚約者の顔が映し出される。その二つは、やがて融け合うように重なっていった。

いまコロナ病棟から逃げ出せば、私は一生父の呪縛から逃れることはできない。けれど、あそこでの勤務は私の心身を蝕んでいく。

「助けて、誰か助けてよ……」

そうつぶやいたとき、ピルケースから零れた白い錠剤が滲んだ視界の中に入ってくる。

瑠璃子は這うようにしてそれを摑んだ。それは、抗うつ薬ではなく、彰と同棲していたマンションから持ち出した強力な抗不安薬、エチゾラムだった。

先週、心療内科を受診した際、念のためエチゾラムも処方して欲しいと頼むと、主治医は硬い表情で首を横に振った。

「あの薬は効果的ですが、あまりにも依存性が強すぎます。お勧めできません。抗うつ剤でしっかりコントロールしていきましょう」

心療内科の専門医でも処方を躊躇するような薬。けれど、いまの私にはこれが必要だ。これだけが私を救ってくれる。

瑠璃子は舌を出すと、その上にエチゾラムの錠剤を載せる。

湿製錠が唾液に溶け、優しい甘みがふわりと口腔内に広がった。

3　2020年8月28日

『お願いします。後生ですから、どうか一目だけでも主人に会わせてください』

受話器から聞こえてくる懇願に、胸が痛くなる。

「本当に申し訳ございませんが、現在は一般病棟を含め、当院ではすべての方の面会が中止になっているんです。特に、ご主人が入院しているコロナ病棟は感染の危険があるため、限られたスタッフしか入れない状況です」

強い罪悪感をおぼえつつ、椎名梓は「ご理解ください」と続ける。

『感染してもかまいません！』

悲痛な声が返ってくる。電話の相手は、現在コロナ病棟に入院している八十代の男性患者の妻だった。夫は重度の肺炎を起こしており、数日前から酸素を大量に投与しても血中酸素濃度が十分に保てなくなっている。年齢からしても人工呼吸管理は困難ということで、苦痛を取りつつ経過を見ていくことで家族には了解をもらっていた。

昨日よりさらに病状が悪化し、おそらくは二、三日以内に命を落とすということを、梓はいま妻に電話で伝えていた。

『五十年以上、連れ添った夫なんです。このまま会えないで終わるなんてひどすぎます。ほんの少しだけ、お別れの挨拶だけでいいんです。そうでないと、死んでも死に切れません』

声に嗚咽《おえつ》が混じりはじめる。

どうしたものだろう。梓は困惑する。会わせてあげたいのはやまやまだが、一般人のコロナ病棟入室を許すわけにはいかない。対策を徹底している自分たちですら、いつ感染するのかと怯えているほどに危険な空間なのだ。

『お母さん、お医者さんを困らせたらダメでしょ』

電話から違う女性の声が聞こえてくる。おそらくは患者の娘だろう。これまで、病状説明はおもに彼女に行っていた。

『椎名先生ですよね。すみません、母が無理を言って』

「いいえ、お気持ちは分かりますので」

『なんとか、私の方で言い聞かせておきます。本当は私も会いたいんですけど、……どうしようもないですもんね』

娘の声にも強い未練が滲んでいた。その後ろからかすかに、患者の妻のものと思われる慟哭《どうこく》が響いてくる。

「本当に残念です。また状況が変わったら連絡します。失礼いたします」

受話器をフックに戻した梓は大きく息を吐く。

「また、家族が会わせてくれってごねているのか？」

後ろから同僚の茶山が声をかけてくる。十数分前にレッドゾーンから出てきて、さっきまで少し離れた場所でなにやら書類を書いていた。

「ごねているって言い方はないでしょ。ずっと連れ添った旦那さんに会いたいって思うのは当然じゃない。私たちには患者さんの死は日常だけど、ご家族にとってはそうじゃないのよ」

本気で怒りをおぼえて声を荒らげると、茶山は「そう怒るなって」と小さく両手を上げながら、そばにある椅子に腰かけ、手にしていた書類を裏返しにしてデスクに置く。

「ここに見舞客を入れるわけにはいかないだろ。感染してでも会いたいっていう家族もいるけど、本当に感染したら責任問題になる。それに、感染は本人だけでなく周囲にも被害を及ぼすかもしれないんだぞ」

「そりゃ分かっているけどさ、なんとかしてあげたくて」

小学生のとき、父を看取った経験を思い出す。もし、状態が悪化して入院した父に面会できず、そのまま別れることになっていたらと思うと、心臓が押しつぶされるような心地になった。

「なんとか、私たちが指導してPPEを着てもらって、短時間だけでも病棟内に入ってもらうことはできないかな。そうじゃなければ、このナースステーションからガラス越しに話しかけてもらうとか」

「そんな余裕どこにあるんだよ。コロナ病棟はずっと満床なんだぞ。しかも、ほとんどの患者は肺炎を起こしてる」

茶山は大きく両手を広げる。政府や東京都からの要請もあって、多くの総合病院がコロナ病棟を作りはじめていた。軽症者用に都がビジネスホテルを借り切っての宿泊療養もはじまっている。基礎疾患のない若者など、重症化リスクの低い軽症者は看護師が常駐しているそのホテルで、療養期間を過ごすことができるようになっていた。

多くの総合病院が発熱外来やPCR外来を設置し、検査会社もPCR検査のキャパシティを可能な限り増やしている。そのおかげで、医師が必要と判断した場合は、保健所の許可なしで検査を行えるようになっていた。

COVIDの診療体制がじわじわと確立しつつある。そのおかげで、第一波より遥かに感染者が増えているにもかかわらず、医療崩壊の危機にまでは至っていない。その一方で、この心泉医大附属氷川台病院をはじめ、初期からコロナ病棟を開設している感染症指定病院に入院してくるのは、重症化した患者が主になっていた。一般病院で肺炎が悪化し、治療が困難になった患者が、次々に転院してくるのだ。第一波に比べて桁違いに重い負担が、スタッフたちにのしかかっていた。

ここはすでに、たんなるコロナ病棟ではなく、重症コロナ病棟と化している。

「そうだよね。ごめん、変なこと言って」

梓がうなだれたとき、茶山が首からストラップでぶら下げていた院内携帯が着信音を立てる。病院が先月から導入した、東京都が管理する入院調整センターとの直通電話だった。ＣＯＶＩＤ患者の入院依頼は、この電話に直接かかって来る。呼吸器内科医たちが二十四時間当番制でその院内携帯を持ち、入院の可否を判断することになっていた。

「はいはい、心泉医大附属氷川台病院、コロナ病棟。はい、入院依頼ね。患者情報を教えてください。……六十代の男性で、中等症Ⅱと」

茶山はポケットから取り出した小さな手帳に、殴り書きで情報をメモしていく。

「基礎疾患は？　……高血圧だけ。で、どこの病院に入院中ですか？　……秀医会西東京病院ね。了解、受け入れ可能です。どれくらいで搬送できますか？」

茶山の言葉に目を見開いた梓は、慌てて電子カルテを確認する。四階と五階、どちらのコロナ病棟も満床だった。

「二時間くらいですね。はい、では準備して待っています」

茶山が通話を終える。梓は「ちょっと！」と電子カルテのディスプレイを指さした。

「もう患者の受け入れなんてできないわよ。見て、完全に満床。どこに入れるつもり？」

「いいや、もう満床じゃないんだよ」

茶山は暗い声でつぶやくと、デスクに置いていた書類を摑み、梓の顔の前に掲げる。そこには『死亡診断書』と記されていた。

「さっき、一人看取ったんだ。その分、一つだけ空床ができた。そこに患者を入れる。二時間あれば準備できるだろ」

梓は言葉を失う。患者が亡くなったばかりの病床に、ところてん式に重症患者が送り込まれてくる。そんなこと、一般病床ではありえない。

このコロナ病棟で勤務して半年近く経ち、感覚が麻痺しつつあるが、やはりここは戦場なのだ。そのことをまざまざと思い知らされる。

「さて、二時間以内に受け入れの準備を整えられるように、ナースに急いで運び出してもらわないとな」

急いで運び出してもらう。亡くなった患者の遺体を。

明らかに不謹慎な言葉だが、それを責める気にはなれなかった。終わりの見えないウイルスとの戦いに、この病棟で勤務する誰もが強いストレスに晒されている。五月末に感染が収束し、ブルーインパルスが飛んだころまでは多くのスタッフが強い熱意をもって働いていた。しかし、半年近く経っても状況が改善どころか明らかに悪化していることに、心が悲鳴を上げはじめていた。

最初の頃は『医療従事者に感謝』というスローガンとともに応援してくれていた世論も、いまでは全く異質なものへと変貌を遂げていた。

マスクや三密回避、イベントや飲酒自粛などの感染対策を続けるのは、医療を守ってやるためだ。医療従事者の怠慢のせいで、自分たちは不便を強いられている。そんな心無い言葉がインターネットを中心に広がり、命がけで患者の治療に当たり続けているスタッフの心を容赦なく蝕んでいる。

すべての原因はウイルスのはずだ。なのに、なぜ怒りの矛先が最前線でウイルスと対峙し続けている自分たちに向かうのだろう。その理不尽な現実に誰もが疲れ切っていた。病棟内にいる看護師に指示を出すため、無線を手に取った茶山の横顔を見て、梓は寒気をおぼえる。彼の顔からは感情の色が消え去っていた。マネキンを見ているような心地になる。

きっと、私もあんな顔をしているのだろう。ただ増殖することだけをプログラミングされた意思を持たぬ『敵』と戦うために、いつの間にか私たちも感情を捨て去っていたのかもしれない。

患者を診察し、可能な治療を施し、それで改善しなければ看取る。その一連の流れを、機械的にこなすようになっている。

無線での指示を終え、「さて回診してくるか」と淡々とつぶやいた茶山に、梓は慌てて声をかける。

「ねえ、礼子の様子はどう？　もう、つわりは終わったよね。赤ちゃんは元気？」

茶山の妻で、梓の親友でもある礼子は第一子を妊娠中だった。

「ああ、めちゃくちゃ元気だよ。この前、はじめて腹を蹴ったんだ」

茶山の目に感情の光が戻る。

「もう性別は分かったの?」

そうだ、こういう会話が必要だ。感情を持たない有機機械との戦いで、こちらまで感情を失っては勝ち目などない。患者を、この国の医療を、ひいては自分の大切な人々を守りたいという想い、それこそが私たちの原動力なのだから。

梓は質問を重ねる。マスクをしていても、茶山がはにかんだのが分かった。

「この前のエコー検査で分かったんだ。男の子だってよ。俺に息子ができるんだよ」

「そうなんだ、おめでとう。男の子、やんちゃで可愛いわよ」

愛しい息子の笑顔が頭をかすめ、思わず口元が緩んでしまう。

「生まれたら、色々教えてくれよな。俺たち、はじめての子だから分からないことばっかりでさ。一帆君みたいに、いい子に育てたいんだよ」

「ええ、もちろん。産後はかなり大変だから、しっかりサポートしてあげなさいよ。特に夜泣きがはじまったら、もう救急当直より大変だから」

「救急当直より……」

茶山の頬のあたりが引きつるのを見て、梓は「覚悟しといて」と小さな笑い声をあげた。

「そう言えば、一帆君は元気なのか? いま、離れて生活しているんだろ」

胸に鋭い痛みをおぼえつつ、梓は「うん、会ってない」と頷く。

緊急事態宣言により感染が収束し、コロナ病棟の患者も減っていた六月は、一緒に食事を取ったり家に泊まったりすることはなかったものの、できるだけ一帆に会っていた。マスクをしたうえで早朝に家に迎えに行って、六月になってようやく再開した幼稚園まで連れて行ったりしていた。しかし、七月中旬に第二波がはじまり、次々に重症肺炎の患者がコロナ病棟に入院するようになってからは、直接会ってはいない。

「それじゃあ、寂しいだろ」

茶山の眉尻が下がる。

「そりゃ寂しいけど、仕方ないよ」

コロナ病棟に勤務し、命を落としていく患者を数多く見るようになって、これまで以上にこの悪質なウイルスを息子と母に感染させたくないという気持ちが強くなっていた。

「話はしているのか？」

「もちろん」

梓は大きく頷く。毎日夜に、テレビ電話でベッドに入る前の一帆と話をしていた。それが一日で最も幸せな時間だった。

昨夜の一帆との会話を思い出していた梓は、「あっ」と声を上げる。

「そうだ！　テレビ電話でご家族と面会してもらうのはどう？　レッドゾーンにタブレットを用意して、それに接続してもらって話をすれば、感染のリスクなしで面会してもらうことができる」

会心のアイデアに思わず声を大きくすると、「もう準備しています」という声が聞こえてきた。見ると、レッドゾーンから出てきた看護師がこちらを見ていた。

ICU担当の裕瑠璃子だ。これから昼休憩に入るのだろう。

「え、準備って？」

梓が聞き返す。裕はどこか冷たい視線を向けてきた。

「面会をしたいという家族からの強い要望は、以前からずっとあったので、私が先週、タブレットでのオンライン面会を提案しました。他の病院のコロナ病棟で取り入れているらしいので。師長も前向きで、今週中には準備が整います。利用可能になったら、お知らせします」

抑揚のない声で言うと、裕は軽く会釈してナースステーションから出ていく。

「彼女、大丈夫かな？」

裕を見送った梓は、小声でつぶやいた。

「大丈夫って、なにが？」

茶山が首を傾げる。

「裕さんなら、今月のはじめくらいまではかなりつらそうだったけど、最近は特にそんな様子も見せずに、淡々と仕事をこなしているぞ」

「だからこそ心配なのよ」

最近、裕と話すたびに、ロボットと会話をしているような心地になる。この数ヶ月のコロナ病棟で、強いストレスを受けたスタッフたちを観察してきた。それらの人々の反応は、大きく二つに分かれた。

感情的に不安定になり、怒りや哀しみを外部に発散する者と、逆にほとんど感情を見せなくなる者。裕は典型的な後者だ。

ただ、たとえ外からは観察できなくなったといっても、感情が凪《な》いでいるわけではないだろう。自らが作った外界を隔てる厚い殻の中で、濃縮されていく負の感情の嵐に翻弄され、精神が蝕まれていっているのではないだろうか？

裕をコロナ病棟勤務から外した方がいいのかもしれない。そう思いつつも、それが困難なことを梓はよく理解していた。

救急部での経験が豊富で、重症患者看護に秀でている裕は、貴重な人材だ。

経営の悪化により、今年の夏のボーナスが大きく減らされた。このコロナ病棟で必死に働いてきたスタッフも例外ではなかった。それを契機に、コロナ病棟で奮闘していたベテラン看護師が複数退職してしまった。看護部は必死に欠員を補充しているが、彼女たちが抜けた穴は大きく、いまも人員不足は続いている。

重症患者の看護は一朝一夕で身につくものではない。コロナ病棟勤務をしているスタッフにだけでも、十分なボーナスを支給するべきだったのではないのか。そう思わずにはいられなかった。

看護師だけでなく、梓たち医師のボーナスも当然減額された。しかし、大学病院での医師の給料はもともと極めて低く抑えられているので、それほどの影響はなかった。収入減に直結したのは、外勤の禁止だ。

病院間の医師の移動は、感染リスクを上げ、院内クラスターを起こしかねないということで、先月から他病院での勤務が完全禁止となった。それにより、多くの医師の収入が半減、もしくはそれ以下に落ち込んだ。もともと外勤をそれほど入れていない梓でさえ大きな減収となり、毎日ビジネスホテルに宿泊していることもあって、かなり経済状態は厳しい。このまま外勤禁止が続けば、看護師が退職していったのと同様に、医師たちも去っていき、櫛の歯が欠けたようになるかもしれない。

　これから一帆が成長していくにつれ、学費をはじめとして様々な出費が増えていく。私もここにいていいのだろうか？　将来への不安を覚えずにはいられなかった。

「おい、茶山、椎名、聞いたか？」

　重い足音とともにナースステーションに、息を切らせながら肥満体の中年男が入って来る。呼吸器内科医局長の梅沢だった。

「なんですか、梅沢先生」

　興味なげに茶山が訊ねると、梅沢は額に浮かんでいる汗をぬぐった。

「安倍が辞めたぞ」

「アベ？」

　また看護師が退職したのだろうか？　アベという名前の看護師に記憶がなかった。コロナ病棟は入れ替わりが激しく、名前を覚えていない看護師も多い。

「五階の看護師さんですか？」

　梓が訊ねると、梅沢は「なに言っているんだよ」と大きくかぶりを振る。

「総理だよ。総理がいま、辞任を発表したんだ」

　一瞬の間をおいて、梓は大きく息を呑んだ。

「安倍首相が辞めるってことですか⁉」

「ああ、そうだよ。こんな感染が拡大しているところで政権投げ出すなんて、なに考えているんだよ」

忌々《いまいま》しげに梅沢は吐き捨てると、茶山が肩をすくめた。

「仕方がないんじゃないですか。あの人、潰瘍性大腸炎の既往があるでしょ。こんなストレスがかかる状況だと、かなり病状悪化のリスクがあります。現に最近、明らかに顔色が悪かったし」

「だからって、ここで辞めるか？　あまりにも無責任じゃねえか」

「まともに働けない体調で、総理の椅子にしがみつかれる方が迷惑ですって。国民のためのいい引き際じゃないですか？　あの人のおかげで医療現場にマスクが届くようになったし、ワクチンも十分に確保してくれたじゃないですか。全力を尽くして、限界がきたら後を任せるっていうのは、間違いではないと思いますけどね」

梅沢と茶山が侃々諤々《かんかんがくがく》と討論しているのを聞きながら、梓は呆然と黙り込んでいた。

憲政史上、最も長く総理大臣を務めた人物が、感染拡大からわずか半年ほどで辞任する事態になった。

果たして後任は誰になるのだろう。その人物は、この世界規模の危機に立ち向かうことができるのだろうか。

未来への不安が血流にのって全身の細胞を冒していった。

なんとか間に合った。小さなデスクの上にあるデジタル式の置時計に『8：29』と表示されているのを見て、梓は安堵の息を吐く。

ほんの数分前に、病院から常宿にしているビジネスホテルの部屋に戻ってきた。毎日、午後八時半に、一帆からテレビ電話がある。それまでに部屋に戻ることが日々の目標だった。

スマートフォンが着信音を立てる。梓は『テレビ電話』のアイコンに触れた。

『ママ、聞こえる？』

一人息子の愛しい声が聞こえてくる。

「うん、聞こえるよ。一帆、今日は幼稚園どう……」

そこまで言ったところで、梓は言葉を失う。一帆の目元が、蒼黒《あおぐろ》く変色していることに気づいて。

「顔、どうしたの!? 転んだの？」

一帆は口ごもって目を伏せる。代わりに、横から画面内に顔を出した母の春子が答えた。

『ちょっと幼稚園で、お友達とけんかしちゃったの』

「けんか!?」

声が裏返る。驚いたのか、一帆の体が震えるのが画面越しに見て取れた。

おっとりとした性格の一帆は、これまで友達とけんかしたことなどなかった。それなのに、痣《あざ》を作るほどの激しいけんかをするなんて。

「お友達に叩かれたの？　大丈夫だったの？　なんでそんなことになったの？」

勢い込んで訊ねるが、一帆は下唇を突き出して黙り込むだけだった。

『梓、落ち着きなさいって。男の子だもん、お互い叩き合ったりぐらいするよ』

「叩き合った⁉　一帆もお友達を叩いたの？」

『ごめんなさい……』

うなだれたまま、一帆は蚊の鳴くような声で謝罪した。

『カズ君は悪くないよ。悪いのはお友達の方。だから叱らないであげて』

たしなめてくる春子の口調には、強い怒りが籠っていた。梓は深呼吸をくり返すと、

「なにがあったのか教えて」と画面を見つめた。

『お友達がカズ君に言ったんだよ。「カズ君のママって、コロナなんだろ。ばい菌がうつるから一緒に遊ばないよ」ってね』

めまいをおぼえるほどの怒りに、梓は言葉を失った。まだ四歳の子供が、新型コロナウイルスについて理解しているわけがないし、そもそも友達の母親がどんな仕事をしているかなど知らないはずだ。つまり、その子供は親から言われていたのだ。「カズ君のママはコロナだから、遊んじゃだめよ。病気がうつるから」と。

同じ幼稚園の保護者の何人かは、梓が心泉医大附属氷川台病院の呼吸器内科医であることを知っている。きっと、保護者の中では、私がコロナ病棟で働いていると噂になっているのだろう。コロナ診療に当たる医療従事者への差別意識が子供に伝わり、いじめとなって一帆に降り注いだ。

「ひどすぎる……」

はらわたが煮えくり返るような怒りに、歯を食いしばる。奥歯が軋む音が空気を揺らした。

社会のために危険を冒している医療従事者、そしてその家族がなぜ差別の対象にされなくてはならないんだろう。守ろうとしている人々から蔑まれるとしたら、私たちはなんのためにこの半年間、『敵』と戦い続けてきたのだろう。

『それで、お友達と取っ組み合いのけんかになって、お互いの保護者が呼ばれたの。ただね、ちゃんと謝ってくれたわよ。……お友達はね』

春子は顔が一瞬険しくなる。きっと、純粋な子供は自分が許されないことをしたことに気づき、それを反省したのだろう。しかし、その保護者はそうでなかった。子供の、そして自分の非を認めなかった。春子の態度からは、そのことが伝わってきた。

『で、カズ君はちゃんと、お友達と仲直りできたのよね。最後に握手したもんね』

春子に頭を撫でられた一帆は、『うん』と頷きながら、上目遣いに視線を送って来る。

この子はなにも悪くないのに。一帆の態度に、胸が張り裂けそうになる。

「仲直りできたんだ。本当に偉かったね。ママ、嬉しいよ。明日から、またお友達と仲良くできるかな?」

『うん、僕、仲良くできるよ』

梓が無理やり表情筋を動かして笑みを浮かべると、一帆の顔がぱっと輝いた。

こんな画面越しでしか息子に会えないことがもどかしかった。いますぐ、その小さくて温かい体を抱きしめたかった。

そのとき、一帆がもじもじと体を震わせはじめる。

「どうしたの？」

まだ、なにか心配事があるのだろうか？　不安を覚えつつ訊ねると、一帆は首をすくめた。

『ちょっと、ウンチしてきてもいい？』

予想外の返答にまばたきをしたあと、梓は微笑む。今度は自然に笑うことができた。

「もちろん。トイレに行ってきなさい」

『うん。あのさ、僕が戻ってくるまで電話切っちゃダメだよ。まだ、「おやすみ」って言っていないし』

「大丈夫、ちゃんと待っているから」

『絶対だよ』

一帆の顔が画面から消える。四歳の子供らしい行動に、ささくれ立っていた心がわずかに癒された。しかし、画面に映る春子の表情がまだ硬いことに気づき、梓は笑みをひっこめる。

「お母さん、他にも何かあったの？」

『幼稚園の先生がね、今回みたいなトラブルがまた起こるかもしれないから、コロナが落ち着くまでカズ君、お休みしたらって言ってきたのよ』

顔の筋肉が歪んでいくのが分かった。

「なんで一帆が休まないといけないのよ！　悪いのはあっちでしょ。なんで私たちが……」

感情が昂り過ぎて、それ以上言葉が出なくなる。目から涙が溢れだす。

追い詰められた人間は、ここまで残酷な本性を剥き出しにするのか。

この半年間以上、ずっとウイルスに、感情を持たない有機機械に怯えていた。しかしいまは、人間の方が怖かった。

『大丈夫よ、梓。落ち着いて』

「ちゃんと、言ってくれた？　私はまったく一帆に会っていないって。だから、一帆が感染なんかするわけないって」

しゃくり上げながら梓が確認すると、春子は皮肉っぽく唇の端を上げ、芝居じみた仕草で力こぶを作った。

『当然でしょ。それだけじゃなくて、ちゃんと言うべきこと言っといたわよ。私を誰だと思っているの。いまよりずっと女が働くのが大変だった時代に、この腕一本であなたを育て上げたのよ』

「言うべきこと？」

『あなたたちや、あなたたちの家族がコロナに罹《かか》ったら、うちの娘は文字通り命がけで助ける。そのために、なによりも大切な一人息子と離れて過ごすっていう犠牲まで払っている。そんな娘を差別するような人たちが、子供になにを教育するつもりなんですか、ってね。あっちも気づいてくれたよ、どれくらい自分たちが酷いことを言ったかをね』

春子は柔らかい微笑を浮かべる。梓が子供の頃、頭を撫でてくれるときにいつも浮かべていた微笑。

『あなたは自慢の娘だよ。私はあなたを誇りに思う。だから、こっちのことは私に任せて、あなたは自分のやるべきことをやりなさい。カズ君はどんなことがあっても私が守ってあげるから』

胸郭いっぱいに満ちた熱い想いが、涙に溶けて目から零れだす。そのとき、『ウンチ終わったよ』という、無邪気な声が聞こえてきた。

『あれ、ママどうしたの？　泣いてるの？』

一帆がゆで卵のように光沢のある小さな額に、不安げにしわを寄せた。

「ううん、大丈夫。それじゃあ一帆、そろそろ遅いから寝なさい。お休みね」

『お休み。ママ、大好きだよ』

「私も大好きよ。また明日ね」

梓はスマートフォンに映る一帆の頬に、そっと指先で触れる。『うん、また明日ね』という明るい声を残して一帆の顔が消えた。

梓は目を閉じる。様々な感情が体の中に渦巻き、どうにも落ち着かなかった。

数秒かけて感情の波が小さくなるのを待つと、ゆっくりと瞼を上げて部屋を見回す。セミダブルのベッドと、デスク、椅子、テレビがあるシンプルな部屋。ユニットバスの浴槽は狭く、足を伸ばすこともできない。

出張などで一泊するだけならこれで十分なのかもしれないが、何ヶ月もこの八畳程度の広さのシングルルームで生活していると、刑務所に閉じ込められているような心地になる。

外食でもすれば気分が晴れるのだろうが、病院から飲食店、特にアルコールを出す店での食事は強く禁止されていた。そもそも、感染拡大を受けて東京都では二十二時以降の飲食店の営業自粛要請がなされている。これから店に行っても、店でゆっくり食事はできなかった。

梓は緩慢に立ち上がると、不織布マスクをつけて出入り口に向かう。一帆とのテレビ電話の時間に間に合うように急いで戻ったので、食事を買う余裕がなかった。食欲はあまりないが、とりあえず近くのコンビニに行って夕食と明日の朝食を買おう。

ホテルの一階にあるレストランで朝食バイキングを行っているのだが、当然それを利用するわけにはいかなかった。

「お酒でも買おうかな」

部屋を出てエレベーターに乗った梓は、ひとりごつ。一人酒をする習慣はないのだが、最近は『Zoom飲み』というのが流行っている。オンライン会議用のアプリケーションを使い、複数の人々が会話をしながらそれぞれの自宅などで酒を飲むのだ。梓も何回か行っていて、その相手は決まって感染症内科医の姉小路だった。

最初の頃は壁を感じた先輩医師だったが、ともにコロナ病棟で奮闘するうちにだいぶ打ち解け、お互いの悩みなどを話し合う間柄になっている。

エレベーターから降りた梓が、どんな酒とつまみを買おうか考えながらロビーを横切ったとき、「椎名様」と声をかけられた。見ると、ホテルのユニフォームを着た壮年の男性がフロントに立っていた。たしか、このホテルの支配人だ。何ヶ月も連続して宿泊しているので、完全に顔見知りになっていた。

「失礼します。ちょっとよろしいでしょうか」

梓は「はぁ」と曖昧に返事をすると、フロントに近づいていく。

「誠に失礼ですが、椎名さまはお医者様でいらっしゃいますよね」

「……はい」

不吉な予感をおぼえつつ、梓は頷く。このホテルにはじめて泊まる際、宿泊台帳の職業欄に『医師』と書いていた。

「間違っていたら申し訳ございませんが、もしかしてコロナの患者様の診察をなさっていますか？」

マスクの下で唇が大きく歪む。ここでもまたCOVIDの診療をしていることで差別を受けるのだろうか？　他の客に感染させるかもしれないから、出ていってくれとでも言われるのだろうか。

なかば自棄《やけ》になりつつ、梓が「だったらどうなんですか」と答えると、支配人は深々と頭を下げた。

「やはりそうでしたか。本当にありがとうございます」

予想外の対応に目をしばたたいていると、支配人は目を細めた。

「実は当ホテルでは、医療従事者の皆様への感謝の気持ちを込め、コロナ診療に当たっている方々の宿泊料を半額にさせて頂くことになりました。もちろん、これまでご宿泊いただいたぶんも、さかのぼって適用させて頂きます」

「感謝……？　私たちに感謝してくれるんですか……？」

支配人は「当然です」と頷いた。

「大変なお仕事だと思いますが、当ホテルでは皆様のことを心から応援させて頂いております。つきましては、まずこれまでの宿泊料を計算させて頂いて、差額分を……」

支配人の説明を聞きながら、梓は唇を固く噛む。そうしないと、嗚咽が漏れてしまいそうだった。

そうだ、誰もが私たちに背を向けているわけではない。こうして支えてくれる人たちもいる。

だから、頑張ろう。この戦いが終わるその日まで。

梓は拳を強く握りしめた。

4　2020年10月10日

「こんな感じでいいかな？」

椅子に乗った妻の千恵《ちえ》が、長いビニールカーテンを持った両手を広げる。医院の裏手にある従業員用の出入り口が覆われるように、ビニールカーテンが垂れ下がった。

「ああ、それで十分だ。普通のカーテンみたいに簡単に開け閉めできるようになるか？」

長峰邦昭の問いに、千恵は胸を張って頷いた。

「そんなの簡単。カーテンレールを取り付けて、このビニールをそこにかければいいだけなんだから。二、三時間あればできるわよ」

「じゃあ、頼むよ。椅子から落ちないように気をつけろよ」

「大丈夫大丈夫、そんなへましないって。この医院の電灯の交換とか、いつも誰がやってると思っているの」

千恵は悪戯《いたずら》っぽく微笑んだ。

日曜に午前診療をする代わりに休診にしている土曜の昼下がり、長峰医院には長峰と妻の千恵、二人だけしかいなかった。

手慣れた様子で、従業員用出入り口の上部にカーテンレールを設置していく妻を、長峰は眺める。

開業してからこのかたずっと、妻と二人三脚でこの医院を切り盛りしてきた。三十年前、大学病院で多忙な勤務に追われていた長峰に代わって、不動産屋を回って医院を開く場所を探し、内装工事を指示し、看護師や事務員を集めたのも、全て千恵だった。いまも職員への給料の管理や、税理士との打ち合わせなどの業務は、千恵が一手に引き受けてくれている。そのおかげで長峰は日々の診療や、自治体医師会の仕事に注力することができていた。

「本当にありがとうな」

心からの感謝を言葉に乗せると、千恵は手を止めて「なにが？」と不思議そうに振り返った。

「いや、いままでのこと全てだよ。千恵がいなかったら、俺はこの医院で頑張ることはできなかったと思ってさ」

「なに水臭いこと言っているの」

千恵は呆れた様子で肩をすくめた。

「夫婦っていうのは一心同体でしょ。お互いに力を合わせて頑張っていくのは当然じゃない。ほら、それよりいろいろとやることあるんでしょ。日曜大工は私にまかせて、自分の仕事をして」

「ああ、そうだな」

頷いて身を翻《ひるがえ》した長峰は、「けど、本当にありがとう」と口の中で言葉を転がしつつ、すぐそばにある診察室へと入った。椅子に腰かけると、デスクに置かれている用紙に視線を落とす。

『東京都福祉保健局感染症対策部長　（公印省略）

「診療・検査医療機関」の指定について
下記のとおり貴医療機関を「診療・検査医療機関」に指定します』

記されている文字を目で追った長峰は、「とうとうか……」と重々しい声でつぶやいた。

長峰医院での発熱外来設置が認められたという通知だった。これまで、診察して新型コロナの検査が必要だと判断した患者は、秀医会西東京病院のPCR外来や、そこに医師会が設立している発熱外来に紹介していた。

しかし、八月の第二波のピークにおいて、秀医会西東京病院のPCR・発熱外来には多数の発熱患者が紹介されてキャパシティオーバーを起こし、症状が重い患者以外は診察できない状態となった。

また、長峰医院のかかりつけ患者は高齢者が多い。車で十分ほどの距離にある秀医会西東京病院まで行くのが困難な場合も少なくなかった。

どうすればいいのか悩んでいたとき都から医師会を通じて、診療所での発熱外来設立の要請が来た。

当初、長峰は悩んだ。この医院で発熱外来を開けば、当然、感染リスクは高くなる。そのリスクに晒されるのは自分だけではなく、看護師や事務員などのスタッフも同様だ。そして何より、発熱以外で受診している患者を、新型コロナウイルスに曝露することが恐ろしかった。

二週間近く悩んだ末、長峰は発熱外来設置を申請することを決めた。

スタッフたちと相談したところ、全員が感染のリスクについて理解したうえで、必要なら発熱患者を診るべきと同意してくれた。また、発熱患者は待合に入れることなく医院の裏口の屋外で待機してもらい、従業員出入り口でビニールカーテン越しに診察することで、一般患者と完全に動線を分けることができると判断した。

冬に向けてできるだけ多くの診療所が、発熱外来を設置する必要があった。真夏に第二波が生じたことに、多くの医療従事者は衝撃を受けていた。温度も湿度も高い状態では、インフルエンザや旧型のコロナウイルスなどの、主に飛沫感染をする呼吸器感染症は感染力が落ちる。にもかかわらず、あれだけ感染者が増えた。空気が乾燥して飛沫が飛びやすくなり、寒さで人々の免疫細胞の働きが鈍くなる冬に、どれだけの感染拡大が起こるか想像すらできなかった。

第二波は、感染拡大を受けて国民の多くが自らの判断で自粛をはじめたこと、マスクや手洗い、三密回避などの感染予防に対する知識が行き渡ったこと、感染の震源地である東京で飲食店等の営業時間が短縮されたことなどからじわじわと収束し、いまは小康状態となっている。

しかし、間もなく第二波を遥かに超える大波が日本を襲う。医療関係者の多くがそう確信していた。

安倍前首相の辞任を受けて、九月に新しいこの国のリーダーとなった菅《すが》首相は、十月一日から『Go To トラベル』にこれまで唯一除外されていた東京都をくわえた。それにより、多くの都民が旅行を楽しんでいる。まだ感染が収まっていない東京から、地方へと活発に人が動いているということだ。

合わせて、第二波収束による人々の油断と、秋に入って下がってきた気温と湿度。それらは燻っている感染の火種に、燃料をかけるようなものだ。まもなく炎が燃え上がり、この国を呑み込む。専門家たちはそう警告を発していた。

海外でも新型コロナウイルスの猛威は止まるところを知らなかった。

ヨーロッパでは第一波を遥かに超える第二波が生じ、肺炎患者が病院に溢れている。アメリカでは十月二日に、これまで新型コロナウイルスを軽視し続けていたトランプ大統領がCOVIDとなり、症状が悪化して入院することになった。十一月四日の大統領選に向けて健在をアピールするためか、未承認の抗体療法を受けて十月六日に退院したものの、その顔色は悪く、足取りはふらついていて、逆に弱々しい印象を与えてしまったほどだ。

欧米で起こっていることは、日本で起きてもおかしくない。しかし、菅首相は官房長官時代から再度の緊急事態宣言発令に後ろ向きな発言が目立ち、たとえ感染が拡大しても対応が遅れる恐れがあった。

政府があてにならないなら、現場が踏ん張るしかない。つまりは俺たちが。

そう心に決めたからこそ長峰は、診察対象を『自院患者に加え、相談センター等からの紹介患者』として、申請を出していた。

東京で発熱した際はまず、かかりつけ医に連絡を取り、可能ならそこで新型コロナの検査をしてもらう。しかし、かかりつけ医がいない者、またはかかりつけの医療機関で検査ができないと言われた者は、東京都が設置している発熱相談センターに電話をして、近隣にある発熱外来を紹介してもらうことになっている。

この地域には医療機関が少ない。おそらく、発熱外来を設置するのはうちだけだろう。感染の波が迫ってきたとき、この医院が最後の砦になる。だから、どれだけ危険でもやるしかない。長峰が決意を固めていると、「長峰先生、いるのー？」という女性の声が聞こえてきた。長峰は慌ててデスクに置いていたサージカルマスクをつけると、患者待合に向かう。電源が落とされた自動ドアの向こう側に、高齢の女性が立っていた。この診療所の大家だ。

急いで自動ドアのスイッチを入れる。大家は「休みの日に悪いね」と言って、入ってきた。

「買い物に行こうとしたら、医院のシャッターが上がっているのが見えてね。長峰先生、いるかなと思って覗いてみたんだ」

「そうですか。どうされました？　なにか体調が悪いとか」

八十歳を超えていて、糖尿病と高血圧の既往がある大家は、この医院のかかりつけ患者でもあった。

「いやいや、おかげさまで体調はすこぶるいいよ。そうじゃなくて、ここでコロナを診るって話のこと」

心臓が大きく跳ねる。三年前に行った心臓バイパス手術の傷口がかすかに疼いた気がした。

この医院は大家が所有する四階建てマンションの一階の、商業用テナントの一角にある。同じ並びには美容院や喫茶店などが入っていた。

発熱外来の開設を申請する前に、当然、大家から許可を得ていた。彼女は「いいんじゃないの？」と拍子抜けするほど軽く了解してくれた。

「とりあえず、立ち話もなんなんで」

長峰は患者用のスリッパを用意する。大家は「それじゃあ、お言葉に甘えて」と待合に上がると、長椅子に腰かけた。

「いやあ、最近寒くなってきたから、膝がまた痛くなってきてね。ねえ先生、次の診察のとき湿布も処方してもらえるかな」

大家は自分の両膝を撫でる。

「もちろんいいですよ。それで……どんなお話でしょうか？」

緊張しつつ訊ねると、大家は上目遣いに視線を送ってきた。

「ここで先生がコロナを診はじめるって噂を聞いて、私に文句を言ってきたマンションの入居者がいたんだよ」

やはりそうか。長峰は奥歯を嚙みしめる。

新型コロナウイルスは主に飛沫感染をする病原体だ。「マスクなしで一メートル以内で十五分以上接触する」ことが『濃厚接触』と定められているように、すれ違ったりするだけでうつるようなウイルスではない。換気の良い屋外で診察するのだから、近所の人々への感染は考えられない。しかし、それはあくまで医学を専門としている自分だからこそ分かることだ。恐ろしい感染症の診療が、自分が住んでいるマンションで行われる。そのことに恐怖を覚えるのも、自然な反応だ。

ただ、そのクレームが大家に向かったことが申し訳なかった。自分なら感染のリスクがないことを可能な限り丁寧に説明したうえで、細心の注意をもって診察に当たるので理解して欲しいと真摯に頼むことができたというのに。

「すみません、ご迷惑をかけて」

長峰が深々と頭を下げると、大家は「迷惑？」と目を大きくする。

「なに言っているの。先生は迷惑なんかかけていないよ」

「え？　それじゃあ、ここでコロナを診ないで欲しいって言いに来たわけじゃないんですか？」

長峰はまばたきをくり返した。大家は「そんなわけないでしょ」と、かぶりを振る。

「私、腹が立って言ってやったんだよ。『長峰先生はずっとここの周りの人たちの健康を守ってきた。そして、いまも私たちをコロナから守ろうって必死になっているんだよ。それなのに文句を言うってなんなんだい。あんただってコロナにかかったら、長峰先生に診てもらうんだろ』ってね」

大家は顔を紅潮させてまくしたてると、ふっと相好を崩した。

「その人、ちゃんと『ごめんなさい』って謝っていったよ。まあ、本当は私じゃなくて先生に謝るべきなんだけどさ。私はさ、先生がやること応援しているよ。いや、私だけじゃなくて周りの人たちもね。だからさ、頑張ってね。大変だとは思うけどさ」

感動が胸郭を満たしていく。三十年頑張ってきたことは、決して無駄でなかった。ここでの献身を多くの人々が見て、応援してくれている。

「ありがとうございます。本当にありがとうございます」

想いが言葉になって溢れ出す。大家は立ち上がると、小さな手で長峰の肩を軽く叩いた。

「もし、他に文句を言ってくる人がいたら、私に教えて。ちゃんと叱っておくからさ。それじゃあ先生、来週受診するから、そのときは湿布もよろしく」

大家は軽く手を振りながら長峰医院をあとにする。小さな背中を見送った長峰の腰のあたりから、電子音が響いてくる。携帯電話を取り出すと、数見《かずみ》という友人からの電話だった。医大時代の同級生で、同じ学生寮で過ごし、医師になってからも出身大学である純正会《じゅんせいかい》医科大学の第三内科医局で苦労を共にした仲だ。いまは葛飾区で開業医をしている。

『よう、長峰、久しぶりだな』

通話のボタンを押すと、懐かしい声が聞こえてくる。

「ああ、本当に久しぶりだ。どうした?」

『いや、ちょっと声が聞きたくなってさ』

「なんだよ、気持ち悪いな」

長峰は笑い声を上げる。

『いや、もうコロナでめちゃくちゃだろ。うちも、今年に入ってから患者が半減して、赤字に転落しちまったよ』

「うちもさ。どこも一緒じゃないか」

『ところで長峰』

数見が声をひそめる。

『お前のところ、発熱外来やるのか？　申請を出したか？』

「ああ、出したよ。いまちょうど、準備をしているところだ」

『そうか。どうだ、大変か？』

その問いを聞いて、数見がなぜ電話をかけてきたのかに気づく。彼も自分の医院で発熱外来を開くべきかどうか、迷っているのだろう。

「一般の患者と動線を完全に分けられれば、申請自体は簡単に通るぞ。都も発熱外来の拠点を増やしたがっているからな」

『それじゃあ、うちでも申請を出すかな。この冬、かなりひどいことになるだろうから、ひと頑張りするとするか』

軽い口調で数見は言った。

「ああ、そうだな。ここをなんとか乗り切って、コロナが落ち着いたら、久しぶりにゴルフでも行こう」

『ああ、そうしたいな。……でも、それはちょっと無理そうだ』

寂しげな声が携帯電話から響いてくる。

「無理そう？　どうした、腰でも痛めたか？」

『ああ、去年から少し腰が痛くてな。ゴルフの練習のやりすぎかと思っていたんだが、どんどん悪化していくんで検査を受けたんだ。まあ、コロナのせいでなかなか予約が取れなくて、ようやくＭＲＩ撮れたのは先々月だったけどな』

コロナ対応に注力するために外来を縮小した総合病院も、都内では少なくなかった。

「椎間板ヘルニアでも見つかったか？」

『いや、俺もヘルニアか脊柱管狭窄症かと思っていたよ。けどな、なんとがんだった。膵臓がんだ』

「膵臓がん⁉」

『かなり進行していて、神経叢《しんけいそう》にまで浸潤していた。そりゃ痛いよな』

乾いた笑い声が聞こえてくる。

「……オペは？」

『もう腹腔内に広がってる。インオペ、手術不能に決まっているだろ』

膵臓がんは初期は症状がほとんど出ない。それゆえ、発見されたときにはすでに進行して、手術ができない状態になっていることが多く、極めて予後の悪いがんだった。

「化学療法はしているのか？」

『一応な。ただ、いまいち効きが悪い。主治医の話だと、年を越せるか微妙ってことだった。俺の診断も一緒だ』

なんと言葉をかけていいのか分からず、長峰は口を固く結んだ。

『まあ、娘はもう嫁に行ったし、孫も生まれた。妻とはずっと前に離婚しているから、この世にたいして未練はないんだ。いまのところ、がん性疼痛《とうつう》も合成麻薬のパッチ剤でしっかりコントロールできているから、あまり不便はない』

「そうか、それはなんというか……」

口ごもってしまう。

『おいおい、そんな暗い声出さないでくれよ。俺はもう受け入れているんだからさ。まあ、残された時間は短いから、医院は廃業して、体が動くうちに世界中を旅行しようかと思ったんだ。それがリタイア後の夢だったからさ』

これまで一度も日本を出たことのない長峰とは対照的に、行動的な数見は学生時代から、長期の休みになると決まってバックパックを担いで海外へ行っていた。医師になってからも、よく海外旅行をしていたはずだ。

『ただささ、欧米でもまたコロナが大流行しはじめて、海外旅行はもう無理そうだ。こんな体でコロナにかかったら、ひとたまりもないだろうからな』

「……残念だな」

『ああ、残念だよ。まあ、世界旅行は生まれ変わったときの夢として取っておくとして、死ぬまでの間、なにをしようかってここ最近、ずっと考えていたんだ』

「なにか、思いついたのか」

『ああ、それで発熱外来をやることにしたんだ』

「発熱外来を⁉　その体で？」

『そんな大きな声出すなって。言っただろ、疼痛のコントロールはできているって。同じ医師会の仲間に、最期の緩和ケアも引き受けてもらった。まだまだやれるさ』

「けれど、その状態でコロナにかかったら」

『助からないだろうな。それはそれでかまわない。俺は医者として死ねるんだからな』

「医者として……」

長峰はその言葉をくり返す。

『ああ、そうだ。俺は最期の最期まで医者でいるって決めたんだ。そして、支えてくれた地域の人たちにできるだけの恩返しをしながら死んでいく。百年に一度の大災害だ。これ以上の奉公はないだろ』

「そうだな」

『最期まで戦って、最期まで生きがいをもって死ねるんだから幸せさ。だからさ、俺が死んだあとのことはお前たちに任せたぜ』

「お前たちって？」

『もちろん、同じ釜の飯を食った医局の仲間たちさ。残念ながら、俺はコロナとの戦争の最後までは立ってられない。コロナを社会から消すことができたら、みんなで墓の前に報告しに来てくれよ』

言葉を切った数見は、一拍置いたあと、静かに言う。

『俺たちは勝ったぞってな』

「……分かった」

『それを伝えたかっただけだ。邪魔したな。久しぶりに声を聞けて良かったよ』

回線が切れる。気の抜けた電子音が鼓膜を揺らした。

仲間たちは誰もがこのウイルスに立ち向かっている。なら、俺もここでできる限りのことをしよう。

長峰は携帯電話を強く握りしめた。

5　2020年11月10日

廊下を進む足が自然と早くなる。気持ちとともに体が前のめりになり、つまずきかける。しかし、それでも急がずにはいられなかった。

椎名梓は呼吸器内科医局の扉を勢いよく開ける。時刻はまだ午前七時半を少し過ぎたところだ。普段なら出勤してきている医師などほとんどいない時間帯だが、数人の同僚の姿がすでにそこにあった。マスクをしていても、彼らの顔が上気しているのが見て取れる。

「椎名……」

医局長の梅沢が震える声で言う。

「聞いたか？」

「はい……、聞きました」

弾む息の隙間を縫って梓が答えたとき、背後に人の気配がした。振り返ると、感染症内科の姉小路香苗が私服で立っていた。梓と同じように、いてもたってもいられず、早く出勤してきたのだろう。その呼吸は乱れ、目がかすかに潤んでいた。

「姉小路先生……」

これまで、コロナ病棟でずっとともに戦ってきた戦友を前に感極まり、梓は言葉を継げなくなる。

「椎名先生！」

唐突に姉小路が梓を抱きしめた。感情を出すことの少ない姉小路には似合わない行動。しかし、それに驚くことはなかった。梓は姉小路の華奢な体を力いっぱい抱きしめ返す。感染対策として正しい行動でないことは分かっていた。けれど、そうせずにはいられなかった。

「九十パーセント以上だよ、椎名先生。九十パーセント……」

普段の抑揚のない口調とは違い、姉小路のかすれ声は歓喜で飽和していた。梓は「はい、はい……」と何度も相槌を打つ。

今日の未明、アメリカの大手製薬会社であるファイザー社が全世界に向けてプレスリリースを発表した。新型コロナウイルスに対するワクチンの最終治験の中間解析で、九十パーセントを超える有効性を確認したと。

一般的なインフルエンザワクチンの有効性である二十から六十パーセントを遥かに上回る数値で、最も有効性が高いとされている麻疹ワクチンに匹敵する圧倒的な数値だった。

ゆっくりと梓の体を離した姉小路が、かすかに潤んだ目で見つめてくる。

「まだ中間解析だけど、ここで九十パーセントを超えたなら、間違いなく最終結果でも高い数値が出てくる。今月中にファイザーはＦＤＡ（アメリカ食品医薬品局）に承認申請を提出するはず。そして来月には、アメリカでワクチン接種がはじまる。バイデン政権なら全力で進めるはず」

二日前、大統領選で、僅差でトランプ現大統領に競り勝ったバイデン前副大統領が勝利宣言を行い、次期大統領としてこれからの四年間、アメリカのリーダーとなることが決まっていた。

「日本は、日本はいつごろ接種できるようになるんですか⁉」

腹の脂肪を揺らしながら、梅沢が近づいて来る。

「アメリカで承認されたなら、それを受けて特例承認が使えるはずです。早ければ来年のはじめに可能だと思います」

「来年はじめ……、あと二ヶ月もかかるのか……」

梅沢の顔に浮かんでいた期待が、かすかに薄れた。

「これでもだいぶ早まったんです。当初の予想では、治験結果が出るのにあと数ヶ月はかかるはずだったんですから」

「どうしてこんなに早まったんですか？」

梓が訊ねると、姉小路の表情が引き締まった。

「治験をしている欧米で感染爆発が起きて、被験者、特に偽薬を投与された被験者が大量に感染してデータが集まったからよ」

先月からヨーロッパは急速な感染拡大に苦しんでいた。フランスでは外出制限が再度実施され、ドイツでは全土で飲食店が閉鎖になっている。

欧米の惨状をニュースで毎日のように目の当たりにしているだけに、喜んでよいのか分からなくなり、梓は口をつぐんだ。

「欧米の感染状況を考えると複雑なところだけど、なんにしろワクチンの目処《めど》が付いたのは、これまでで最高のニュースよ。ここまで有効性が高ければ、集団免疫を構築できるかもしれない」

「ウイルスを社会から駆逐できるかもしれないってことですね」

梓は唾を呑み込む。姉小路はゆっくりとあごを引いた。

「まだ最終データが出ていないし、効果の持続期間も分からないけれど、九十パーセント以上の有効性がある程度の期間続くなら、通常の生活をしていても自然にウイルスが消えていく状態まで社会の免疫レベルを上げられるはず。それが集団免疫状態」

「どれくらいの人が接種すれば、そうなるんですか」

この世界中を恐怖に陥れているウイルスに、完全に勝利できるかもしれない。その予感に、体温が上がっていく。

「有効性が九十パーセントで、新型コロナウイルスの基本再生産数、つまり一人の感染者が何人に感染させるかの数値を二から三だと仮定すると、全人口の七十パーセントの接種が必要になる」

「七十パーセント……。ということは日本の人口は一億三千万人だから、……約九千万人」

梓は頭の中で暗算をしていく。

「そう、それだけの人が接種すれば、この戦争は終わるかもしれない」

「けど、九千万回も接種するのって、とんでもなく大変なんじゃないですか」

「九千万回じゃない。ファイザーのワクチンは二回接種が必要。つまり、一億八千万回」

「一億八千万回……」

毎年、秋から冬にかけて全国でインフルエンザワクチンが接種されるが、それでも五千万回に満たない。その三倍以上のワクチン接種となると、想像を絶する労力と時間が必要だ。

「あと、まずワクチンがしっかり届くかも分からない」

姉小路の声が低くなった。

「え？　でも日本とファイザーは、前もって六千万人分のワクチンを契約していたはずです」

日本は数ヶ月前に、安倍政権がワクチン開発で先行するファイザー、モデルナ、アストラゼネカの三社と大量のワクチン供給を受ける契約を結んでいた。

「ええ、たしかに。ただ、世界中が新型コロナウイルスで大混乱に陥っている状態では、ワクチンはもはや医療品じゃなく、戦略物資となっているの」

「戦略物資って、そんな大げさな」

梅沢が額の汗をハンカチで拭いながら軽く笑い声をあげるが、姉小路から鋭い視線を浴びて口をつぐんだ。

「全然大げさではありません。その証拠に、ロシアでは八月の時点で自国製のワクチン、『スプートニクV』が完成したと、プーチン大統領が大々的に公表しました」

「でも、たしかあれって最終治験の結果も出ていなかったですよね」

梓の指摘に、姉小路は「そう」とあごを引く。

「治験結果が出なければ、安全性も有効性も分からない。にもかかわらず、ロシアはワクチン完成を世界に向けて宣言し、自国民への接種をはじめようとしている。同じ動きは、中国でも見られる。たぶん、その二ヶ国はこれからワクチン外交をはじめるでしょう」

「ワクチン外交？」

聞きなれない言葉に、梓の眉根が寄った。

「他国にワクチンを提供することで恩を売って、自国に有利な交渉を引き出すの。このパンデミックの中では、ワクチンは強力な外交カードになる」

「外交って、いまはそんな場合じゃないですよ。世界中でどんどんＣＯＶＩＤで人が死んでいるんですよ」

「残念だけど、それが現実なの。ウイルスっていう共通の敵が現れても、人類は一致団結して戦うことはできなかった。映画みたいにうまくはいかないわね」

姉小路は哀しげにマスクの下でため息をつくと、気を取り直すように「というわけで」と続ける。

「今後、ワクチンは国の命運を左右するほど大切なものになる。そして、今回のファイザーのワクチンの生産拠点は、主に欧米にある。日本よりも遥かに被害が多い欧米が、自国で生産されたワクチンの輸出を許してくれるのか、まだ全く分からない」

「そんな……。じゃあ、どうすれば……」

せっかく極めて有効なワクチンが完成し、しかもその供給を受ける契約を交わしているにもかかわらず、手に入るかどうか分からない。期待と不安が胸の中でブレンドされ、感情が混沌としていく。

「政府の交渉力にかけるしかない」

いまの政府に、そんな能力があるのだろうか？　九月に総理大臣に就任した菅首相の支持率は、感染の拡大とともにじわじわと低下していっている。どちらかというと実務家タイプで、安倍前首相と比較すると、社交性に欠けているイメージのある菅首相の外交に期待が持てるのだろうか？

「それは政府に任せましょう。私たちはいつか入って来るワクチンを待ちつつ、その接種が広がるまでは、感染した患者さんを治療していくだけ。だから、頑張りましょう」

姉小路は力強く言う。

たしかに、まだ先は長いのかもしれない。それでも姉小路の話を聞いて、底をつきかけていた気力が、体の奥から湧いてくるのを感じていた。

これまでは、ゴールがあるかどうか分からないマラソンを走り続けているような苦痛に苛まれていた。けれど今日はじめて、遠くにゴールラインが見えた。そこまでの距離はまだ分からない。だが、目標があれば走り続けられる。

「はい、頑張りましょう」

梓が腹の底から声を出して返事をしたとき扉が開き、呼吸器内科部長の扇谷太郎が医局に入ってきた。

「あ、扇谷先生、おはようございます！　聞きましたか、ワクチンのこと」

　梓が挨拶をすると、扇谷はかすかに目を細めた。

「ああ、聞いたよ。かなり期待できるデータが出て一安心だ」

　言葉とは裏腹に、その声には覇気がなかった。扇谷は「いま出勤しているのは、これだけかな？」と医局を見回す。

「はい、そうですが。どうかしましたか？」

　梅沢が訊ねると、扇谷は痛みに耐えるかのように顔をしかめた。

「いまここにいる全員、すぐに駐車場にある発熱外来用のテントに行ってくれ」

「え、検査をするスタッフが足りないんですか？　けれど、なにも全員が行かなくても……」

「いや、スタッフとしてじゃない。全員、すぐにPCR検査を受けてくれ。呼吸器内科の医局員全員と、コロナ病棟に勤務しているスタッフ全員、出勤し次第、随時テントに行くように指示があった」

「どういうことですか⁉」

「うちの医局員が昨夜発熱をして、PCR検査を受けた。さっき、検査結果が出てポジティブ、感染していることが確認された。なので、彼と仕事で接触していた全員の検査が必要と判断された」

　梅沢は腫れぼったい目を剝いて硬直する。マスクをしているにもかかわらず、その口があんぐりと開いていることが見て取れた。

梓は医局を見回す。まだ大部分の医局員は出勤していない。空の席が不安を煽った。

「お、扇谷先生……」

梓は上ずった声で言う。

「誰が……、いったい誰が感染したんですか？」

扇谷は真っ白な髪を気怠そうに搔き上げると、その名を告げた。

「茶山君だ」


鼻腔の奥深くに異物が侵入してくる。顔面の内側をこすられる痛みと違和感に、涙が滲んでしまう。

「はい、終わりです。お疲れさまでした。マスクを戻していいですよ」

ＰＰＥに身を包んだ男性医師が声をかけてくる。梓はサージカルマスクの位置を戻して、露出していた鼻を覆った。

扇谷の指示通り、梓たちはすぐに病院の裏手に設置された発熱外来用の仮設テントへと向かい、ＰＣＲ検査を受けていた。

「大変だね、椎名先生」

梓の鼻腔粘膜を採取した綿棒を手に、医師が声をかけてくる。マスクとアイシールドをつけているのですぐには分からなかったが、顔見知りの消化器内科医だった。

発熱外来も、開設当初は全て呼吸器内科が担当していた。あまりにも呼吸器内科に負担が偏っていると文句が上がっていたが、自分たちの部下の感染を恐れる各科の部長が、医局員の派遣を渋った。しかし、旧館の四階だけでなく五階にもコロナ病棟が開設されたのを機に、呼吸器以外の若手内科医たちから、自分たちもコロナ診療に協力するべきだという声が自然に上がり、発熱外来は他の内科が請け負うことになっていた。

「はい。クラスター化していないといいんですが……」

声が沈んでしまう。

「呼吸器内科のみんなは、普段から感染対策を徹底しているから、きっと大丈夫だよ。症状がある医局員は他にいないんだろ？」

「ですよね」

そう、きっと大丈夫だ。私は感染していないはず。何度もそう自らに言い聞かせるのだが、どうしても不安は消えなかった。対策を徹底していたはずの茶山ですら、感染してしまったのだから。

茶山のデスクは隣だ。親友とも言える間柄の彼とは、お互いマスクをしているとはいえ、よく話をしていた。

ＣＯＶＩＤ患者は、発症の二、三日前からウイルスを排出している。茶山は昨夜、発熱したらしい。ということは、十一月六日以降に彼と接触していれば、ウイルスに曝露されていた可能性がある。特に危険なのは、七日と八日だ。

梓は必死に記憶を攫《さら》う。七、八日は週末だったので本来、勤務は休みだったが、重症患者を多く抱えるコロナ病棟の担当医として当然のように出勤し、最低限の回診と指示出しをしていた。その際、茶山と話をしたかよく覚えていない。

「最優先で検査に回すから、昼頃には結果が出るよ。念のためそれまでは、他人との接触は可能な限り控えて。まあ、先生は俺たち以上にコロナのこと分かっているから、余計なお世話だと思うけどさ」

そう言う医師に、「いえ、ありがとうございました」と礼を言って、梓はテントをあとにすると、平日だというのにだいぶ空いている駐車場の隅に移動し、白衣のポケットからスマートフォンを取り出した。

発信履歴から茶山の番号を見つけ、数秒迷った末に、『発信』のアイコンに触れる。数回呼び出し音が鳴ったあと、回線が繋がった。

『椎名か……？』

聞こえてきた声はしわがれていて、つらそうだった。

「うん、大丈夫？」

『ああ、いまのところ大丈夫だ』

「あのさ、いまPCR検査を受けたんだけど、念のため確かめておきたくて。私、週末に茶山と話をしたっけ？」

『いいや、してない。週末、俺は少し病棟を回っただけで帰った』

老婆のような声で、茶山は答える。

「そう、ありがとう」

安堵すると同時に、強い自己嫌悪に襲われる。友人が恐ろしいウイルスに感染し、苦しんでいるというのに、自分が感染しているかどうかを心配するなんて。

「あのさ、息苦しいとかはないんだよね。大丈夫なんだよね」

『ああ、サチュレーションは九十八パーセント以上を維持している。四十度近い熱が出て、全身の関節が軋むぐらい痛くて、倦怠感でベッドから起き上がれないけど、一応……軽症だ』

ＣＯＶＩＤの重症度は、肺炎の有無と呼吸状態によって規定される。たとえ、どれだけ全身状態が悪くても、肺炎が生じていなければ『軽症』と判断された。

若年のＣＯＶＩＤ患者は肺炎を起こすことなく、『軽症』で終わることが多いというのが、世間でも知られるようになっている。それにつれて、新型コロナウイルスを『ただの風邪』だと軽視する者たちも増えてきた。

しかし、ＣＯＶＩＤにおける『軽症』は、一般的な軽症のイメージとは大きな乖離があった。高熱、強い全身倦怠感、耐えがたい頭痛・筋肉痛・関節痛に苛まれ、水分すら取れない状態でも、肺炎を起こしていなければあくまで『軽症』なのだ。

「食事とかは大丈夫なの？」

罪悪感をごまかすように、梓は質問を重ねる。

『いまは食欲ないけれど、水分だけは取れているよ。さっき保健所から連絡があって、今日の午後には軽症者用のホテルに入れるはずだ』

東京都ではビジネスホテルを借り切り、希望する軽症の感染者は無料で宿泊療養を受けられるようになっていた。感染対策を施した車が自宅まで迎えに来て、そこからホテルへ搬送してもらえる。

軽症者用ホテルには看護師が二十四時間常駐し、定期的に健康状態を確認する電話がかかってきて、もし血中酸素濃度低下などの症状悪化が認められれば、必要に応じて病院に搬送できるようになっていた。

「ホテル療養できるの。それなら、よかった」

『ああ、すぐに入れて運が良かったよ。しかし、まさか俺がかかるなんてな。呼吸器内科失格だ』

茶山の声に、自虐的な響きが混ざる。

「コロナ病棟で働いているんだから、そういうこともあるでしょ。仕方ないよ」

『たぶん、感染したのは先週のはじめだな。病棟内で急変があったんで、慌ててPPEが不十分な状態でレッドゾーンに入って、患者に挿管したんだ。……油断した。俺が馬鹿だった』

スマートフォンから歯ぎしりの音が聞こえてくる。

「そんなに自分を責めないで。大丈夫、まだ三十代なんだから重症化なんかしないって。すぐにまた復帰できるよ」

『俺のことなんてどうでもいいんだ!』

唐突に大声が鼓膜に叩きつけられる。耳に痛みをおぼえた梓は、慌ててスマートフォンを顔から離す。

「ど、どうしたの急に?」

　おずおずと再び顔の横にスマートフォンを近づける。

『礼子に感染していたら、どうすればいいいんだよ』

　梓は大きく息を呑む。茶山の妻である礼子はいま、妊娠している。混乱してそのことが頭から抜け落ちていた。

『もし、彼女が感染していたら危険だ。妊娠中は重症化のリスクが高まるし、流産・早産も起こりやすいことがこれまでのデータで分かっている。

『もし礼子に、お腹の子になにかあったら、俺はどう責任を取ればいいんだ。なあ、椎名、教えてくれよ。頼むから教えてくれ……』

　茶山の悲痛な声を聞きながら、梓はただ呆然と立ち尽くすことしかできなかった。

6　2020年11月22日

　病棟が騒がしい。硲瑠璃子はアイシールド越しに、コロナ病棟の廊下を眺める。PPEを着た医師たち数人が、落ち着かない様子で病棟にたむろしていた。

　邪魔くさい。

　瑠璃子は胸の中で悪態をつくと、すぐそばの病室に入る。四床の大部屋、そこに置かれたベッドに横たわるすべての患者が人工呼吸器に接続されていた。

　七月中旬にはじまった第二波は、飲食店への営業時間短縮要請や多くの人々の感染対策の徹底により一時は収束したが、十月後半からまた全国で感染拡大傾向となり、いまや毎日二千人を超える新規感染者が確認され、第三波に突入していた。その大きなきっかけとなったのが、十月一日に『Go To トラベル』が東京でも開始されたことだと、多くの専門家が考えていた。

ウイルスが蔓延している東京から、多くの観光客が地方へと移動し、そこで感染を広げてしまったのだ。強い批判を受けた菅政権は、昨日、『Go To トラベル』の一時停止及び、運用見直しを発表したが、医療現場からすれば、あまりにも遅すぎる対応だった。

すでに大量の感染者が病院に溢れ、重症患者を受け入れているこの心泉医大附属氷川台病院では、ICUや個室病室ではなく、このような一般病室でさえも人工呼吸管理の患者を診察せざるを得なくなっていた。それに合わせ、一時は重症患者の看護に慣れているからとコロナ病棟ICUの専属になっていた瑠璃子は、再び病棟での勤務もするようになった。

「椎名先生、もうすぐ患者さんが来ますよ」

病室にいた椎名梓に声をかける。人工呼吸器に接続されている患者はいつ状態が悪くなり、処置が必要になるか分からない。それゆえ、この病室にはできるだけ呼吸器内科医が一人、常駐するようになっていた。椎名はよくその役目を引き受けている。

「分かった。ありがとう」

硬い声で返事をした椎名は、そばにいた看護師に「なにかあったらすぐに呼んで」と言い残して、瑠璃子に近づいてきた。

椎名とともに廊下に出た瑠璃子は、数メートル先にいる医師たちを眺める。

「あんなにたくさんドクターがいる必要があるんですか？　しかも、全員コロナ病棟に入るの、はじめてですよね。感染リスクが上がるだけじゃないですか？」

苛立ちをかくすことなく瑠璃子は言う。

「ごめんなさい。けど、仕方がないの。産婦人科と小児科にしっかり診察してもらわないといけないから」

「なんで椎名先生が謝るんですか？」

椎名から返答はなかった。瑠璃子はこれ見よがしに大きくため息をつく。

「いまから入院してくる患者さん、茶山先生の奥さんなんですよね。あと、椎名先生の親友だって噂ですけど」

「ええ、そう」

椎名は小さく頷いた。

先々週のはじめ、呼吸器内科の茶山が新型コロナウイルスに感染していることが判明し、大騒ぎになった。同僚の呼吸器内科医たちだけでなく、コロナ病棟に出入りしていた看護師も、全員がＰＣＲ検査を受けることになった。幸いなことに他に陽性者はおらず、クラスター化することは防げた。

茶山自身も肺炎は起こさず回復して、まもなく療養用のホテルから出ることができるらしい。ただ、妊娠中の茶山の妻である礼子が、一昨日の夜に発熱した。昨日、ＰＣＲ検査を行ったところ、陽性と判定され、また胸部レントゲン写真で軽度の肺炎らしき陰影が見られたため、今日からこのコロナ病棟の個室に入院となっていた。

「小児と妊婦用にもともと少し病床を空けていましたけど、まさか最初に入院してくるのが、茶山先生の奥さんだとは思いませんでした。これって、うちの関係者だから特別扱いしているわけじゃないですよね」

「そんなわけないでしょ」

椎名の目つきが険しくなる。

「ちゃんと、保健所を通じて入院は手配されたの。この近隣で、入院が必要なCOVID の妊婦がいれば誰でも受け入れた」

「むきにならないで下さい。ちょっと訊いただけじゃないですか。けど、日曜日なのにこれだけたくさんのドクターが待ち構えているのは、さすがに特別扱いだと思いますよ」

皮肉を込めて言うと、椎名は再び黙り込む。瑠璃子は大きく肩をすくめた。

「べつに非難しているわけじゃないですよ。茶山先生はずっとここで頑張ってくれたんだから、家族がちょっとぐらい特別扱いされたって問題はないと思っています。ドクターたちが自主的に時間外勤務しているだけで、他の患者さんに迷惑かけているわけじゃないし」

「……なら、なんでそんなに絡んでくるの？」

椎名は押し殺した声で言う。

「さあ、なんでなんでしょう」

瑠璃子が小首をかしげると、椎名はそっぽを向いた。どうやら、いやみだと思われたらしい。

本当に分からないだけなのに。瑠璃子は胸の中でつぶやく。

第三波に入ったころから、苛立ちがおさまらなくなってきていた。皮膚がはがれ、神経が剝き出しになっているかのように、ありとあらゆる刺激に過敏になり、同僚の看護師ともたびたび衝突している。

通っている心療内科の主治医には、うつ病が悪化していると言われ、休職を以前よりも強く勧められている。しかし、それを受け入れるつもりはなかった。コロナ病棟で八ヶ月間働いてきたという事実、それこそが崩れ落ちかけている心を支えていることに気づいていた。ここでの勤務に耐えられず、去っていった看護師たちへの優越感によってなんとか自我を保っているのだ。

もう、引き返せないところまで来てしまった。もはや、走り続けるしかない。

かつてはコロナ病棟へ入ることに負の感情を抱いていた。しかし、いまやこのレッドゾーン内にいる時間が最も落ち着く。このウイルスに支配された空間こそが自らの居場所だと感じていた。

その『居場所』に、部外者である産婦人科医や小児科医が侵入している。そのことに無性に腹が立った。

自分でも、精神状態が危険な領域に達している自覚はあった。夜など、酷い動悸と胸苦しさ、そして頭痛に襲われ、身の置きどころがなくなることも少なくない。けれど、そのときには『あれ』を飲めば落ち着くことができる。

瑠璃子は防護ガウンの上から腰に触れる。中に着こんでいるスクラブのポケットに入っているピルケースの硬い感触が、手袋をつけている掌に伝わってくる。苛立ちが希釈されていった。

ピルケースの中には、エチゾラムの錠剤が入っていた。いま通っている心療内科の主治医は、依存性が強いその強力な抗不安薬を処方してくれない。だが、他の精神科クリニックに通い、そこで頼み込むことでエチゾラムを処方してもらっていた。

あの白い錠剤を舌の上に置き、甘味とともに口の中でさらさらと崩れていく感覚を味わえば、どんな苦痛もたちどころに洗い流されていく。

病棟の奥にある入退院専用エレベーターの扉が開く。元々は医療器具の搬送用の小さなエレベーターから、ＰＰＥを着た看護師が押す車椅子に乗った女性が姿を現す。その顔には濃い不安が浮かんでいた。

いてもたってもいられなくなったのか、椎名が小走りで女性に近づくと、車椅子の傍らで膝を折り、なにやら話しかけはじめた。その姿を見て、再び苛立ちが強くなる。

ここは戦場だ。一切の感情を持たない有機機械との戦いの最前線。そこで勤務する医師が感情的になって、どうするのだろう。

まだ話を続けている椎名と患者に冷たい視線を浴びせていると、車椅子を押していた看護師が近づいてきた。コロナ病棟の看護師ではない。たしか、妊婦が入院してくるということで、産婦人科から看護師が一人派遣されてくると聞いていた。きっと彼女がそうなのだろう。

「……面倒くさい」

瑠璃子は小さく愚痴をこぼす。いまや感染症看護のスペシャリストとなった瑠璃子は、派遣されてきた看護師とともに、茶山礼子を担当することになっている。COVID患者に接したこともない看護師に一から感染対策を指導するなど、考えるだけでうんざりした。

「瑠璃子」

唐突に名前を呼ばれ、瑠璃子は目を見張る。近づいてきた看護師の防護ガウンの胸元には、『原口梨花』と記されていた。

「梨花!?」

新人のとき同じ病棟で働いた、同期の看護師の名を瑠璃子は呼ぶ。

「なんであなたがここにいるの？」

「今日から、礼子さんについてここで働くことになったの。よろしくね」

「よろしくって、あなたの担当って産婦人科外来でしょ」

「うん。ただ、コロナでお産を取りやめた総合病院も多くて、うちの周産期センターは普段よりいっぱい妊婦さんが入院しているの。だから、産科病棟の看護師は派遣できないってことで、私が行くことになった。外来の他のナースって、みんなお子さんがいる人ばっかりだから」

独身だからという理由でコロナ病棟に派遣されたトラウマが蘇り、マスクの下で唇が歪んだ。

「というわけで、よろしくね、瑠璃子」

無邪気な梨花の態度がやけに癪《しゃく》に障った。

私がここで身をすり減らして働いていた間、この子はこれまで通り、外来で夜勤も急変対応もない勤務を続けていた。なのに、いまごろになって、私の『領域』に土足で上がり込んでくるなんて。思わず舌打ちが弾けてしまう。

「瑠璃子？」

不思議そうに梨花が顔をのぞき込んでくる。

「普通の病棟業務にも耐えられなくて逃げ出したあなたなんかが、ここでやっていけるわけないでしょ。舐めないでよ」

ほとんど無意識に、そんな言葉が口をついた。大きくなった梨花の目に見つめられ、瑠璃子は思わず視線を避けるかのように踵を返してしまう。

「どうしたの、瑠璃子？　なんか、……別人みたい」

梨花のセリフが胸に突き刺さる。

そう、私は変わってしまった。変わり果ててしまった。

このウイルスとの戦争が終わったとき、私は元に戻れるのだろうか。『私』という人格は、それまで壊れずにいられるのだろうか。

絶叫してしまいそうなほどの混乱が襲いかかって来る。逃げるかのように、瑠璃子はその場から駆け出すと、イエローゾーンで着ているPPEをせわしなく脱いでいく。

薬が必要だ。私の心の形を保ってくれる、あの白くて甘い薬が。

纏っていた防護具をすべて脱いだ瑠璃子は、スクラブのポケットから取り出したピルケースの蓋を開けると、N95マスクをずらし、その中にある錠剤を口の中に放り込んだ。

イエローゾーンでマスクを外すなど、感染防御のためには決して許されない行為だと分かってはいた。

けれど、いますぐにエチゾラムを飲まなければ、『私』が崩れ去ってしまう。その確信が衝動となって体を支配していた。

N95マスクを付けなおした瑠璃子は、その場にしゃがみこみ、体を丸めた。

理不尽な現実から自らを守るかのように。

7　2020年12月18日

触れれば切れそうなほどに空気が張り詰めている。息苦しさをおぼえた椎名梓は、つけているサージカルマスクの上部に指を引っかけ、少しだけ隙間を作って一呼吸した。

金曜の昼下がり、心泉医大附属氷川台病院の本館にあるミーティングルームには、十数人の医師がパイプ椅子に腰かけ、正面を見つめていた。

換気のために開けている窓から、冬の冷えた外気が入り込んでくる。梓は軽く身震いをした。それが寒さからくるのか、それとも武者震いなのか、自分でもよく分からなかった。

横目で他の医師たちの様子をうかがう。感染対策として椅子と椅子を離して座っているにもかかわらず、彼らの緊張が伝わってきた。

この空間に呼吸器内科医は、梓と部長の扇谷の二人だけで、大部分はこの本館にある周産期センターに勤める産婦人科と小児科の医師たちだ。

「それでは、手順の最終確認をします」

産婦人科の部長である簗瀬《やなせ》里美《さとみ》が、部屋にいる医師たちを見回す。まだ四十歳だが、産科医としての経験は随一で、周産期管理においては誰もが一目置く存在だった。

しかし、そんな多くのハイリスク出産の管理をしてきた簗瀬の態度にも、明らかな緊張が見られる。当然だ、彼女にとってもはじめての経験なのだから。

これから茶山礼子の、つまりはＣＯＶＩＤ妊婦の帝王切開での出産が予定されていた。

先月の二十二日に入院した礼子は、その後、じわじわと症状が悪化していった。高齢者のように急速に呼吸状態が悪化するということはなかったが、肺に生じた炎症は少しずつ、しかし確実に広がっていき、必要な酸素の量も増えてきた。

産科主治医の簗瀬、呼吸器内科主治医の梓、そして新生児管理専門の小児科医が意見交換をくり返し、なんとか妊娠を継続させようとした。しかしＣＯＶＩＤの悪化に伴い、これ以上の妊娠継続は母体にも胎児にも危険だという判断が下され、帝王切開により出産することとなった。

礼子は妊娠三十三週で、胎児の体重はエコー検査での推定では千二百グラム強といったところだ。この状態で出産された新生児は極低出生体重児と分類され、まだ体が完全には完成しておらず、様々な疾患が生じる危険性が高い。

少なくとも、千五百グラムまでは待ちたかった。簗瀬の説明に耳を傾けつつ、梓は臍《ほぞ》を噛む。しかし、母体が低酸素状態に陥れば、胎児にも危険が及ぶ。もしここで肺炎が一気に悪化したら、準備不足のまま緊急帝王切開による出産と、挿管による人工呼吸管理を同時に行わなくてはならなくなる。母子のどちらか、もしくは二人ともが命を落とす可能性が高い。その判断のもとに今日、帝王切開をすることになった。

「予定通り、帝王切開はこの周産期センターの手術室で行います。本日、出産予定の妊婦はいないので、ここの手術室はこれから、清掃・消毒が終わる明日の朝までレッドゾーンに指定します。もし緊急の分娩・帝王切開が必要な症例が来た場合は、産婦人科外来か新館の手術室で対応します。ここまでで質問は？」

誰もが無言で簗瀬を見つめ続ける。

「妊婦の移動は主に、コロナ病棟の看護師が行います。コロナ病棟の入退院用エレベーターを使い旧館から出て、この本館の裏口から入り、貨物用エレベーターで手術室まで搬送します。途中での急変に備えその間は、呼吸器内科の主治医である椎名先生について頂きます。よろしいですか、椎名先生」

指名された梓は、「はい」と力強く答える。

「妊婦に接触するスタッフは全て、PPEを完全に装備して下さい。手術室に入室後は、市ヶ谷部長に脊椎麻酔をお願いします」

前方の席に座っていた麻酔科部長の市ヶ谷が、重々しく頷いた。

「麻酔がかかったことが確認でき次第、私の執刀で帝王切開を行います。胎児を取り上げたあとはすぐに新生児科にお渡ししますので、挿管をお願いいたします」

新生児科の医師たちが首を縦に振った。

極低出生体重児は肺が未成熟なことが多い。すでに母体にステロイドの投与をして肺の成熟を促しているが、それでも不十分だろう。

そのままでは肺胞が膨らまず、新生児呼吸窮迫症候群という呼吸不全を起こしてしまう。そのため、即座に気管内挿管を行い、肺サーファクタントと呼ばれる肺胞が膨らむために必要な物質を投与したうえで、人工呼吸管理にする必要があった。

「今回の出産では、新型コロナ感染のリスクがあるため、一般的に行っているような母子の対面は行いません。挿管後、新生児はすぐに手術室から退出をして下さい」

梓は膝の上に置いた拳を握りしめる。感染リスクを少しでも下げるために、妊婦の胸元に大きなビニールカーテンを設置する予定となっている。つまり、礼子は取り上げられた我が子に触れることはおろか、ほとんど見ることもできず、引き離されてしまうのだ。

五年前、息子の一帆を出産した際、大きな泣き声を上げる息子をカンガルーケアとして胸に抱いた記憶が蘇る。あのときの感動を、礼子は感じることができない。感染対策として仕方ないとはいえ、あまりにも残酷だ。

「新生児は本来、ＮＩＣＵでの管理ですが、今回は新型コロナウイルスに感染している可能性もあるため、小児科病棟の個室で管理します。感染していないことが確認されるまで、その部屋もレッドゾーンとします」

明日から週末だが、新生児科の医師と看護師がその部屋に常在し、生まれた子供の健康状態を管理することになっていた。梓も簗瀬も市ヶ谷も、休日返上で母子の健康管理にあたる予定だ。ただ全てがはじめての経験なだけに、うまくいくかどうか、誰もが確信を持てずにいた。

「皆さん」

一通りの説明を終えた簗瀬が、よく通る声で語りかける。

「現在の感染状況からみると、おそらく今後、多くの妊婦がコロナに感染するでしょう。地域最大の周産期センターとして、私たちはこれから何度もＣＯＶＩＤ妊婦の周産期管理をすることになると思います。ここ以外に、ＣＯＶＩＤ妊婦の出産に対応可能な施設は近隣にありません。だから、頑張りましょう。まずは、今回の出産を何としても成功させ、母子ともに健康に退院できるように全力を尽くしましょう。皆さんの力をお貸しください」

簗瀬は深々と頭を下げた。「おう」という雄叫びのような声がこだまし、梓の内臓を揺らした。

「そろそろ時間よ」

ノックをして梓は病室に入る。ＰＰＥを着てパイプ椅子に腰かけている茶山が、酸素マスクをつけてベッドに横たわっている妻の手を、両手で摑んでいた。

「大丈夫だからな。礼子も子供もなにも心配ないからな」

礼子の手に額をつけながら、茶山が言う。その姿は、必死に祈りを捧げているかのようだった。

先月COVIDになった茶山は、肺炎を起こすことなく回復し、すでに仕事に復帰していた。後遺症で強い倦怠感が残っているということだが、それでも勤務を続けていた。それが、コロナ病棟に入院している妊娠中の妻のそばにいるためだということは明らかだった。

部長の扇谷は最低限の仕事だけ茶山に担当させ、できるだけ妻と一緒にいられるように取り計らっていた。

担当の看護師である硲瑠璃子と原口梨花に促され、礼子は緩慢な動きでベッドからストレッチャーへと移る。

「礼子、頑張ってね」

ストレッチャーのそばに近寄った梓が声をかけると、酸素マスクの下で礼子が弱々しく微笑んだ。

準備が整い、硲と原口がストレッチャーを移動させはじめる。梓と茶山は、それについていった。

予定通り旧館を出て、本館の手術部の前まで礼子を搬送する。自動ドアが開き、PPEを着込んだ手術部の看護師が出てきた。

「ありがとうございます。こちらで引き継ぎます」

見送りはここまでだった。あとは産婦人科と小児科の仕事だ。医師たちの集中を乱さぬよう、茶山も手術室には入らないことになっていた。

「悠人さん、梓、頑張って来るね」

額に脂汗をかきながら手を振る礼子の姿が痛々しく、梓は「うん」と頷くことしかできなかった。隣に立つ茶山を横目でうかがう。その顔は歪みに歪んでいて、笑っているようにも泣いているようにも見えた。

自動ドアが閉まる。それと同時に、茶山が頭を抱えてうめき出した。

「大丈夫？　とりあえず座りなよ」

梓は出入り口のわきにある長椅子に茶山を座らせた。裕と原口が気まずそうな様子で
「失礼します」と去っていく。

「なあ、礼子と子供になにかあったら、どうすれば良いんだ。俺はどう責任取ればいいんだよ」

「悪いことばっかり想像しないで。産婦人科と小児科のスペシャリストたちが揃っているんだから、きっと大丈夫だって」

「俺がうつしたんだ。俺がもっと気を付けていれば……、俺がコロナなんて診ていなければ……」

ひときわ大きなうめき声をあげると、茶山は頭を抱えたまま、椅子からずり落ちるように床に膝をついた。

土下座をするような体勢で悲痛な声を出し続ける茶山を、梓はただ見つめることしかできなかった。

副都心線の扉が開く。池袋駅のホームに降りた梓は、マスク姿の人々の波に逆らって進んでいく。かすかにアルコールの匂いが鼻をかすめ、梓は不織布マスクの下で唇を歪める。

すれ違う背広姿のサラリーマンの中に、赤ら顔の人々が多く見えた。明らかに酒を飲んだ帰りだ。酒類を出す飲食店では、午後十時までの時短営業の要請がされているが、それまでは酒を飲むことができる。例年よりはかなり少ないものの、忘年会を行っている者たちもいた。

なぜ、そんな危険な行動をとれるのだろう。いま感染して肺炎を起こしても、入院できる保証などないのに。

連日、全国で三千人近い新規感染者が出ている。そのうちの数百人がこの東京の感染者だ。都内の医療機関ではＣＯＶＩＤの患者が溢れかえり、入院先を探すのにも時間がかかっている。心泉医大附属氷川台病院のコロナ病棟も、ＩＣＵを含め常に満床だ。患者が退院、もしくは死亡により空床が出ても、その日のうちに新しいＣＯＶＩＤ患者が送られてくる状態だった。

あまりにも長い闘いに、スタッフたちの疲弊は激しい。梓自身、身も心も疲れきっていた。

肺炎患者たちの苦しげな息づかいと人工呼吸器のポンプ音がこだまする病棟と、酒臭い人々が上機嫌で帰途についている院外、その落差に精神が悲鳴を上げる。

重い足どりで改札を出ると、西口の正面出口から常宿にしているビジネスホテルへと向かう。煌々と輝く西一番街のネオンの明かりが、やけに神経を毛羽立たせた。

足を止めた梓は、スマートフォンを取り出す。待ち受け画面には満面の笑みを浮かべた一帆の写真が表示されていた。暗澹《あんたん》としていた気持ちがかすかに明るくなるが、すぐにまた落ち込んでしまう。

今日も一帆とテレビ電話ができなかった。以前はなんとか一帆がベッドに入る午後八時半までにはビジネスホテルの部屋に戻るか、そうでなくても医局で話をするようにしていた。しかし、コロナ病棟が満床になり、ＩＣＵ以外でも人工呼吸管理の患者を診るようになったころから、その時間までに仕事が終わらないことが増えていた。

「今日は仕方なかったの……」

言い訳するように梓はつぶやきつつ、病院からの着信がないことを確認する。

礼子の帝王切開は一応の成功を収めた。新生児は挿管され、保育器に入れられて人工呼吸管理されているが、大きな問題はないらしい。礼子も出産中に一時的に血中酸素飽和度の低下が見られたものの、市ヶ谷が適切に管理し、大きなトラブルなくコロナ病棟に戻ってくることができた。

術後、梓はつい三十分ほど前まで、ずっとつきっきりで礼子の全身状態の管理を行い、十分に安定したのを確認したのち、当直医に引き継いで帰宅していた。茶山はほんの少しだけ生まれた赤ん坊に面会し、たくさんの管が繋がっている姿にショックを受けたものの、主治医の小児科医から詳しく説明を受けてなんとか落ち着きを取り戻した。いまはきっと、礼子の病室にいるのだろう。

礼子の病状が悪くなったらすぐに連絡をするように頼んである。病院からの着信がないということは、大きな問題はないのだろう。

スマートフォンをしまおうと思ったときニュースの一覧が視界に入った。その内の一つを見て、梓は目を疑う。それは二日前のニュースだった。礼子のことで余裕がなく、この数日は世間の動きを追えていなかった。


『菅首相ら8人でステーキ』


梓はかすかに震える指でそのニュースのリンクに触れる。それは『Go To』の中止を決めた十二月十四日の夜に、菅首相と自民党の二階幹事長ら八人が、銀座にあるステーキ店で会食をしていたというものだった。

視界が紅く染まるほどの怒りを覚える。『勝負の三週間』と感染対策、特に大人数での飲食の自粛徹底を呼び掛けていたさなか、総理大臣と与党幹事長が会食を開いていた。会食をしても問題ないという誤ったメッセージが国民に向けて発されてしまった。

この老人たちのたった一回の食事のために、どれだけの人々の命が犠牲になるのだろう。

私たちは何のために、あのウイルスにまみれたレッドゾーンで汗だくになり、這いずり回っているのだろう。

耐えがたい虚脱感に苛まれる梓の横を、千鳥足のサラリーマンが通り過ぎていった。

8　2020年12月25日

瞼を上げると、真っ白な天井が見えた。

裕瑠璃子は眼球だけ動かして、ナイトテーブルに置かれているデジタル時計を見る。

『AM10:48』と表示されていた。

もうこんな時間か。瑠璃子はやけに重い体を起こす。側頭部に強い痛みが走った。なにかものが詰まっているかのように、喉に違和感がある。

また一日がはじまってしまった。強い絶望感が心を腐らせていく。この数ヶ月、常に朝はこのような感じだった。

昼近くまで眠っていたというのに、普段以上に倦怠感が強い。

「当然か……」

自虐に満ちた声が、部屋の空気に溶けていく。

昨晩はどうしても寝つけず、午前四時過ぎにエチゾラムを三錠もいっぺんに内服することで、ようやく気絶するように眠りに落ちることができたのだから。

まあいい。今日は夜勤だ。それまで、この散らかった部屋で横たわっていよう。屍のように。

一時は抗うつ剤の内服により改善していた精神症状も、コロナ病棟の患者の増加とともに悪化の一途をたどっていた。もともとは掃除好きだったのだが、最近はどうにも体を動かすのが億劫で、部屋にゴミが溜まる一方だった。生ごみが腐っているのか、かすかに悪臭もする。

瑠璃子は目を閉じた。瞼の裏に、コロナ病棟のレッドゾーンが映し出される。そう言えば、夢の中でもCOVID患者の看護をしていた気がする。

夢の中でまでコロナ病棟で働いているなんて、さすがに病的だ。思わず唇の片端が上がってしまう。

「夢で誰を看護していたんだろう」

急速に消えていく記憶を必死で探る。ベッドに横たわる茶山礼子の姿が、脳裏をよぎった。ああ、そうだ。彼女を看護していたんだ。

帝王切開での出産後、一時は肺炎悪化により人工呼吸管理も検討されていた礼子だったが、昨日から呼吸状態がだいぶ改善していた。出産によるダメージも回復してきていて、峠を越したとみられていた。

低体重の状態で生まれた子供も、まだ人工呼吸管理は続いているものの、肺の成長も順調だということだ。幸運なことに新型コロナウイルスへの感染も確認されず、現在はNICUで管理されている。このままなら、間もなく人工呼吸器を離脱できるだろう。

頬の筋肉が緩む。自分がまだ他人の幸福を喜べることに、瑠璃子は少し驚いていた。

陽気なポップミュージックが鼓膜を揺らす。ナイトテーブルに置かれていたスマートフォンを手にした瑠璃子は、『彰君』と表示されている液晶画面を見て、口元に力を込める。

婚約者である定岡彰とは、もう半年以上、直接会ってはいなかった。電話をしても、あまりの価値観の違いに言い争いになるので、最近は瑠璃子から連絡をすることもほとんどなくなっていた。

数秒迷ったあと、瑠璃子は『通話』のアイコンに触れた。

「なに、彰君」

自分でも驚くほどに冷たい声が口をついた。

『今日は仕事じゃないんだな』

聞こえてきた婚約者の声は、やけに低くこもっていた。

「今日は夜勤だから、夕方から明日の朝まで勤務なの」

『まだ、コロナ病棟で働いているのか？』

「当然でしょ。連日三千人以上の感染者が出ていて、病棟は地獄絵図なの。一般の人は知らないだろうけど」

『昨日は夜勤じゃなかったんだな』

なぜそんなことを訊かれるのか分からず、瑠璃子は「そうだけど」と警戒しながら答える。

『なら、なんでレストランに来なかったんだよ！』

抑えが効かなくなったのか、彰の声が大きくなる。瑠璃子は「レストラン？」と訊き返した。

『なんだよ、予定自体を忘れていたのかよ。言っただろ、クリスマスイブに汐留《しおどめ》のレストランを予約したから、ディナーをしようって』

ああ、たしかにそんな連絡を受けた。けれど……。

「けれど、無理だって説明したでしょ」

現在、心泉医大附属氷川台病院ではスタッフに対し、県をまたいだ移動と、同居家族以外との会食を厳しく禁じていた。いくら相手が婚約者とはいえ、クリスマスディナーなどできるはずもなかった。

『俺はどうしても来て欲しいって、何度もメッセージを送ったはずだ。そして、瑠璃子が来るのを信じて、レストランで待っているってな』

「もしかして彰君、……本当にレストランで待っていたの？」

おそるおそる訊ねると、彰は『ああ、もちろん』と思い詰めた声で答えた。

『ずっと、一人で待っていたよ。レストランが閉店するまでな』

その姿を想像し、額に汗が滲んでくる。てっきり、諦めて予約をキャンセルしてくれたものだと思い込んでいた。

「でも、私は行けないって何度も言ったでしょ。病院から禁止されているって」

上ずった声で釈明すると、大きく息を吐く音が電話越しに聞こえてきた。

『それでも、来てくれるって信じていたんだよ。仕事より、俺の方を大事にしてくれるって、必死に信じていたんだ』

悲痛な声に、瑠璃子はなんと答えてよいのか分からなくなる。お互いに言葉を発さなくなった。

　数十秒の沈黙。回線が切れたのではないかと瑠璃子が疑い出したころ、ぼそりと彰がつぶやいた。

『なあ、俺たち、距離を置こうぜ』

「距離を置くって、いまそうしているじゃない。コロナが終わるまでって……」

『コロナは関係ない。とりあえず、一回関係をゼロに戻そう』

　平板な声で告げられた言葉の意味が、脳にゆっくりと浸透していく。この数ヶ月、鈍麻しきっていた感情が激しく揺さぶられた。現実と自分の間に張っていた、薄くて濁った膜がはぎ取られる。

「待って！　まさか、別れるってこと!?」

『ああ、そうだよ。コロナが出てから瑠璃子は変わった。ウイルスに取り憑かれたようにしか俺には見えない』

「違うの！　本当に怖いウイルスなの。私が頑張らないと、大変なことになるの！　お願いだから、話を聞いて」

　必死にまくしたてる瑠璃子に、彰は冷たく答えた。

『話を聞いて？　俺の話は全然聞いてくれなかったのにか？』

「あ……」

　半開きの口から、呆けた声が漏れる。その隙をつくように、「それじゃあ」という言葉を残し、回線が切断された。

スマートフォンを顔の横に置いたまま、瑠璃子はベッドの上で固まる。

なんでこんなことになってしまったんだろう？　本当ならいまごろ、彰と新婚生活を送っているはずだったのに。

あの恐ろしいウイルスに、私の人生、私の未来は破壊されてしまった。

激しい動悸をおぼえた瑠璃子は、ベッドから這うようにして出ると、化粧台を開ける。中には、エチゾラムのPTPシートが入っていた。震える指で白い錠剤を三つ押し出した瑠璃子は、迷うことなくそれを舌の上にのせた。

強力な抗不安薬が生み出すまどろみに、精神を委ねる必要があった。そうしないと、心が砕け散ってしまうから。

しかしなぜか、いつものように甘みが舌を包み込むことはなかった。

数秒戸惑ったあと、瑠璃子は大きく息を呑むと、抽斗に入っていた体温計を取り出して脇にはさむ。十数秒後、ピピピピという電子音が響いた。

瑠璃子は息を乱しながら、体温計を取り出す。

そこには、『38・4℃』とデジタル数字が表示されていた。

『裕さん、聞こえる？』

スマートフォンから椎名梓の声が聞こえてくる。

「はい、聞こえます」

明かりが落とされた部屋で、瑠璃子は陰鬱な声で答える。時刻は午後六時過ぎになっていた。足の速い冬の太陽は、すでに地平線へ呑み込まれ、外は暗闇に満たされていた。

『PCR検査の結果が出た。残念だけど、陽性だった』

「ですよね。こんなに熱が上がって、味覚障害まで出ているんだから」

乾いた笑いが喉の奥から漏れる。

発熱していることに気づいた瑠璃子は、すぐに病院に連絡を取り、駐車場に設置されている発熱外来でPCR検査を受けた。

『体調はどう？』

「貸してもらったパルスオキシメーターで、サチュレーションを測りましたけど、九十七パーセントを超えています。肺炎は起こしていません。発熱はアセトアミノフェンを内服して、三十七度台まで下がっています。倦怠感はつらいですけど、これは元々なので、特にコロナのせいかは分かりません」

『そう。これからHER-SYS（新型コロナウイルス感染者等情報把握・管理支援システム）にデータを入力するから、あとで保健所から連絡があると思う』

「分かっています。これまで、ずっとコロナ病棟で患者さんの話を聞いてきましたから。他に発熱しているナースとかはいませんか」

『いまのところは大丈夫。ただ、明日、またコロナ病棟の全員がPCR検査をすることになった』

「すみません」

『謝る必要なんてないの。硲さんはコロナ病棟が設置されてからずっと、一生懸命頑張ってくれた。心から感謝している。本当にありがとう』

椎名の口調から、瑠璃子は不吉な予感をおぼえる。

「もしかして、私はお役御免なんですか？　回復しても、コロナ病棟に戻ることはできないんですか？」

『……いまはまず、しっかり療養して体調を戻すことだけ考えて。今後の勤務については、師長たちが決めると思う』

「お願いします。コロナ病棟で最後まで働かせてください。もう、私の居場所はあそこしかないんです。ここでやめたら、何のために全部捨てて頑張ってきたのか分からないんです」

息も絶え絶えに懇願する。しかし、椎名は『体調を戻すことだけ考えて』とくり返すだけだった。瑠璃子は唇を強く嚙む。八重歯が薄皮を破き、鋭い痛みが走る。

『もし呼吸苦とかが出たら、いつでも病棟に連絡を……』

椎名がそこまで言ったところで、瑠璃子はスマートフォンを壁に向かって投げつける。壁に当たって落下したスマートフォンが、乾いた音を立ててフローリングの床で跳ねた。

喪《うしな》ってしまった。全てを喪ってしまった。

胸郭の中身がごっそりと抉り取られたかのような喪失感をおぼえながら、瑠璃子は暗い部屋でただすすり泣くことしかできなかった。

9　2021年1月7日

「ようやく終わったか」

長峰邦昭はN95マスクを外すと、大きく息を吐く。時刻は午後六時を過ぎていた。

今日は朝から発熱相談センターから紹介されたという患者が、ひっきりなしに発熱外来に押し掛けた。受診者同士に十分な距離を取ってもらう必要があるため、気を抜けばすぐに列が伸びてしまう。

ＰＰＥを装備したうえで発熱者の鼻腔につぎつぎに綿棒を差し込み、ＰＣＲ検査用の検体を取らなくてはならなかった。また、一般外来も同時に行っているので、頻繁にＰＰＥの脱着を行わなくてはならず、心身ともに疲弊してしまう。

普段は年末年始に一週間ほど完全休養を取るのだが、今年は正月に医師会主催の発熱外来を担当したので、十分に体を休めることができず、七十三歳の体には疲労がたまっていた。

これ以上、発熱外来に患者が押しかけたら対応できなくなる。こうなる前に対処するべきだったんだ。長峰は唇を噛みながら、診察室の棚に置かれたノートパソコンを取り出し、電源を入れる。

ニュースサイトを開くと、『緊急事態宣言　1都3県で2月7日まで　政府方針を諮問委員会が了承』という文字が最上部に表示された。

これまで、どれだけ感染者が増えても頑ななまでに緊急事態宣言を発令しなかった菅政権が、ようやく折れた。忘年会や帰省シーズンに十分な行動制限を啓発できなかったつけが、いまになって感染の急拡大という形であらわれている。今日の新規感染者は全国で七千五百七十人に達した。

当然だ。首相と与党幹事長が会食をしつつ、国民に自粛を呼び掛けたところで、響くわけがない。

「なんで、去年のうちに出さなかったんだ」

怒りで飽和した声が口から零れた。

忘年会シーズン前、いやせめて年末年始に入る前にでも緊急事態を宣言しておけば、ここまでウイルスが拡散することはなかったはずだ。

おそらく政府は、第二波のときのように自然と感染者が減っていくとたかをくくっていたのだろう。しかし、夏と冬とではウイルスは完全に別物になる。冷たく乾燥した環境でウイルスはより遠くへ、そしてより長い間漂うのだ。

新型コロナウイルスが問題になって一年、日本政府の対応は後手後手に回り続けている。

先月からイギリスでは国内で発生したと思われる、俗に『英国株』と呼ばれている変異ウイルスの猛威に晒されている。ウイルスが人間の細胞に取り付く部分であるスパイク蛋白《たんぱく》に、N501Yという変異を持ったその変異ウイルスは、これまでのものよりも感染性が大きく上昇している可能性があるとされ、世界中で警戒されていた。

フランスやドイツをはじめ、多くの国が次々にイギリスからの入国を停止した。しかし菅政権は、「国内で変異ウイルスが発見されれば対応する」とくり返し、クリスマス当日に英国株が国内ではじめて確認されたのを受けて、十二月二十八日にようやく外国人の新規入国を停止する有様だ。

国内で確認されたということは、すでに英国株は社会に潜んでいる。感染性が高い場合、もともと存在したウイルスを次第に駆逐していき、やがては完全に置き換わるだろう。そうやってウイルスは徐々に感染性を上げていく。

ただ、一般的には感染性が上がるにつれ、毒性が下がっていく傾向にある。いまは、この英国株が弱毒化していることを祈るしかなかった。

「これだけは、後手に回らないでくれよ」

独白しながら、長峰はパソコンのわきに置かれた用紙に視線を落とす。そこには『新型コロナワクチン接種業務の意思確認』と記されていた。

去年の十一月、ファイザーとモデルナの二社が相次いで新型コロナワクチンの最終治験の結果を発表した。その二社が開発したmRNAワクチンはともに、有効率約九十五パーセントという驚異的な数値を叩き出し、即座に欧米各国の保健機関に承認申請が出された。

十二月八日にはイギリスで、十二月十四日にはアメリカで、ファイザー製mRNAワクチンの接種が開始されている。

そして日本でも十二月十八日、とうとうファイザーが厚生労働省に新型コロナワクチンの特例承認を申請した。特例承認がおりれば、いよいよ接種を開始できるはずだ。しかし、まだ国からも自治体からも、ワクチン接種についての正式なスケジュールは示されていなかった。

西東京市医師会の古株であり、かつては副会長を務めたこともある長峰は、年末年始に会長たちと、慣れないパソコンに四苦八苦しながらウェブミーティングを行い、ワクチン接種がはじまった際の対応について話し合いをした。しかし、あまりの情報不足にほとんど何も決まらなかった。唯一決まったのが、地域の診療所に接種に協力する意思があるか、前もってＦａｘを送って確認を取るということぐらいだった。

今回開発されたワクチンは、新しいタイプのものだ。核内にある遺伝子情報を、核外の細胞質に伝えてタンパク質を合成する際に仲介する、mRNAという物質を使用している。

mRNAは核の中に入ることもできなければ、ＤＮＡに遺伝情報を書き込むこともできない。さらに不安定な物質であるため、タンパク質を合成すると速やかに分解されてしまう。そのため、極めて安全性が高いワクチンとなっていた。

しかし、不安定で分解されやすい物質ゆえに取り扱いも困難で、ディープフリーザーと呼ばれる特殊な冷凍庫で、マイナス六十度以下で保管することが必要だった。はたして、そんなワクチンを一般診療所で扱うことができるのだろうか？　搬送はどのように行うのだろうか？

ワクチンの接種可能年齢は十八歳以上とされているので、国内での対象者は約一億人に達し、しかも接種は二回必要だ。約二億回のワクチン接種、そんな前代未聞のプロジェクトが果たして可能なのだろうか。

「けど、やるしかないな……」

長峰は押し殺した声でつぶやくと、『接種可能（かかりつけ患者以外も可）』を丸で囲み、それをFａｘで返送する。古いFａｘ装置がカタカタと音を立てて作動し、最後に転送終了を告げる電子音が響いた。

「ワクチンがないと、コロナには勝てない」

長峰は送信を終えた用紙を両手で丸めると、近くにあるごみ箱に放る。

大部分の国民はマスクをしっかりつけ、手を洗い、新型コロナウイルスを警戒している。にもかかわらず感染が急拡大し、各地で医療崩壊が起きていた。

先月には大阪で重症者の急増を受け医療非常事態宣言が出され、不要不急の外出禁止要請がなされた。北海道では旭川厚生病院で二百人を超える国内最大のクラスターが発生し、知事の要請で自衛隊が支援に入った。そして、とうとう二度目の緊急事態宣言発令だ。東京では検査が陽性でも、入院先が見つからないケースが多発している。

国民の感染対策の徹底で、なんとか被害を少なく押しとどめてきたが、それにも限界がある。一日も、いや一秒も早くワクチン接種を開始して欲しかった。

しかし、日本では国内で行われている第Ⅰ・Ⅱ相の治験結果が出るまで承認ができないことになっている。一部野党にいたっては、国内での大規模治験まで求めている始末だ。そんなことをすれば、承認は一年以上遅れる。何万人、何十万人が犠牲になるか想像もつかない。

政治家たちの危機感の欠如に、医療現場では強い怒りと焦燥が渦巻いていた。

ズボンのポケットから着信音が響く。携帯電話を取り出すと、学生・勤務医時代の同期である数見からの着信だった。

十月に発熱外来をはじめる際に電話で話したきり、連絡を取っていなかった。

最後に交わした会話を思い出し、胸に不安がよぎる。もしかしたら、がんが悪化したという連絡ではないだろうか。長峰はそっと『通話』のボタンを押し込んだ。

「数見……？」

『長峰先生でしょうか？』

予想に反して、電話から聞こえてきたのは女性の声だった。

「え？　はい。そうですが、どなたでしょう？」

『数見の娘です』

相手が誰だか分かった瞬間、心臓が大きく拍動し、胸骨を裏側から叩いた。

「数見は……」

『父は正月、年が明けてすぐに亡くなりました』

「……そうですか。残念です」

携帯電話を握る手に力がこもる。

『いい最期でした。私や孫に見守られて、自宅で穏やかに息を引き取りました。苦痛はあまりなかったようです』

そうか、数見は逝ってしまったのか。友人の訃報に耐えがたい寂しさがこみあげてくる。

「あの、葬式は……？」

『こういう時期ですから、身内だけで済ませ、もう茶毘《だび》に付しました。本当なら、父によくしてくださった皆様にご挨拶とお礼を申し上げたかったのですが、状況が状況ですので、こうして電話でご連絡差し上げることしかできません。申し訳ありません』

新型コロナウイルスは同じ釜の飯を食った友に、最後の挨拶をすることも許してくれないのか。

「いえ、わざわざありがとうございました」

やけにざらつく言葉を、長峰は喉の奥から絞り出した。

『父から長峰先生への伝言を預かっております。「あとは任せた」とのことでした』

長峰は大きく目を見開く。

『それだけ伝えればよいとのことでしたが、どういう意味か分かりますでしょうか？』

「はい、分かります」

長峰は腹の底から声を出した。

『それならよかったです。それでは失礼いたします』

回線が切れる。携帯電話をポケットに戻した長峰は、しみの目立つ天井を仰ぎつつ、口を開いた。

「おう、任せておけ」

10　２０２１年２月28日

昼下がりの呼吸器内科医局、眉を顰めながら椎名梓はノートパソコンの画面を睨みつける。

普段はこの時間、コロナ病棟に張り付いているのだが、一月七日に一都三県に発令され、その後、二府五県に対象が広がった緊急事態宣言のおかげで感染は収束傾向にあり、現在は病床に余裕がある状況だ。今日はこのあと、極めて重要なイベントに参加することもあり、昼食後、医局で待機をしていた。

重症患者の減少に合わせ、コロナ病棟に派遣されてきていた看護師たちの中にも、元の部署に戻る者が出てきている。

コロナ病棟に勤務するスタッフ、特にレッドゾーンで患者の看護にあたる看護師たちの心身の負担が極めて大きいということで、心泉医大附属氷川台病院では今月から、コロナ病棟の担当をローテーションで回していく方針を取っていた。

梓の頭に、アイシールドの奥から、眼窩《がんか》にガラス玉が嵌まったかのような虚ろな瞳で見つめてくる女性の姿が浮かぶ。硲瑠璃子、コロナ病棟開設直後から主に重症患者の看護を担い、奮闘し続けてくれた看護師だった。

去年の末、ＣＯＶＩＤとなった硲は、肺炎を発症することなく軽症で回復した。しかし、たとえ軽症で終わっても強烈な後遺症を残すことがあるのがＣＯＶＩＤの厄介なところだ。強い倦怠感及び呼吸苦、味覚の消失が硲を襲い、現在は労災扱いで休職中となっている。

「でも、彼女にとってはよかったのかもしれない」

　梓は口の中で言葉を転がす。

　新型コロナウイルスに感染する直前の硲は、極めて危険な状態だった。マスクとアイシールドをしていてもはっきりと分かるほどに顔色は悪く、表情は弛緩し、目の下はアイシャドーを塗ったかのように濃いくまに縁どられていた。

　明らかな抑うつ状態、おそらくは重度のうつ病を発症していたのだろう。それに気付いた師長が休職や転属を勧めたが、彼女は頑として首を縦に振らなかった。

　彼女にとって、コロナ病棟で働いていることが、自らの存在価値、レゾンデートルとなっていたのだろう。しかし、その勤務が『硲瑠璃子』という存在を蝕んでいるのは明らかだった。

　しっかりと心身を休めて回復し、そしてコロナ病棟以外の部署で復職して欲しい。できれば、負担の少ない部署で。そう願わずにはいられなかった。

　梓は再びノートパソコンのディスプレイに視線を向ける。そこに並んでいる文字を追っていくと、また胸の奥がざわついてきた。

「そろそろ、時間よ。一緒に行かない？」

　背後から声をかけられ、梓は振り返る。すぐ後ろに姉小路が立っていた。

「どうしたの、椎名先生。こんな日なのに、眉間にしわ寄せて」

姉小路は自分の額を指でさした。

「いえ、ちょっとSNSを見ていまして。あと、ニュースサイトの記事とか……」

「また？　精神衛生上よくないから、やめなさいって言ったでしょ」

「でも、あまりにもひどすぎるんです。『医療従事者をワクチンのモルモットにするな』とか、『遺伝子が書き換えられる』とか」

梓はノートパソコンの画面を指さす。そこに表示されているネット記事には、『ワクチン接種後に死んだ「高齢者33人」の共通点』と表示されていた。

「高齢者はワクチンとは関係なく、一定のリスクで亡くなります。すでに海外では何千万人っていう高齢者に接種をしているんだから、当然、その中には偶然命を落とす人もいます。けど、それをあたかもワクチンが原因みたいに書くなんて間違っています」

梓は興奮気味にまくしたてる。

欧米から三ヶ月程遅れて、ようやく日本での新型コロナワクチン接種についての具体的な日程が見えてきた一月下旬、週刊誌やウェブメディアが一斉にワクチンの不安を煽る記事を発表した。

『医師1726人の本音　「ワクチンすぐ接種」3割』

『コロナワクチンを「絶対に打ちたくない」と医師が言うワケ』

『新型コロナワクチン、6割超「受けたくない」　女子高生100人にアンケート』

それらの見出しがつけられた記事は全て非科学的で事実に即しておらず、以前から反ワクチンや反医療活動をしている自称専門家の主張をそのまま載せたものだった。人々の不安を煽る不正確な情報に、医療関係者を中心に強い批判が噴出し、結局は記事の撤回までされる騒ぎになった。

「マスコミは分かっていないんです！　もし新型コロナワクチンが、ＨＰＶワクチンみたいなことになったら、何万人、いや何十万人もの人が命を落とすんですよ。こんなの、間接的な大量虐殺じゃないですか！」

子宮頸がんや中咽頭がん、肛門がん、陰茎がんなどの原因となるＨＰＶ（ヒトパピローマウイルス）に対するワクチン接種は二〇〇九年に承認され、その後、小学六年生から高校一年生の女子に対し定期接種となった。

しかし二〇一三年、大手新聞社がＨＰＶワクチン接種後の少女たちに痙攣や全身の痛み、運動障害などの副反応が多発していると報道した。それを契機に、様々な症状で苦しむ少女たちの姿が多くのメディアでセンセーショナルに取り上げられ、国民の恐怖を煽った。ＨＰＶワクチンへの反対運動は大きくなり、ついに厚生労働省は接種の積極的勧奨を取り下げざるを得なかった。それにより七十パーセントを超えていた接種率は一パーセント以下にまで落ち込んだ。

一部の医師がそれらの症状を呈した少女たちに片っ端から『ワクチン後遺症』との診断をつけ、その『被害者』を集めたワクチン被害者連絡会が発足し、薬害訴訟が起こされた。

そして二〇一五年、被害者連絡会の愛知支部は、少女たちに生じた症状がワクチンの後遺症であることを証明しようと、調査を要請した。それを受けて名古屋市は名古屋市立大学に依頼し、大規模な疫学調査、通称『名古屋スタディ』を行った。その結果、HPVワクチン接種の有無とは関係なく、同様の症状はその年代の少女に一定の割合で生じており、ワクチンの後遺症とは考えられないという結論となった。

しかし、期待した結果とは異なったその調査を名古屋市が大々的に公表することはなく、また、『HPVワクチン後遺症』を煽情的に騒ぎ立てたメディアも、そのデータを黙殺した。

結果、いまだにHPVワクチン接種の積極的勧奨は止まったままで、日本では毎年三千人の女性が予防可能だったはずの子宮頸がんで命を落とし、それより遥かに多い女性が子宮摘出などの処置を必要としているという統計が出ている。その政策に対して世界中から、女性の命を軽視していると批判が集まっているが、いまだに接種積極的勧奨の目処は立っていなかった。

「まあ、その通りよね」

姉小路は大きなため息をつく。

「分科会会長の尾身《おみ》先生も、今後はパンデミックだけじゃなく誤情報の拡散、つまりはインフォデミックとも戦う必要があるって認識だし」

「なんで、人間がウイルスに有利になるようなことをするんですか？」

梓が声を大きくすると、姉小路は気怠そうに髪を掻き上げる。

「不安を煽れば煽るだけ、メディアは視聴率とか売り上げが伸びるからねえ」

「売り上げが伸びるって、それで人が死ぬんですよ！」

「たぶん、まだそこまで考えが及んでいないのよ」

「そんな……」

　絶句する梓の前で、姉小路は肩をすくめる。

「ただ、さすがにすぐに気づくとは思うよ。HPVワクチンと違って、今回はまさに『いまそこにある危機』だからね。反ワクチン報道は自分たちの首を絞める。それに、出版社やテレビ局の人たちもどうせ接種がはじまったら、我先にってワクチン打つでしょ。そうなれば、なんの説得力もなくなる」

「そうかもしれませんけど……」

　納得いかず言葉を濁すと、姉小路の顔が険しくなる。

「私の経験上、今回やっかいなのはメディアよりも多分、……個人よ」

　意味が分からず、梓は「個人？」と首を傾げた。

「そう。メディアは最低限の良心があるはず。けれど、個人だとそれが完全に欠けている場合がある。そして『それ』の発達のおかげで、個人が世界に向けてどんどん情報を発信できるようになった」

　姉小路はパソコンの画面に表示されている、世界で最も利用者の多いSNSを指さす。

「でも、個人がなんの目的で、ワクチンの誤情報なんて発信するんですか？」

「欲のためよ。金銭欲と名誉欲ね」

「金銭と名誉って、そんなものがデマをばら撒くだけで手に入るんですか？」

「反ワクチン活動は、一つの産業として成立しているの。アメリカなんかでは、すでに新型コロナワクチンに対して陰謀論を積極的にばら撒いて、それを信じている人に講演したり、本を売ったり、寄付を集めたりして、大量の金を吸いあげている人たちがいる。完全に教祖と信者の関係。一種のカルト宗教ね」

「日本でもそうなるんですか？」

「もう、なりかけている。教祖は陰謀論をばら撒き、ネット中毒の信者はそれを信じこんで積極的に情報拡散する。そして、それを見てさらに信者が増える。そうなると、完全に負のスパイラルに入る。実際にアメリカではネットの陰謀論から、かなりワクチン接種に否定的な人が増えてきている」

「そんな！　どうすればいいんですか？」

「大丈夫よ、ネット中毒なのは反ワクチン主義者だけじゃないから」

姉小路はどこかシニカルに鼻を鳴らした。

「どういう意味ですか？」

「ネット中毒のドクターもいっぱいいるってこと。ＣＯＶＩＤ診療にかかわっているドクターの中にもね。医師は公衆衛生に寄与すべしと、医師法の第一条に定められてる。ネット中毒の医師たちにとって、ありとあらゆる論文を読み込み、データを武器に教祖たちのワクチンに関するデマを叩き潰すのは、公衆衛生に尽くす最高の手段になる。みんな全身全霊を込めて、エビデンスを武器に教祖たちを血祭りにあげるわよ」

「それなら、私も……」

前のめりになった梓に向かって、姉小路は掌を突き出す。

「それは、電子の海を彷徨っているドクターたちに任せなさい。まともな人がどうこうできる世界じゃないの。私たちの戦場は0と1で構成された世界じゃなく、旧館にあるコロナ病棟なんだから。地に足をつけて、できることをやっていきましょう」

梓は、「はい」と首をすくめる。言われてみればその通りだ。熱くなって先走っていたことが急に恥ずかしくなる。

「そのためにも、さっさと行きましょ。もう、だいぶ並んでいるわよ」

「はい！」

今度は張りのある返事ができた。梓と姉小路は呼吸器内科の医局を出ると、会場となっている本館へと向かっていった。待ちに待った瞬間が近づいている。期待に心臓の鼓動が加速していく。

「茶山先生の赤ちゃん、今日退院なんだっけ？」

周産期センターのある本館に入ったところで、姉小路が思い出したように訊ねてきた。

梓は「ええ」と心から微笑んだ。

千五百グラム以下という極低出生体重児として生まれ、人工呼吸管理された状態で保育器の中で育っていた茶山の息子だが、幸い大きな障害が生じることなく、体重も三千グラムを超え、退院できる状態になった。

ＣＯＶＩＤの肺炎が改善して先に退院していた礼子が、このあと迎えに来ることになっている。現在、いくらか感染は落ち着いているとはいえ、コロナ禍は続いているということで、面会は完全に禁止されている。礼子にとっては出産してすぐに引き離されて以来、ようやく我が子と対面し、抱きしめることができるのだ。

「礼子さんと赤ちゃん、幸せになるといいわね」

姉小路は目を細める。

「はい」

頷いた梓は、姉小路に訊こうと思っていたことがあるのを思い出した。

「あの、姉小路先生、英国株のことなんですけど」

「『英国株』って呼び方は正確じゃない。WHOの規定では、病原体について特定の地名や人名をつけることは、差別につながる可能性があるので控えることになっている。いま、世間ではイギリスで最初に発見されたあの変異ウイルスを英国株って呼んでいるけど、正確には『N501Yの変異を持つ、変異ウイルス』と呼ぶのが……」

そこまで早口でまくし立てたところで、梓が困惑していることに気づいたのか、姉小路は首筋を掻く。

「まあ、とりあえずは英国株でいいわ。それがどうしたの？」

「これまでのウイルスより、致死率が高いってデータが出ていますけど、それについてどう思います？」

「間違いなく高いわね。感染性も毒性も、これまで日本で流行していたウイルスより明らかに上がっている」

歩きながら、姉小路は淡々と答えた。

「そんなことあり得るんですか？　ウイルスって変異していくにつれ、毒性が弱くなっていくものじゃないんですか？」

「そんなルールないわよ」

姉小路は横目で冷めた視線を送って来る。

「ウイルスは単なる機械でしかない。変異も単に遺伝情報をコピーする際にバグが生まれて生じるだけで、そこに一切の法則も目的もない。ただ、拡散に適した変異ウイルスだけが残り、他の変異ウイルスは淘汰される。それをくり返していくうちに、感染力、正確には伝播性が上がっていくの」

「けど、一般的には毒性が下がってくることが多いじゃないですか。二〇〇九年の新型インフルエンザのときもそうでした」

「それは、毒性の強い変異ウイルスに感染した患者が動き回ることができなくなり、結果的にウイルスを広範囲にばら撒くことが難しくなるから起きる現象。ただSARS-CoV-2、新型コロナウイルスにはその法則は当てはまらない」

「なんでですか？」

梓の問いに、姉小路は低い声で答えた。

「発症前に大量のウイルスを排出するから」

あまりにも単純な回答に、梓は「あ……」と呆けた声を漏らす。

「そう、いかに毒性の強いウイルスでも、発症前なら感染者も自由に活動でき、ウイルスをばら撒ける。だから、このウイルスでは毒性と伝播性のトレードオフが成立しない」

「じゃあ、これからもっと広がりやすくて、致死率が高い変異株が出てくるかもしれないってことですか？」

声が震える。

「ええ、そうよ。……本当に悪質なウイルス」

一瞬目つきを険しくした姉小路は、廊下の先を見て目を細めた。

「けど、そのウイルスに今日から反撃できるかもしれない」

廊下に置かれている看板には、『新型コロナワクチン　職員用接種会場』と記されていた。

とうとう、今日から心泉医大附属氷川台病院でもファイザー製の新型コロナワクチンの接種が開始された。まずはコロナ病棟に出入りするスタッフから優先的に接種を受けることになっていた。

部屋から白衣を片手に持った茶山が出てくる。梓に気づいた彼は、軽く手を上げた。

「どうだった？　痛かった？」

梓が訊ねると、茶山は「小学生みたいな質問だな」と苦笑する。

「全然痛くなかったよ。筋肉注射ってあまり受けたことなかったけど、あんなに楽なんだな。それじゃあ、俺はちょっと用事があるから」

「あっ、赤ちゃんの退院に付き添うんだよね。礼子によろしく」

梓が明るく言うと、なぜか茶山は「ああ」と歯切れ悪く答え、目を伏せて去っていった。

どうしたのだろう？　首をひねりながら親友を見送った梓は、姉小路に「行きましょ」と促されて部屋に入る。

中には顔見知りの医師や看護師が列を作っていた。梓はポケットから医療従事者用の接種券と問診用紙を取り出すと白衣を脱いで、肩を露出しやすいように着てきたノースリーブ姿になる。

簡単な問診を受けたあと接種ブースに移動すると、呼吸器内科部長の扇谷が中に控えていた。

「えっ？　扇谷先生が接種してくれるんですか？」

「一日千秋の思いでずっとこの日を待っていたからね。栄えある接種役は譲れないよ。さて、椎名先生、覚悟はいいかな？」

扇谷はおどけて言う。彼の前に置かれたパイプ椅子に、梓は腰かけた。

「お願いします」

「それじゃあ、腕をまっすぐ下ろして。そう。力を抜いて」

かすかに左肩に押されたような感触が走る。

とうとう、待望のワクチンを接種できた。三週間後にもう一度打ち、そこから十日ほど経てば大量の抗体が誘導されて、感染を高い確率で防ぐことができるはずだ。そうなれば、愛おしい息子と会うことができる。あの子を抱きしめることができる。

長かった。けれど、ようやくここまでこられた。

自然と涙が溢れてくる。梓は右手で慌てて目元を拭った。手の甲が濡れる。

「おめでとう、椎名先生。念のため、十五分この部屋で待機をしたあと戻ってくれ」

「ありがとうございます」

立ち上がった梓は、微笑む扇谷に深々と一礼して待機ブースへと移動する。そこに置かれたパイプ椅子に座ると、同様に接種を終えた姉小路が隣の席に座った。

目が合った二人は、同時に頷いた。一年近くコロナ病棟で戦い続けた同志。言葉にしなくとも、お互いの気持ちは痛いほどに理解できた。

湧き上がる感動を嚙みしめながら十五分の待機時間を終えた梓は、姉小路とともに新館に戻る。呼吸器内科医局の前で、姉小路が手を差し出してきた。

「まだ終わったわけじゃないけど、大きな一歩であることは間違いない。この戦いに勝つまで、一緒に頑張っていきましょう」

「ええ、頑張りましょう」

差し出された手を力強く握った梓は、医局へと入り自分のデスクに向かう。隣のデスクの前で、茶山がスーツケースを広げていることに気づき、梓は「なにしているの？」と声をかける。

ノートパソコンや医学専門書などをスーツケースに詰めていた茶山は、体を震わせるとゆっくりと振り返った。

「椎名、悪い。……俺はここで降りる」

「え？　降りるって？」

聞き返す梓の前で、茶山は目を伏せた。

「育休を申請したんだ。コロナの後遺症で、礼子はまだかなり調子が悪い。子供が退院しても一人で育児をするのは難しい。だから、俺がその負担を引き受けることにした。部長にも許可をもらった」

「育休って、いつまで？」

「分からない。少なくとも礼子の調子が万全に戻るまでだな。もしかしたら、このまま医局を辞めるかもしれない」

「辞める……」

呆然と梓はつぶやく。

「椎名たちを置いて、自分だけあの地獄から逃げるのは申し訳ないと思ってる。けど、分かってくれ。俺にとって、なによりも家族が大事なんだ。なんとか礼子と息子に、償いがしたいんだよ」

これまでともに戦ってきた同志が、最も信頼していた仲間が去ってしまう。絶句したまま数秒硬直していた梓は、無理やり笑顔を作った。

「謝ることなんてないでしょ。当然の選択じゃない。あとは任せておいて。ワクチン接種もはじまったんだから、あとは何とかなるわよ」

茶山は「ありがとう」と声を絞り出し、固く目を閉じる。梓はその肩を軽く叩いた。

「それより、礼子と赤ちゃんをしっかり支えてあげてよ、パパさん」

「ああ、もちろんだ」

力強く答えると、茶山はスーツケースをたたみ、「じゃあ」と医局の出入り口へと向かった。

「うん、じゃあね」

茶山の姿が見えなくなる。力強く振っていた手を、梓はだらりと下げた。

そう、茶山がいなくても大丈夫。あとはワクチンをたくさんの人に打ち、新型コロナウイルスを社会から駆逐するだけなのだから。

そう自分に言い聞かせていたとき、勢いよく扉が開いて、医局長の梅沢が息を乱しながら入って来る。

「どうしたんですか、そんなに焦って？」

不吉な予感をおぼえつつ訊ねると、梅沢は近づいてきて、「これ、見てくれ」と一枚の用紙を渡してくる。そこには三つ、『N501Y（＋）』という文字が並んでいた。

「昨日のPCR検査でCOVIDと診断された患者について調べたものだ。三人とも陽性だった」

「N501Yが陽性ってことは、これって……」

かすれ声を梓が絞り出すと、梅沢は重々しく頷く。あごの周りについている贅肉がぷるぷると震えた。

「ああ、とうとうここまで来やがった。英国株だ」

第３章 δ《デルタ》

１ ２０２１年４月５日

巨体をＰＰＥで包んだ医局長の梅沢が、喉頭鏡を構える。よどみない手つきでブレードを患者の口腔深くに差し込み、喉頭展開すると、看護師から手渡された気管内チューブを患者の口の中に挿管していった。

「よし、入った。カフを膨らませてくれ」

指示を受けた梓は、チューブについている細い管にシリンジを接続し、空気を押し込んでいく。これで、チューブの先端にある風船が膨らみ、人工呼吸器が吹き込む空気が漏れなくなる。

梅沢は喉頭鏡を器具台に置くと、代わりにアンビューバッグを手にして気管内チューブに接続する。大きな手がバッグをつぶすと、患者の胸部が上下した。

「エア入り良好。問題ない。人工呼吸器に繋ぐぞ」

アンビューバッグを外し、代わりにチューブを人工呼吸器に接続した梅沢は、細かい設定を打ち込んでいく。ポンプが作動する音が響きはじめた。モニターに表示されている血中酸素飽和度がじわじわと上昇していく。

「とりあえずこれで良しっと」

つぶやく梅沢に、梓は「お疲れ様です」と声をかける。COVIDによる肺炎が悪化した患者がいたので、梅沢とともに人工呼吸導入を行っていた。二十年以上、呼吸器内科医として経験を積んでいるだけあって、梅沢の挿管はスムーズで、また人工呼吸器の設定も適切だった。

このコロナ病棟が稼働した当初は、挿管時に生じるエアロゾルを防ぐために使用されていたアクリルのエアロゾルボックスも、感染予防効果はあまり見込めないということで、いまは使用されなくなっている。アクリル板越しに四苦八苦しながら挿管していたことが馬鹿らしく感じなくもないが、常に最新の情報をアップデートして対応を変えていく姿勢は、医療現場では極めて重要だ。特に新型コロナウイルスについては、毎日のように新しいデータが世界中の専門家より発信されている。

新型コロナウイルスの感染経路は飛沫やエアロゾルによるものが主で、手などについたウイルスからの接触感染は稀であることも分かってきた。それにより、この心泉医大附属氷川台病院でもマスクと換気を徹底し、備品の消毒は頻回には必要ないと対応が変わってきている。

この戦いに勝つために私たちは情報を集め、変化してきた。けれど、変化をしたのは

『敵』もだった……。

「しかし、どうなってんだよ。また、入院してすぐに挿管だぞ。この一週間で同じような患者が三人目だ」

苛立たしげな口調で梅沢が言うように、最近、入院してくる患者の様子が明らかに変わっていた。これまで人工呼吸管理になる患者は、発症から一週間ほどしてから肺炎が生じて入院してきて、それがさらに一、二週間ほどかけて悪化していくのが典型的な経過だった。しかし、先月から入院時にすでに広範囲の肺炎を起こし、即座に人工呼吸管理が必要な症例が増えてきた。

「英国株の影響でしょうか？」

梓が訊ねると、梅沢は「だろうな」と頷く。あごについた脂肪がぶるりと震えた。

一月七日に東京を含む一都三県に発令され、その後、二府五県が加えられた緊急事態宣言により、外出の自粛や、飲食店の営業時間短縮などが行われた結果、第三波と呼ばれた冬の感染拡大は収束した。

二月二十八日には首都圏四都県以外、そして三月二十一日にはすべての都道府県の緊急事態宣言が解除されていた。しかし、感染収束の水面下で、静かに、しかし確実にウイルスの変化は進んでいた。

太陽に例えられるコロナウイルス。その光冠のように見えるスパイク蛋白にN501Yという変異を持った、『英国株』と呼ばれる伝播性が高い変異ウイルスが、従来株をじわじわと駆逐しその勢力を伸ばしていた。去年のクリスマスに英国株が国内で初めて発見されてから約三ヶ月半、もはやウイルスの入れ替えはほぼ終了した状態だった。

そして、緊急事態宣言の解除により人々の接触が増えたのをきっかけに、英国株は一気に牙を剝いた。

一時は千人以下まで減少していた全国新規感染者数が、宣言解除からまだ二週間強にもかかわらず三千人近くにまで増加している。四月二日には分科会の尾身会長が「第四波に入りつつある」という見解を示し、政府は今日、『まん延防止等重点措置』という、新たに制定した緊急事態宣言の手前の行動制限措置を感染拡大が著しい大阪、兵庫、宮城へ適用した。

感染者数が増えているのも大きな問題だが、それ以上に危機的なのが重症患者の急速な増加だった。海外からの報告通り、英国株の病毒性は従来株より明らかに上がっていた。肺炎を起こす確率が高いし、症状も急速に悪化していく。主に重症患者を受け入れている心泉医大附属氷川台病院のコロナ病棟は、みるみる埋まっていた。

梓は病室に備え付けられているノートパソコンの電子カルテを操作すると、いま挿管した七十代の男性患者の胸部CT写真を表示する。真っ白いマリモが、黒く抜けた肺野にいくつも嚙みついているかのような画像に、唇が歪んでしまう。ここまでひどい肺炎を起こす患者は、これまで多くはなかった。なのに、最近は似たような画像を何度も見る。

「まるで、全然違う疾患……」

そんな感想が口をつく。

「本当に違う疾患として考えた方がいいのかもしれねえな」

ひとりごつように梅沢がつぶやいた。梓は反射的に「え？」と聞き返す。

「SARS-Cov-2はRNAウイルスだ。DNAウイルスほど遺伝的に安定していないから、変異を起こしやすい。ましてや世界中で感染爆発して、天文学的な量のウイルスがいまこの瞬間も、人間の細胞質でコピーをくり返して増殖しては細胞膜を食い破ってばら撒かれている。それだけ変異ウイルスが生まれやすい状況だってことさ」

「そして、広がり易い変異ウイルスだけが広がり、他のウイルスは淘汰される……」

梓が説明を引き継ぐと、梅沢は「ああ」と押し殺した声で言う。

「そして変異箇所は次第に蓄積されていく。『奴ら』はどんどん進化しているんだよ。……人間を殺しやすいようにな」

顔をこわばらせる梓の前で、梅沢は肩をすくめる。

「まあ、そんなマスクをしても分かるほど深刻な顔しなさんなって。奴らはもう俺たちは殺せないよ。俺たちの体の中には、奴らに対抗する武器が出来上がっているんだからな」

「ワクチンですね」

「そうだ。ワクチンを打った俺たちは、もう感染する心配はほとんどない。ここまでの重装備だって、本当に必要なのか微妙なところだ」

梅沢はN95マスクとアイシールドをつけた自らの顔を、ラテックス製の手袋に包まれた指でさす。コロナ病棟に勤務する者の多くは、二週間ほど前に二回目のファイザー製

mRNAワクチンの接種を受けていた。それにより、スタッフたちの表情に明らかな変化があった。未だに疲労は色濃く顔に刻まれているが、これまでほどの悲愴感は見られなくなった。

ワクチン接種を受ける前は、常に自分が感染するのではないか、毎日診ている重症患者のように自分がなってしまうのではないかと怯えていた。しかし、予防接種によりその恐怖が希釈された。これまでは刃物を持つ敵に対し、普段着で立ち向かうような心地だった。しかし、いまは全身を獲得免疫という強固な鎧が守ってくれている。敵の刃はもはや届かない。

「でも、スパイク蛋白に変異があるってことは、英国株にはワクチンが効きにくくなっているんじゃないですか？ ワクチンのmRNAが作るスパイク蛋白は、従来株のものだから」

「心配するなよ。ワクチンは、スパイク蛋白のいろいろな部分に対する抗体を誘導するんだ。少しぐらい立体構造が変わっていても、中和効果が大きく変わるわけじゃない。そもそも、英国株はそんなに免疫逃避は強くない。イスラエルを見ても分かるだろ」

イスラエルはデータを提供するという約束の元、ファイザーから最優先でワクチンを供給され、二十四時間態勢で接種を進めていた。ユダヤ教の安息日も休むことなく接種センターを稼働させるほどがむしゃらにワクチンを国民に提供し続けた結果、感染はみるみる収束していった。

英国株の蔓延により、今年の初めにはロックダウンをしていた国が、いまは規制の完全撤廃を検討できるまでに状況が改善している。まもなくイスラエルは集団免疫に達し、世界で最も早く『日常』を取り戻す国になると考えられている。

イスラエル以外でも先進国を中心に、接種が全力で進められ、それに伴い状況は改善傾向となっていた。

アメリカでは接種回数が一億五千万回に達し、英国株の震源地であるイギリスでは、一月から続いていたロックダウンを三月末に緩和していた。

欧米は急速に『日常』に近づいている。しかし、日本はその流れに乗り遅れていた。

二月からの医療従事者等へのワクチン優先接種は順調に進んでいるものの、一般の人々への接種はまだはじまってすらいなかった。

一月に菅首相から任命された河野太郎《こうのたろう》ワクチン担当大臣が、小林史明《こばやしふみあき》補佐官らとともに迅速な接種に向けて現場の意見を吸い上げ、準備を進めている。しかし、約二億回のワクチン接種という未だかつてない規模のプロジェクトが、どれほどのスピードで進められるのか不透明だった。

「ワクチンの効果で感染が広がらなくなるのって、いつ頃なんでしょうね。もう、さすがに疲れましたよ」

梓は愚痴をこぼす。

「さあな。考えないことにしているよ。俺たちが悩んだところで、接種のスピードが上がるわけじゃないし」

「それはそうですけど……」

「なあ、椎名」アイシールドの奥から、梅沢が視線を送って来る。「どうして俺たちはもう接種を受けられたと思う？」

「どうしてって、医療従事者が感染したら、患者さんを治療する人がいなくなるからじゃないですか？」

意図を摑みかねて首をひねる梓に、梅沢は「そうだ」と頷いた。

「まだこの国に入ってきているワクチンは多くない。その貴重なワクチンを、重症化するリスクが高い高齢者じゃなく、医療従事者が優先的に打たせてもらった。だから俺たちには、一般人にワクチンが行き渡るまで、ここで踏ん張る義務があるんだ。分かるだろ」

梓は「分かります」と首を縦に振る。肥満体で糖尿病の持病もあり、感染したら肺炎を起こす可能性が高かったことにより、レッドゾーンに入ることを躊躇っていた梅沢だが、遺書の準備を終えた辺りから覚悟が決まったのか、積極的にＣＯＶＩＤ患者を担当していた。特に二月末に育休という形で茶山が去り、さらに三月で複数の呼吸器内科医がコロナ病棟での勤務に燃え尽きて退職してからは。

いまは梓と梅沢、そして感染症内科の姉小路がＣＯＶＩＤ診療の陣頭指揮を執っている。呼吸器内科部長の扇谷は、医局員が抜けた穴を埋めようと、他の内科に医師派遣を要請するなど、必死に動いていた。これまでは自分たちの病棟でのクラスター発生を恐れ、頑なにコロナ病棟への医局員派遣を拒んでいた他科の部長たちも、部下たちがワクチン接種を終えたことで態度を軟化させつつあるらしい。

イスラエルの状況から、ワクチン接種さえ進めば新型コロナウイルスを社会から排除できるかもしれない。それまで医療従事者は一丸となって、ウイルスを迎え撃たなければならない。そんな雰囲気が生まれつつあった。

「支持率が低下して、ようやく首相も危機感を持ちはじめたみたいだし、必死にやってくれるだろ。俺たちはそれを期待して頑張るだけさ。茶山たちの分もな」

「はい！」

梓が力強く返事をすると、梅沢は掛け時計に視線を向けた。

「おっ、もう五時半か。椎名、お前は上がっていいぞ。俺はもう少し呼吸器の設定をいじってから、当直医に引き継いでおくから」

「え、そんな、悪いですよ。私も残ります」

「なに言ってるんだよ。今日は大切な日なんだろ」

その通りだ。今日はこれから、なによりも大切な予定が入っている。

「でも……」

躊躇する梓に、梅沢は「いいから行けって」と手を振った。

「それじゃあ、今日はお言葉に甘えます。失礼します」

勢いよく頭を下げると、梓は病室をあとにする。イエローゾーンでPPEを脱ぎ、N95マスクをサージカルマスクに取り換えると、ナースステーションを横切る。

足が軽い。体が無意識に前のめりになる。梓は小走りで廊下を進んでいった。

タクシーを降りた梓は、目の前にそびえ立つマンションを見上げる。ここに来るのはいつぶりだろう。遥か昔のことのように思える。

キーケースから取り出した鍵で、エントランスのオートロックを解除すると、エレベーターに乗った。液晶画面に表示される階数が増えていくにつれ、心臓の鼓動が加速していく。

十二階に着くと、軽い電子音とともに扉が開いた。エレベーターを降りた梓は、深呼吸をくり返しながら一歩一歩踏みしめるように内廊下を進んでいく。

目的の部屋の前までやってきた。梓は震える指でインターホンのボタンを押した。返事はなかった。代わりに、勢いよく扉が開いた。

小さな影が飛び掛かってくる。

「ママ！」

一人息子の一帆が、その細い腕を必死に梓の体に回して抱き着いていた。梓は一瞬恐怖をおぼえる。ほんの数十分前まで、コロナ病棟のレッドゾーンで勤務をしていたのだ。接触感染は少ないとはいえ、大量のウイルスが体に付着していたら、一帆に感染させないとも限らない。

そこまで考えたとき、念のため病院を出る前にロッカールームで頭からシャワーを浴びて全身を洗い、用意した新しい服に着替えていたことを思い出す。

私の体にウイルスは付いていない。なら、……抱きしめてもいいんだ。

梓はゆっくりひざまずき、一帆と頭の位置を合わせると、おずおずと息子の小さな体に手を回していく。五歳の少年の体温が腕に、胸に、そして心に伝わってくる。

「一帆、ごめんね、ずっと会えなくて。本当にごめんね」

嗚咽交じりに愛しい一人息子に謝罪する。一帆は梓の肩口にうずめた頭を振った。

「ううん、大丈夫だよ。寂しかったけど、ママ、お仕事頑張っていたんだもんね。たくさんの人を助けていたんだもんね。僕、我慢できたよ」

健気な言葉に、熱い想いが涙となって両目から溢れだす。そのとき、軽く肩を叩かれた。涙で濡れた顔を上げると、マスクをつけた母の春子が慈愛に満ちた眼差しで見下ろしてきていた。

「お帰り、梓。早く入りなよ」

「うん、うん……」

涙を拭うことも忘れて頷いた梓は、一帆と手を繋いで部屋へと入った。

「はい、疲れたでしょ。紅茶淹れてあげたから飲みなさい。落ち着くから」

ダイニングテーブルの椅子に腰かけた梓は、「ありがとう」とティーカップを受け取るとマスクをずらして、わずかに湯気を立てる薄琥珀色の液体を一口すする。芳醇な香りが鼻腔に広がり、優しい甘みが舌を包み込む。

「疲れていると思って、ダージリンに蜂蜜を落としてみたの。どう？」

「……美味しい」

体が内側から温められていくのを感じながら、梓は「ほぅ」と茶葉の香りを含んだ吐息を漏らす。

「本当に良かったよ。あなたが帰ってこられるようになって」

マスクを付けたまま、春子は幸せそうに目を細める。

二回目の新型コロナワクチン接種から二週間以上が経ち、体内に十分な免疫ができたと考えられる職員を対象に、病院からの行動規制が緩和された。英国株の蔓延により、これまでは同居家族以外との接触は可能な限り避けるように指示があったが、接種完了者はマスクなどの感染対策を行っていれば可能と変化した。

もしかしたら、もうビジネスホテルを引き払って、このマンションで家族と暮らしてもいいのかもしれない。病院から規制緩和の知らせを受けたとき、そんな考えが頭をよぎった。しかし熟考した結果、それは時期尚早だと結論を下した。

たしかにファイザー製のmRNAワクチンは約九十五パーセントの発症予防効果を示した。しかし、完全に感染を防いでいるのか、それともウイルスの感染は成立しているが、症状が出るほどに増殖できなくなっているだけなのかは、まだはっきりとは分かっていない。また、変異ウイルスによってはワクチンの効果が落ちる可能性もあるし、効果がどれだけ続くのかもまだ十分なデータが集まっていない。

自分がウイルスを媒介し、家族にうつすリスクはかなり低くなった。けれど、いまだにゼロではない。

またこのマンションで生活するのは、高齢なうえ糖尿病と肺気腫の基礎疾患があり、重症化リスクの極めて高い母がワクチンを打ってからにしよう。それが梓の出した結論だった。

慎重すぎることは分かっている。しかしそうならざるを得ないほど、コロナ病棟で勤務したこの一年強の間に、多くの悲劇を目の当たりにしてきた。

家族に会うことも出来ず、一人で苦しみながら死んでいった数多くの老人。生まれたばかりの娘を遺し、逝ってしまった四十代の父親。マスクとアイシールドで表情すら見えない医者が、挿管用の喉頭鏡を構えているのが人生最後に見る光景になってしまった人々。

家族を絶対にCOVIDにしたくなかった。感染リスクと家族への想いを秤にかけて導き出した答えが、こうしてマンションを訪れたうえで、マスクをして団欒の時間を取ることだった。

食事は一緒に取れないし、一帆が寝たらまた池袋のビジネスホテルに戻る予定だ。まだまだ制限は多い。しかし、無機質なスマートフォンの画面越しではなく、直接家族に会えるだけ嬉しかった。

小さな一歩かもしれない。しかし、大切な一歩だ。こうして少しずつかつての『日常』に近づいていこう。

「けど、本当にこのあとまたビジネスホテルに戻るの？　大変じゃない？」

春子が眉根を寄せた。

「お母さんが二回ワクチンを打ち終わったら、ホテルを引き払って戻ってこられるかも。だから、もうちょっとだけ待って。せっかく一年以上、感染せずに乗り越えられたのに、接種直前になって感染したなんてことになって欲しくないの」

罪悪感をおぼえながら梓が伝えたとき、「ママー」という声が聞こえてきて、パジャマ姿の一帆が寝室から出てきた。

「これ見て、これ」

駆け寄ってきた一帆は、両手で持った画用紙を誇らしげに掲げる。そこには、白い服を着て耳から何かが出ている女性の姿が、子供らしいダイナミックなタッチで描かれていた。

「この前ね、幼稚園でママの絵を描いたの。ほら、すごいでしょ」

白い服は白衣で、耳から出ているのは聴診器らしい。梓はそっと手を伸ばして、陶器のように光沢のある一帆の頬に触れる。滑らかで温かく、そして柔らかい感触が、コロナ病棟の勤務で疲弊した心を癒してくれた。

「うん、すごく上手。本当に上手だよ。ありがとう」

褒められた一帆は、嬉しそうにはにかんだ。


小さな寝息が鼓膜をくすぐる。薄暗い部屋の中、梓はマスクを付けたまま一帆の寝かしつけをしていた。

楽しい夢を見ているのだろうか、一帆の唇がときおりほころぶ。その姿を眺めつつ柔らかい髪を撫でながら、梓は幸せをかみしめた。

一帆を抱きしめて一緒に眠ってしまいたかった。そうできればどれだけ幸せだろう。けれど、まだそこまでの『日常』を取り戻せてはいない。世間には危険な変異ウイルスが蔓延しはじめている。英国株だけでなく、南アフリカやインドでも、新しい変異ウイルスが確認されている。まだ、ウイルスとの全面戦争のさなかなのだ。

これまでは他人との接触を減らし、感染した患者には治療を施すしかできなかった。攻撃するすべを持たず、塹壕《ざんごう》の中で頭を低くして敵の攻撃に耐え続けていたようなものだ。しかし、わずか一年足らずで、人類は効果的なワクチンという武器を手に入れた。まもなく、日本でも本格的に医療従事者以外の人々への接種がはじまる。

ようやく反撃がはじまる。

この武器を使って社会を侵略している有機機械を押し返し、『日常』を、なんの気兼ねもなく息子と一緒に眠れる日々を取り戻そう。

強い決意を胸に、梓は一帆と額を合わせる。

このまま時間が止まってしまえばいいのに。そう願わずにはいられなかった。

2　2021年4月25日

「今日もかなりの数だな……」

デスクに置かれた書類の空欄を文字で埋めながら、長峰邦昭はひとりごつ。書類には大きく『発生届』と記されていた。診断したCOVID患者の氏名、年齢、電話番号、住所などの個人情報とともに、現在の病状を保健所に報告するためのものだ。これをFａｘし、その情報をもとに保健所が患者に連絡を取ることになっている。

保健所としてはHER-SYSと呼ばれる、ネット経由でＣＯＶＩＤ患者の情報を入力するシステムを使って欲しいようだが、高齢でパソコンが苦手な長峰にはそれだと時間がかかり過ぎる。申し訳ないと思いつつも、Ｆａｘでの報告を続けていた。

長峰医院は土曜を休診にする代わりに、日曜の午前診療を行っている。仕事の都合などで日曜しか受診できない患者に好評で、普段から混雑していた。

しかし最近の日曜は、一般患者ではなく発熱患者が殺到するようになっている。

二回目の緊急事態宣言を解除したあとすぐに、英国株による感染者数のリバウンドが認められたのを受けて、政府は四月五日に大阪・兵庫・宮城に、翌週の十二日には東京・京都・沖縄にまん延防止等重点措置、通称『まん防』を適用した。しかし、感染拡大の勢いはとどまることを知らず、とうとう今日、三回目の緊急事態宣言を東京を含めた四都府県に発令せざるを得なくなった。

ワクチン接種が進んでいる欧米では、次々に規制が緩和されている。特に世界最速でワクチン接種を進めたイスラエルは、とうとう四月十八日に屋外でのマスク着用義務を撤廃し、日常を取り戻していた。

それらの国々とはあまりに対照的な日本の状況に、多くの国民が政府に対する怒りを募らせ、ウイルスに対する恐怖をおぼえていた。

特に大阪の感染状況は壊滅的で、完全な医療崩壊状態に陥っている。大阪ほどでないが東京の状況もかなり悪く、連日千人前後の新規感染者が確認されていた。それに伴い、発熱外来を受診する人数がうなぎのぼりだ。

特に日曜は近隣の診療所が軒並み休診になるせいで、発熱相談センターからここに、大量の発熱患者が紹介されてくる。日曜は検査会社の検体回収が行われないため、PCR検査はできない。代わりにいくらか感度は落ちるものの、その場で結果が出る抗原検査をせざるを得なかった。

PPEを着て発熱患者の鼻の奥に綿棒を突っ込み、採取した鼻咽頭拭い液を試薬に溶かして、抗原検査キットに垂らす。そんな操作を午前中ずっとくり返していると、自分が工場に置かれた機械になったような心地になってくる。

今日、陽性と判定した四人分の発生届を記入し、それをFaxで保健所に送り終えた長峰が、自分の両頰を平手で叩いて気合を入れる。ぴしゃりと小気味いい音が狭い院長室に響いた。

これまでの日曜は、午前の診療が終わったら帰宅して心身を休めていた。しかし、今日はまだ大切な仕事が残っている。

院長室を出た長峰は、看護師が控えている検査室へと向かう。処置台には、〇・五ミリリットルの小さな注射器が数十本、トレーに並べられていた。

「準備は？」

問いかけると、看護師は「はい、いつでもはじめられます」と頷いた。

長峰はトレーの中にある注射器を一本手に取った。細いシリンジに、透明な液体が〇・三ミリリットル入っていた。

この液体に、三十マイクログラムのmRNAが含まれている。三角筋に注射されたmRNAは筋肉細胞に取り込まれ、太陽に例えられる新型コロナウイルスの外側、『光冠』の部分に当たるスパイク蛋白を発現する。

作られたスパイク蛋白は免疫細胞に取り込まれ、抗体や抗原特異的細胞傷害性T細胞を誘導し、新型コロナウイルスに対する強力な免疫が構築される。

「これで、うちの患者をコロナから守ることができる」

長峰は注射器を掲げる。天井から降り注ぐLEDライトの明かりが、シリンジの中の液体に乱反射した。

とうとう今日、長峰医院でも新型コロナワクチンの接種が開始される。本来は休診となっている日曜午後や平日の昼を予防接種専用の時間としていた。

ここまで来るのは大変だった。

長峰の脳裏に、この二ヶ月の記憶が蘇る。二月に入り、大規模接種センターや総合病院だけでなく、地域の診療所でも新型コロナワクチンの接種を行うことが決まり、開業医たちはあわただしく準備をはじめた。

分解されやすいmRNAを利用しているファイザー製の新型コロナワクチンは冷凍保存を要し、解凍し希釈したあとは六時間以内に接種する必要がある。しかも、一つのアンプルに六人分が入っており、貴重なワクチンを無駄にしないためには六の倍数で予約を取る必要があった。

ホームページすら持たない長峰医院が、その短時間でネットでの予約システムを用意することは不可能だった。デジタルがだめなら、アナログで対応するしかない。

長峰医院では予約管理用の紙を用意し、接種券が届くや否や殺到した高齢者たちに、手作業で予約を取っていった。ただでさえ、一般患者と相談センターから紹介されてくる発熱患者の診察で多忙な中、大量の予約を処理しなければならず外来はパニックに近い状態になり、長峰やスタッフの大きな負担になっていた。

また、急性のアレルギー反応が起きないか確認するため、接種を受けた者に十五分間、院内で待機してもらわなければならない。その待機場所や大量のストップウォッチの確保、アナフィラキシーを起こした際に使用するアドレナリンなどの薬品の準備も行わなければならず、この一ヶ月くらいは目が回るほどに忙しかった。

けれど、なんとかここまでこられた。長峰が口の中で小さく「よしっ」と言葉を転がすと、看護師に向き直る。

「最初の患者さんを入れてくれ」

看護師は「はい」と返事をすると、予約者の名前が記載されている用紙を手に、接種を待つ人々が押しかけている待合を覗き込む。

「町田さん、中へどうぞ」

マスクをつけた痩せた老人が、検査室に入ってくる。

「お、町田さんが一番乗りか。はい、じゃあそこの椅子に座って、肩を出して。ちゃんと禁煙は続けてる？」

椅子に腰かけ、シャツの袖をまくる町田に長峰が軽い調子で声をかける。予防接種の際、すぐに生じる副反応で最も多いのは血管迷走神経反射だ。緊張が原因で血圧が下がって脳貧血を起こし、めまいや立ち眩み、場合によっては気を失うこともあった。それをできるだけ防ぐために、接種者をリラックスさせる必要がある。

「ちゃんとやめてるよ。あんな苦しい思いをするのはこりごりだからな。心泉の主治医だった椎名先生にも、絶対に禁煙しろって言われたし」

町田は苦笑する。去年の二月、ちょうどダイヤモンド・プリンセス号で大量の感染者が確認されていたころ、町田は細菌性肺炎を起こしこの医院を受診した。長期間の喫煙による肺気腫でもともと肺機能に障害があった町田は、肺炎よる呼吸不全で危険な状態になっていた。

長峰は入院先を探したが、その数日前に町田が銀座のレストランで中国人観光客らしき人々の近くに座っていたため、新型コロナの検査を受けなければ入院させられないと多くの総合病院に断られた。まだＰＣＲ検査のキャパシティが少なく、保健所の許可がないと検査すらできなかったので途方にくれたが、結局練馬区にある心泉医大附属氷川台病院が入院を受け入れてくれた。

入院後は抗生剤の投与で肺炎も改善し、禁煙を強く言い渡されたうえで退院となり、いまも定期的に長峰医院に通っていた。

「よし、それじゃあ打つよ。力を抜いて、腕はまっすぐ下げて」

長峰は町田の痩せた三角筋に注射針を刺すと、素早くワクチンを注入する。

「はい、おしまい。揉まないようにして、今日は激しい運動と飲酒を避けるように。風呂は入ってもいいけど、あんまり長湯しすぎないようにな」

使い終えた注射器を医療廃棄物用のプラスチックボックスに捨てると、長峰は刺入部に小さな絆創膏を貼った。

「え、もう終わったの？　全然痛くなかったよ」

目を丸くする町田に、「そりゃ、腕がいいからな」と長峰はおどけた。

「はい、それじゃあ町田さん、このストップウォッチを持って待合室で待機してね。十五分経ったら鳴るから」

看護師からストップウォッチを手渡された町田は立ち上がると、マスクの下で深く深く息を吐いた。

「これで、コロナに罹って死ぬことはないんだよな」

感動を噛みしめているのか、町田は固く目を閉じた。去年、重症肺炎で呼吸不全になり悶え苦しんだ経験からCOVIDに強い恐れを抱いていたのだろう。その姿には、深い安堵が滲んでいた。

「おいおい、まだ油断するのは早いよ。効果が十分に発揮されるのは、二回目の接種から約二週間後だ。それまではこれまで通り、しっかり感染対策を頼むよ」

慌てて念を押すと、目を開いた町田が手を強く握ってくる。

「先生、本当にありがとうな。これで、俺は二度も命を救ってもらったよ」

「そんな、大袈裟だよ」

町田は「大袈裟なんかじゃないって」とかぶりを振る。

「先生がここで開業していなかったら、俺は前のときに多分死んでいた。それに、去年退院してから肺が悪くなったせいで、あまり遠くに出かけられなくなったんだよ。ここでなきゃ当分、ワクチンを打てなかった。その間にコロナに罹ったら、今度こそ命はなかったはずだ」

町田は長峰の目をまっすぐに見る。

「俺だけじゃない。この辺りに住んでいる奴らはみんな、先生に感謝しているよ」

眼差しの熱量に圧倒されつつ、長峰は内心でつぶやく。

そうか、俺はこの地域医療に貢献できているのか。……よかった。

「どういたしまして。それじゃあ町田さん、十五分待っていてくれよ。体調悪くなったら呼んでくれ」

町田がもう一度頭を下げると、検査室をあとにした。看護師が次の接種者の名前を呼ぶ。長峰は新しい注射器を手に取った。

いま、日本中で英国株が蔓延している。これからは、ワクチン接種のスピードに被害が左右されるだろう。

菅政権は河野太郎ワクチン担当相を先頭に立て、可能な限り早く国民にワクチンを行き渡らせようとしているが、野党や一部の識者からは欧米のようなスピードは不可能だと批判を浴びている。

不可能？　なに言ってやがる。長峰は腹の底に力を込める。

自分のような地域に根差した診療所が全国津々浦々に存在し、そこで診察する開業医の大部分は様々な専門領域を極めたスペシャリストたちだ。このクリニックレベルでの質の高い診療と、国民皆保険制度が、ＷＨＯに世界最高と評価されている日本の医療の根幹を支えている。

これまでも、たとえ政府が感染対策に右往左往しようとも、国民の規律正しい行動と、医療従事者の尽力で最低限の被害に抑え込んできた。

いまこそ医療現場の、開業医の底力を見せつけるときだ。世界中が驚く速度で接種を進めて、日常を取り戻してやる。

強い決意を胸に秘めつつ、長峰は注射針のキャップを外した。

3　2021年5月16日

カップラーメンの蓋を開けると、湯気とともに食欲を誘う香りが漂ってくる。硲瑠璃子は緩慢に割り箸でラーメンを持ち上げると、おそるおそる麵をすすって咀嚼する。輪ゴムを嚙んでいるかのような感触。強い嘔気《おうき》に襲われた瑠璃子は、そばに準備しておいたゴミ箱に麵を吐き出した。

口腔内に不快感がわだかまっている。瑠璃子は唾液をゴミ箱に垂らしていく。

去年のクリスマス、ＣＯＶＩＤになってから、後遺症で味覚を失っていた。ほとんどなんの味も感じなくなっていた。

ワクチン接種をすることで long covid と呼ばれるCOVID後の後遺症が回復するという情報もあったので、医療従事者の優先枠で接種をさせてもらった。二回とも三十九度を超える高熱が出て苦しんだが、そのおかげか、それとも時間経過によるものか、倦怠感や咳、呼吸苦などの後遺症はだいぶ良くなった。

しかし、どうしても味覚が戻ってこない。甘みはいくらか感じるが、塩気をほとんど感じなかった。それゆえ、なにを食べても無機質を噛んでいるような苦痛をおぼえてしまう。

牛乳や、医療用の液体栄養を口にして、最低限のカロリーは確保するようにつとめている。しかし、味を感じないことで『食』に対する欲求がほぼ消え去っていて、意識しないとなにも口にしないで一日が過ぎてしまう。

瑠璃子はカップラーメンを持って洗面所に行くと、中身をすべて便器に流す。水洗レバーを押すと、洗面台にある鏡に視線を向けた。みすぼらしい女が、瑠璃子を見ていた。

頬はこけ、肌は蒼白く荒れていて、眼窩が落ちくぼんで眼球が飛び出ているかのように見える。今年になって体重は十キロ近く落ち、とうとう四十キロを切っていた。

瑠璃子は乾燥してひび割れた唇を歪めると、腕を上げる。脂肪だけでなく筋肉まで落ちているので、皮膚が骨に引っかかって、のれんのように垂れ下がる。

「これじゃあ、老婆じゃない」

自虐で飽和した声が口から零れた。

おぼつかない足取りで廊下を戻ると、倒れ込むようにベッドに横になり天井を見つめる。LEDライトの漂白された明かりが、顔に降り注いだ。

「なんで、まだ生きているんだろう……」

力ない言葉が部屋の空気に溶けていく。全てを喪ってしまった。あのウイルスにすべて奪われてしまった。

枕元に置かれたスマートフォンが振動音を立てる。瑠璃子は天井を眺めたまま手探りで、震えるスマートフォンを手に取ると、顔の前に持ってきた。

COVIDになって休職しはじめたころは、心配した家族や知人たちから頻繁に連絡があった。最初のうちは対応していたのだが、酷い抑うつ症状と、後遺症からくる倦怠感に襲われている中で通話をするのは、苦痛でしかなかった。相手が善意で連絡をしてきていることは分かっている。しかし、その善意を受け入れるだけの余裕がなかった。

着信を無視するようになり、それで諦めたのか、それとも時間が経って興味が薄れたのか、しだいに電話をしてくる者はいなくなっていった。

いまさら誰が私なんかに電話をしてくるのだろう。後遺症の一種である、ブレインフォグという思考に霧がかかったかのような状態で画面を見た瑠璃子は、大きく目を見開いた。そこには『彰君』の文字が浮かび上がっていた。

去年のクリスマスに別れを告げられてから、元婚約者の定岡彰とはいっさい連絡を取っていなかった。なのに、いまごろどうして……。

スマートフォンが駄々をこねるように振動し続ける。瑠璃子は数秒躊躇したあと、震える指で『通話』のアイコンに触れた。

「彰君？」

ベッドに横たわったまま、耳元にスマートフォンを持ってくる。『やあ』という、どこか媚びるような声が聞こえてきた。

『久しぶり、瑠璃子。元気にしているか？』

「元気ではないかな。年末にコロナに罹っちゃって、いまもかなり体調が悪いの」

『コロナに⁉　大丈夫だったのか？』

甲高くなった彰の声が神経を毛羽立たせる。あれだけCOVIDのことを「ただの風邪だろ」と言っていたくせに、心配するふりなんて白々しい。

「大丈夫なんかじゃなかった。四十度近い高熱が何日も続いて、頭が割れるように痛くて、全身が軋んだ。ひどい下痢が続いたのに、吐き気と怠《だる》さで水分もほとんど受け付けなかったから脱水になりかけた。このまま死ぬんじゃないかって何度も思った。ただ、肺炎は起こさなかったから、これでもたんなる『軽症』で、入院もできなかったけどね。これがあなたが『ただの風邪』って言っていたコロナなの。分かる？」

可能な限りの皮肉を言葉に込める。数秒の沈黙の後、『……よく分かるよ』と返事があった。

「分かる？　分かるわけない。あの苦しさはかかった人にしか絶対に……」

『かかったんだ』

遮《さえぎ》るように彰が言う。瑠璃子の口から「……え」という、呆けた声が漏れた。

『だから、俺もコロナにかかったんだよ。今月のはじめに』

今月のはじめならば、きっと英国株だ。私がかかった従来株より毒性の強い変異ウイルス。

「だ、大丈夫だったの？」

瑠璃子は慌ててベッドの上で上体を起こす。脳貧血を起こしたのか、一瞬視界が白くなった。

『ああ、かなり熱が出て、頭痛に苦しんだけど、それほどひどいことにはならなかった』

ＣＯＶＩＤの症状は個人差が大きい。重症間質性肺炎を発症し命を落とす者がいる一方で、ほとんど症状が出ることなく回復する者も少なくなかった。

『ゴールデンウィークに入る前に、営業部で飲み会をしたんだ。飲食店は空いていなかったから、酒を買って会議室で二十人近く集まって宴会を開いた。その中に一人感染者がいて、半数以上が陽性になった』

そんな感染リスクの高い行動を取れば、クラスター化するのも当然だ。よほど新型コロナウイルスを舐めていたのだろう。呆れつつ、瑠璃子は口を開く。

「とりあえず、重症化しなくてよかった」

『よくないんだ』

唐突に彰の声が大きくなった。悲痛な響きに、瑠璃子は眉を顰める。

「よくないって、なにがあったの？」

『家族が感染したんだ。俺がうつしたんだ』

瑠璃子は目を見開く。

「うつしたって、彰君は独り暮らしじゃない」

『ゴールデンウィークに実家に帰ったんだ。久しぶりに親父とおふくろに顔を見せようと思って。まだ、俺が発症する前だったから』

なんて馬鹿なことを。よりにもよって、全国で爆発的に感染が増えているさなかに帰省するなんて。

彰の両親はたしか六十五歳を超えている。あと少し待てば、ワクチン接種を受けられるはずだ。それなのに……。

あまりにも悲惨な事態に、スマートフォンを持つ手に力がこもる。

「ご両親の病状は……？」

『親父はかなり苦しそうだったけど、何とか熱も下がった。ただ、おふくろがどんどん悪くなっているんだ。なんか、酸素を測る機械でも八十五パーセントぐらいしか出なくなっているんだよ』

「八十五⁉」

声が跳ね上がる。そこまで血中酸素飽和度が下がっているということは、明らかに肺炎を起こしている。

「お母さんはどこの病院に入院しているの？」

『入院できないんだ！　こんなに苦しんでいるのに、全然入院できない。なんども保健所に頼んでいるのに、病院が決まらないんだ。もっと重症の患者がいるから待ってくれって言われて』

彰の実家のある大阪は現在、完全に医療崩壊を起こしている。二月二十三日、吉村《よしむら》府知事が政府に前倒しでの緊急事態宣言解除を要請し、同月二十八日解除が行われた。宣言による経済への悪影響を考慮しての措置だったが、感染が十分に収束していない状態での宣言解除に多くの専門家が危険だと警告を発した。そして、その懸念は現実のものになった。

三月に入って、感染者数のリバウンドが見られ、さらに英国株の影響もあって重症患者が急増し、重症者用の病床が一気に埋まった。各病院のＩＣＵが重症ＣＯＶＩＤ患者でいっぱいになったため、心筋梗塞や脳卒中、交通外傷などの集中治療を必要とする救急患者の受け入れができなくなったり、術後にＩＣＵ管理が必要な侵襲性の高い手術が出来なくなるなどの影響が出ている。

『このあと酸素濃縮器とかいう機械と、ステロイドとかの薬を往診で医者が持ってきてくれるはずだ。けど、それでよくなるとは限らないって』

「ステロイドを在宅で……」

瑠璃子は絶句する。ＣＯＶＩＤに対してステロイドを使用することはある。しかしそれはあくまで、中等症以上の肺炎を起こしている患者に対してだ。

ＣＯＶＩＤの肺炎は、免疫細胞が暴走してサイトカインストームが生じ、強い炎症が生じるのが大きな原因だ。ステロイド投与により免疫細胞を抑制することでＣＯＶＩＤ肺炎が改善するというデータが出て、去年から入院患者に対して適宜投与し、よい治療成績を残している。

しかし、それはひどい肺炎を起こした患者に対してだ。発症初期のCOVID患者にステロイドを投与すると、免疫抑制により逆にウイルスが大量に増殖し、重症化を促してしまうことも分かっている。

だからこそCOVIDへのステロイド投与は、入院したうえで画像検査や血液データなどを確認し、必要と判断した場合だけ慎重に投与していた。在宅のCOVID患者にステロイドを投与するなど、聞いたことがない。

それほど、大阪では重症の肺炎を起こしている患者が入院することもできず、自宅での待機を強いられているということだ。

想像を絶する惨状に瑠璃子の息が乱れはじめる。

『なあ、瑠璃子』縋るような声で、彰が言う。『瑠璃子の病院におふくろを入院させられないか』

「なに言っているの。お母さんがいるの、大阪なんでしょ」

『俺が車で東京まで連れていくよ。だから、お願いだ。なんとかねじ込んでくれ』

「そんなのできるわけないじゃない。コロナ患者の入院管理は、各都道府県でやることになっているんだから」

『瑠璃子はコロナ病棟で働いていたんだろ。なら、一人ぐらいなんとか……』

「無理よ。ナースにそんな権限なんてない。入院を決めるのは、東京都の調整センターで、そこからうちの呼吸器内科の当番医あてに打診が来るの。誰も特別扱いなんてできない」

瑠璃子は「ごめんなさい。力になれなくて」と心から謝罪する。義理の母になるはずだった女性が苦しんでいる。なんとかしてあげたいとは思うのだが、できることはなにも思いつかなかった。

歯が軋むような音が鼓膜に響く。重症間質性肺炎の苦しみは、想像を絶するものだ。陸で溺れているような状態の母をただ見ていることしかできない。そのつらさを想像すると、自然と涙が零れてきた。

「本当にごめんなさい。なんとかお母さんを助けてあげたいけど、私にはなんにもできないの。……もう私にできることなんてなにもないの」

瑠璃子は固く目を閉じる。私はウイルスに負けてしまった。あの戦いの舞台から降りてしまった。もう、いまの私にはなにもない。

嗚咽が聞こえてくる。それが自分が漏らしているものなのか、それとも彰のものなのか、瑠璃子にも分からなかった。

お互い言葉を発することなく、時間だけが過ぎていく。

どれだけ時間が経っただろう。数分のようにも、数時間ただ無言で涙を流し続けたような気もする。彰のかすれ声が沈黙を破った。

『瑠璃子、ごめんな。本当にごめんな』

謝罪の言葉を残して電話が切れる。瑠璃子はスマートフォンを顔の横に付けたまま、俯き続けた。

彰はなにに対して謝っていたのだろう。無理な頼みをして困らせたことか、それとも……。

スマートフォンを持った手がだらりと下がる。そのとき、インターホンが鳴らされた。

瑠璃子は関節が錆びついたかのような動きで首を回して、廊下の方向を見る。

「また、梨花かな……」

同期の看護師で友人でもある原口梨花が、瑠璃子が休職してからよく見舞いに訪れていた。しかし、看護師としていまもコロナ病棟で働いている梨花を見ると、あの戦場から脱落した自分の惨めさを強く自覚し、劣等感に苛まれる。だから、最近は誰が訪ねてきても居留守を決め込んでいた。

けれど、今日は梨花と会ってもいい気がする。久しぶりに、誰かと話したいという欲求が湧き上がっていた。

瑠璃子は体の底にわずかに残っている気力を振り絞ってベッドから降りると、足を引きずるようにしながら玄関に向かう。ドアスコープから外廊下を覗いた瑠璃子は、網膜に映し出された光景に目を見開く。

梨花ではなかった。けれど、いま一番会いたい人がそこにいた。

硲友加里《ゆかり》、熊本にいるはずの母親がなぜか玄関の外に立っている。

大きなマスクをしているが、間違いなく母だ。瑠璃子はせわしなく錠を外すと、玄関扉を勢いよく開いた。

「お母さん、なんでここに⁉」

声を張り上げた瑠璃子の痩せ細った姿を見て、友加里の表情が歪む。

「さっきね、飛行機でこっちに来たの。東京はコロナが流行っているから私たちずっと我慢していたけど、ようやくワクチンが打てたから」

「私たち？」

聞き返すと、友加里は横を向いた。その視線の先を目で追った瑠璃子の体が大きく震える。そこには、白髪が目立つ髪を角刈りにした、大柄な男がいた。

裕竜二。結婚をして家庭を守ることこそ女の幸せであり、義務であるという価値観を押し付け、瑠璃子の夢に反対し続けた父。

「お父さん……」

上下の歯がカチカチと音を立てる。九州にいた頃は、看護師になるという夢があったから、父から押し付けられる思想に完全には染まらずに済んでいた。働きはじめてからは、看護師として多くの患者に寄り添い、救っているという誇りが、父からの圧力を跳ね返していた。

けれど、その夢も誇りも喪った。もう自分を支えてくれるものはない。いま父に「お前は無価値だ」と告げられたら、私はそれを受け入れてしまうだろう。今後ずっと、無価値な存在として自分を卑下し続けてしまうだろう。

『私』が完全に壊されてしまう。二度と立ち上がれないほどに。そんな確信が心を黒く染めていった。

「……瑠璃子」

竜二が腹の底に響くような声で言う。ずっと『私』を否定し続けた声。口の中がからからに乾いていく。

「部屋にあがってもいいか？」

瑠璃子は喉を鳴らして唾を飲み込むと、おずおずと頷いた。竜二と友加里が玄関に上がる。ゴミ袋が並んでいる廊下を見て、竜二の眉がピクリと上がった。

「……ごめんなさい、最近、あまり掃除ができていなくて」

釈明しつつ、瑠璃子は二人を部屋へと案内する。竜二は部屋の中心にあるローテーブルのそばに胡坐をかくと、視線を彷徨わせた。瑠璃子は慌ててキッチンの抽斗からゴミ袋を取り出し、テーブルのうえに散乱しているペットボトルを片付けようとする。

「大丈夫よ、瑠璃子。疲れているんでしょ。私がやるから」

友加里が柔らかい声で言うと、瑠璃子の背中を撫でながらゴミ袋を引き取り、テーブルを片付けはじめる。

「座りなさい」

竜二がいつものように有無を言わさぬ調子で指示をしてくる。瑠璃子は蚊の鳴くような声で「はい」と答えると、テーブルをはさんで竜二の対面に正座をした。

「……痩せたな」

竜二はぽつりとつぶやいた。

「コロナの後遺症で、あまり食欲が出なくて……」

父の視線から逃げるように、瑠璃子は目を伏せた。竜二は「そうか」と腕を組んで黙り込む。鉛のように重い沈黙が降りた部屋に、友加里がゴミを片付ける音だけがかすかに響いた。

目立ったゴミをすべてゴミ袋に入れた友加里は、瑠璃子の隣にひざまずくと、一人娘の頰に両手で触れた。

「こんなに頰骨が目立っちゃって……。本当に大変だったのね」

母の手から伝わってくる熱が心地よく、瑠璃子は目を閉じる。よく幼稚園から帰ると、こうして母が優しく迎えてくれた。幼い頃の記憶が蘇る。

「瑠璃子」

父に低い声で名を呼ばれ、現実に引き戻される。

「和郎《かずお》がコロナにかかったことは聞いているな？」

瑠璃子はあごを引いた。父の弟で、福岡に住む裕和郎が二ヶ月ほど前にＣＯＶＩＤになり、一時入院していたことを、母からのメールで知っていた。

「和郎とこの前、電話で話す機会があった。かなり肺炎がひどくなって、ずっと酸素マスクをしていたらしい。入院中は息苦しくて、窒息するんじゃないかとずっと不安で、頭がおかしくなりそうだったと言っていた。……けれど、そんなとき支えてくれた人がいた」

「支えてくれた人？」

瑠璃子が聞き返すと、竜二は「そうだ」と大きく頷いた。

「コロナ病棟の看護師たちだ」

目を大きくする瑠璃子の前で、竜二は滔々《とうとう》と話し続ける。

「看護師たちはいつも和郎をはげまし、つらい症状をとろうと必死になっていたらしい。感染しないように、色々着こんで息苦しそうなのに、ずっと笑顔で励ましてくれていた」

瑠璃子は父の話にただ耳を傾け続けた。

「和郎は言っていたよ。『看護師さんたちがいたから、希望を失わないで頑張ることができた。あの人たちは、命の恩人だ』ってな。それを聞いて、俺もコロナ病棟で働く看護師がどんな仕事をしているか知りたくなった。だから、テレビでコロナ病棟の特集を見たんだ」

竜二は軽く頭を振った。

「想像以上の修羅場だった。本当にコロナは恐ろしい病気だな。患者があんなひどいことになるなんて思ってもみなかった。それを治そうとする医者たちも大変そうだ。けれどなにより……」

竜二は瑠璃子の目をまっすぐに見つめた。

「看護師たちの献身が素晴らしかった。あんな恐ろしいウイルスがうようよしている中で、ずっと患者のために笑顔で尽くしているなんて。本当は怖いしつらいだろうに、それを患者に見せないようにして、自分の仕事を全うする。まさにプロフェッショナルだ。お前もずっと必死に、あの戦場で戦ってきたんだな」

言葉を切った竜二はかすかに分厚い唇をほころばせた。

「俺は瑠璃子を誇りに思うよ」

その言葉を聞いた瞬間、体が浮き上がったような気がした。全身をずっと縛っていた重く冷たい鋼鉄の鎖が、砕け散る音が聞こえた。

看護師の仕事を最も身近で否定し続けた人が、とうとう認めてくれた。

ＣＯＶＩＤになってから、いやコロナ病棟で働きはじめてから凍りついていた感情が、一気に溶けだして胸に満ちていく。それは胸郭の中だけに収まることなく、涙、唾液、鼻汁、嗚咽となってあふれ出した。

瑠璃子は両手で顔を覆うと、誰に憚《はばか》ることなく大声で泣きはじめた。全身の細胞に酸素が行き渡っていく。冷え切っていた心臓が強く脈打ちはじめる。負の感情が洗い流されていく。

大声で泣き続ける瑠璃子の背中を、友加里が優しく撫でる。やがて、母のものではない大きく温かい掌が背中に置かれた。瑠璃子は様々な分泌液に塗《まみ》れた顔を上げる。いつの間にか傍らにきていた父が、微笑みかけていた。これまで見たことないほど、優しい笑み。

「よくやった。本当に頑張ったな」

父からの労いに、瑠璃子はしゃくり上げながら「うん、うん……」と何度も頷いた。

数分間、ただひたすらに泣き続けたあと、吹き荒れていた感情の嵐が凪ぐのを待って、瑠璃子は大きく息をつく。数ヶ月ぶりに深呼吸ができた気がした。

ハンカチを取り出して瑠璃子の顔を拭った友加里は、エコバッグからタッパーを取り出した。

「瑠璃子の元気が出るようにと思ってね、色々と熊本のご飯作ってきたんだよ。高菜めしに辛子蓮根、あとタラの芽の天ぷら。全部好きだったでしょ」

友加里は立ち上がってキッチンから皿を持ってくると、料理を素早く盛り付けていく。目の前に用意された母の手料理を前に、瑠璃子は表情をこわばらせる。たしかにすべて好物だった。しかしいまは味覚障害により、固形物はほとんど体が受け付けなくなっている。

万が一、母が一生懸命作ってくれた料理を吐き出すようなことになってしまったら……。怯えつつ瑠璃子はそっと箸で高菜めしをすくった。高菜漬けと卵が混ぜ合わさった炒め飯だった。高菜の香ばしい匂いが鼻をつく。

子供の頃、小腹が空いた時に友加里がよく作ってくれた料理。それを一口頬張った瞬間、瑠璃子は大きく目を見開いた。

味がした。本当にかすかにだが、高菜漬けの塩味を感じた気がした。

もしかしたら、それはかつての記憶が蘇り、脳が味を錯覚しただけなのかもしれない。けれど、それでも数ヶ月ぶりに『食事』ができたことに間違いなかった。

皿を持ち上げ、高菜飯を口に掻き込んでいく瑠璃子に、竜二が柔らかい声をかけてくる。

「もう無理はしなくていい。いまは体を休めながら、自分のやれること、やりたいことをゆっくり考えなさい」

私のやれること、そしてやりたいこと……。

辛子蓮根を齧りながら、瑠璃子は頭の中でその言葉をくり返した。

4　2021年6月20日

「本当に今日、緊急事態宣言が解除されるんですか？」

ＰＰＥに身を包んだ椎名梓は、感染症内科の姉小路に話しかける。

「そうみたいね」

Ｎ95マスク越しに、姉小路は固い声で答えた。

「けど、全然感染は収まっていないですよ。こんなに重症者が溢れているじゃないですか」

梓はラテックス製の手袋をつけた両手を大きく広げる。ＩＣＵに並んでいる五床全ての患者が、人工呼吸管理になっていた。梓と姉小路の間にあるベッドに横たわっている六十代の男性患者の口からも気管内チューブが伸び、人工呼吸器に接続されている。

四月二十五日に発令された三回目の緊急事態宣言により、一時は千人を超えていた東京の新規感染者数は、四百人ほどまで下がってきていた。しかし、ＣＯＶＩＤの重症例では、発症から一週間ほどして肺炎が生じ、そしてさらに一週間ほどで症状が悪化して人工呼吸導入、もしくは死亡となることが多い。現在の新規感染者が減っているとはいえ、医療への負担は大きいままだ。

「まあ、国内では完全に、重症化しやすいアルファ株に置き換わっているしね」

抑揚のない口調で姉小路が言う。五月三十一日にＷＨＯは、変異ウイルスに発見された場所の地名をつけて呼ぶことは風評被害に繫がるとして、公衆衛生の脅威になりうる新たな変異ウイルスについて、ギリシャ文字のアルファベットを使用する方針を発表した。それにより、従来『英国株』と呼ばれていた変異ウイルスは、『アルファ株』と呼称されるようになっている。

「そもそも、いくら減ってきたとも言っても、まだまだ東京の新規感染者はかなりの数です。いま緊急事態宣言を解除するのは危険すぎます」

「そりゃ分かっているけど、もう下げ止まっているから。三月から四月にかけて以外、もうずっと緊急事態宣言が出ていて、国民の自粛も限界にきている。このまま続けてもじり貧だと判断したんじゃない」

「でも、宣言が解除されたらみんな一気に動き出します。そうなったら、感染爆発しますよ。下手したら……インドみたいに」

震える声で梓が『インド』と口にした瞬間、姉小路の眉間に深いしわが寄った。

「デルタ株ね……」

押し殺した姉小路のつぶやきに、梓は「そうです」とあごを引く。

インドでは今年の二月から、国内で発生したとみられる変異ウイルスの猛威に晒されていた。インド株と呼ばれていたその変異ウイルスは、その後、デルタ株と名付けられた。

五月にはインドでの一日の感染者が三十万人を超え、死者も四千人を超えた日さえあった。しかも、急速な感染拡大に統計が追いついておらず、実際の被害はその数倍に及んでいる可能性すら指摘されている。

発熱者が病院に殺到し、廊下まで患者が溢れ、酸素すら枯渇して肺炎患者の家族が酸素ボンベを求めて彷徨うという悲惨な状況になっていた。

火葬が追いつかず、河岸で多くの遺体が燃やされている光景をニュースで見た梓は、はらわたが凍りつくような心地になった。

一昨日、六月十八日にはＷＨＯが「デルタ株は感染力が強く、世界的主流になっている」と警告を発している。

「デルタ株の毒性って、どうなんでしょう？」

梓がおそるおそる訊ねると、姉小路は小さく首を横に振った。

「インドの惨状を見ると、少なくとも弱毒株ってことはないと思う。場合によってはアルファ株より病毒性が上がっているかも」

「アルファ株よりも……」

梓は目の前のベッドに横たわる患者を見つめる。従来株からアルファ株に置き換わっただけで、もはや違う疾患になったかのようにＣＯＶＩＤの重症度が上がった。これよりさらに致死率が高い変異ウイルスなど、もはや悪夢でしかない。

「デルタ株が日本で流行する可能性はあると思います？」

「世界中から集まっているデータを見ると、アルファ株よりかなり伝播性が高い。確実に今後数ヶ月以内に、アルファ株を駆逐して、デルタ株が主流になる。もし、国民の接触機会がかなり多い状態なら、一ヶ月以内に置き換えが完了してもおかしくないわね」

最新のデータに基づいた姉小路の予想は、これまでことごとく的中してきた。間もなく、この国はデルタ株の波に呑み込まれる。そして今日、その波を大きく、そして速くする緊急事態宣言解除という決定が政府によりなされた。

「政府にはその情報が伝わっていないんですか？」

思わず声が大きくなる。

「伝わってはいるはずよ。分科会のメンバーは、尾身会長を合わせて本物のスペシャリストたちばかりだから。ただ、知識としてその情報を知っていることと、実際にその恐ろしさを理解していることとの間には、天と地ほどの差がある」

姉小路の声が、怒りの色を帯びる。

「現場でこの地獄絵図を目の当たりにしている私たちと、永田町で情報を伝え聞いているだけの政治家じゃ、この危機に対する解像度が全く違うのよ。だから……まだ観客を入れてオリンピックをやろうなんていう、馬鹿げたことを考えられる」

姉小路の口元から、大きな舌打ちが響いた。冷静沈着で、あまり感情を出さない彼女がここまで苛立っている姿を、梓ははじめて見た。

「いま緊急事態宣言を解除するのって、オリンピックのためなんでしょうか？」

「どうなんだろうね。けど、そう取られても仕方がないよね」

一年の延期を経て、七月二十三日に開催される予定の東京オリンピックが約一ヶ月後に迫っていた。菅首相は「ウイルスに打ち勝った証としての五輪にしたい」と、有観客での開催に意欲を見せている。しかし、打ち勝ったどころか、アルファ株の猛威に晒され、多くの重症患者が出ている中でのその発言は、医療従事者だけでなく多くの国民から強い反発を受けていた。

六月三日には分科会の尾身会長が五輪について、「いまのパンデミックの状況でやるのは普通ではない」と発言し、中止を求める声も日に日に大きくなっている。

「せめて、秋に延期できたら……」

梓の独白に、姉小路は「そうね」とつぶやいた。

「ワクチン接種に関しては、すごい速度で進んでいる。それについては、政府の動きはいい意味で、予想を裏切ってくれた」

菅首相は四月に電話会談で、そして五月には直接顔を合わせる形で、ファイザーのブーラCEOと交渉を行い、当初の契約からさらに五千万回分のワクチンの追加供給を受けることに成功していた。また供給の前倒しが実現し、今月末までに一億回分、七月から九月には七千万回分が日本に送られてくる。

河野ワクチン担当相、小林補佐官を筆頭とするワクチン対策チームは、入ってきたワクチンを可能な限りスムーズに現場に送り、国民に接種できるように奮闘し、それに全国の医療機関が最大限の協力をしていた。

五月七日に菅首相が『一日百万回』という接種目標を掲げた際は、一部野党やメディアからは、「そんなこと不可能だ」「現実を見ていない」などの批判が上がった。しかし、医療現場の反応は全く違うものだった。

――ワクチンさえ送ってくれたら、百万回なんてすぐに超えてやる。

——全力で接種をして『日常』を取り戻してやる。

多くの医師たちが鼻息荒くそう宣言し、そして実際に軽々と一日百万回の壁を越え、現在では百五十万回を超える日すら出ている。官邸の指導力と、医療現場の底力が合わさり、世界最速レベルのスピードで接種が進んでいた。

しかしそれでも、ワクチンの効果がはっきりと見えてくるのには、あと二、三ヶ月はかかるだろう。その前に、この国はデルタ株の猛威に晒されることになる。

「これから、なにが起きるんですか？」

梓は乾燥した口腔内を舐めて、必死に湿らせた。

「現実問題として、様々な契約からオリンピックを中止したりさらに延期するのは難しいと思う。最悪のケースでは、このあとデルタ株の感染拡大が起きるけれど、政府は国際的な面子を考え、緊急事態宣言を出さないでオリンピックを有観客で開催する。他国の選手がコロナ禍で調整が困難ななか、ホームタウンで有利な日本選手が大活躍し、日本中が熱狂してＣＯＶＩＤに対するニュースが少なくなり、警戒感が薄れてしまう。その結果、感染爆発、つまりはオーバーシュートを起こし医療崩壊、オリンピックの成功と引き換えに、何万人もの死者が積みあがる」

淡々と語られるあまりにも恐ろしい未来予想図に、急に温度が下がった気がした。梓は自分の肩を抱くようにして身を震わせる。

「本当にそんなことが起こるんですか？」

唾を呑み込んで訊ねると、姉小路は小さく肩をすくめた。

「あくまで、最悪のパターンよ。それが起こる可能性はそんなに高くはないから、迷子の子犬みたいな目をしないで」

からかうように言われ、わずかに安堵した梓に、姉小路は「ただ」と重い口調で付け加えた。

「ウイルスは人間の都合なんかに、一切忖度《そんたく》してくれない。あいつらは意思も、そして命すら持たず、ただ増殖するだけの有機機械。少しでも油断すれば、一気に社会を壊滅させるだけの力を持っている。そのことを絶対に忘れちゃいけないの」

十三時過ぎ、梓は医局のデスクで弁当をつついていた。アルファ株の流行が本格化して、次々と重症患者が運びこまれるようになってから、ずっと食欲がない。体の底にヘドロのように疲労がたまっている。

ふと梓は隣のデスクを見る。かつて、親友が座っていたその席には、いまはなにも置かれていない。茶山の妻で、高校時代からの親友である礼子とは、定期的に連絡を取っていた。妊娠中に礼子がＣＯＶＩＤになったことにより、極低出生体重児として帝王切開で生まれ、ＮＩＣＵで人工呼吸管理が必要だった赤ん坊だったが、いまは五千グラムを超え、順調に成長しているということだった。ただ、礼子にＣＯＶＩＤの後遺症による倦怠感が続き、思うようには活動ができず、子供の夜泣きがはじまって深夜に何回も起こされるので、夫婦で力を合わせてなんとか育児ができているということだった。

茶山が育休から復帰できる目処は立っていない。しかも新年度になる際に、新型コロナウイルスとの戦いに燃え尽きた同僚が、三人も退職してしまった。この三ヶ月、心泉医大附属氷川台病院の呼吸器内科は慢性的なマンパワー不足に悩まされていた。一人一人の医師にかかる負担が、これまでとは比較にならないほどに重くなっている。このままでは、次々にバーンアウト症候群になって、医師が脱落していくのは確実だ。

さらに医師が退職していってコロナ病棟が回らなくなるのが先か、それともワクチンの効果が現れて重症患者が減ってくるのが先か、全く未来が見えなかった。

鳥そぼろご飯を一口頬張る。そぼろの甘みが白米と絡んで美味だった。

四月に入ってから当直に当たっていない平日は毎朝、宿泊している池袋のビジネスホテルから大泉学園の自宅マンションへと向かい、幼稚園まで息子の一帆を送っていくことを続けている。

わずか十五分ほどだが、一帆と手を繋いで通園しながら、幼稚園であったことなどの話を聞くのは、何よりの楽しみだった。そして、母の春子はいつも一帆と梓の弁当を作ってくれていた。

食欲はなくても、母が早朝に起き、愛情をこめて作ってくれた弁当なら食べることができる。

家族がいるからまだ踏ん張ることができていた。

「もう打ったかな……」

そぼろご飯を嚥下《えんげ》した梓は、腕時計に視線を落とす。今日は春子のはじめてのワクチン接種日だった。そろそろ予約時間だ。

この一年以上、自宅マンションを出ていた一番の理由は、母に新型コロナウイルスをうつしてしまうことを恐れていたからだった。高齢で、肺気腫と糖尿病の持病がある母がCOVIDになれば、かなり高い確率で重症化し、亡くなってしまう。それだけはなんとか避けたかった。自分がコロナ病棟で勤務したせいで、母の命を奪ってしまう。そんな悲劇が現実になったら、二度と立ち直れないかもしれない。

妊娠中の妻に新型コロナウイルスをうつしてしまった茶山が、自らに怨嗟《えんさ》の言葉を吐き続けた痛々しい光景が脳裏をよぎった。

母がしっかりと二回ワクチン接種をすれば、悲劇が起きるリスクはほとんどなくなるはずだ。まだ五歳の一帆のように小さな子供は、大人より遥かにCOVIDになりにくいことが分かっている。

来月には、自宅マンションに戻れるかもしれない。愛する家族とまた同じ屋根の下で生活できるかもしれない。その希望が心の支柱となり、崩れ落ちることをなんとか防いでいた。梓はデスクのスマートフォンを手に取ると、母の携帯にかける。すぐに回線が繋がった。

「あっ、お母さん。もう接種は終わった？」

返答はなかった。梓は首をひねってスマートフォンの画面を見て、通話状態になっていることを確認する。

「お母さん、聞こえる？」

少しだけ声を大きくすると、『聞こえているよ』という返事があった。

「よかった。もう、ワクチンは打ち終わった？　特に問題はなかった？」

再び答えが返ってこなくなる。梓は「どうしたの？」と眉を顰めた。

『接種会場の近くまで来ているんだけどね、どうしようかと思って』

「どうしようかって、どういう意味？」

母がなにを言っているのか理解できず、梓は聞き返した。

『いやね、やっぱり打たないで帰ろうかなって』

「打たない⁉」声が裏返る。「なに言っているの、ようやく取れた予約なのに」

現在、多くの国民が一刻も早くワクチンを打とうと必死になっており、予約を取るのが難しくなっている。予約センターの電話は全く繋がらず、個人の診療所も接種予約の希望者が殺到してパニック状態になっているところも多かった。

二週間ほど前、母の接種券番号を聞いた梓が、空いている予約枠を必死に探し、自衛隊が大手町に設置した大規模接種センターの今日の予約をなんとか取ることができていた。

『でもね、友達から聞いたの。まだ治験も終わっていない新しいワクチンだから、どんな副作用が起きるか分からない。少し様子を見た方が良いって』

一瞬で頭に血がのぼるのが分かった。顔が火照《ほて》る。

かつて姉小路が予想した通り、多くの専門家から「いまワクチンについてのデマを流すことは、万単位の人々の命を奪う可能性がある」と非難されたことで、メディアが新型コロナワクチンの誤情報で恐怖を煽ることはだいぶ減った。しかし、特定の個人が大量の明らかなデマを流し、それがさらに拡散されて人々の恐怖を煽りはじめていた。『遺伝子が書き換えられる』『治験が終わっていない』『不妊になる』『がんになる』『実験動物がすべて死んだ』『打つと二年以内に死ぬ』

すべてが荒唐無稽なデマなのだが、一部の大学教授や医師、国会議員、インフルエンサーたちがしきりにそんな情報を流し、それを信じた人が他の人に伝えていくという事態になっている。

それに対抗し、姉小路の言っていた『ネット中毒の医師たち』が、必死に世界中から集まる最新のデータを元にデマを潰し、正しい情報の啓発に努めていた。また、政府も誤情報の拡散リスクを重く見て、河野ワクチン担当相を中心にネットでの情報提供に力を入れはじめている。

ただ、デマを広げる側はなんの根拠もなく不安を煽るだけなのに対し、その間違いを指摘する専門家たちは大量の論文を読み込み、理論だてて分かり易く説明する必要があった。あまりの労力の不均衡に、啓発活動を行う医師たちに多大な負担がかかっている。また啓発活動を行っている医師たちは、反ワクチン主義の『教祖』の教えを信じ込んだ『信者』たちから、「製薬会社から賄賂をもらっている」「ワクチンで金儲けをしている」「人殺しだ」などの大量の誹謗中傷を受けていた。なかには、危害を加えることを示唆する脅迫もあり、それで啓発活動を止めた専門家も少なくない。

ワクチンに対するデマが広がっているのは知っていた。けど、まさかお母さんにまで伝わるなんて……。

ほとんどネットを使わない母が、そのような情報に毒されることはないとたかをくくっていた。しかし、情報というのは想像を絶する速度で伝播していく。

『それにね、なんかイベルメクチンとかいう薬を飲んでいればコロナを治せるとか聞いたんだけど』

母の言葉を聞いて梓は絶望するとともに、数ヶ月ほど前に見た、『コンテイジョン』というハリウッド映画を思い出した。

スティーブン・ソダーバーグ監督によって描かれたその内容は、まさに現状のコロナ禍と瓜二つで、それが二〇一一年に作られたということが信じられないほど正確に、致死性ウイルスのパンデミックを描いていた。

映画の中ではジュード・ロウが演じるフリージャーナリストが、漢方薬に含まれるレンギョウこそがウイルスの特効薬だと誤った主張を行い、それにより世界中でレンギョウを求めてパニックが起きる。彼はそれにより多くの『信者』を得るとともに、ワクチンに関しても無効であると民衆に信じさせようとする。

まさに現在、ジュード・ロウが演じたのと同じような人物が何人も出ていた。彼らがレンギョウの代わりに特効薬として主張するのが、抗寄生虫薬のイベルメクチンだった。

イベルメクチンは極めて優秀な抗寄生虫薬で、日本でも疥癬《かいせん》などの治療に頻繁に使われている。初期の試験管レベルの実験で、新型コロナウイルスに対してわずかながら増殖抑制効果を示したということで、多くの薬剤とともにＣＯＶＩＤの治療薬候補として挙げられた。

その後、アメリカでイベルメクチンの投与によりCOVID患者の死亡率が六分の一にまで低下したという衝撃的な論文が発表され、にわかに期待が高まった。しかし後に、その論文が全くの捏造《ねつぞう》であることが判明し、また精度の高い治験でイベルメクチンの有効性はほとんどなく、場合によっては有害である可能性もあることが分かり、専門家の中での期待は一気にしぼんだ。

にもかかわらず、アメリカのFLCCCという正体不明の医師団体が、イベルメクチンは特効薬であるとくり返し主張し、それを信じた者が大量のイベルメクチンを摂取して健康障害を起こし、場合によっては死亡するケースが多発している。

日本でも一部の週刊誌や、イベルメクチンの発見でノーベル医学・生理学賞を受賞した大村智《おおむらさとし》教授が所属していた北里大学の関係者、一部の開業医、果ては東京都医師会長まで、イベルメクチンをなんの根拠もなく『奇跡の特効薬』であるかのように喧伝《けんでん》し、公衆衛生上の大きな問題になっていた。

「イベルメクチンなんて全然効かない。逆に副作用で肝障害を起こしたりして、害の方が多いかもしれないの。有効だって論文は、次々に捏造がバレて撤回されている。あんなの詐欺よ。まともにコロナを診ている医者で、そんな薬を使っている人なんていない。全部でたらめなの！」

思わず声が大きくなってしまう。

自分たちが最前線で重症患者を診て、多くの診療所が発熱外来を開設しつつ並行して全速でワクチン接種を進めている。医療関係者たちは力を合わせ、可能な限り早く、そして少ない被害でコロナ禍を終わらせようと必死になっている。そんな中、適当な情報で人心を惑わして公衆衛生の危機を招いている者たちに、強い怒りをおぼえていた。

なぜ、人類とウイルスの全面戦争の真っ最中に、ウイルスに与《くみ》するような行動がとれるのだろう。自分たちのせいで、多くの命が奪われるかもしれないのに、どうしてそんなひどいことができるのだろう。どうして、それを罰することができないのだろう。

『そんなに怒鳴らないでよ。ちょっと訊いただけじゃない』

不満げな春子の声が聞こえてくる。

「そういうデマのせいで、私たちがどれだけ苦しんでいるか分かる？　あいつらは人殺しよ！　その情報を他人に広げる奴らも一緒よ！」

感情が昂って、そんな言葉が口をついてしまう。

『人殺しってあなた、ちょっとそれは言いすぎでしょ。私の友達なのよ』

「その友達が、お母さんを不安にさせてワクチン接種の邪魔をしているんじゃない。もし、接種をしなくてお母さんがＣＯＶＩＤになって死んだら、その人は責任とれるの。本人に悪気がなくても関係ない」

『でも、なんか大学の名誉教授とか、ウイルスとか遺伝子の専門の先生も、ワクチンは打たない方が良いって言っているんだよ』

梓は固く目を閉じる。気を抜けば叫び出してしまいそうだった。

「その人たちは専門家なんかじゃない。ＣＯＶＩＤの患者を診たことがない。あれがどんなに恐ろしい病気で、どれだけ苦しんで、どれだけ悲惨な最期を迎えるかまったく分かっていない。だから、そんな適当なことが言えるの。一度、ここに来てみなさいよ。PPEを着て、重症コロナ病棟で働いてみなさいよ」

奥歯が軋みを上げる。脳を素手でかき回されているかのように、思考がまとまらない。ただ、燃え上がるような怒りが血流にのって、全身の細胞を冒していた。

『梓……』

怒りで我を忘れていた梓は、母に名を呼ばれてはっと我に返る。

『お願いだから、落ち着いて。私も何が正しいか分からないの。ワクチンを打つつもりだったのに、急に友達から変なことを言われて怖くなっちゃったの』

ああ、そうだ。こういうときは頭ごなしに否定してはいけないんだ。わずかに冷えた脳が、そのことを思い出させる。

呼吸器内科医をしていると、肺がん患者をよく担当する。その中には、手術や化学療法、放射線療法などを拒み、高額の怪しい民間療法を行おうとする患者も少なからずいた。そんなとき頭ごなしに民間療法を否定しても、ただ患者は頑なになり、医療不信に陥ってしまう。そして、詐欺的な民間療法に大金を吸い取られたうえで、病状が進んでもはや手の施しようがない状態で戻ってきてしまうのだ。

だからこそ、まずは患者との信頼関係を築くことが重要だった。民間療法に有効性が明らかになっているものはなく、標準療法こそが現在、世界中で最も効果が認められている治療法だということを焦らずに粘り強く、患者の想いに耳を傾けながら伝えるのだ。

梓は深呼吸をくり返した。急に「ワクチンは危険だ」などと言われ、お母さんは混乱しているんだ。私は専門知識があるから、その情報が間違っているとすぐに分かる。けれど、お母さんはそうじゃない。だから、不安を認めつつ、そのうえで正しい選択に導いてあげないと。

　胸元に手を当てながら、梓は「お母さん」と声をかける。

『なによ?』

　春子の声に明らかな壁を感じ、梓の緊張が高まる。ここで失敗すれば、春子は予防接種を受けてくれない。母がCOVIDで命を落とす確率が高まってしまう。

「興奮しちゃってごめん。ただ、分かって欲しいの。私はこれまで、ワクチンに関する論文を何十も読み漁った。そのうえで、ワクチンを接種するベネフィット、つまり利益は、リスクを大きく上回るのは間違いないっていう結論に達した。だからこそ、自分でも率先して受けたの」

『……私みたいに持病がある人は危険じゃないの?』

　春子の口調がいくらか柔らかくなる。

「ううん、逆で持病がある人こそ優先的に接種を受けるべき。高齢者や持病がある人は、コロナに罹ったとき重症化しやすい。特にお母さんの持病は、すごく危険。けれど、ワクチンさえ接種すれば、その危険性が凄く低くなるの」

『でも、ワクチンを打つこと自体が危険じゃない?』

　探るように春子が訊ねてきた。

「世界中で、新型コロナワクチンの副反応は凄く厳しく監視されている。若い男性に、稀に心筋炎が起こるけれど、それもコロナに感染した方がもっと高い頻度で、重症の心筋炎が生じる。だから、やっぱり接種するべきだっていう結論がでているの。お母さんみたいな人なら、さらに強く推奨している」

『若くなくて悪かったね』

春子がおどけるように言う。態度が軟化してきた。いまがチャンスだ。

「お母さん。よく聞いてね」

梓は早口にならないように気をつけつつ、語り掛ける。

「たしかにいま、ワクチンは危険だって煽る有名人がたくさんいる。けど、その中の誰一人、私よりコロナの患者さんを診てはいない。そして、コロナ病棟に勤めている医者で、ワクチンを打たない方が良いなんていう医者は、一人もいない。うちの病棟のスタッフも全員、接種を受けた。もちろん、熱を出した人はいたけど、それも一日か二日でおさまった。それになにより……」

梓は一度言葉を切って乾燥した唇を舐めると、ゆっくりと口を開いた。

「私はどんな専門家よりも、お母さんのことを大切に思っている。どうすればお母さんが、一帆や私と幸せに生きていけるのか、誰よりも考えている。そして、医学を二十年近く勉強してきた知識、コロナの患者さんをこの一年間、治療し続けた経験から、一刻も早くワクチンを打って欲しいと思っている。けど、お母さんの選択に任せる。もしワクチンをいまは打ちたくないって言うなら、それでもかまわない。そのときは、絶対にお母さんに感染させない方法を専門家として考えるから」

想いをすべて言葉に乗せて伝えた梓は、穏やかに母の返答を待った。

『……梓』

愛情に満ちた声がスマートフォンから聞こえてくる。

『ごめんね、変な心配かけて。そうだよね。あなたはこの一年以上、医者としてずっとコロナと戦い続けて、そしてずっと私たちを守ろうとしてくれたんだよね。そんなあなたを、母親の私が信じないなんてあり得ないよね。すぐに会場に入って注射、打ってくるね』

「ありがとう、お母さん。私を信じてくれて」

梓は目を閉じると、心からの感謝を伝える。

『ところで、ワクチンって打った次の日、熱が出るんだよね。かなり苦しい？』

「ううん、私は二回ともほとんど出なかったよ」

『あら、たしか若い方が発熱しやすいのよね。ということは、熱が出たら私の方があなたより若いってことかしら』

冗談めかした口調に、梓は目元の涙を指で拭いながら笑みを浮かべた。

「娘と年齢で競ってどうするのよ」

5　2021年7月23日

「先生、十五分経ちました。ありがとうございました」

ストップウォッチを差し出しながら、中年女性が礼を言ってくる。

「はいはい、お疲れさま。明日は熱が出るかもしれないから、無理せずゆっくり過ごしてね」

長峰邦昭は『00：00』と表示されているストップウォッチを受け取ると、検査室を出ていく女性に軽く手を振る。

「これで全員待機時間が終わりました。お疲れさまでした」

看護師が待合を覗き込みながら言う。腕時計に視線を落とすと、時刻は午後七時過ぎになっていた。

ここ最近、長峰医院では平日は午後五時に一般外来を終了し、そこから午後七時までを、新型コロナワクチン接種専用の時間とし、その間に四十八人に接種をしている。

四月からはじめた新型コロナワクチン接種も、ノウハウが蓄積されてきて、だいぶスムーズに行えるようになっていた。それに伴い、予約枠を可能な限り増やしているのだが、それでもすでに来月半ばまで枠が埋まっている。

長峰医院だけでなく、多くの診療所、病院が可能な限り予約枠を増やして、全力で接種を加速している。

現在、アルファ株から置き換わる形で、さらに伝播性の高いデルタ株が東京を中心に大流行していた。長峰医院の発熱外来にも、毎日多数の発熱者が発熱相談センターから送られてくる。そのうちかなりの割合が検査で陽性となっている。

そして、明らかに重症度も上がっていた。

陽性判定が出る患者の大部分が、高熱で朦朧《もうろう》とし、強い咳と倦怠感を訴え、すでに肺炎によると思われる呼吸苦が生じている者すら珍しくなかった。従来株が蔓延していたときは、肺炎を起こす場合でも発症から一週間ほどはかかったので、発熱外来でそこまでの重症感をおぼえる者は少なかった。デルタ株は強毒性だというデータが出ていたが、肌感覚でそれを実感できるほどに毒性の差は明らかだった。

強毒性のウイルスが蔓延しているせいで、COVID患者を受け入れている多くの病院が満床になり、なかなか入院が困難らしい。かなり現状が厳しいのは間違いない。しかしその一方で、長峰はだいぶ状況を楽観視していた。

最近、高齢者のCOVID患者をほとんど見なくなった。すでに六十五歳以上の国民の大部分が、ワクチンの接種を終えている。その効果が明らかに現れていた。

メディアやインターネットなどでワクチン忌避に繋がるデマが大量に出回り、国民が接種を拒むのではないかという懸念が医療関係者の間にあったが、幸いなことにそれは杞憂に終わった。

政府や多くの医療関係者が、粘り強くワクチン接種の有効性、安全性、そして必要性を呼び掛けた結果、大部分の国民が正しい判断をし、想定をはるかに上回るスピードで接種が進んでいた。

また、オリンピックに配慮して出せないのではと不安視されていた緊急事態宣言が、七月十二日に東京に発令された。それに先立って、感染拡大の原因となると指摘されていたオリンピックも、結局は無観客での開催が決定された。

そして、とうとう一時間後にオリンピックの開会式が開催される。

オリンピック観戦をしながらのステイホームを徹底することにより、今回の第五波を収束させ、その間に全力でワクチン接種を進めれば、コロナ禍を終わらせられる。この窮地を乗り越えれば、ゴールはもうすぐだ。開業医仲間の多くがそう考え、必死にワクチン接種を行っていた。

「お疲れ様。みんな、今日は開会式を見るだろ。さっさと掃除を終えて帰ろう」

長峰が両手を合わせると、スタッフたちは「はい」と明るい声で返事をした。

診察室に戻って白衣を脱いだ長峰は、帰宅の準備をしていく。今夜は妻の千恵と開会式の観覧をする予定だった。

セピア色の記憶が蘇る。一九六四年の東京オリンピック、高校生だった長峰は、親戚のうちに集まって白黒テレビで開会式を見た。

日本でオリンピックが開かれる。新幹線が開通し、首都高速道路ができる。まさに、戦後の荒廃からの奇跡的な復興の象徴となるイベントだった。

また今夜、あの感動を味わうことができる。その期待に胸が高鳴っていた。

掃除を終えたスタッフたちが帰宅していく。それを見送った長峰が電子カルテの電源を落とそうとしたとき、デスクに置かれた電話が着信音を立てはじめる。

もう診察時間は終わっているのに……。唇が歪んでしまう。

一瞬、無視しようかという考えが浮かぶが、患者からの相談の電話の可能性もある。

ため息をつきつつ受話器を取り上げた。

「はい、長峰医院ですが」

『お忙しいところ失礼いたします。こちら多摩小平《たまこだいら》保健所です』

「ああ、どうも。また発生届に読めないところがありましたか？」

新型コロナウイルス検査で陽性が出た場合、発生届に患者の情報を書いてＦａｘで多摩小平保健所に送っているのだが、時々、電話番号などが読み取れないことがあり、確認の電話がかかってくることがあった。

『いえ、実は往診をお願いできないかと思いまして』

保健所の職員が、申し訳なさそうに言う。長峰は「往診？」と首をひねった。

『そちらで十九日に陽性が出た栗田重則《くりたしげのり》さんという男性なんですが……』

「栗田さんね。ちょっと待ってください」

長峰は電子カルテを確認する。栗田という患者は、十八日に発熱相談センターから紹介されてきた初診の三十五歳の患者だった。電子カルテに記されている、『昨夜から発熱　ＢＴ40・2℃　頭痛　倦怠感　六日前に飲み会参加』という主訴を見て、記憶が蘇ってくる。たしか、近所のアパートに住んでいる、かなりの肥満体の独身男性だ。ＰＣＲ検査を行って、翌日に陽性の判定が検査会社からきた。

「あの患者さんがどうしました？」

『いえ、どうやら肺炎を起こしているようで』

「え？　肺炎を起こしているなら、往診なんかじゃなくて入院させるべきでしょ」

『そうなんですが、ベッドがないんです。宿泊療養のホテルも満杯で。それで、栗田さん本人が苦しくて今日の未明に救急車を呼んだんですが、いまだに入院先が見つからなくって……』

歯切れ悪い保健所職員の説明を聞いて、長峰は耳を疑う。

「今日の未明ってことは、もう半日以上経っているってことですか？　それでも入院先が決まらないんですか？」

『はい、すでに十五時間以上、入院先を探しているんですが、断られ続けていまして。それで、救急隊がいったん自宅に戻して、酸素吸入をしています』

「酸素吸入が必要なのに、半日以上も入院できない……」

五十年近く医師をしているが、そんな事態を聞いたことがなかった。

『そうなんです。それで、ほとんど水分も取れない状態で脱水を起こしているので、往診して点滴などをして頂けないかと思いまして』

「ちょ、ちょっと待ってください。うちは往診専門クリニックじゃない。そんないつ急変して対応が必要になるか分からない重症患者を往診で見るなんてできないよ」

数人の患者の往診は行っているが、以前からのかかりつけ患者が弱って診療所に通えなくなった場合だけだ。重症ＣＯＶＩＤ患者の往診などできるわけがない。

『それについては、大丈夫です。すでにＣＯＶＩＤ患者を何人も見ている往診専門クリニックが、今夜から診てくれることになっています。長峰先生には、とりあえずの脱水の処置だけお願いして、そのクリニックの往診ドクターに引き継いでもらえればと思いまして』

「なにを言っているんだ。わけが分からない」

長峰はこめかみに手を当てる。

「往診専門クリニックが引き受けてくれるなら、最初からそっちに頼めばいいじゃないか。うちは、往診でCOVID患者を診るような備えがないんだ」

『実は、そちらのドクターはいま、酸素濃縮器の回収に向かっていまして』

酸素濃縮器は空気中から窒素を取りのぞき、九十パーセント近い酸素を作り出すことが可能な、在宅酸素療法で使用される装置だった。

「酸素濃縮器の回収って、まさか……」

それが意味することに気づき、室温が一気に下がったような気がした。

『ええ、そうです。酸素吸入が必要な状態で自宅療養しているコロナ患者さんが多くて、酸素濃縮器が全然足りなくなっているんですよ。いま、往診クリニックのドクターたちが酸素濃縮器を使っている患者さんの家を回って、呼吸状態が良くなって、装置がなくても大丈夫な症例がないか探しています。回収可能な酸素濃縮器が見つかり次第、それを持って栗田さんの家に行くということです』

この東京ではどれだけの患者がいま入院できず、自宅で呼吸苦に喘いでいるというのだろう。まさか、この日本でそんな事態が起きるなんて思ってもみなかった。

ワクチン接種も進んだことで、新型コロナウイルスに対する警戒がいつの間にか緩んでいたのかもしれない。『敵』は容赦なくその緩みをついてきた。

『先生、長峰先生。聞こえていますか？』

呼びかけられ、長峰は我に返る。

「ああ、すまない。聞こえているよ」

『あの、それでいかがでしょう。往診は可能でしょうか？』

探るように保健所職員が訊ねてくる。長峰は腹の底に力を込めると、受話器に向かって返事をした。

「準備をしてすぐに向かう」


古びた木造アパートの洗濯機が並ぶ外廊下を進んでいく。切れかけの蛍光灯が点滅して目がちかちかする。一階の最も奥にある扉の前で、長峰は足を止める。

ここか。メモ用紙の住所を確認すると、往診用の鞄を汚れたコンクリートの地面に置き、中からN95マスク、防護ガウン、アイシールド、ラテックス製手袋などのPPEを取り出した。

診療所から徒歩でわずか三分ほどの距離を、できるだけ目立たぬようにやってきた。

コロナ禍がはじまって一年半以上が経つが、いまだに感染者に対する差別ははびこっている。感染した女性が、周囲へ迷惑をかけたという遺書をのこし、自ら命を絶つという悲劇すら起こっていた。

すでに救急車で搬送され、戻ってきたので、感染者がいると気づかれている可能性は高いが、だからと言って防護服を着込んで出入りするところを目撃されれば、周囲の住人の恐怖をさらに煽りかねない。できるだけ、慎重にならなければ。

辺りを警戒しつつ素早くPPEを身につけると、長峰はインターホンのボタンを押す。

ピンポーンという気の抜けた電子音が響いた。

『どなたですか？』

すぐに緊張に満ちた声で返答があった。

「長峰医院の長峰です」

『先生ですね。お待ちしていました』

すぐに玄関扉が開き、長峰と同様に防護服を着こんだ若い男性が顔を出す。

「田無救急隊の安田《やすだ》という者です。どうぞ」

長峰は小さく頷くと、往診バッグを手に取って玄関に上がった。

ここはすでにレッドゾーンだ。いたるところにウイルスが、強毒性に変異を遂げたデルタ株がはびこっている。緊張しつつ、革靴にシューズカバーを被せながら、長峰はアイシールドの奥から室内に視線を這わせる。

外観に負けず劣らず、室内もかなり年季が入っていた。天井からぶら下がっている裸電球の黄色い明かりに浮かび上がる短い廊下にはゴミ袋が散乱していて、生ごみが腐っているのかN95マスクをしていても悪臭が鼻を突いた。

廊下に備え付けられているキッチンのシンクには、ペットボトルやアルコール飲料の空き缶が山積みになり、コバエがたかっていた。思わず頰の辺りが引きつってしまう。

「こちらです」

安田と名乗った救急隊員に案内されて短い廊下を進み、襖《ふすま》を開けて部屋に入る。脱ぎ捨てられた洋服やレトルト食品の容器、漫画本などが散乱している六畳ほどの和室に、防護服を着込んだ救急隊員がもう二人いた。そして、彼らの奥に敷かれている染みが目立つ布団に若い男、栗田が横たわっていた。その姿を見て、長峰の緊張が高まる。

栗田の顔は無精ひげで覆われ、頭髪には脂が浮いていて光沢すら孕んでいた。プラスチック製の酸素マスクを被せられた口元は涎で汚れており、半開きになった蒼黒い唇の隙間からは、苦しげな喘ぎ声が漏れていた。

布団の周りには三本の酸素ボンベが置かれ、そこから伸びているチューブが酸素マスクに接続されている。

「現在、酸素十リットルでサチュレーションは九十パーセント前後です」

マスクの下から囁いてくる安田の言葉を聞いて、長峰は奥歯を嚙みしめる。ほぼ最大量の酸素を投与しているにもかかわらず、血中酸素飽和度が全く保てていない。

「人工呼吸管理が必要な状態じゃないか。それなのに入院できないんですか?」

栗田に聞こえないよう、長峰は声をひそめた。

「受け入れ可能な病床はあるにはありました」

「なら、なんですぐそこに送らないんだ。本当に危険な状態だ。人工呼吸管理しないと、いつ死亡してもおかしくない」

苛立つ長峰の前で、安田は弱々しく首を横に振った。

「そこでは人工呼吸管理はできないんです」

「できない？」

「はい、空いているのは軽中等症患者用のベッドだけです。人工呼吸管理ができるような重症病床は完全に埋まっています」

「軽中等症用ベッドより先に、重症病床が埋まったっていうのか？」

長峰は目を剝く。

「そうです。以前の波とは、重症患者の数が桁違いです。これまでのウイルスではほとんど重症化しなかった若年層が、どんどん重症肺炎を起こして呼吸状態が破綻していっています。栗田さんのような病状にもかかわらず、入院先が見つからず自宅療養を強いられている患者さんが、東京中に溢れています」

「東京中に……」

長峰は啞然としつつ、呼吸苦に顔を歪めながら布団に横たわっている栗田に視線を向けた。

「未明に救急要請を受けてから十数時間、ひたすら重症病床がある病院に入院要請を出し続けました。保健所も必死に入院先を探してくれました。けれど一床たりとも空くことなく、救急車の中でボンベを取り換えながら、酸素を供給し続けました。一時間ほど前、少なくとも今夜中の入院は不可能という判断をして、ご本人に了解のうえでここに戻って、酸素投与を続けています」

「軽中等症患者用ベッドに空きがあるなら、一時的に人工呼吸管理にしてもらって、重症病床に空きが出たら移すってことはできないんですか？」

「ダメです。そもそも、人工呼吸器が足りなくなりつつあるんです」

「人工呼吸器が足りない……」

長峰は耳を疑う。

「受け入れ可能と答えた病院は、呼吸苦の緩和などの処置だけなら可能だということでした。けど、八十過ぎの高齢者ならまだしも、三十代の患者をそこに搬送するわけにはいきません」

「……当然だ」

長峰は重々しく首を縦に振った。最大量に近い酸素を投与しているにもかかわらず血中酸素濃度が上がらない患者の苦痛を取る。すなわちそれは、モルヒネなどの麻薬を投与するということだ。モルヒネを投与すれば、たしかに呼吸苦は緩和されるだろう。しかし、その呼吸抑制作用により呼吸状態が破綻し、死亡するリスクが高かった。これほどの肺炎で呼吸苦だけを取るというのは、ほぼ『看取る』と同意義だった。

「明日の朝になれば、重症病床に空きが出るかもしれません。それまでは、自宅療養をしてもらうしかないんです。酸素濃縮器を回収次第、往診専門クリニックのドクターと看護師が夜中につきっきりで診てくれることになっています」

「その酸素濃縮器も不足しているんじゃなかったか？　もし回収できなかったら一晩中、ボンベの酸素を投与するのか？」

現在、酸素を最大量で投与しているので、すぐにボンベを使い果たしてしまうだろう。

いまここに置いてあるボンベだけでは、朝まではもたない。

「どうしてものときはそれも検討します。ただ、酸素の供給も厳しい状況で……」

躊躇いがちな救急隊員のセリフを聞いた長峰の脳裏に、数ヶ月前にニュースで見たインドの惨状が浮かび上がる。

デルタ株の発生源とされているインドでは、全土がその感染爆発に呑み込まれ、酸素が足りなくなった。あまりの被害の大きさに、インドでは統計が取れなくなっており、公式発表の十倍以上に当たる、四百万人以上がCOVIDにより命を落としたとみられていた。

あの地獄が、日本の首都で再現されつつある。オリンピックという華やかな舞台の影で。

「……分かった。往診のドクターが来るまで俺が診よう」

長峰が覚悟を決めると、安田の全身から漂っていた緊張が一気に薄れた。救急隊員の仕事は、最低限の処置をしつつ、可能な限り早く患者を病院に運ぶことだ。にもかかわらず、ここまでの重症患者を搬送もできずにただ酸素を投与することしかできないという異常な状況に、強いストレスをおぼえていたのだろう。

ここからは医者の仕事だ。

長峰が布団に近づくと、そのそばにいた二人の救急隊員が場所を空けた。

「栗田さん、分かるか？　長峰だよ。発熱外来で会ったよな」

布団のわきに正座をして声をかける。栗田は焦点の合わない目をこちらに向けつつ、小さく頷いた。

わきに置いた往診バッグから聴診器を取り出して耳に嵌め、栗田の胸部を聴診する。バリバリという和紙を破るような音と、泡が弾けるような音が同時に聞こえてくる。重症の間質性肺炎にARDSを合併して、肺胞に水が溢れてガス交換を妨げているのだろう。本来はICUでの集中治療の適応だ。なのに、こんな汚い部屋で治療をしないといけないなんて……。

唇を嚙みながら、長峰は栗田を観察していく。布団から出ている四肢の指先が、唇と同じように青黒く変色していた。チアノーゼを起こしている。血中の酸素濃度が下がり、酸素と結合していない還元ヘモグロビンの比率が高くなっている証拠だ。急いで血中酸素飽和度を上げる必要がある。しかし、ここでは酸素を投与する以外の処置はできない。

どうすればいい？　どうすれば、まだ三十代のこの青年を助けることができる？

必死に思考を巡らせていた長峰は、はっと息を吞む。

「うつ伏せだ。栗田さんをうつ伏せにしよう」

「うつ伏せですか？」

安田が訝しげに聞き返した。

「そうだ。うつ伏せにすることで背中側の肺の血流が増えて、ガス交換の効率が良くなることがある。入院患者で重症化した場合も、うつ伏せが推奨されているんだ。いいから早く布団の向こう側に行って」

急かされた救急隊員たちは「は、はい」と慌てて、布団の奥に回り込む。

「三でそっちの左半身を持ち上げて、こちら側に回転させるぞ。一、二の、三」

長峰は合図をすると、救急隊員とともに力を込めて栗田の巨体を布団の上で回転させる。隊員たちが布団から零れかけている栗田の体をずらしているのを尻目に、長峰はパルスオキシメーターの液晶画面を凝視した。

「栗田さん、深呼吸をして。胸いっぱいに空気を吸い込んで」

指示された栗田の背中が、大きく上下した。それとともに、液晶画面に表示されていた『89』という数字がじわじわと変化していき、ついには『95』まで上昇した。救急隊員から「おおっ」という歓喜の声が上がり、長峰は胸の前で拳を握り込む。栗田の手足の指も、心なしかピンク色になってきた気がする。

これで明日の朝までは命を繋げるはずだ。安堵しつつ、長峰は往診バッグから点滴袋を取り出し、カーテンレールにぶら下げると、点滴ラインを接続させる。

「ここまで肺炎が悪化していると、ステロイドの適応になる。点滴で脱水を補正するとともに、ステロイドを投与することでこれ以上の悪化を防ごう」

説明しつつ長峰は栗田の腕に駆血帯を巻いた。脱水と脂肪のせいでほとんど血管は見えなかったが、長峰は迷うことなく手首の親指側に翼状針を刺す。たとえ見えなくても、ここには太い静脈が走っている。そこなら穿刺《せんし》できるはずだ。

予想通り、わずかな血液がチューブ内に逆流してきた。長峰は点滴ラインの摘みを操作して、生理食塩水を静脈内に流し込んでいく。

「栗田さん、これで少し楽になるからな」

うつ伏せの状態で顔だけこちらに向けている栗田は、「ありがとうございます」と、血の気をいくらか取り戻した唇に弱々しい笑みを浮かべる。

「あとは引き受けます。お任せください」

点滴のスピードを調整した長峰が、安田に声をかける。この栗田のような患者が大勢、自宅療養をしているということは、東京の救急車の大部分がＣＯＶＩＤ患者の要請を受けて動けなくなり、救急医療は崩壊状態だろう。心筋梗塞、脳卒中、交通事故などで緊急処置を必要とする患者の搬送が滞り、普段なら助かる人々が命を落としているはずだ。だから、少しでも救急車が稼働できるように、ここは一人で引き受けよう。

「よろしいんですか？」

安田が躊躇いがちに訊ねてくる。長峰は「もちろん」と力強く頷いた。

「それでは、こちらの不搬送同意書に代筆としてサインをして頂けますでしょうか。一度要請を受けたあと、搬送しない場合にはこれが必要なので」

書類を受け取った長峰は、不搬送理由の欄に『受け入れ病院が見つからないため』と書き、サインをする。

「先生、本当にありがとうございました」

安田が頭を下げてくる。

「いいや、そちらも本当にお疲れ様。大変な状況だけど、力を合わせてこの危機を乗り越えよう」

長峰が差し出した手を、隊長は「はい！」と力強く握り返してきた。

救急隊員たちを見送ると、栗田が「先生……」と弱々しく声をかけてきた。

「俺、もうすぐ死ぬのかな？」

縋るような眼差しを向けられ、長峰は拳を握り込む。息子よりも若いこの青年を救えなくて、なにが医者だ。

「大丈夫だ。なんとしても助ける。だから、安心して眠りなさい。疲れただろ」

こわばっていた栗田の表情が、わずかに緩んだ。長峰は往診バッグからステロイドのアンプルを取り出すと、それをシリンジで吸って、効いてくれと内心で祈りながら点滴ラインの側管から投与する。

使用したシリンジを側管から外すと、栗田は目を閉じていた。血中酸素飽和度もなんとか九十五パーセントを維持している。

長峰は大きく息を吐くと、布団のそばに胡坐をかいた。

「とりあえずの処置は終わったよ。私はここにいるから、安心して休んでいなさい」

「はい……」

栗田は目を閉じたまま、蚊の鳴くような声で返事をした。

苦しげな呼吸音とボンベから酸素が噴き出す音だけが響く部屋で、長峰は栗田の様子を見続ける。十五分ほどそうしていると、栗田が酸素マスクの下から話しかけてきた。

「先生、テレビをつけちゃ、だめかな。眠れないから。その方が、気がまぎれるし」

栗田は弱々しく笑った。きっと、すぐ背後にまで迫ってきている『死』の気配を誤魔化したいのだろう。長峰は少し離れた位置に落ちていたリモコンを拾ってテレビの電源を入れた。液晶画面にオリンピックの開会式直前のＮＨＫの特集番組が映し出される。

「……チャンネル、変えようか」

自分が肺炎で死にかけているとき、『平和の祭典』など見たくないだろう。そう思ったとき、栗田は「いえ、これでいいです」と首を振った。

「もし……死ぬなら、くだらない、番組じゃ、なくて、オリンピック、を見ながら、死にたいから……」

苦しげな呼吸の隙間を縫って、栗田は言葉を絞り出す。パルスオキシメーターに表示されている数字が『93』まで落ちる。

「分かったから、喋らないで。ゆっくり呼吸をくり返して」

栗田は指示通り、深呼吸をする。そのとき、玄関から「失礼します」という声が響いてきた。長峰が立ち上がって廊下に行くと、玄関扉の向こう側にＰＰＥを着た二人の人物が立っていた。その一人の腕には、大型の加湿器のような機械が抱えられている。

「野口《のぐち》訪問診療クリニックの野口です。酸素濃縮器が回収できたので、引継ぎに来ました」

若い医師がはきはきとした声で言う。

ああ、良かった。長峰は胸を撫でおろす。往診専門の医師なら、自分よりも遥かに適切に治療ができるだろう。それに酸素濃縮器があれば、ボンベのように酸素が切れる心配もしないで済む。

「ありがとう。こっちだよ」

長峰は野口と名乗った医師と、同伴した看護師らしき女性を部屋に案内する。

「栗田さん、さっき電話した野口です」

野口は栗田が横たわっている布団のそばにひざまずいた。

「もう心配ないから。ちゃんと一晩ついているし、明日になったら重症病床に入院できるようになんとか手配するから」

野口が説明している間に、看護師は折りたたみ式の点滴棒を組み立て、いくつかの点滴を手際よくそこにセットしていった。

「長峰先生、本当にお疲れさまでした。あとはお任せください」

振り返った野口が声をかけてくる。

もうやれることはないな。長峰は「それじゃあ、よろしくお願いします」と、玄関に向かおうとする。そのとき、背後から「長峰先生」とか細い声がかけられた。振り返ると、栗田が見上げてきていた。

「先生、ほんとにありがとう」

「いいや、これが仕事だからね。栗田さんも早く良くなってくれよ」

長峰は軽く手を振って身を翻す。

テレビ画面の中では、新国立競技場の上空に華やかな花火が咲き乱れていた。

東京オリンピックが開幕した。

6　2021年8月6日

注射器の押し子を親指で押し込んでいく。シリンジ内の透明の液体が、三角筋へと注入されていく。

「はい、お疲れさまでした。それではこれから十五分間待機していただきます。係員が案内しますね」

硲瑠璃子が注射器を廃棄ボックスに捨てると、接種を受けた中年の女性は「ありがとうございます」と一礼してからブースを出ていく。

ちょっと疲れたけど、これならやっていけそうだ。

今日から瑠璃子は、ワクチン接種会場の接種担当看護師として、心泉医大附属氷川台病院に復職していた。

三ヶ月ほど前に熊本から来た両親に会ってから、心身の調子はだいぶ改善していった。一時通院をやめていた心療内科にも再び通いはじめ、抗うつ剤を再開している。化粧台の抽斗にしまっていたエチゾラムは、全てトイレに流して捨てた。

先々週の受診では主治医から、だいぶ調子がいいようなので、今後は少しずつ抗うつ剤を減薬していこうと言われていた。

ＣＯＶＩＤの後遺症で失っていた味覚も、少しずつ戻ってきていた。まだ塩味はあまり感じないので、レトルト食品などは食べられないが、うまみはかなり感じとることができるようになった。そのため、和食を中心に十分に出汁を取って自炊をしている。料理は気分転換にもよかったし、自分で作った料理なら味の調節も容易なので、食欲も戻ってきていた。一時は十キロ近く痩せていた体重も、三キロほど増やすことができていた。

体調が戻ったのを機に、看護師長と面談をして復職について話し合った。以前のようにコロナ病棟で勤務したいという気持ちはかなり薄れていたので、部署にこだわりはなかった。どこに配属されても、出来ることをしよう。そう決めていた。

復職してすぐ、夜勤などのある病棟看護は負担が大きすぎるという判断の元、病院で行っているワクチン接種の担当を打診された。

ワクチンを多くの人々に接種することは、新型コロナウイルスに打ち勝つための唯一の方法だ。コロナ病棟に勤務しなくても、あのウイルスとの戦いに貢献できる。そう思った瑠璃子は提案を受け入れ、今日から勤務を行っていた。

医師の問診を受け、接種可能と判断された者にワクチンを筋肉注射する。その単純作業に最初は物足りなさをおぼえていたが、接種を受けた人々の安堵と喜びの表情を見るうちに、充実感をおぼえるようになっていた。

「はい、今日はこれでおしまい。お疲れさまでした」

接種会場を取り仕切る事務員が顔を見せる。瑠璃子は「お疲れさまでした」と会釈をすると、パイプ椅子から立ち上がり、大きく伸びをする。背骨がこきこきと音を立てるのが心地よかった。

さて、帰ったらオリンピックのニュースでも見ようか。瑠璃子はそんなことを考える。一時は開催も危ぶまれたオリンピックだったが、いまのところ問題なく進んでいる。ソフトボールの金メダル、柔道で阿部《あべ》兄妹をはじめとするメダルラッシュ、水泳や卓球での日本人選手の活躍などに、日本中が熱狂していた。無観客になったことで、多くの国民がステイホームをしながらテレビ観戦をしている。これなら感染状況に悪影響は与えないだろう。そう考えて、瑠璃子も夜にその日あった競技のハイライトを見るのを楽しみにしていた。

接種会場から出てロッカールームに向かおうと思った瑠璃子は、ふと足を止める。そうだ、コロナ病棟に復職の挨拶をしにいこう。去年、精神的に不安定な状態で長く勤務していたので、多くのスタッフに心配をかけてしまった。

瑠璃子は接種会場がある本館から、コロナ病棟のある旧館へと移動していく。エレベーターでコロナ病棟がある四階に上がると、廊下の奥にナースステーションが見えた。

「本当に久しぶり……」

そんな言葉が漏れてしまう。ここで必死に働いていたのが、何年も前のことのように感じられた。

靴音を鳴らしながら廊下を進み、ナースステーションに入った瑠璃子は、「失礼します」と声を出して頭を下げる。

「硲瑠璃子、本日からワクチン接種会場の担当として復職しました。ご心配おかけしました」

ナースステーションで勤務していたスタッフたちが振り返る。その瞬間、心臓が大きく跳ねた。

そこにいる数人の医師、看護師、全員が顔見知りだった。しかし、その誰を見ても懐かしさをおぼえることはなかった。全員の目が虚ろに濁っていた。まるで、鮮魚店の店先に並ぶ死んだ魚のように。

「ああ、硲さん、復職したのね」

力ない言葉がかけられる。見ると、呼吸器内科医の椎名梓が弱々しく微笑んでいた。かなり痩せたように見える。目の下には濃いクマが目立つ。表情筋が全体的に弛緩しているため、半年ほど会わなかっただけなのに、しわが増えて十歳近くも老けたかのように見えた。

「どう、体調は？」

「だいぶ……いいです」

椎名の変貌に驚きながら瑠璃子は答える。呼吸器内科医局長の梅沢と、感染症内科医の姉小路もいたが、二人とも椎名と同様に生気を失っていた。かつて同僚だった看護師たちも、同じような姿を晒している。

抜け殻のようになっているスタッフたちの様子を目の当たりにして、瑠璃子はデジャヴをおぼえる。数秒理由を考えると、すぐにその原因に気づいた。

私にそっくりなんだ。半年ほど前、心身ともに限界に達し、壊れかけていた私に。

あれだけ精力的にコロナ病棟で働いていた医師たちが、ここまで消耗するなんて……。

瑠璃子は唾をのむと、アクリル板の向こう側に見えるレッドゾーンを見る。中では、防護服を着た看護師たちが廊下を進んでいた。N95マスクとアイシールドをしていても、彼女たちの顔が青白く変色し、表情が消え去っているのが見て取れる。かつて見た、ホラー映画に出てくるゾンビを彷彿させる姿。背中に冷たい震えが走った。

私がいた頃と、明らかに雰囲気が違う。いったい、コロナ病棟でなにが起きているというのだろう。

梅沢の首からぶら下がっている院内携帯が着信音を立てた。梅沢は、顔をしかめながら携帯に出ると、「はい、心泉医大附属氷川台病院コロナ病棟」と力なくつぶやいた。

あれは、東京都の入院調整センターとの直通電話。ということは、入院要請が入ったのか。

瑠璃子が内心でつぶやいていると、梅沢は脂ぎった頭髪をがりがりと搔き出した。

「いや、だから無理なんですよ。なんど電話をかけられても、病床がないって言ってるでしょ！……救急車に十時間？　そんなこと、知らないよ。可能な限りこっちも患者を受けているんだ！　もう限界なんだよ」

吐き捨てるように言って通話を打ち切った梅沢は、「ふざけやがって」と悪態をつく。その姿に、瑠璃子は啞然とした。

瑠璃子の知っている梅沢は、自らの肥満体を自虐的にネタにしたり、下らない冗談を口にしたりして、病棟の雰囲気をよくするように努めていた。そんな彼が、あんな乱暴な態度を取るなんて。しかも、この場にいるスタッフたちは誰一人として驚いた様子を見せない。ということは、もはやこれがコロナ病棟の日常と化しているのだろう。

なんで、こんな状態に？　スタッフのワクチン接種が終わり、感染に対するストレスが減っているはずなのに。心臓の鼓動が早くなっていく。

瑠璃子は細く長く息を吐くと、そっと椎名に話しかける。

「あの、他のスタッフにも挨拶をしたいんで、病棟に入ってもいいですか」

椎名は「ん」と興味なさげに頷くだけだった。

瑠璃子はＰＰＥ一式を身に着けると、扉を開けてレッドゾーンに入る。感染したうえにワクチンを二回接種している自分の新型コロナウイルスに対する免疫は、極めて強くなっているはずだ。感染リスクはほとんどないだろう。にもかかわらず、やはりここに入ると緊張してしまう。ここが人類とウイルスの戦争の最前線であることをあらためて実感する。

瑠璃子は慎重に廊下を進んでいく。肺炎患者の苦しそうなうめき声と、人工呼吸器のポンプ音がかすかに空気を揺らしていた。

第三波で大量の患者が溢れたときとそんなに変化は見られない。いったいどうして、スタッフたちはあそこまで消耗しているのだろう。

瑠璃子は軽く首をひねりながら、すぐそばの病室の扉を開いた。マスクの下で口が半開きになる。半年前は四床だった病室が、六床に増えていた。

まさか、他の病室も？　瑠璃子はせわしなく、次々に病室の扉を開いていく。四床だった病室は六床に、個室だった病室には二、三床の病床が設置されていた。

一通りの部屋を見て回り、瑠璃子は呼吸を乱す。自分がいた頃の倍近い患者が入院している。おそらく、都からの要請を受け、限界まで病床数を増やしたのだろう。しかも、以前とは重症度が段違いに高い。ほとんどの患者が、酸素を限界近くまで投与している。しかし、なにより違ったのが患者たちの年齢だった。

半年前、入院している患者の大部分は、肺炎を起こした高齢者だった。中年層や若年層の患者も少しはいたが、それはあくまで例外的に重症化した症例だった。

だが、いま入院している患者たちの大部分が中年層だ。おそらく、四十代から五十代が多いだろう。さらに若く見える患者も少なくない。逆に、高齢の入院患者はほとんどいなかった。

高齢者へのワクチン接種がだいぶ進んでいることで、感染者の平均年齢が明らかに下がっている。だから、感染者が増えていてもそれほど重症者は増えないだろうとたかをくくっていた。

「これがデルタ株……」

瑠璃子は震える声でつぶやく。デルタ株はアルファ株よりもさらに病毒性が上がっており、重症化しやすいことは知っている。しかし、まさかここまでとは……。

高齢者なら、肺炎が悪化しても寿命だと受け入れることもできる。人工呼吸管理をせず、苦痛を取って自然に看取るという選択を取ることも多い。だが、若い世代ではそうはいかない。家族が受け入れることなど困難だろうし、体力があるので最後の最後まで何とか救命しようと医療サイドも必死になる。

結果、大量の医療リソースを注ぎ込むことになり、スタッフへの負担も大きくなる。思えば、人工呼吸管理をしている患者が極めて多かった。

さっき梅沢が受けていた入院要請からも、肺炎が悪化して救急車を呼んだのに、入院できずにいる患者がこの東京に大量にいることが分かる。

ウイルスに蹂躙されている首都、そこで『平和の祭典』が華やかに開かれ、金メダルラッシュに国民が湧いている。そのあまりの落差に、瑠璃子は立ち尽くす。

そのとき、背後から「瑠璃子？」と声をかけられる。振り返ると、同期の看護師の原口梨花が立っていた。アイシールドの奥の瞳が、完全に感情の光を失っていることに気づき、瑠璃子は言葉を失った。

「なんで瑠璃子がここにいるの？」平板な声で梨花が訊ねてくる。

「いや、今日から復職したから、みんなに挨拶しようかと思って……」

「ああ、復職できたんだ。よかったねぇ」

かすかに梨花は目を細めた。

「ねえ、ちょっと梨花。あなた、大丈夫？」

「大丈夫よ。うん、大丈夫。まだ大丈夫……」

呪文を唱えるように梨花は「大丈夫」とくり返した。

「全然大丈夫じゃないよ。ねえ、もう限界だって。師長に言って、産婦人科外来に戻してもらいなって」

「ううん」

梨花は力なく首を横に振った。

「患者さんが増えて、どんどん人手が必要になってる。師長が頑張って看護師を集めようとしているけど、全然集まらないの。いま私がいなくなったら、この病棟の患者さんが困る。だから、私はここで働かないといけないの」

まるで鏡と向かい合っているかのような気持ちになる。梨花の言動は、以前の私と全く同じだ。彼女もこの戦場で疲弊しきり、そしてコロナ病棟の看護師であるということが自我のよりどころになってしまっている。

休ませるべきだ。けど、ただここで休めと言っても、梨花が受け入れることはないだろう。

「ねえ、それじゃあ交代するのはどう？」

慎重に言葉を選びながら瑠璃子は言う。梨花は「交代？」と小首をかしげた。

「そう、梨花のおかげで私は十分に休んで、元気になることができた。だから、今度は私がコロナ病棟に復帰するから、代わりに梨花が元気になるまで休みなって」

いまの自分なら、父に認められた自分なら、壊れることなくここで働くことができるはず。瑠璃子にはその自信があった。

「なに言っているの！」

怒鳴るように梨花が言う。その迫力に瑠璃子はたじろいだ。

「ようやく回復したのに、ようやくもとの瑠璃子に戻ったのに、またここで働くなんて絶対にダメ。そもそも、そんなの師長が許すわけない」

たしかにその通りだ。負担が少ない部署をとワクチン接種業務で復職させてもらったばかりなのに、心身ともに消耗するコロナ病棟での勤務なんて許可してもらえるはずがない。

梨花は熱に浮かされたような声で語り掛けてくる。

「私のことは心配しないで。私は大丈夫だから。私はここで頑張っていけるから」

踵を返してふらふらと去っていく梨花の背中を、瑠璃子はマスクの下で唇を噛んで見送ることしかできなかった。

真夏の生暖かい夜風が、首元にまとわりつく。瑠璃子はハンカチで首筋を拭いつつ、ヒールを鳴らして街灯に照らされた道を進んでいく。

頭の中では、一時間ほど前に見たコロナ病棟の光景がぐるぐると回っていた。自分がいたときも、レッドゾーンは修羅場だった。しかし、いまは輪をかけて酷い状況だ。中年患者が重症肺炎を起こし、次々に人工呼吸管理されている。もしかしたら、院内の人工呼吸器が足りなくなるという事態に陥るかもしれない。

そう言えば、人工呼吸管理の際の鎮静に必要な薬の供給も不安定になっていると聞く。それだけ大量の人々が、ＣＯＶＩＤにより重症肺炎を起こし、人工呼吸管理下に置かれて生死の境を彷徨っているということだ。

華やかなオリンピックの裏で、こんな地獄絵図が展開されているなんて……。

あまりにも衝撃的な事実を脳が拒絶しているのか、やけに現実感が希釈されていた。なにか力になりたい。けれど、復職したばかりの私がコロナ病棟に戻ることはできない。無力感が容赦なく胸に突き刺さってくる。

ふと顔を上げると、数十メートル先に看護師寮である単身者向けのマンションが見えた。物思いに耽りつつ足を動かしているうちに、いつの間にかここまで来ていたようだ。

マンションの前に着き、エントランスに入ろうとしたとき、「瑠璃子」と背後から声をかけられた。振り返った瑠璃子は目を剝く。そこには元婚約者である定岡彰がマスク姿で立っていた。

「彰君……？」

この一年以上、彰と直接顔を合わせることはなかった。会話をしたのも、三ヶ月前が最後だ。

もしかして、幻でも見ているのだろうか？　瑠璃子はふらふらと電柱の陰に立っている彰へと近づいた。

「ごめんな、急に押しかけて。迷惑だったよな」

弱々しく言う彰を、瑠璃子は観察する。かなり痩せたように見える。全身に漲《みなぎ》っていた自信がいまは完全に消え失せ、一回り小さくなったかのように見える。

「いえ、迷惑ってことは……」

混乱して言葉を探していた瑠璃子は、まず伝えるべきことに気づく。

「あの……、お母様のこと、本当にご愁傷様」

お悔やみを口にした瞬間、彰の眉間に、痛みに耐えるかのように深いしわが寄った。五月にCOVIDの重症肺炎になった彰の母親は、医療崩壊状態の大阪で入院先が見つからず、自宅で息を引き取っていた。

義理の母になるはずだった女性の死を彰からのメッセージで知った瑠璃子は、大きな衝撃を受け、彰に慰めの言葉をかけようと電話をかけた。しかし、彰がそれに出ることはなかった。

もう、私とは連絡を取りたくないのだろう。母親が入院できずに苦しんでいるとき、なにも手助けできなかった私を恨んでいるのだろう。そう思った瑠璃子は、彰に連絡することをやめていた。

「ありがとうな。四十九日も過ぎて、ようやく落ち着いてきたよ。あのときは、無理なお願いとかして悪かったな」

「ううん、私こそなんの力にもなれなくてごめん」

二人の間に沈黙が降りる。しかし、コロナ禍がはじまってすぐの頃、同棲したマンションでお互いに黙り込んだときのような息苦しさは感じなかった。

「俺が間違っていたんだ……」

絞り出すように、彰は言った。

「現場でコロナを見ていた瑠璃子があれだけ危険だって教えてくれたのに、俺は全然それを聞かなかった。自分の方が正しいって思いこんでいたんだ。だから、自分がかかって苦しんで、そして……おふくろにうつすまで、あんなに恐ろしい病気だって夢にも思っていなかった」

彰の眉間に刻まれたしわが深くなる。

「俺がもっとまじめに瑠璃子の話を聞いていたら、俺がもっと謙虚だったら、おふくろがあんなに苦しんで死ぬこともなかったし、俺たちが別れることもなかった。全部、俺が悪かったんだ」

たしかにその通りなのだろう。けれど、彰を責める気持ちにはならなかった。苦しむCOVID患者たちの看護をして、その壮絶な現場を目の当たりにしなければ、自分も彰と同じように新型コロナウイルスを軽視していたかもしれないから。

大きな災害などに直面したとき、人間には『正常性バイアス』というものが生じやすい。その災害を日常の延長上にあるものとして、危機を過小評価することで精神の安定を図ろうとする認知反応だ。それにより、危険に対して適切に対応できなくなるということも少なくなかった。

「おふくろが亡くなってから、ずっと瑠璃子に謝りたかったんだ。けど、ワクチンも打っていないのに会ったら迷惑だと思って、なんとか空いている枠で接種してもらって、二回打ち終わって一週間経ったから、今日来たんだ」

彰は俯くと、肩を震わせはじめる。

「悪かった。本当に悪かった。許してくれ」

嗚咽交じりに「悪かった」とくり返す彰を、瑠璃子はそっと抱きしめる。

「もう気にしないで。その言葉が聞けただけで十分だから」

彰は瑠璃子の肩口に顔をうずめると、声を殺して泣き続けた。十数分、瑠璃子は彰の体に手を回し続けた。通りかかった通行人がいぶかしげな視線を浴びせてくるが、気にならなかった。ただ、かつて愛した男性の苦悩を洗い流す手伝いがしたかった。

やがて、彰はそっと瑠璃子から体を離す。

「ごめんな、情けない姿を見せて。ただ、謝りたかっただけなのに……」

「ううん、気にしないで。また会えてよかった」

「俺もだよ。あの、それじゃあ……さよなら」

ためらいがちに踵を返そうとした彰に、瑠璃子は「ねえ」と声をかける。

「顔、ぐちゃぐちゃだよ。よかったらタオル貸すから、顔を洗って、そのあとお茶でも飲んでいかない」

自然とそんな言葉が口をついた。彰は数回まばたきをくり返したあと、充血した目を細めた。

「それじゃあ、少しだけお邪魔しようかな」

二人は並んでエントランスへ入る。かすかに触れ合う小指の先から、彰の体温が伝わってくるような気がした。

7　2021年9月30日

「暇だねえ」

囲碁の教本を読みながら、長峰邦昭はつぶやく。診察室のアルコール綿を補充していた看護師が、「そうですね」と相槌を打った。

午前十一時過ぎ、長峰医院には穏やかな時間が流れていた。

ほんの二ヶ月前までは、このくらいの時間には、発熱相談センターから紹介された発熱患者がひっきりなしに受診していた。しかし、最近の発熱外来は閑古鳥が鳴いている。

菅政権が主導し、医療現場が呼応する形で全速力で新型コロナワクチンの接種を進めていった結果、すでに国民の半数以上が二回の接種を終えていた。その効果が劇的で、八月中旬には一日二万五千人に達していた新規感染者が、九月に入って感染が急速に収束していき、現在では千人台にまで減少している。それに伴い、発熱患者も激減し、この二週間ほど発熱外来は開店休業状態だった。

また、多くの国民がマスクや三密回避などの感染対策を続けてくれているおかげで、手足口病、ヘルパンギーナ、プール熱など、夏に流行しやすい感染症も軒並み低水準になっている。そのため、高血圧、脂質異常症、糖尿病など、慢性疾患のかかりつけ患者をゆっくりと診察できる状態になっていた。数分前に待っていた患者の診察を終え、新しい受診者が来るまではこうして趣味の囲碁の勉強をする余裕すらあった。

一時は重症患者が溢れかえり、医療崩壊を起こした東京のコロナ病床にもかなり余裕が出てきたことから、本日、十九都道府県に発令されていた緊急事態宣言も解除された。

この国に日常が戻りつつある。その立役者の一人である菅首相は、昨日行われた自民党総裁選には立候補せず、岸田《きしだ》新総裁が誕生していた。

就任当初は緊急事態宣言の再発令が遅れたり、『勝負の三週間』と感染対策の徹底を呼び掛けていた時期に、二階幹事長など数人と会食していたことが明らかになったりと多くの批判を浴び、支持率の低下に繋がった菅首相だったが、ワクチン対策については完璧だった。

首相自らファイザー社CEOと複数回会談を行い、ワクチン供給の前倒しと、さらなる上積みを勝ち取った。また、河野太郎氏をワクチン担当相に指名し、一日百万接種の目標を打ち出し、一部野党から「ワクチン頼みだ」「ワクチンよりむしろ検査拡大に乗り出すべきだ」などの、非科学的な批判を浴びてもぶれることなく、予防接種に邁進した。その結果、目標を大きく超える、最高で一日百七十万接種という驚異的な数字を叩き出し、他の先進国を圧倒するスピードで接種が進んでいった。

まだ感染が十分に収束していない九月三日に、支持率の低下などを理由に総裁選不出馬を決めた菅首相だったが、感染者が激減している現在、その功績があらためて評価されはじめている。

安倍前首相が早期に確保したワクチンを、菅首相が全力で接種し、感染を抑え込んだ。あとは、間もなく発足する岸田内閣がこの流れを継ぎ、接種事業をスムーズに進めていけば、完全に日常が取り戻せるはずだ。長峰はそう確信していた。

長峰は囲碁の教本を閉じると、マウスを操作してディスプレイに予約名簿を表示させる。今日も夕方から、三十人の接種予約が入っていた。その中には、十代、二十代の若者も含まれていた。それを見て、思わず目を細めてしまう。

アメリカなどでは、新型コロナウイルスを軽視する風潮や、インターネット上に溢れる新型コロナワクチンが危険だという誤情報により、特に若年層の接種率が低く、感染を抑え込めずにいる。それに対し、日本では若者たちも積極的に予防接種を受け、マスクをつけ、三密回避を徹底してくれていた。

欧米各国に比べて圧倒的に新型コロナウイルスの被害が少ない最も大きな要因が、国民の高いリテラシーにあるのは明らかだった。

「先生、郵便が届いていますよ」

事務員が診察室に入ってきて、郵便物の束を差し出してきた。長峰は「ありがとう」とそれを受け取ると、一つ一つ確認していく。地域の医師会や、税理士からの書類などを仕分けしていた手が止まる。

「厚労省？」

水色の封筒を手に取った長峰は、それをまじまじと見つめた。厚生労働省のロゴとともに、『厚生労働省　健康局健康課予防接種室』と記されていた。

厚労省からこのような郵便物が直接届いたことは、これまでなかった。普段は地域の医師会を通じて連絡がある。

予防接種室ということは新型コロナワクチンについて連絡か？　なにか緊急で伝えるべきことができたのだろうか？

封筒の上部を破った長峰は、中を覗き込む。なぜか、小さな紙が一枚だけ折りたたまれて入っているのが見えた。

なんだ、これは？　封筒を逆さまにして振った瞬間、その下に添えていた掌に、冷たく硬い感触が走った。反射的に手をひっこめた長峰は目を見張る。デスクの上に、五センチほどのカッターナイフの刃が落ちている。

カッターの刃？　これが入っていたのか？

なにが起きているか分からず混乱しつつ、長峰は再度封筒を覗き込むと、他に危険物が入っていないことを確認して、中に入っている二つ折りの紙を取り出した。

かすかにふるえる手でそれを開く。

『利権にまみれたお前たちには死が似合う。

まもなく判決がくだされる。

いまさら土下座しても遅い』

大きなフォントで記されたそれらの活字が、浮かび上がってくるかのような錯覚に襲われた。

「えー、それでは、封筒に触れたのは先生と、他にはどなたでしょうか？」

スーツを着た若い刑事が訊ねてくる。

「私と、あと事務員だと思います」

「承知しました。それでは後ほど、お二人の指紋を採取させて頂いてもよろしいでしょうか？　まず、封筒と脅迫状、あとカッターナイフの刃を科捜研に送りまして、指紋がついていないか調べます。指紋が見つかったら、それが先生と事務員さんのものでないか確認する必要があるので」

「はい、もちろんです」長峰は重々しく頷いた。

脅迫状が届いたことを一一〇番に通報すると、所轄署である田無署からすぐに二人の刑事が派遣されてきた。届いたときの事情などを説明し終えると、証拠保存用のポリ袋に、長峰自身の手で封筒、脅迫状、カッターの刃などの証拠品を入れ、それを中年の刑事にカメラで何回も撮影されるという作業を行った。今後、犯人が逮捕されて裁判になったときのことを考え、しっかりと証拠を残しておかないといけないらしい。

中年刑事は、いまは診療所の外観や、郵便物が届いたポストの撮影を行っていて、目の前の若い刑事に事情を話していた。

「これまで、このような脅迫状が届いたことはありますか？」

小さな手帳にメモをしながら、刑事が訊ねてくる。

「脅迫状というか、なにか意味不明なものが届いたことはあります。『ワクチン即時停止命令』とか『新ニュルンベルク裁判』とかよく分からないことが書かれていましたね」

長峰は二ヶ月ほど前に茶封筒に入って届いた文書を思い出す。あまりにも支離滅裂で馬鹿らしい内容なので、いたずらと判断してすぐに捨ててしまっていた。

「ああ、色々なところに届いているあれですね」

軽い口調で刑事は相槌を打つ。

「いろいろなところ？」

「ええ、日本中の医療機関に届いていますね」

「日本中って、そんなとんでもない数に一人で郵送なんてできるんですか？」

混乱した長峰は額に手を当てる。

「一人じゃありません。おそらく、組織的な反ワクチン団体の行動です」

「反ワクチン団体？　それってワクチンによる心筋炎などを大袈裟に取り上げて、接種すべきじゃないと反対している団体があるということですか？」

インターネットでそんな論調が広がっているという噂を聞いたことがある。

「けど、新型コロナウイルスに感染する方が、遥かに高い確率で、しかも重度の心筋炎を起こしやすいんですよ。接種によって得られる利益は、リスクを遥かに上回ります。世界中の保健機関がワクチン接種を強く求めて……」

そこまで言ったところで、刑事が両手を胸の前に掲げた。

「先生、そんなレベルじゃないんですよ。『コロナなんて存在しない』『ワクチンは闇の政府が人口削減のために作った兵器だ』『ワクチンにはマイクロチップが含まれて、打ったら操られる』『トランプ前大統領こそ救世主であり、彼のためにワクチン接種を止めないといけない』、そんな主張をしている団体があるんです」

長峰はあんぐりと口を開く。

「それは……、なにかの冗談で言っているんですよね？」

「いいえ、本気ですよ。奴らは心の底からそれを信じているんです。自分たちが覚醒した『光の戦士』だと思い込み、世界を救おうと行動しているんですよ」

「幼稚園児ならまだしも、大人でそんな馬鹿げたことを本気で信じる人間がいるんですか？」

刑事は「いるどころじゃありません」とかぶりを振った。

「何千人、下手したら一万を超える人々が馬鹿げた陰謀論を信じ込み、その団体に所属しているんです。各地に支部があり、全国でノーマスクでワクチン反対を訴えるデモをくり返しています」

「一万人……」

あまりにも理解不能な内容に、長峰は頭痛をおぼえる。

「その団体が、刃物入りの脅迫状を送ってきたということですか？」

「それははっきりわかりません。反ワクチン団体は小さいところも含めると、かなりの数が確認されていますから。さらに、個人で活動している反ワクチン主義者まで入れると、私たちにも把握は不可能です。ですから、注意してください」

「注意と言うと？」

「当然、そのような団体や人物から危害を加えられることです。とりあえず、この医院の周囲への制服警官の巡回を増やすようにします。また医院と先生の携帯の電話番号を特別な番号として登録させて頂きます。そちらの番号から一一〇番に通報が入った場合、即座に警官が駆け付けるようにしておきます」

険しい表情で刑事は言う。

「いや、そんな大げさな。さすがに直接押しかけてきたりはしないでしょ」

「そんなことはありません。それらの反ワクチン団体の中の多くは、陰謀論の自家中毒によって先鋭化して、カルトと化しています。すでに警視庁の公安部が動いているという噂です」

「公安……」

長峰の声がかすれる。警視庁公安部といえば、テロ組織などに対抗するための組織だ。ワクチン接種で地域住民に貢献しているだけで、テロの標的になるというのだろうか。茫然自失の長峰に向かい、刑事は低くこもった声で言う。

「どうか、油断しないで下さい。奴らの妄想の中では、ワクチン接種を推進する関係者は誰もが、『大量虐殺者』なんですから」

8　2021年11月27日

「おっ、うまそうな弁当食べてるな。今日もおふくろさんの手作りか？」

医局のデスクで食事をとっていると、医局長の梅沢が明るい声をかけてくる。焼き鮭を食べていた椎名梓は、デスクに置いておいたサージカルマスクをつけて返事をする。

「今日は私のお手製です。昨日は定時で帰れたから、息子が寝た後に仕込みをして、今朝早く起きて作ったんです。うちの子、鮭が好物だから」

「おお、そりゃいいな。やっぱり、それくらい余裕がないとな。俺も料理とかはじめてみようかな。なんか趣味が欲しいと思っていたところなんだよ」

「梅沢先生は、料理よりもなにか体を動かす趣味を持った方がいいですよ。糖尿病なんだから」

梓は皮肉っぽく忠告すると、梅沢は「嫌なこと思い出させるなよな」と苦笑した。

三ヶ月前が嘘みたい。和やかな空気の中、梓は胸の中でつぶやいた。

現在、一日の新規感染者数は全国で百人前後まで減少している。ワクチン接種を終えた国民の割合も八十パーセントに迫っており、先進国でもトップクラスの接種率になっていた。

感染者が急減したことで、コロナ病棟も空き病床が増えていた。すでに五階のコロナ病棟は閉鎖し、四階病棟の病床も半分近くが空いている。コロナ病棟管理の中心を担っていた梓の負担も軽くなったこともあり、先月ついに一年半以上泊まり続けていたビジネスホテルを引き払い、母と息子が待つ自宅マンションに戻っていた。

愛する息子とともに寝食を共にできる喜び、それは何物にも代えがたいもので、毎日、目が覚めるたびに隣で寝息を立てている一帆の姿を見て、幸せをかみしめている。デルタ株による波の直撃を受け、東京が医療崩壊を起こして多くの人々が犠牲になった夏には、ひどい抑うつ状態になっていたのが遠い昔のことのようだ。

こんな毎日が続いて欲しい。そう思わずにはいられなかった。

「そう言えば、一帆君は来年、小学生になるんじゃなかったか。なんかお祝いを送ろうか」

上機嫌に梅沢が言う。三ヶ月前は医局のムードメーカーとは思えないほど、常に苛ついていた梅沢だが、いまは普段の調子を完全に取り戻していた。

「そんな余裕があったら、奥さんになにかプレゼントしてあげた方がいいんじゃないですか？　この二年近く、ずっと支えてきてくれたんだから」

「はは、たしかにそうだな」

梅沢は腹の脂肪を揺らして笑い声をあげた。

「あとは、小学校に入学するまでに、一帆にも新型コロナワクチンが接種できればいいんですけどねぇ」

梓が愚痴をこぼすと、梅沢は「ああ、遅すぎるよな」と軽く眉をひそめた。

ファイザー社は五歳から十一歳の子供への新型コロナワクチンの治験に成功し、すでにアメリカでは接種がはじまっていた。大人の三分の一の成分量を三週間以上空けて二回接種することで、十分な新型コロナウイルスに対する免疫が惹起されることが確認され、また発熱等の副反応も大人に比べると大幅に少なくなっている。

特例承認を使用すれば今年中にも日本で接種が開始できるはずなのだが、政府からはまったくスケジュールが示されていなかった。

十月四日に岸田政権が発足し、ワクチン担当相が河野太郎氏から堀内詔子《ほりうちのりこ》氏へと交代した。それに伴い、今後のワクチン接種の予定などの情報が現場にほとんど降りなくなってしまった。

河野前大臣が優秀過ぎただけでこれが普通なのかもしれない。だが、これから本格的に冬がはじまり、感染症が流行しやすい環境になる。このままで大丈夫なのかという不安の声が、医療現場から上がりはじめていた。

「そもそも、俺たちへの追加接種も遅すぎるんだよな。もう、ワクチン余っているんだから、さっさと医療従事者と高齢者への三回目に使えばいいんだよ」

梅沢が言う通り、医療従事者への追加接種も遅れていた。新型コロナワクチンによる感染予防効果は時間が経つにつれ漸減していく。重症化・死亡予防効果はそれほど下がらないとはいえ、いまもコロナ病棟で働いている身としては、追加接種により抗体価にブーストをかけ、感染もほとんどしない状態に戻しておきたかった。

岸田政権はもはやコロナ禍は終わったかのように考えているふしがある。たしかに、ほとんど感染者が出なくなっている現状ではそう思ってしまうのも無理はない。しかし、油断はできないと梓は思っていた。

三日前、南アフリカのハウテン州で新しいタイプの変異ウイルスが増えていることが報告され、専門家たちは警戒を強めていた。

ハウテン州では住民の大部分がすでに新型コロナウイルスに感染した経験があり、基本的な免疫があるはずだ。感染による免疫はワクチン接種で得られる免疫に比べると弱いが、それでもこれまで感染が抑えられていた場所で新しい変異ウイルスが感染拡大しているというのは、危険な兆候だった。

昨日、感染症内科の姉小路とその変異ウイルスについて話した際、彼女が言っていたセリフが耳に蘇る。

「もしかしたら、強力な免疫逃避があるのかもしれない。ワクチンやこれまでのウイルス感染による抗体が効きにくいのかも」

新型コロナウイルスはアルファ株、デルタ株と、予想を超える変異をくり返してきた。デルタ株の伝播性が極めて強いため、それと入れ替わるような変異ウイルスはこの数ヶ月出てきていないが、このまま制圧できるほど甘い敵だとは思えなかった。

たしか、WHOが緊急会議を開き、今回、南アフリカで発見された変異ウイルスをVOC（懸念される変異株）とするかどうか協議しているはずだ。これまでのウイルスからの変異が大きく、感染拡大や重篤化が懸念されると判断されたものはVOCに認定され、新しい株として名称がつけられることになる。

出入り口の扉が開き、姉小路が医局に入ってくる。

「椎名先生、南アフリカの変異ウイルス、VOCに認定することが決まった。やっぱり、かなり免疫逃避が強いみたい。思ったより厄介かも」

「δ《デルタ》の後、μ《ミユー》まで使用済だから、その次のVOCということはν《ニユー》株ですね」

やはり、まだ気は抜けない。覚悟を決める梓の前で、姉小路は「いいえ」と首を横に振った。

「νは、新しいを意味する『new』と勘違いされやすいからスキップされた。次のξ《クサイ》も、世界的にありふれた名前で差別を呼ぶ可能性が懸念されて飛ばされた」

「νとξの次のギリシャ文字というと……」

梓がこめかみに手を当てると、姉小路が押し殺した声で告げた。

「ο《オミクロン》よ」

第4章　*O*《オミクロン》

1　2021年11月30日

「どこから出てきたのよ、これ」

ナースステーションのパソコンの前で、姉小路が吐き捨てるように言う。画面には、大樹を横倒しにしたようなグラフが表示されていた。

「新型コロナウイルスの系統樹ですか」

姉小路の肩越しに、椎名梓はディスプレイを覗き込む。世界中で新型コロナウイルスの遺伝情報は調べられ、その変化が共有されてグラフ化されていた。それを見れば、どのようにウイルスが変異をしていったかが一目で分かるようになっている。

「そう。ここにあるのがデルタ株」

姉小路は画面の上部半分ほどを占める、太い幹から大量の枝が出ているような部分を指さした。

「デルタ株の感染性が極めて高いから、何ヶ月もの間、新しい変異ウイルスが発生してもデルタに駆逐され続けた。だからデルタ株の中で細かい変異がくり返されていた。それがこの画面の上半分の部分ね。これらは遺伝子の変異はあっても、基本的にデルタ株としてのウイルスの性質に大きな変化がなかった」

「それじゃあ、オミクロンはどこなんですか？」

十一月二十四日に南アフリカで、デルタ株に置き換わる形で感染拡大しているのが発見され、二十六日にはＷＨＯによって『オミクロン株』と名付けられた新しい変異ウイルス。世界中がそれに対して警戒を強めていた。

「待って。本当にどこから出てきたのよ……」

顔をしかめて画面を凝視する姉小路の姿に、梓はデジャヴをおぼえる。すぐにその理由に気づいた。致死性ウイルスのパンデミックをリアルに描いた映画、『コンテイジョン』の中でも、感染症専門家がウイルス系統樹を見て「どこから出てきたんだ⁉」と驚きの声をあげていたのだ。

映画の中では、その新しい変異ウイルスの発生によってウイルスの伝播性が一気に上昇し、被害が急拡大していた。

姉小路は「ここね」と、画面の下部に表示されている一本の細い枝を指さした。

「これが、オミクロン。デルタやアルファとは、二〇二〇年の三月の時点ですでに枝分かれしている。これまで私たちを悩ましてきた変異ウイルスとは、まったく別の系統で進化していった新型コロナウイルスの亜型」

「二〇二〇年三月って、もう一年半以上前じゃないですか？　そんな前に枝分かれしたウイルスが、駆逐されないで残っていたんですか？」

「残っていたんじゃない。独自の変異を遂げている。いえ、もはやこれは『進化』と言っていいわね」

姉小路がマウスをクリックする。いびつに歪んだ太い柱のようなものが画面に示される。その表面には無数の凹凸があり、そのうちの数十個に矢印が伸び、英語と数字の組み合わせが記されていた。

「これがなにか分かる？」

姉小路が首だけ振り向いて視線を送ってくる。

「新型コロナウイルスのスパイク蛋白ですね」

体内に入った新型コロナウイルスは、このスパイク蛋白を細胞の受容体に結合させることで感染する。ワクチンなどで誘導された抗体は、このスパイク蛋白に付着することで、ウイルスが細胞に結合することを困難にし、感染を防ぐのだ。

「ここの矢印が引かれている箇所、これが全部、野生株とは立体構造が異なっている。つまり、これだけの変異が積み重なっているってこと」

「こんなにですか⁉」思わず声が大きくなる。

「ええ、しかもこの変異のうちのかなりの割合が、免疫逃避にかかわっている。つまり、抗体がくっつきにくくなっているってこと」

「ワクチンとか、これまでの感染で出来た免疫が効かないってことですか？」

「効かないってことはない。mRNAワクチンは抗体による液性免疫だけじゃなくて、キラーT細胞による細胞性免疫も強力に誘導する。キラーT細胞は感染した細胞を破壊してウイルスの増殖を防ぎ、主に重症化予防作用に貢献する。そして、スパイク蛋白の立体構造にある程度変化があっても、細胞性免疫は問題なく作用する。それに、細胞性免疫はかなりの長期間維持される傾向にある」

「つまり、重症化予防効果は十分に期待できるってことですね」

梓がマスクの下で安堵の吐息を漏らすと、姉小路の表情が引き締まった。

「けれど、ここまで大きくスパイク蛋白の立体構造が変化していると、予防接種やこれまでの感染で得られた抗体は、かなり付着しにくくなっているはず。感染予防効果が大きく下がっている可能性が高い」

「感染予防効果が、でも……」

梓は振り返り、アクリル板の向こう側にあるコロナ病棟に視線を送る。

「免疫逃避がそれなりにあると言われていたデルタ株でさえ、こんな状態ですよ。そんなに心配することないんじゃないですか？」

レッドゾーンではPPEを着た看護師の姿が見える。しかし、その数は二ヶ月前に比べて圧倒的に減っていた。いま廊下を歩いている看護師も、N95マスクを付けたまま、あくびをしている。それほどに現在のコロナ病棟は余裕があった。

空前絶後のスピードで接種事業を進め、若年層にまでワクチンが行き届くようになった頃から、デルタ株による第五波は急速に収束していった。八月下旬には全国で二万五千人を超えていた新規感染者数は、現在は百人前後にまで抑えられている。一千万人を超える人口を抱えるこの首都東京ですら、毎日十人程度の感染者しか確認されなくなっている。

コロナ病棟の入院患者も激減していった。一時は五十人以上の重症ＣＯＶＩＤ患者が入院していたこの四階のコロナ病棟も、現在は四人の入院患者しかいなかった。このまいけば、今年中にもコロナ病床の運用を終了できるかもしれない。そんな雰囲気すら漂いはじめていた。

ほぼコロナ病棟の専属となっていた梓や姉小路は、昼間からネットサーフィンができるほど余裕がある。呼吸器内科部長の扇谷に、一般呼吸器病棟を手伝おうかと提案はしたのだが、「この二年、本当に大変だったでしょ。まだ波は来るかもしれないんだから、少し心身を休めていなさい」と言われてしまった。

おかげで、定時には帰宅し、家族とゆっくりと過ごすことができている。夕食を息子と母と一緒に食べられる幸せを毎日噛みしめていた。息子の一帆は来年の四月には小学生になる。すでに準備しているランドセルを背負い、姿見に映る自分を見てはにかんでいる一帆の姿を眺めていると、胸郭に温かい感情が満たされた。

扇谷は「次の波」と言っていたが、そんなものはもう来ないのではないか。マスク等の感染対策を徹底し、大部分の国民が積極的にワクチン接種を受けてくれた日本は、すでにウイルスとの戦争に勝利したのではないか。梓はそう考えていた。

「いいえ、甘く見ない方がいい」

姉小路は首を横に振った。

「南アフリカのハウテン州は、これまでに人口の大部分が感染をして、獲得免疫を得ていた。それによって、デルタ株の感染も収まっていたの。オミクロンはそこで急速に感染拡大している。大量に蓄積されたスパイク蛋白部分の遺伝子変異によって、抗体があまり効かなくなっている可能性が高い」

「じゃあ、それが日本に入ってきたら……」

緊張を孕んだ声で梓が訊ねると、姉小路は顔をしかめた。

「ワクチンによるものか、感染かの違いはあるけれど、獲得免疫によってデルタ株を抑え込んだという意味では、日本とハウテン州の状況は似ている。そこで感染が急拡大しているということは、日本でも同じことが起こる可能性がある」

日本がまた感染の波に呑み込まれる。また多くの人々が肺炎になり、この病棟に溢れかえる。それを想像しただけで、口の中が乾燥していく。

「なんで、そんなウイルスが急に出てきたんでしょう？　デルタ株が入ってきていない場所で、ひっそりと変異をくり返してきたってことですか？」

「その可能性も否定できないけれど、個人的には違う可能性を考えている。重要なのは、オミクロンがアフリカで見つかったこと」

「アフリカ？　アフリカだとなにが違うんです？」

梓はこめかみに手を当てた。

「ＡＩＤＳよ、アフリカにはＡＩＤＳ患者がたくさんいる」

梓の喉から「あっ」と声が漏れる。姉小路は頷く。

「ＡＩＤＳ患者の場合、ＣＯＶＩＤの急性期を乗り越えても、免疫系がうまく働かないせいで、ウイルスが持続感染を起こすことがある。その場合、誘導された抗体から回避するような変異が体内でくり返される」

「オミクロンは一人のＡＩＤＳ患者の体内で変異をくり返して出来あがった……」

このウイルスは、そんな特殊な方法で進化することがあるのか……。梓は寒気をおぼえる。増殖することだけをプログラミングされた有機機械が、まるで意思を持っているかのように進化し、人間に牙を剝き続けている。

「でも、姉小路先生、今日から外国人の入国が停止になったじゃないですか。それで、日本へのオミクロン侵入を防げるとおもいますか？」

十月四日に就任した岸田首相は、オミクロン株への対応として、十一月三十日から外国人の新規入国を原則停止とした。オミクロンがＶＯＣに認定されてから、わずか四日という迅速な対応に、医療従事者からは安堵と賞賛の声が上がっていた。

「いいえ、いつかは入って来る。ずっと国境を閉めているわけにはいかないし、どれだけ厳重な水際対策をしても完全に侵入を防ぐことは難しい。それは、これまでのゼロコロナを目指した国を見ても分かるでしょ」

たしかに、オーストラリア、ニュージーランド、台湾など、極めて厳しい水際対策を取っていた国々でも、たびたび市中感染が確認され、一帯をロックダウンせざるを得なかった。

「じゃあ、今回の入国制限はなんのためなんですか？」

梓の問いに、姉小路は「時間稼ぎよ」と肩をすくめる。

「稼いだ時間でウイルスを迎え撃つ準備を整えるの。そのための入国制限」

「迎え撃つ準備？」梓は首を傾げた。

「そう、医療体制や検査体制の確保、そしてなによりもワクチン接種の促進ね」

「でもワクチンは国民の八十パーセントが打っていますよ」

「二回目じゃない。大切なのは三回目の追加接種。二回目の接種からだいぶ時間が経っているから、高齢者の抗体レベルはかなり下がっている。それに細胞性免疫もさらに強力に賦活する必要がある。できるだけ感染者を少なくしたうえで、感染しても重症化しないようにね」

「けど、高齢者の追加接種はまだまだ先ですよね……」

明日、十二月一日には医療従事者を対象とした三回目のワクチン追加接種がはじまる。梓も来週、接種する予定だった。しかし、高齢者への追加接種の目処はまだ立っていなかった。

すでに希望者の大部分は接種を終えていて、ワクチンはかなり在庫がある状況だ。未接種の人々の多くは、打たないと決めている。ならば、余剰分を高齢者の追加接種に使いたいとの希望が出ているが、一、二回目用のワクチンを追加接種に転用することは許可されていなかった。

岸田内閣が発足し、ワクチン担当相が河野太郎氏から堀内詔子氏に交代して以来、ワクチン接種についてのスピードが一気に落ちている。また、これまでのような政府と現場の密な情報交換も途絶えていた。

「それに、小児の接種の情報も全然降りてこない」

梓は拳を握りしめる。五歳から十一歳に対してのファイザー製ワクチンの治験において良好な成績が認められ、アメリカではすでに接種がはじまっている。大人の三分の一の用量で十分な免疫が誘導でき、発熱などの副反応も大人に比べると圧倒的に少ないそのワクチンを、多くのアメリカの小児がすでに接種していた。

特例承認制度を使用すれば年内にも、日本での承認、接種開始も可能なはずだ。しかし、小児のワクチン接種がいつになるのか、いまだ全く分からない。

たしかに大人と比較すれば、子供がCOVIDで重症化するリスクは低い。しかし、アメリカではすでに千人以上の子供が、COVIDにより死亡しているし、他の先進国でも多くの小児の死亡が確認されている。

また、COVIDが治癒した数週間後以降に、全身に強い炎症を起こすMIS-C（小児多系統炎症性症候群）という、川崎病に似た致死率の高い合併症も確認されている。そして致命的にならなくても、味覚・嗅覚障害、倦怠感、咳、神経障害など、様々な後遺症が子供において高率に確認されていた。

予防接種により、COVIDによる様々なリスクを劇的に減らすことができるはずだ。だから、一刻も早く一帆に接種したい。梓はそう思わずにはいられなかった。

人畜共通感染症でもある新型コロナウイルスが、自然界から完全に消えることはないだろう。たとえワクチンによる集団免疫で一時的に社会から排除できたとしても、またどこかで再燃するはずだ。そして、もしもデルタ株を遥かに超える伝播性を持った変異ウイルスが登場したら、社会から排除は困難になる。少ない被害で日常を取り戻すには、ワクチンを必要回数接種して重症化リスクを下げたうえで、インフルエンザのように季節性の感染症として受け入れるしかなくなるだろう。

一帆がワクチンによる獲得免疫により守られた状態になったときこそ、私の『日常』が戻るときだ。それまでは、なんとしても大切な息子をウイルスから守らなければ。そう決意を固めていた。だから、遅々として進まない日本の小児のワクチン接種に対して、焦りと苛立ちをおぼえていた。

入国制限を即座に出したということは、政府も危機感を抱いているはずだ。追加接種を加速してくれるはず。梓は自らに言い聞かす。

「菅政権も末期には感染対策に成功していただけに、危機管理能力が未知の現政権に代わったのは、ちょっと不安よね。ただ、岸田政権もしっかりやってくれるんじゃないかと個人的には期待している。ＨＰＶワクチン接種の積極的勧奨再開も決めてくれたし。まあ、実質的に動いたのは前政権かもしれないけど」

十一月二十六日、副反応の懸念によって二〇一三年から九年間も止まっていたＨＰＶワクチン接種の積極的勧奨が再開されることが決定された。現在、ＨＰＶワクチンの接種率は、対象者の一パーセント以下にまで低下している。それにより今後、日本では年間三千人の女性が本来防げたはずの子宮頸がんで命を落とし、その数倍の女性が子宮摘出などの治療が必要になると試算が出ていた。

「二〇一五年に名古屋スタディで、メディアや活動家が副反応として大々的に伝えた少女たちの症状が、ワクチンとは全く関係なかったことが分かってから六年か。長かったですね……」

梓の友人の中にも、三十歳過ぎで子宮頸がんを発症し、子宮摘出手術を受けた女性がいる。比較的若い世代でも生じ、幼い子供を持つ世代の女性の命を奪うことが少なくないことから『Mother killer（母親殺し）』の異名を持つ子宮頸がんを予防するＨＰＶワクチンの積極的勧奨再開は、多くの医療従事者の悲願でもあった。

「ええ、長かった。接種率の高いオーストラリアでは、子宮頸がんの撲滅すら見えている状況だっていうのに。日本はあの非科学的な騒ぎで恐怖を煽られ、それに厚労省が日和ったせいで、本来は失われなくていいはずの、多くの女性の命が奪われることになる。……ウイルスによって」

憎々しげな姉小路の言葉を聞きながら、梓は考える。コロナ禍になって人間とウイルスの戦争がはじまったと思っていた。しかし、その争いはずっと昔から続いていたのだろう。感染症内科医の姉小路は、それをずっと目の当たりにしてきた。ウイルスを打ち負かすことができる武器がある。なのに、守るべき人々にそれを届けられない。そのことにどれだけ胸を痛めていたのか、想像もつかなかった。

「けど、新型コロナワクチンがＨＰＶワクチンのようにならなくてよかったですね」

重い空気を払拭しようと、梓は話題を変える。

「正直、危なかったけどね。ＳＮＳを中心に、不妊になるやら、遺伝子が書き換えられるやら、想像以上に反ワクチン活動が活発だった。同じように、ＳＮＳで専門家たちが逐一反論してくれたからよかったけど、下手したら接種率は伸びなくて、強毒性のデルタ株の波がいまも収まることなく、国民の大部分が曝露されていた可能性だってある。そうなったら、数十万人の死者が出たでしょうね」

「数十万人……」声が震える。「いったい、誰がそんな大量の人を殺しかねないデマを流しているんですか」

「一つは反ワクチンのインフルエンサーたちね。前にも言ったでしょ。反ワクチンは一つのビジネスとして成立しているって。アメリカでは、十数人の反ワクチンインフルエンサーたちがなんの根拠もなく、陰謀論的にワクチンの危険性を煽り、何千万ドルも稼いでいる。人の命を奪って金儲けをしているのよ」

姉小路は吐き捨てるように言う。

「そんな十数人からのデマが、世界中に拡散しているんですか？」

「ＳＮＳの拡散能力は凄いからね。それに、各国でそのビジネスモデルを真似てデマをばら撒いているインフルエンサーがいる。もちろん、日本にも」

姉小路のマスクの下から小さく、「ふざけやがって」という、冷静沈着な彼女には似つかわしくない悪態が漏れる。それほど、腹に据えかねているのだろう。

「それに、あとは国家レベルでもデマの拡散が行われている」

「国家⁉」

梓が声を裏返すと、姉小路は「ええ、主にロシアよ」と頷いた。

「なんで、ロシアがワクチンについてのデマなんか流すんですか？」

「ワクチン外交で有利に立つため」

あまりにも単純明快な答えに、梓の口から「あ……」という呆けた声が漏れる。

「ロシアが開発したワクチン、スプートニクVは、安全性、有効性、あらゆる面でファイザーやモデルナのワクチンに劣っている。そもそも、治験データにも怪しい点が多い。そのこともあって現在では、どこの国もスプートニクVを欲しがってはいない。世界最速でワクチンを完成して、それを取引材料にして外交を有利に進めようと思っていたロシアにとっては、欧米のワクチンが邪魔なのよ」

「だから、デマでその評価を落とそうっていうんですか？」

信じられない卑怯な行為に、梓は細かく首を振る。

「そう、特にファイザーのワクチンを攻撃対象にしている。けど、そのせいでロシア国民が、『アメリカのワクチンがそんなに危険なら、うちの国のワクチンはもっと危ないに決まっている』と考えて、接種率が全く伸びない結果、ロシアで感染が収まらなくなっているのは、ちょっとした寓話みたいよね」

姉小路はシニカルに、片眉を上げた。

「めちゃくちゃな国ですね、ロシアって。なんか、いまも軍をウクライナとの国境近くに集めて、侵攻するかもしれないって話だし」

最近、インターネット上でそんな情報を目にすることが多くなっていた。

「さすがに、二十一世紀に大国が侵略戦争なんてしないでしょ。腐っても国連安保理の常任理事国なんだから。まあ、私は国際政治については素人だから、人間同士の戦争については はっきりしたことは言えないけどね」

そこで言葉をきった姉小路は、声を低くする。

「私が分かるのは、人間と病原体の戦争だけ」

「追加接種が順調に行けば、オミクロンの蔓延は防げるんでしょうか？」

梓が訊ねると、姉小路はディスプレイに映っているスパイク蛋白を凝視する。

「難しいと思う。従来株のワクチンでは、重症化予防効果は期待できるけど、オミクロンの感染予防は十分にできないはず。新しいワクチンが必要になる」

「新しいワクチン？」

「ええ、そう。この蓄積した変異部分の全てに対応する抗体を誘導できる、オミクロン用のワクチン。きっと、ファイザーやモデルナはもう作りはじめているはず。早ければ来週にはできる」

「来週⁉」想像以上の早さに、思わず声が大きくなった。

「遺伝子情報さえあればすぐに新しいワクチンを作れるのがmRNAワクチンの特徴。二週間以内にはできるの」

「じゃあ、すぐにそれを打てるようになるんですか？」

「いいえ、そうはならない」

姉小路は重々しく首を横に振る。

「いくらワクチンができても、治験をして有効性と安全性を調べる必要がある。どんなに順調にいっても、承認まで半年はかかる」

「半年……ですか。その間、日本はオミクロンの侵入を阻止できるでしょうか?」

姉小路は細い指で、スパイク蛋白が映し出されたディスプレイに触れた。

「残念だけど、それは難しい」

2　2021年12月24日

シャンパンで満たされたグラスがぶつかり、硬質な音を立てる。乾杯を終えた硲瑠璃子はグラスに唇をつけ、薄い琥珀色の液体を口に含んだ。炭酸の刺激とともに、かすかな甘みと深い旨味が口の中に広がり、芳醇な葡萄の香りが鼻に抜ける。

「綺麗……」

窓の外に広がる夜景を眺めながら、瑠璃子は目を細める。二階分が吹き抜けになっているフロアの、窓際の席。十メートルほどの高さの天井まで、全面ガラス張りの窓になっているため、まるで夜空に浮かんでいるかのような錯覚に襲われる。

クリスマスイブの午後八時過ぎ、瑠璃子は汐留にそびえ立つカレッタ汐留の高層階のレストランでディナーを取っていた。横目で隣の席を見る。そこには、元婚約者の定岡彰がスーツ姿で腰掛けていた。母を亡くしたあとは、心労でかなりやせ細っていた彰だが、最近は少し肉付きも戻ってきていた。

私も同じか……。瑠璃子は口角を上げる。ＣＯＶＩＤの後遺症で味覚障害に悩まされていた頃は十キロ近く体重が落ちて、生理さえ止まってしまった。しかし、感染から一年経ち、味覚もほぼ正常に戻っていた。体重も元の状態に戻っている。

「今日はありがとう。来てくれて」

瑠璃子の視線に気づいた彰が、柔らかく微笑んだ。

彰とよりを戻したわけではなかった。すぐに元の関係に戻れるほど、このコロナ禍でお互いが失ったものは小さくなかった。

ただ、手に入れたものもある。自分を否定し続けてきた父に、「誇りだ」という言葉をかけられた。それによって、ようやく本当の『親子』になれた気がした。ずっと足に嵌められていた枷を外し、自分の足で歩けるようになった気がしていた。

熊本に戻った父とは、定期的に連絡を取っている。娘を否定することはなくなったが、代わりに実家に顔を見せて欲しいと、よく言われるようになった。

もしかしたら、お父さんは私がいなくなるのが寂しかっただけなのかもしれない。実家を離れて欲しくなかったから、看護学校に行くのをあんなに反対していたのかもしれない。そんなふうに考えられるようになっていた。

新型コロナウイルスの感染も収まっており、病院から一切の行動制限は出ていないので、この正月は実家で過ごす予定になっていた。

私と同じように、彰君もあのつらい経験を乗り越えて、手に入れられたものがあればいいけれど。そう願いつつ、瑠璃子は彰に微笑み返す。

「こちらこそ、ありがとう。こんな素敵なレストランを予約してくれて。あの、もしかして去年も……」

瑠璃子はおずおずと訊ねる。彰は苦笑した。

「ああ、去年もここを予約して、閉店時間までワインをがぶ飲みしていたよ」

別れのきっかけになった出来事。瑠璃子は「ごめんなさい」と首をすくめる。

「いいや、俺が悪かったんだよ。病院から外食が禁止されている瑠璃子を無理に誘って、俺か仕事か選ばせるようなことをしたんだからな」

「だとしても、私の態度はよくなかった。もっとちゃんと説明するべきだった」

「あのときの俺じゃ、一生懸命説明してもらっても理解できなかったさ。瑠璃子がどれだけ大変な仕事をしているのか、……コロナがどれほど恐ろしいのか」

痛々しいまでの自虐と後悔で飽和した言葉を絞り出す彰に、瑠璃子はなんと声をかけてよいか分からなかった。

「もし、俺が瑠璃子の話を聞いていたら、帰省しておふくろにコロナをうつすこともなかった。俺のせいでおふくろは死んだんだよ」

彰はグラスのシャンパンを一気に飲み干すと、俯いて肩を震わせはじめた。

「おふくろは本当に苦しそうで……。ずっと『助けて』って親父に言って。けど、俺が顔を見せると『大丈夫だよ。彰のせいじゃないから』って無理やり笑うんだ。ぜんぶ、俺のせいなのに……」

瑠璃子は手を伸ばして、スーツに包まれた背中をそっと撫でる。

「お母様のこと、本当につらいよね。でも、自分を責めすぎないで。きっとお母様も、彰君に前を向いて欲しいと思っているはず」

白々しく聞こえてしまうかもしれない。けれど、ウイルスに大切なものを奪われた者同士なら、傷ついた心を癒すことができるかもしれない。

傷を舐め合っているだけなのかもしれない。しかし、人間はウイルスとは違い感情を持った存在だ。お互いを思いやり、支え合う力、それこそがあの有機機械の軍勢に対抗する力になる。瑠璃子はそう思っていた。

彰はスーツのポケットからハンカチを取り出し、目元を拭くと、「ありがとう」と潤んだ目で見つめてきた。精悍なその顔に、かつてはなかった慈愛の色を見て、胸の奥底で燻っている彰への想いが、また燃え上がりそうな気配をおぼえる。瑠璃子は慌てて正面の夜景に視線を戻した。もう、彼との関係は終わったのだ。これから彼とは、良い友人として付き合っていくべきなんだ。

どこか気まずく、それでいて不快ではない沈黙が二人の間に満ちる。

沈黙に耐えきれなくなったかのように、彰が「あのさ……」と声を上げる。

「最近、仕事の調子はどう？」

「最近はひまかな。ワクチン接種の担当なんだけど、さすがにもう八割近い人が打っているから、接種に来る人も少ないの。今日も午後は本当にひまで、一緒に仕事している猪原さんってナースと、一緒に雑談して過ごしてた」

去年の夏までコロナ病棟でともに勤務したが、ボーナスが大幅にカットされたのを機に退職していた猪原瑞枝が、非常勤職員として復職し、ワクチン接種業務に当たっていた。人員不足の病院が臨時職員の募集を行ったのだ。

「ワクチン接種業務って結構、お給料いいんだよね。それに、やっぱりコロナとの戦いの現場から逃げ出したこと、ちょっと後ろめたかったんだ。だから現場は違うけど、また硲さんと一緒にコロナをやっつける手伝いができるのは嬉しい」

久しぶりの再会を喜ぶ瑠璃子に、瑞枝はそう言って微笑んだ。

「いいんじゃないか、ひまで。本当に大変だったんだから、少しは体を休めないと。もう、コロナの騒ぎも終わりだろ」

彰は近くを通ったウエイターに、自分と瑠璃子の分の白ワインを注文した。

「終わり……、だと良いんだけど」

「もしかして、あのオミクロンってやつが心配なのか？」

彰の問いに、瑠璃子は小さく首を縦に振った。

「でも、外国人は日本に入って来られないんだろ。なら、オミクロンってやつも入って来ないんじゃないか？」

「ううん、もう入ってきている。沖縄では流行がはじまっているかもしれない」

最近、沖縄の米軍基地内でクラスターが起きている。アメリカでオミクロン株が急速に感染拡大していることを見ても、本国から持ち込まれたオミクロン株が基地内で流行している可能性が高いだろう。

米軍基地はアメリカの一部という扱いではあるものの、多くの現地の日本人が、毎日基地内に入って仕事をしている。また、軍人も夜になると基地から出て、歓楽街で飲食をする。基地内にウイルスをとどめておくことは困難だった。

政府の発表によると、九月以降、感染対策が緩和され、PCR検査を受けずにアメリカ本国から日本の基地へ、軍人が移動できるようになっていたらしい。それではいくら外国人の入国を禁止しても、容易にウイルスは国内に侵入してくる。政府のあまりにも杜撰《ずさん》な対応に、医療現場には怒りと危機感が満ちていた。

ウェイターがテーブルにグラスを二つ置き、そこに白ワインを注いでいく。

「もう、流行らないといいな……」

神妙な顔つきで、彰はワイングラスを手に取る。

「そうね。けど、私は自分の出来ることを一生懸命やるだけ。ううん、私だけじゃない。医療従事者もそうでない人も、ただできることをやるしかない」

彰に倣って、嫋《たお》やかな曲線を描くワイングラスを手にした瑠璃子は、鼻を近づけて葡萄の香りを楽しむ。

「やれることとって、俺にはなにもないよ」

自虐的につぶやきながら、彰はグラスを傾けた。

「そんなことない。マスク、手洗い、三密回避、そしてなにより予防接種。それをするだけで十分にウイルスとの戦いに参加してくれている。たくさんの人がそうやって戦ってくれたから、日本は他の国に比べて少ない被害に抑え込めているの。この国に住むみんなが戦ってくれているの」

彰は「そうか……」と、はるか遠くにある天井を彰は見つめる。

「それじゃあ、俺も瑠璃子と一緒に戦っていたんだな」

「ええ、もちろんそう。一緒に戦ってくれた」

「なあ、感染が酷くなったら、また瑠璃子はコロナ病棟で働くのか？」

瑠璃子は首を横に振ると、フルボディの白ワインを一口飲んだ。

「うつ病で休職をしていた私が、またコロナ病棟で働くことはない。もし私が望んでも、上が許可してくれないはず。それに、来年の三月いっぱいで私、心泉医大附属氷川台病院を退職するの。もう、師長にも伝えてる」

「え？」彰の目が大きくなる。「どこか違う病院に転職するのか？」

「ううん。留学しようと思って。オーストラリアに看護留学」

「オーストラリア……」彰は呆然とつぶやく。

「そう、今月からオーストラリアが留学生の受け入れを再開したの。一定以上の臨床経験がある看護師専用の留学コースがあって、頑張って資格を取れば将来、海外でも看護師として働けるようになる」

すでに留学の手続きも進み、最近はオンラインで必死に英会話を学んでいた。

「海外でもって、将来どこかに移住するとか？」

「まだそこまで具体的には。ただね、コロナ病棟にいたとき、外国人の患者さんがいて、コミュニケーションに苦労したの。だから、オーストラリアで看護を学べば、いつか役に立つかなと思って。あと、国境なき医師団とかにもちょっと興味があるし。なんにしろ、ナースとしての実力を上げたいなと思って」

看護師はただの仕事ではなく、自分の生きがいだ。父から認められたいま、迷いなくそう言い切ることができた。だから、看護師として成長したいと思っていた。

「そうか、凄いな。本当に凄い。応援するよ」

彰は「あらためて乾杯しよう」とワイングラスを掲げる。

「乾杯って、なにに？」

いたずらっぽく瑠璃子が訊ねると、彰は「そうだな……」と数秒考えこんだ後、柔らかく微笑んだ。

「お互いの未来にっていうのはどうかな」

「あ、それいいかも。それじゃあ、お互いの未来に」

ワイングラスが軽くぶつかり、澄んだ葡萄酒に夜景の明かりが揺れた。


氷のように冷たい夜風がうなじを吹き抜け、体温を奪っていく。

「うわ、やっぱり夜は寒いね」

コートの襟を合わせながら、瑠璃子は隣を歩く彰に声をかける。しかし、耳に入っていないのか、彰は緊張した面持ちで視線を落としていた。

時刻は午後の十一時過ぎになっていた。カレッタ汐留のレストランでの食事を終えた瑠璃子たちは、汐留から新橋駅まで続く空中歩道を並んで歩いていた。

クリスマスイブだけあって、オレンジ色の薄い街灯の明かりに照らされた空中歩道には、手を繋いだり、身を寄せ合ったりして数組の男女が歩いている。

私たちにもあんな時期があったな……。

それが遥か昔のことのように感じ、胸に軽い痛みが走る。

電通ビルのそばまで来たところで、瑠璃子は足を止め、彰に向き直る。

「彰君は大江戸線よね。私は新橋まで歩いて、山手線で高田馬場まで出て西武新宿線に乗り換えるから、ここでお別れね。ありがとう。今日は凄く楽しかった」

瑠璃子が差し出した手を、彰が握ることはなかった。

「彰君？」

小首をかしげる瑠璃子の手首を無造作に掴むと、彰は「こっち」と歩き出す。

「え？　どこに行くの？」

驚きながら彰に引っ張られていく。彰は空中歩道の小道に入ると、ベンチが置かれた小さな公園に瑠璃子を連れてくる。深夜だけあって、街灯に照らされロマンチックな雰囲気を醸し出しているその空間には、二人の他に誰もいなかった。

「どうしたの、急に？」

思いつめた表情の彰にかすかに恐怖をおぼえ、瑠璃子は一歩後ずさる。

「瑠璃子に伝えたいことがあるんだ」

彰は唐突に片膝をつき、内ポケットから掌に載るほどの小さな箱を取り出した。

「俺と結婚してくれ」

上ずった声で言いながら、彰は箱を開く。そこには、指輪が入っていた。街灯のオレンジ色の光を複雑に反射するダイヤは、虹を孕んでいるかのようだった。

「けっこん……」

啞然として瑠璃子は立ち尽くす。彰は大きく頷いた。

「そうだ。一緒に人生を歩む相手は瑠璃子しか考えられないんだ。本当なら、俺が瑠璃子を支えるべきだった。それなのに突き放して、本当に馬鹿だった」

「そんな……。あのときは仕方なかったというか……」

なんと言ってよいのか分からず、瑠璃子はしどろもどろになる。

「離れていて分かったんだ。自分がどれだけ瑠璃子に甘えていたか。そして、……どれだけ愛していたか」

瑠璃子は口元に手を当てて息を吞む。

「だから、俺とやり直して欲しい。瑠璃子の歩む『未来』を隣で歩ませてほしい」

ずっとこんなロマンチックなプロポーズを夢見ていた。けれど……。

「けれど、私はオーストラリアに留学に……」

妻が家庭に入ることを望んでいる彰が、留学を快く思うわけがない。しかし、そんな予想とは裏腹に、彰は大きく頷いた。

「待っているよ。瑠璃子が帰ってくるまで待ってる。結婚したあとも、子供ができてからも、仕事を続けるかは全部瑠璃子に任せる。俺も、できる限り育児に協力するから……」

「待って、ちょっと待って。とりあえず、落ち着いて」

早口でまくし立てる彰に、瑠璃子は慌てて声をかける。迷子の子犬のような表情の彰に見つめられながら、瑠璃子は自分の胸の内を探っていく。

自分自身がどうしたいのか。

父の軛《くびき》から解放され自由になったということは、逆に責任が生まれたということでもある。私は自らの意思で選択し、未来を切り開いていかないといけない。

数十秒、目を閉じて深呼吸をくり返した瑠璃子は、ゆっくりと瞼を上げる。

「ありがとう、彰君。プロポーズ、すごく嬉しかった」

「じゃあ……」

前のめりになる彰に、瑠璃子は「待って」と胸の前で両手を掲げる。

「けれど、いまはその指輪は受け取れない」

「……そうか」

炎に炙られた蠟が融けるかのように、彰の表情がぐにゃりと歪んだ。力なく顔を伏せる彰に、瑠璃子は手を差し伸べた。

「でも、もし彰君がよかったら、また恋人からやり直したい。この二年で、お互いにすごく変わったと思うの。だからまた、一から新しい関係を少しずつ二人で築いていきたい。……もし彰君が良ければだけど」

瑠璃子は彰と目を合わせる。二人の視線が柔らかく溶け合った。

「嬉しいよ。すごく嬉しい。……どうか、よろしく」

彰は満面に笑みを浮かべながら差し出した手を握ってくる。

骨まで滲みるような寒い夜だというのに、掌から伝わってくる彰の体温が、体を、そして心を温めてくれる気がした。

3 2022年1月27日

どうなっているの⁉ コロナ病棟を早足で進みながら、椎名梓は内心で悲鳴を上げる。

この数日、毎日十人以上の重症COVID患者が入院してきている。一ヶ月前はほとんど空だった四階コロナ病棟の病床が瞬く間に埋まり、四日前に急遽、閉鎖していた五階のコロナ病棟も稼働させたが、そこもほぼ満床になっている。

一ヶ月前に、沖縄や山口の米軍基地で感染拡大し、そこから漏れだすような形で市中に広がったオミクロン株の伝播性は、想像を絶するものだった。

今年に入ってから指数関数的に感染者が増え、今日の新規感染者は、東京で一万六千人、全国で七万人を超え、これまでの最悪を更新してしまった。完全にオーバーシュート（感染爆発）を起こしている。政府は一月九日には米軍基地を中心に感染が広がっていた沖縄、山口を含む三県でまん延防止等重点措置を開始し、そして今日、その対象を三十四都道府県にまで広げていた。

伝播性と免疫逃避の高さ、乾燥した気候、年末年始の帰省による人流の増大、多くの人々が二年ぶりに行った新年会など、様々な悪条件が重なった結果ではあるだろうが、梓が感染拡大の最大の原因だと感じているのは『油断』だった。

去年の十二月八日、アメリカの感染対策の責任者であるファウチ博士が、「オミクロン株で重症化はあまり見られない」と発言した。たしかにオミクロン株が主流になってから、アメリカでは感染者が肺炎を起こすリスクが下がっていた。

その発表を受けて、日本では多くのメディアが一斉に『オミクロンは弱毒株である』という情報を流しはじめ、コメンテーターや自称専門家たちが「もう普通の風邪になった」「これを流行らせればいい」「天然のワクチン」などと無責任極まりない発言をくり返した。

これのどこが弱毒株よ。マスクの下で舌打ちが弾ける。

たしかに、オミクロン株が主流になってから、感染者の致死率は低下した。しかしそれは、以前に流行していたのが極めて病毒性の強いデルタ株だったからだ。

デルタ株に比べれば病毒性は低いとはいえ、決してオミクロン株は弱毒化などしていなかった。それどころか、初期に流行した野生株と比べれば、病毒性は上がっていて、アルファ株と同レベルということが分かっている。

オミクロン株が弱毒株であるという誤情報、八割の人々がすでにワクチン接種を終えているという事実、そして去年の十月から年末まで続いたほぼ正常化した日常の経験、それらが生み出した油断を新しく現れた変異ウイルスは見逃さなかった。

オミクロン株の最大の特徴である強い免疫逃避、それによりデルタ株までは接種直後は七十パーセント近くを記録していたワクチンによる感染予防効果が、三十パーセント程度にまで低下した。さらにワクチン接種から数ヶ月経つと、オミクロン株に対する感染予防効果はほぼゼロになってしまう。

去年の四月から数ヶ月かけての全力のワクチン接種事業により築きあげ、社会をウイルスの脅威から守ってきた『免疫の壁』がいとも簡単に崩れ去ってしまった。

防御壁が崩れ去り、無防備になった人々にオミクロン株は容赦なく襲い掛かった。

今月の初め、感染症内科医の姉小路と交わした会話が頭に蘇る。

「国民の大部分が、二回目の接種から数ヶ月経っている。オミクロンに対する感染予防効果はほとんどないと考えた方がいい。不幸中の幸いは、重症化予防効果は時間が経っても保たれていることと、デルタ株よりは致死率が低いこと」

オミクロン株に対するワクチンの効果についての、海外からの最新論文に目を通しながら、姉小路はそう言った。

「なら、オミクロンが流行っても、重症者は少なく抑えられるってことですか？」

期待を込めて梓が訊ねると、姉小路は「いいえ」と首を振った。

「いくらワクチンの効果で重症化リスクを下げられても、爆発的に感染者が増加したら、重症化する人々の絶対数は増える。ワクチンにより重症化リスクが五分の一になっていても、五倍の患者が出れば重症化する人の数は一緒でしょ」

「五倍……」

顔面から血が引いていった。これまでの波でも発熱外来は逼迫《ひっぱく》していた。五倍の患者が出たらどんな事態になるのか想像もつかなかった。

「覚悟しておいた方がいい。またＣＯＶＩＤ診療の現場は戦場になるってね」

目つきを鋭くする姉小路に、梓はおそるおそる声をかけた。

「防ぐ方法はないんですか？」

「方法は一つ、できるだけ多くの人に三回目のワクチン追加接種をすること」

「いまのワクチンでも、追加接種の効果はあるんですか？」

「ええ、もちろん」姉小路は手に持っている論文を振った。「追加接種で免疫にブーストをかけることで、オミクロンに対しても五十パーセント以上の感染予防効果が得られることが分かっている。あと重症化予防効果はさらに強化される。三回目を打つことで抗体に多様性が生まれて、オミクロンに対しても強い免疫が誘導されるの。だから、まずは高齢者に三回目の追加接種を全力ですることが重要」

「でも、高齢者への追加接種はまだ……」

「ええ、まだ全然進んでいないわね」

姉小路は大きなため息をついた。オミクロン株の国内への侵入を受けて、政府は当初、二回目接種から七ヶ月としていた三回目接種のタイミングを、六ヶ月に短縮することを決定した。一、二回目の接種に確保していたワクチンの、追加接種への転用も可能とした。

しかし、その判断はあまりにも遅かった。

現在、ありとあらゆる医療機関が全力で追加接種に邁進しているが、それが十分に行き渡る前にオミクロン株の大波がこの国を呑み込んだ。

姉小路先生がいてくれれば……。梓は口元に力を込める。

　この二年、コロナ病棟でともに働いていた姉小路は、いまはもういなかった。今年に入ってすぐ、お茶の水にある心泉医大附属病院本院でメガクラスターが生じ、多くのスタッフと患者がオミクロン株に感染をしてしまった。感染症内科医も多くが濃厚接触者になり、自宅待機せざるを得なくなった。そこで、クラスターを抑え込む責任者として姉小路に白羽の矢が立った。二週間前から、姉小路はクラスター対策の責任者として本院に出向していた。

　もっともCOVIDに対して精通し、頼りにしていた姉小路がいなくなってしまった。背中を守ってくれていた戦友を失ったかのような心細さをおぼえる。

　いや、そんな情けないことを言っていられない。姉小路が本院に行っている間、私が先頭に立ってこの病棟を守っていかなければ。気合を入れつつ目的の病室に着いた梓は、手袋を嵌めた手でノブを摑み、勢いよく扉を開く。狭い個室、窓際にベッドが一つ置かれ、そのそばに防護服を着こんだ看護師が二人立っている。

「状況は？」

　大股にベッドに近づきながら、梓は訊ねた。

「オーダー通りに酸素投与量を上げましたが、サチュレーションが維持できなくなりました。急速に低下してきて、現在は八十二パーセントです」

　厳しい状態だ。梓はマスクの下で唇を歪める。現在、この重症病棟に入院している患者は、大きく二種類に分けられた。一つはワクチンを二回接種しているが、元々高齢で体力が落ちていたため、基礎疾患が悪化して重症になっている患者たち。そして、もう一つが目の前のベッドに横たわる男のような、ワクチン未接種のままオミクロン株に感染した患者たちだった。

苦しげに呼吸をするたびに、大量の脂肪を溜めた腹部が上下する。酸素マスクの下で、分厚い唇がエサをねだる金魚のように開閉している。天井を見つめる目は虚ろに濁り、両手は何かを摑もうとしているかのように虚空を掻いていた。

この久保田《くぼた》という名の三十八歳の患者は、四日前にCOVIDによる肺炎で入院してきた。体重が百キロを超える肥満体で、糖尿病と高血圧の既往など重症化リスクが高かったことから予想されたように、入院後に呼吸状態が悪化してきた。しかし、問題は病状だけでなく、久保田が反ワクチン団体に所属していたことだった。

入院してすぐに担当医となった梓に「コロナなんてただの風邪だ」「病院が補助金で儲けるために入院させるんだろ」「イベルメクチンを飲めばすぐに治る」などと食ってかかり、身の危険を感じて医局長の梅沢を呼ぶ事態になった。自分と同程度の体格であり、学生時代は柔道部に所属していた梅沢が強い口調で説得すると渋々と入院に同意したが、その後も医療従事者に悪態をつき続けていた。

「久保田さん、分かりますか？　久保田さん」

声をかけると、久保田は眼球だけ動かして梓を見た。

まだ「コロナがただの風邪だ」って思う？　梓は胸の中で語り掛ける。

看護師から聞いた情報によると、久保田は反ワクチン団体の仲間たちとともに、『ワクチンは危険だ』『ワクチンを打つと死ぬ』というチラシを作り、ポスティングを行っていたらしい。接種会場への妨害も計画していたということだった。

しかし、その集団内でクラスターが発生した。反ワクチン医師が開いた講演会に参加したあと、仲間で打ち上げを行い、そこに参加した者たちの大部分がオミクロン株に感染していた。

自業自得だ。そんな考えが頭をかすめ、梓は軽く首を振る。

いかに患者が誤った行動をとっていたとしても、それで治療を変えてはいけない。まだ久保田は三十代なのだ。なんとか救命しなくては。

「なんで……、オミクロンは、ただの風邪、だって……、みんなが……」

息も絶え絶えに、久保田は声を絞り出す。

「いいえ、残念だけどそれは間違い。オミクロンは恐ろしいウイルスなの。……ただの風邪だったらどれだけよかったか」

梓は一度言葉を切ると、意識が朦朧としている久保田にも理解できるように、はっきりとした口調で伝える。

「久保田さん、あなたは肺炎が悪化しすぎて必要な酸素を取り込めなくなっています。ここを乗り越えるためには、口から気管にチューブを通して、人工呼吸器に繋ぐしかない。いまからその処置をしますけど、いいですね」

久保田の口がぱくぱくと動く。梓はしゃがんで久保田がつけている酸素マスクに耳を近づけた。

「先生、俺が悪かったよ……。だから……、たすけて。ワクチン……打って」

梓は拳を握りしめると、「……ごめんなさい」と久保田に囁く。

「ワクチンはいまから打っても効かないの。あれは感染する前に接種しないと意味はない。もう、いまからじゃ遅いの」

久保田の顔に絶望の色が広がっていくのを眺めつつ、梓は歯を食いしばった。

久保田も被害者なのだ。誤った情報で人々を惑わし、それによって利益を得ている非道な人間たちの。

梓はもう一度、「ごめんなさい」と告げると、看護師に指示を出した。

「挿管をします。準備を」


久保田の挿管を終え、人工呼吸器に接続した梓は、慎重に設定を調整していく。

重症肺炎の人工呼吸管理は簡単なものではない。酸素濃度、一回換気量、一回吸気圧、吸気時間・呼吸回数、ＰＥＥＰなど、様々な項目を細かく設定し、適切な呼吸状態を維持する必要がある。それには、長い経験が必要だった。

十数分かけて呼吸器の設定を終えた梓は、看護師に「状態が変わったらすぐに呼んで」と告げて病室を出る。重い足を引きずるように廊下を進みつつ、各部屋の扉を開いて中の様子を見ていく。病床がほとんど埋まっているのは去年の夏の第五波のときと変わらない。しかし、入院している患者の年齢が全く違っていた。

第五波のときは主に、ワクチン接種が間に合わなかった中年層が肺炎を起こして入院していた。しかし現在は、ＣＯＶＩＤが引き起こす強い炎症で消耗し、持病が悪化した高齢者の入院が多い。

本来、人工呼吸管理の適応にならない高齢者は、この心泉医大附属氷川台病院のような重症コロナ病棟には入院してこず、軽症・中等症病棟で診ることになっている。しかし、オミクロン株による第六波は想像を絶する勢いで感染者が増えたため、軽症・中等症病棟の準備が間に合わなかった。

病院はＣＯＶＩＤだけを見ているのではない。感染者が少ないときは心疾患、脳神経疾患、悪性腫瘍など、ありとあらゆる患者が入院し、その治療に当たる。コロナ病床を作る際は、そこに入院していた患者を他の病棟や病院に移すことが必要になり、準備に時間がかかる。そのため、一気に生じた高齢患者を軽症・中等症病床が吸収することができず、重症病床が対応せざるを得なかった。

六床の大部屋を覗いていると、背後から声が響いた。

「肺炎の患者なんていないじゃねえか」

振り返ると、巨体をＰＰＥに包んだ梅沢が立っていた。

「なんで、心不全やら脱水の患者まで、俺たち呼吸器内科が全部診ているんだよ」

梅沢が吐き捨てた内容は、まさに梓が抱いている不満そのものだった。

どこの臓器の疾患であろうと、新型コロナウイルスに感染しているというだけで、全て呼吸器内科が担当になってしまう。現在、呼吸器内科部長の扇谷が各内科の部長たちと交渉をしているが、どの科も医局員の派遣を拒んでいるらしい。オミクロン株に対してはワクチンの感染予防効果は落ちる。自分の病棟でクラスターを起こしたくない気持ちは理解できるが、だからといって不満が消えることはなかった。

「結局、厄介な患者は全部俺たちに押し付けられるんだ」

梅沢は忌々しげにつぶやく。普段なら高齢者の患者に対する『厄介』との表現をたしなめるところだが、もはやその気力は残っていなかった。二年近いコロナ病棟の勤務で、精神がやすりのようにざらついていた。

「ところで、椎名」梅沢が探るように訊ねてくる。「お前、六歳の息子がいたよな。幼稚園には行かせているのか？」

「えっ、そりゃ行かせていますけど……」

「いや、俺も小学五年生の娘がいるんだけどよ、このまま登校させていいと思うか？今回のウイルス、これまでとは別物だぞ」

梅沢の意図に気づき、梓は声を潜める。

「子供への感染性ですね」

デルタ株までは小児同士での伝播は起こりにくかった。感染した子供も多くは、親などの大人からうつったものだった。しかし、オミクロン株になって様相が一変した。容易に子供から子供への伝播が生じるようになり、保育園、幼稚園、小学校でクラスターが頻発している。特に、マスクをつけられない年齢の乳幼児も預かる保育園では多くの感染者が出ていた。

「うちの娘の学校でも、隣のクラスでクラスターが起こって、学級閉鎖になった。六人が感染したってよ」

「息子の幼稚園でも、二人陽性者が出ました」

二人が小声で話し続ける。

「うちの娘はまだ十一歳だから、ワクチンが打てないんだよ。子供のワクチンはどうなっているんだ。いつから接種できるのか、全く情報がおりてこないぞ」

先日、五歳から十一歳を対象にしたファイザー製新型コロナウイルスワクチンを厚労省が承認していた。しかし、成分量が大人の三分の一になっている子供用のワクチンはまだ日本に入ってきておらず、承認されたにもかかわらず、接種スケジュールはまだ決定していなかった。

「未接種のまま娘が感染なんてことになって欲しくないんだよ」

梅沢は苛立たしげにヘアキャップに包まれた頭を掻いた。

「でも、子供の重症化はまれですし……。きっと大丈夫ですよ。きっと……」

そう言いながらも、胸の中で不安がむくむくと膨らんでいく。

「本当にそう思っているのか？　アメリカじゃ、オミクロンになってデルタのときより子供の入院が四倍になったって話だぞ」

「それは、感染する子供が増えただけで……。オミクロンで子供が重症化しやすくなっているわけでじゃないはずです。きっと大丈夫です」

梓は早口で言う。自分がただ、安心できる根拠を必死で探しているだけだと気づきながら。

「けどな、重症化しなくても、かなりの後遺症が残ることがあるだろ。それに、MIS-C（小児多系統炎症性症候群）も心配だ。だから、娘がワクチンを打つか、この波が落ち着くかするまで、学校を休ませようかと思っているんだ。どう思う？」

「どうと言われても……」

戸惑う梓が首から掛けている院内携帯が着信音を立てる。入院調整センターとの直通回線だった。

「また入院要請かよ」梅沢が鼻を鳴らす。「もう満床だ。空いているベッドは妊婦と子供用に空けてある一床ずつだけだ。新しい患者なんてうけられねえよ」

その通りだが、電話を取らないわけにはいかない。梓は通話ボタンを押す。

『お世話になっております。自宅療養中に呼吸不全が生じ、血中酸素飽和度が落ちた症例の入院をお願いできませんでしょうか？　真崎《まさき》陽太《ようた》さんという患者です』

調整センター職員の、切羽詰まった声が聞こえてくる。

「申し訳ありませんが、小児と妊婦用以外の病床は完全に埋まっています。他の病院を当たって下さい」

もはや、入院要請を断るのも慣れてしまった。梓は通話を終えようとする。しかしその前に、『待って下さい！　それでいいんです』という声が聞こえてくる。

「それでいい？」

梓が首を捻りながら聞き返すと、職員は静かに告げた。

『呼吸不全になっているのは、六歳の子供なんです』

エレベーターの扉が開く。ＰＰＥを着込んだ小児科医たちが、ストレッチャーを押しながら飛び出してくる。がちゃがちゃと車輪を鳴らしながら、廊下に立つ梓と梅沢の前を、ストレッチャーが通過していった。

その上に横たわる患者を見て、梓は頭から冷水を浴びたような心地になる。息子と同い年の少年。その顔色は蒼白で、力なく開いた口からは、しゃっくりをするようなヒッヒッという音が細かく漏れていた。天井を向いている瞳は完全に焦点を失っており、目尻から涙が零れている。

そのあまりにも痛々しい姿に一瞬、息子の顔が重なり、嘔気に襲われる。食道を熱いものが駆け上がってくる。梓は慌てて口を固く閉じた。Ｎ95マスクの中が吐物で満たされれば、呼吸ができなくなる。レッドゾーンでマスクを外す羽目になる。

梓は三週間前に、医療従事者枠で三回目のワクチン追加接種を受けていた。現在は極めて強く免疫が賦活化され、抗体価も高い状態のはずだ。

しかし、免疫逃避のつよいオミクロン株で満たされたこの病棟でマスクを外したりすれば、感染してしまう可能性は高い。嘔吐するわけにはいかなかった。

せりあがってきた胃液を飲みくだす。痛みに似た強い苦みが口腔内を侵した。

入院要請を受けてから三十分ほどが経っていた。コロナ病棟ＩＣＵの責任者である麻酔科部長の市ヶ谷に、小児の重症患者が来ることを告げると、現在ＩＣＵで管理している五人の患者の中で、最も状態が安定している一人を小児用に確保していた病床にうつし、代わりに入院してくる子供をICUで治療することになった。

「サチュレーションが七十八パーセント！　全然上がらない。人工呼吸管理を！」

アンビューバッグを片手でつぶし、マスクから少年の肺へと必死に酸素を送りながら、小児科医の一人が叫ぶ。看護師がICUの扉を開け、ストレッチャーがICUの一番手前にあるベッドに横付けされた。その頭側では、子供用の小さな喉頭鏡を構えた市ヶ谷が待ち構えている。

梓と梅沢は処置を邪魔しないよう、ICUの隅に移動し、経過を見守っていた。

少年の小さな体がストレッチャーからベッドに移される。市ヶ谷が「挿管する」と宣言して、少年の口に指を差し込んで強引に開かせた。

それ以上見ていることができなかった。梓は目を逸らす。

「うちの娘、学校を休ませないと……」

隣で立ち尽くす梅沢が漏らしたつぶやきが、やけに大きく梓の耳に響いた。

4　2022年2月2日

頭が痛い。気持ちが悪い。

医学雑誌などが乱雑に置かれている狭い院長室でFaxを操作しながら、長峰邦昭は片手で目元を押さえる。目の奥に鈍痛がわだかまっていた。できることなら、この場で横になって眠ってしまいたい。それほどに疲れ果てていた。

長峰は片手に握っている二十枚ほどの紙の束に視線を落とす。それらは全て、今日この長峰医院で検査を行い、陽性判定が出たCOVID患者の発生届だった。

一人の医師でやっている小規模の診療所で、一日に二十人を超える陽性者が出るなどこれまでは考えられなかった。第五波までとは比較にならないほど、感染が市中に浸透していた。

今年になってから本格化したオミクロン株による第六波の勢いは、とどまるところを知らなかった。今日の新規陽性者は、一昨日に続き、また十万人を超えた。

二日後に開会式が行われる北京冬季オリンピックも、中国での感染拡大を受けてほとんど観客を入れることなく行われるそうだ。

徹底的なロックダウンと住人への強制的なPCR検査により、二年近くほぼゼロコロナを達成していた中国ですら、オミクロン株を完全に抑え込むことができなかった。その伝播性の高さが、ただ恐ろしかった。

今日は朝から、発熱患者からの問い合わせ電話が鳴りやまず、回線は常にパンク状態だった。医院の裏手にある従業員用出入り口の外には一日中、発熱患者がずらりと並び続けた。長峰はPPEを身に着け、その患者たちの診察と検査を行った。

さらに、発熱外来が終わると、すぐにワクチン接種業務を行わなくてはならない。

現在、重症化している患者は主に、追加接種を受ける前に感染してしまった高齢者だ。そのこともあって、多くの高齢者が追加接種に殺到していた。

途切れることのない発熱外来とワクチン接種業務は、七十歳を超えた体に大きな負担になっている。このままでは倒れてしまうかもしれない。そうなったら、この付近の医療が崩壊する。その不安に常に苛まれていた。

近所の開業医仲間たちの話を聞くと、どこも同じような極限状態で、一般患者の診察が困難になっているということだった。

限界を迎えているのは医療施設だけではない。長峰医院が契約している検査会社も、ＰＣＲ検査があまりにも殺到しすぎ、検査結果が判明するまでに遅いと三日かかる始末だ。そのため長峰医院では、精度は落ちるものの五分ほどで結果が分かる抗原検査に切り替えていた。しかし、今度はその抗原検査キットも全国的に枯渇しはじめた。もし検査キットが足りなくなれば、発熱外来を続けることはできない。

「これから、どうなるんだ……？」

独白が口から漏れる。去年、ワクチン接種が進んで第五波を抑え込んだときは、これでコロナ禍は終わったと思った。事実、十月から十二月の間、長峰医院の発熱外来は開店休業状態で、一人の陽性者も出ていなかった。

なのに、一日二十人以上の陽性者が出るようになるなんて……。

どこまで、このウイルスは狡猾なのだろうか。次々と変異を遂げては、人類に襲いかかって来る。発生届を一枚一枚、多摩小平保健所にＦａｘで送りながら、長峰は深いため息をついた。

数分かけてすべての発生届を送った長峰は、院長室に置いてある古びた一人掛けのソファーに臀部をおろす。帰宅する気力もわかないほどに消耗していた。

長峰は頭を掻きながら咳払いをする。その瞬間、背筋に冷たい震えが走った。

なんで、俺はいま咳払いをしたんだ？

緊張しつつ、唾を飲んでみる。喉の奥にかすかな違和感があった。

呼吸が乱れる。オミクロン株の特徴は、これまでの株と比べて、咽頭痛の症状が目立つことだ。口の奥を見ても大して発赤していないのだが、強い喉の痛みで「唾も飲み込めない」と訴える患者が多かった。

追加接種を受けて一ヶ月しか経っていない。十分に免疫があるはずだ。感染しているわけがない。そう自分に言い聞かせるが、不安が消えることはなかった。

オミクロン株は感染力が尋常でないうえ、免疫逃避も強い。それに、最近はあまりにも発熱外来に患者が殺到し、感染対策が雑になっていた気もする。

加えて第六波では子供の感染者が多い。マスクができず、検査の際に暴れて叫ぶことも多い子供の検査は、大人に比べてウイルスに曝露されるリスクが高い。

立ち上がった長峰は検査室へ向かうと、棚から抗原検査キットを取り出す。綿棒を手に取り、それを自らの鼻の奥へと差し込んでいった。顔の中心を抉られるような不快感に涙が出てくる。

鼻咽頭拭い液を採取した綿棒を、小指ほどの大きさのプラスチック製スピッツに入った試薬に浸した。綿棒を捨て、小さな注ぎ口が付いた蓋をスピッツに被せて、テストプレートに試薬を注ぐ。ゆっくりと試薬がテストプレートに広がっていく。

次の瞬間、長峰の喉の奥から「ああっ」という、うめき声が漏れた。陽性を示す『T』の文字の横に、くっきりと赤いラインが浮き上がっていた。

小さな電子音が鳴り響く。長峰はわきに挟んでいた電子体温計を取り出す。液晶画面には『36・8』と表示されていた。

三時間ほど前、抗原検査で陽性を確認した長峰は、医院が入っているマンションの三階にある部屋にいた。資料や資材を保管したり、昼の時間に仮眠を取ったりするために借りている、1DKの小さな部屋だった。

「熱はやっぱり出ないか……」

座椅子に腰かけながら長峰はつぶやく。COVIDになったことを確認してすぐに熱や血中酸素飽和度を測ったが、どちらも正常値だった。体調に関しても、軽い倦怠感と喉の違和感があるものの、普段と大きく変わったところはない。

三回目の追加接種を受けてから、期間が空いていなかったことが幸いした。高齢で、心疾患の既往があるが、おそらくこのまま重症化せずにやり過ごせるだろう。

発熱外来で多くのCOVID患者を診察してきて、ワクチンの大きな効果を実感していた。オミクロン株が主流になってから、たしかにブレイクスルー感染と呼ばれる、接種者でも感染する症例が増えてきた。しかし、その重症度は未接種者とは明らかに異なっていた。

未接種者が高熱で苦しみ、強い倦怠感と全身の痛みで息も絶え絶えになっているのに対し、接種を終えている者は微熱と喉の痛みを訴えるだけのことが多かった。特に三回目の追加接種を終えている者は、検査をしてもほとんど陽性にならないし、なったとしても極めて軽微、もしくは無症状のことがほとんどだ。

すでに自らの発生届を多摩小平保健所にＦａｘで送ったうえで、家族や仕事の関係者に感染したことを告げている。息子の大樹はかなり動揺していたが、四十年以上連れ添った妻は動じることなく、「じゃあ、食事を作って部屋の前に置いておくわね。私も濃厚接触者だから、できるだけ家を出ないようにする」と言って、三十分ほど前に玄関前にタッパーに入った料理と米、そして電気炊飯器を置いていった。

タッパーはすでに冷凍庫に入れてあり、必要な時に電子レンジで温めれば食べられるようになっているし、米はさっき炊いた。もう食事の心配はなかった。

「明日から十日間か……」

体温計をケースにしまいながら、長峰はつぶやく。ＣＯＶＩＤ患者は症状が出た翌日から十日間が療養期間になっている。その間は症状がなくなったとしてもウイルスを排出しているため、他人に会うことは極力避けなければならない。

どうすればいいのだろう。長峰は歯を食いしばる。長峰医院の医師は自分一人だけだ。隔離期間中は当然、診察はできない。臨時休診にするしかない。

しかし現在、発熱患者が市中に溢れているし、明日以降も大量のワクチン接種予約が入っている。もし医院を開けなければ、近辺の発熱患者たちが診察を受けられなくなり、そして感染拡大を目の当たりにして一日も早く予防接種を受けたいと望んでいる人々にも大きな迷惑をかける。もしも、予防接種を受けることが遅れた者がＣＯＶＩＤになり、重症化したりしたら……。

奥歯が軋みをあげたとき、軽いチャイム音が部屋の空気を揺らした。

誰だ、こんな時間に。長峰は玄関に向かうと、扉に向かって「はい、どなたですか？」と声をかける。

「父さん、俺だよ」

扉越しに聞こえてきた声に、長峰は目を見開く。

「大樹⁉」

「そうだよ。とりあえず、ちょっと開けてくれ」

「なに言っているんだ、電話で話しただろ。俺はコロナに感染しているんだぞ」

「分かってる。父さんはマスクをしてくれ。俺も感染対策はしてあるから」

「感染対策？」

ドアスコープを覗いた長峰は目を見張る。そこには、Ｎ95マスク、アイシールド、防護ガウンに身を包んだ息子が立っていた。

「ちょ、ちょっと待ってくれ」

長峰は玄関わきの靴入れの上に置いておいたＮ95マスクを慌ててつけると、錠を外して扉を開く。ボストンバッグを手に、ＰＰＥに身を包んだ大樹が入ってきた。

「ありがとう。こんな格好で立っていたら目立って仕方ないから、助かったよ」

「まさか、それを着てここまで来たのか？」

靴にシューズカバーをつけながら、大樹は「そんなわけないだろ」と軽い笑い声をあげる。

「このバッグに入れてきて、扉の前で着たんだよ」

「あ、ああ、そりゃそうだよな。で、どうして来たんだ。感染リスクがあるのに」

「いつまでも子ども扱いしないでくれよ。俺だって、コロナ患者の診療をやっているんだ。感染するようなへましないよ」

大樹は床に置いたバッグのジッパーを開ける。中には、スポーツ飲料の二リットルペットボトルが数本入っていた。

「母さんから、飲み物を渡すのを忘れたって連絡があったんだ。だから、途中のコンビニで買ってきた。これだけあれば、三日ぐらいはもつだろ」

「気を使わせて悪いな。水道水を飲むつもりだったのに」

「なに言っているんだよ。大量に発汗したり、下痢を起こすこともある。そのとき、ミネラルが入っていない水を飲んだら、逆に低浸透圧性の脱水を起こすだろ」

「そりゃそうだが、本当に喉にちょっと違和感があるくらいなんだよ」

「いまから、悪化する可能性だってある」

息子に強く言われ、長峰は「たしかにそうだが……」と言葉を濁した。

「けど、わざわざ防護服まで着て部屋に入らなくてもよかったじゃないか。玄関先にバッグを置いといてくれれば」

「そういうわけにはいかないんだよ。これも持ってきているから」

大樹はしゃがむと、バッグに手を入れ、そこから紙の箱を取り出す。その箱には『ラゲブリオ　カプセル　200mg』と記されていた。

「それってもしかして、コロナの治療薬か？」

すでにラゲブリオとパキロビッドという、二種類の経口抗ウイルス薬が承認され、認可を受けた医療機関で重症化リスクのあるCOVID患者に使用されていた。

「パキロビッドの方が重症化予防効果が高いから、本当はそっちを使いたかったんだけど、あれは併用禁忌の薬剤が多いんで父さんは内服できない。けど、ラゲブリオなら問題なく飲める。有効性とリスクを説明して同意説明書にサインしてもらう必要があるから、いまから説明していくぞ。まあ、分かっていると思うけど」

「おいおい、こんな軽い症状なのにそこまでしなくても……」

軽い笑い声をあげた長峰は、息子から鋭い視線を浴びて口をつぐむ。

「父さんは七十歳を超えているし、心臓冠動脈のバイパス手術も受けている。たしかに追加接種を終えているから、重症化するリスクは低いとは思う。それでも、紅実が大好きな『じぃじ』に会えなくなる確率を一パーセントでも減らしたいんだよ」

大切な初孫の名前を出されては、反論などできるはずもなかった。長峰は「分かった」と頷くと、大樹が書類の内容を読み上げていくのに大人しく耳を傾ける。

説明を終えた大樹が差し出したペンを受け取った長峰は、書類にサインした。

「じゃあこれを渡しておくから。とりあえず、今夜の分をすぐに飲んでくれ」

「分かったよ。お前が帰ったらすぐに飲む。だから、心配するな」

降参するように、長峰は小さく手を上げた。

「あと、長峰医院のことは心配しないでいい。しっかり十日間、体を休めてくれ」

長峰は「医院のこと？」と、眉間にしわを寄せた。

「明日から十日間、俺が長峰医院で診察とワクチン接種業務をするよ」

「なに言っているんだ！　そんなこと出来るわけないだろ」

「なんで出来ないんだよ？　もしかして、ナースとか事務員が濃厚接触者なのか？」

「いや、そんなことはない。職員と話すときは、お互いマスクをつけていたから、濃厚接触者は母さんだけだ。けれどお前、勤めている病院の仕事があるだろ」

「それなら大丈夫だよ。さっき部長に連絡して、有休をとったから」

「けれど……」まだ混乱している長峰は、こめかみを押さえた。

「なんだよ。もしかして、迷惑だった？　休診にした方がいいのか？」

「いや、そんなことはない。やってくれるならとても助かる。けど、お前、長峰医院を閉めた方がいいって、コロナ禍の最初の頃に言っていただろ」

大樹は「たしかにね」と頷いた。

「父さんももう齢だから、無理をせず休んで欲しかったんだよ。けれど、父さんがこの二年間、地域医療のために必死に身を削ってきたのを見て気づいた。父さんにとって、ここで診療することは、たんなる仕事じゃなくて、生き甲斐とか使命とかそういうものなんだって」

「生き甲斐……、使命……」長峰はその言葉をくり返す。

たしかに、そうなのかもしれない。最初は息子の学費を稼ぐためのたんなる仕事として、ここに開業し、必死に患者を診てきた。けれどいつの間にか、ここで患者を助けること、地域の医療のために全力を尽くすことは、自分にとって生きる理由そのものへと昇華していたのだろう。

なんのために自分がこの二年間のコロナ禍で、ぼろぼろになりながらも診療をして踏ん張ってきたのかにようやく気付いた。

自分が自分であるためだ。そしていま、息子がそれを手伝ってくれようとしている。胸郭が熱い感情で満たされていく。

「任せてもいいか？　十日間、この近隣の医療をお前に頼んでもいいのか？」

嗚咽が漏れぬように喉に力を込めて長峰が言うと、大樹は目を細めた。

「大丈夫だって、父さんと違ってまだ若いからな」

5　2022年2月12日

「……厳しいです。悪化してきていると思われます」

小児科医たちとともに、コロナ病棟のＩＣＵで電子カルテのディスプレイに映っている胸部ＣＴ画像を眺めながら、梓は低い声で言う。画面に映っている肺は、白ペンキを撒かれたかのように、肺野が濃い陰影で塗りつぶされていた。ひどいＡＲＤＳを起こしている。肺の間質に強い炎症が生じてガス交換が妨げられているだけでなく、滲出液《しんしゅつえき》が肺胞に溢れ、溺れているような状態だ。

梓は横目で一番入り口近くに置かれているベッドを見る。そこには小さな少年が横たわっていた。口からはプラスチックチューブが伸び、首筋から中心静脈に差し込まれた点滴ラインには昇圧剤をはじめとして、様々な薬剤が注がれていた。

二週間ほど前にＣＯＶＩＤによる肺炎が悪化しＩＣＵに入院した六歳の少年、真崎陽太の病状は悪化の一途をたどっていた。人工呼吸管理にしたうえで、抗ウイルス薬であるレムデシビルや、ステロイド、細菌性肺炎の合併も考えて抗生剤などが投与されたが、肺の炎症は改善するどころか、さらに強くなっている。

梓はＣＯＶＩＤ肺炎に精通していることもあり、小児科医とともに陽太の治療に参加していた。息子の一帆と同い年のこの少年をなんとか救いたいと、全力を尽くしていた。しかし、もはや自分にできることはなかった。

たしかに子供はＣＯＶＩＤでは重症化しにくい。しかし、これまでのウイルスと違い、まるで新しい病原体であるかのごとく大量の変異を蓄積したオミクロン株は、子供にも容赦なく感染するようになっている。感染する子供の母数が大きくなれば、当然、陽太のように重症化する症例も出てくる。

アメリカやブラジル、インドなどでは千人単位でＣＯＶＩＤによって死亡した子供が確認されている。いままで日本で子供の犠牲者が少なかったのは、ただ感染者が少なかったからに過ぎない。

なぜ、日本では小児への新型コロナワクチン接種がこんなに遅れているんだ。このままでは、未来ある子供の命が奪われてしまう。

脳裏に、屈託ない笑みを浮かべる一人息子の姿がよぎる。

ワクチン未接種で新型コロナウイルスに曝露されるのは、ロシアンルーレットの引き金をひくようなものだ。たとえ、弾がでる確率が少なかったとしても、大切な子供たちをそんなリスクに晒したくない。

陽太も予防接種が間に合っていれば、こんな重症肺炎は起こさなかったはずだ。なんで政府は、この国は一番大切な子供たちを守ってくれないんだ。梓は叫び出しそうなほどの怒りをおぼえる。

「これから、どうしましょう……」

陽太の主治医である小児科医がつぶやく。答える者は誰もいなかった。

奇跡が起きなければ、おそらくあと二、三日でこの子は呼吸不全によって命を落とす。もう私たちには祈ることぐらいしかできない……。

梓が唇を固く噛んだとき、ＩＣＵの出入り口の扉が勢いよく開いた。並んで入ってきた者たちを見て、梓は目を大きくする。

呼吸器内科部長の扇谷、麻酔科部長の市ヶ谷、そして循環器内科部長の水谷《みずたに》、三人の部長がＰＰＥに身を包んで、陽太のベッドのそばへと歩み寄った。

「おい、なに暗い顔をして固まっているんだよ。いまから人手が必要なんだ。お前ら、こっちにこい」

市ヶ谷が威勢のいい口調で言いながら手招きをする。梓は小児科医たちと顔を見合わせたあと、陽太のベッドへと近づいていった。

「あの、市ヶ谷先生、なにをするんですか？」

小児科医の一人が訊ねると、市ヶ谷は防護ガウンに包まれた胸を張った。

「もちろん、この子を助けるんだよ」

その言葉が合図であったかのように、再び出入り口の扉が開き、ＰＰＥを纏った人物たちが今度は十人近く、透析器のような巨大な装置とともにＩＣＵに入ってきた。

「あの……、扇谷先生、あの人たちは誰ですか？」

梓が訊ねると、扇谷はかすかに目を細めた。

「循環器内科と心臓外科のドクターとナースたちだよ。臨床工学技士も三人いる」

梓は陽太のベッドを取り囲むように立つ者たちを見る。Ｎ95マスクとアイシールドでよく顔が見えないが、たしかに見覚えがある者もいる気がする。

「循環器内科と心臓外科……」

「交渉がまとまってね。なかなか首を縦に振ってくれなくて大変だったよ」

扇谷は隣に立つ水谷に視線を送る。水谷は鼻を鳴らした。

「うちの医局員をコロナ病棟に派遣なんかして、循環器内科病棟でクラスターなんか起きたら大変だろ。自分たちが担当している患者が最優先だ」

「けれど、気が変わったんですよね」

扇谷がからかうように言うと、循環器内科部長は肩をすくめた。

「そりゃ、死にかけているのが六歳の子供じゃ、手伝わないわけにはいかないだろ。うちの孫が同い年なんだよ」

「あ、あの、これからなにを……？」

梓がおずおずと二人の会話に口をはさむ。

「なんだよ、先生。あれを見ても分からないのか？」

水谷が運び込まれた複雑な機械を指さす。三人のスタッフが手際よく、それを組み立てていく。おそらく、臨床工学技士たちだろう。

「うちの医局員に無茶言わんでくださいよ。呼吸器内科であんなもの使うこと、ほとんどないんですから」

軽い笑い声をあげた扇谷が、梓にそっと囁く。

「ＥＣＭＯだよ」

「ＥＣＭＯ？　陽太君にＥＣＭＯを導入するんですか？」

ＥＣＭＯは大血管から大量の血液を引き出し、人工肺で酸素化したあと体内に戻す生命維持装置で、重症の呼吸不全や心不全患者に最終手段として使用されるものだった。肺を使用せずに血液を酸素化できるため、重症ＣＯＶＩＤ肺炎で呼吸不全となり、人工呼吸管理でも救命できない症例に使用され、良好な成績を残している。

まだ六歳の陽太なら、ＥＣＭＯで生命維持をしつつ肺の炎症が引くのを待てば、救命できる可能性が高い。けれど……。

「けれど、うちではＥＣＭＯは使わない方針だったんじゃないですか？」

ＥＣＭＯの運用には、人工呼吸管理の数倍のマンパワーを必要とする。もともとぎりぎりの人員で回してきたコロナ病棟でＥＣＭＯを使用しはじめると、一人救うために、三人の救命を諦めなくてはならなくなる。責任者である市ヶ谷のその判断の元、これまでＥＣＭＯ導入は見送られ続けていた。

「その方針だったが、患者が子供となれば別だ」

話を聞いていたのか、市ヶ谷が気障にウインクをして陽太のベッドを指さした。

「あの子にはこの先、約八十年の未来がある。あの子の命は、三倍の労力をかけても救う価値のあるものだ」


唸るような重低音を上げながら装置が稼働をはじめる。陽太の大静脈に差し込まれた太い脱血用チューブから血液が吸いだされ、人工肺へと送られていった。蒼黒かった血液が、膜型人工肺で酸素化され、鮮やかな深紅に染まって送血用のチューブを通り、体内に戻されていく。

循環器内科医たちがＩＣＵに来てから約一時間、陽太のＥＣＭＯ導入が完了した。チアノーゼを起こして青く変色していた陽太の唇に少年らしい赤みが差していく。梓のそばで見守っていた小児科医たちから、「おおっ」という歓声が上がった。

梓はモニターの血中酸素飽和度を確認する。いかに設定を調整しても八十八パーセントまでしか上がらなかった数字が、いまは九十六パーセントになっていた。

梓は肺の奥に溜まっていた空気を吐き出す。

まだ完全に危険が去ったわけではない。体内に差し込んだチューブという異物を通して、細菌感染が起こる可能性もあるし、血栓症のリスクもある。ただ、心臓の専門家たちが管理するのだ。

膜型人工肺を使うことで肺を休ませ、その合併症を防いでくれるだろう。六歳の少年の生命力なら、この危機を乗り越えられるはずだ。

胸を撫でおろしていると、背後から「椎名先生」と声をかけられる。振り向くと、看護師が壁にかかっている内線電話を持って、手招きしていた。

「交換台から電話が入っています」

「交換台から？」

いったいなんだろう。個人用の院内携帯はレッドゾーンには持ち込めないので、内線電話にかかってきたのだろう。交換台からということは、外部からの連絡なのだろうか？　首を捻りながら、梓は看護師から受話器を受け取る。

「はい、椎名ですが？」

『椎名先生、外線が入っています。お繋ぎします』

オペレーターのその言葉とともに、回線が切り替わる。

『梓？　梓なの？　春子だけど』

「お母さん？」

思わず声が大きくなる。扇谷が振り返っていぶかしげな視線を向けてきた。梓は慌てて、受話器に手を当てて声を潜める。

「どうしたの、病院に電話をかけてくるなんて」

『だって、何度もあなたの携帯にかけたのに、繋がらないから』

春子は早口で言う。その切羽詰まった様子に、不安が掻き立てられた。

「スマホは医局に置いてあるから。今日はずっとコロナ病棟で働いていて、気づかなかったの。ごめんね。それで、どうしたの？　一帆になにかあったの？」

二週間前、一帆と同い年の陽太が重症化したのを目の当たりにした日から、梓は再び自宅を離れ、以前常宿にしていた池袋のビジネスホテルに泊まっていた。

再び梓と離れて生活しなくてはならないことを聞いて、一帆は哀しげにしていたが、もうすぐはじまる予防接種さえすればまた一緒に暮らせると聞いて、健気にも「うん、分かった」と受け入れてくれていた。

『夕方からカズ君が……、熱を出しているの』

梓の喉の奥から、小さな悲鳴のような音が漏れた。

「熱って何度!?　どんな状態？」

違う。疲れが原因で、微熱が出ているだけだ。通っている幼稚園でも陽性者がちらほらと出ていることから、一帆はいま通園を止めている。ほとんど春子と一緒に自宅で過ごしているのだ。新型コロナウイルスに感染するわけがない。

『それが、三十九度以上あって、あとすごく喉を痛がっている』

足元が崩れ、空中に投げ出されたかのような心地になる。高熱と強い咽頭痛。オミクロン株に特徴的な症状だ。

息子がCOVIDになってしまった。一帆をウイルスから守るため、一年半以上も離れ離れで過ごしたというのに。もう少しでワクチンを接種でき、命より大切な我が子のコロナ禍を終わらせることができるはずだったのに……。

絶望が心を腐らせていく。気を抜けば、絶叫してしまいそうだった。

『梓？ 梓、聞こえているの？』

母の声で、梓は我に返る。そうだ、私がパニックになってどうする。いま苦しんでいるのは母、そしてなにより高熱と咽頭痛に苛まれている一帆だ。

梓は腹の底に力を込めると、マスクに覆われた口を開く。

「お母さん、心配しないで。コロナは子供では重症化しにくい」

そう、子供が重症化するのは稀だ。ECMOに繋がれている陽太をできるだけ視界に入れないようにしながら、梓は内心でそうくり返す。

それに、春子は先日、三回目の追加接種を終えたばかりだ。免疫逃避の強いオミクロン株とはいえ、そう簡単には感染しないだろう。

「まずは、発熱外来を探して、検査をしてもらって。コロナに感染しているってはっきりしたら、少しでも状態が悪くなったときに相談できるフォローアップセンターを使えるようになるから」

『二時間以上前からずっと探しているの。けど、どこも診られないっていうのよ』

「診られない⁉」

梓は掛け時計に視線を送る。時刻はいつの間にか、午後八時を越えていた。

現在、日本中で感染爆発が起きていて、発熱外来や救急医療はパンク状態だ。小児の発熱患者も極めて多く、小児医療が崩壊しかけている。土曜の夜に、小児の発熱患者を受け入れる余裕のある医療機関がないのかもしれない。

なら、どうすればいい？　この心泉医大附属氷川台病院の救急も完全にキャパシティオーバーしており、発熱患者は診察までに何時間も待つ状態だと聞く。いくら職員の身内だとしても、優先して診察を受けるわけにはいかない。

私が家に帰って検体採取し、院内でPCR検査をしようか？

いや、だめだ。梓は首を振る。院内のPCR検査もあまりの検体数に処理しきれなくなり、結果が出るのに二日近くかかっている。それなら、明日の朝になって、あらためて発熱外来を探した方がいい。

けれど万が一、今晩、一帆が急変したりしたら……。

思考が絡まり合い、額の辺りに熱がこもっていく。

『ねえ、梓。どうすればいいの？　カズ君、本当につらそうで……』

苦しんでいる一帆の姿を想像し、炎に炙られているような心地になる。できることなら、私が身代わりになってあげたい。そう願いつつ、目を固く閉じた瞬間、二年近く前の記憶が脳裏をよぎった。

そうだ、あの人ならもしかしたら……。

「お母さん、一回切るからちょっと待っていて。診てくれる人に心当たりがあるの」

返事を聞く前にフックを指で押し下げて回線を切ると、梓は交換台に内線電話をかける。すぐに『はい、交換台です』というオペレーターの声が響いてきた。

「呼吸器内科の椎名です。これから言う場所に、外線を繋いで下さい」


「山田さんは、HbA1cの値がかなり悪化してきているんで、ビグアナイドを増量しておいたよ。あと最近、眼科に行っていないらしいから、念のため網膜に異常がないか確認してもらうように指示した。桑野《くわの》さんは、聴診で軽い心雑音があったから、心エコー検査をしておいた。軽い大動脈弁狭窄症があったけど、まあ、これくらいなら経過観察で良いと思う。ただ、年に一回はエコーをしておいて」

マウスを操作して、電子カルテの診療記録を提示しながらの大樹の説明に、長峰は頷きながら耳を傾ける。COVIDが発症してから十日間の療養期間が終わり、今日で自主隔離を終えていた。

追加接種からすぐだったからか、それとも内服した抗ウイルス薬のおかげか、最後まで発熱することはなく、軽い倦怠感と喉の違和感以外に症状は出なかった。それらもすでに完全に消えている。明らかな後遺症もなく、それどころか何十年ぶりに十日間も完全に休養を取れたおかげで、感染前より体調はよいぐらいだった。

「かかりつけ患者で変わりがあったのはこれくらいだけど、何か質問とかある？」

大樹が診療録を閉じる。長峰は首を横に振った。

「いいや、ないよ。それどころか、高血圧とか慢性心不全患者の治療、いろいろと参考になった。利尿剤やβブロッカーにそういった使い方もあるんだな。驚いた」

「まあ、それが俺の専門だからね」

大樹は照れくさそうに視線を外すと、背後にある診察用ベッドに積み上げられている書類の山を指さした。

「俺の方こそ驚いたよ。まさか、発熱外来にこんなに患者が押しかけるなんてな。多い日だと、一日に三十人以上の陽性者が出たぞ。ほんの二ヶ月前は、東京全体で十人を切った日もあったのに」

「大変だったか？」

「大変なんてもんじゃなかったよ。防護服を着こんで一日中、発熱患者の鼻に綿棒つっこんでいるんだからな。人気ラーメン店みたいに、発熱患者が行列を作っているんだぜ。頭がおかしくなりそうだった」

苦笑する大樹に、「それが町医者の仕事さ」と長峰は肩をすくめる。

「大樹、なんにしろ十日間ありがとう。本当に助かった。お前がいないと、どうなっていたことやら。明日は日曜だから休みだろ。帰ってゆっくり紅実ちゃんと過ごしてくれ。パパをずっと拘束していたら、大切な孫に怒られちゃうからな」

長峰がおどけるように言うと、大樹は「じゃあ、そうさせてもらおうかな」と椅子に置いていたリュックを肩にかけた。従業員用出入り口へと移動した大樹は、ドアノブを摑んだところで、振り向くことなく「父さん」と口にする。

「ん、どうした？　なにか忘れ物か？」

「いや、この十日間、この医院で外来を経験してみて、父さんがどういう気持ちでここで働いていたのか分かった気がしたんだ」

大樹は振り返る。

「かかりつけ患者はみんな、父さんのことをすごく心配していた。それに『長峰先生に助けられた』『先生がいるから安心して暮らせる』って口を揃えて言うんだよ。俺はなんとなく、父さんは惰性でこの医院を続けているだけだと思っていた。けど、父さんはこの地域の人たちの健康の基盤になっていたんだな。俺が思っていたより、遥かに重要な仕事だった。二年前、『廃業してくれ』なんて言ってごめん」

頭を下げる息子に、長峰は「謝ることないさ」とかぶりを振る。

「惰性で続けているところはあった。医者を辞めてもやることないからな」

長峰は「もう、ゴルフで十八ホール回るのも疲れるしな」と自虐的に言う。

「ただ、ここで発熱外来をはじめて、ワクチン接種を進めていくうちに気づいたんだ。この地域で町医者をすることは、俺の使命であり、生き甲斐なんだってな。俺はここで、最後の最後まで医者として、患者に尽くしたいんだってな」

長峰は「ちょっと臭いかな？」とこめかみを掻いた。

「いや、そんなことない。父さんはかっこいいよ」

「やめろよ、じじいが『かっこいい』なんて言われても恥ずかしいだけだって」

大きく手を振るが、悪い気はしなかった。自分が人生をかけて取り組んできたことを、息子に認められたことが嬉しかった。

「なあ、父さん……」探るように大樹は言う。「俺さ、勤めている病院から週に一回、外勤日をもらっているんだ。もし父さんが良ければ、四月から週に一回、この医院を手伝おうか？　父さんも年だし、しっかり休める日を作った方がいいしさ」

思いがけない申し出に、数秒まばたきを繰り返したあと、長峰は「もちろんだ」と両手を広げる。自分が必死に守ってきた医院を、息子が手伝ってくれる。そのことが、自分でも驚くほどに嬉しかった。

「じゃあ、俺はそろそろ行こうかな」

微笑みながら大樹は扉を開いた。

「紅実ちゃんによろしくな。またじぃじと遊ぼうって伝えておいてくれ」

「ああ、分かったよ」

扉から出ていく息子を見送った長峰は、診察用の椅子に腰かけると、背もたれに体重をかけて天井を見上げる。

コロナ禍がはじまって二年、多くの人々が、多くのものを失った。けれど、この試練があったからこそ得られたものも少なくないのかもしれない。

生物ですらないウイルスの襲撃は、ある意味、自然災害のようなものだ。いかにこの惑星を支配しているかのようにふるまっている人間も、大自然の脅威の前には自分たちが矮小《わいしょう》な存在であることを思い知らされる。

ただ、ウイルスと違って意思と知性を持つ人間は、手を取り合って危機を耐え忍び、そこから学び、成長することができるはずだ。長峰はそう信じていた。

さて、そろそろ帰ろうか。四十年以上連れ添った妻が待つ自宅に。

感染から守るため、療養期間の十日間、妻の千恵には会っていなかった。しかし、千恵は毎日食事を作っては、長峰が隔離生活を送っている部屋の玄関先にそれを置いていってくれていた。

椅子から立ち上がったとき、デスクに置かれた電話が鳴った。今日は休診日だし、すでに午後八時を越えている。この時間に医院にかかって来る電話に出る必要もないし、そもそもスタッフも誰もいないので、対応のしようもない。

往診している患者の急変などの際は、携帯電話に連絡が来ることになっている。無視して帰ろう。そう思って出口に向かいかけたが、鳴りやむ気配のない着信音がやけに気になってしまう。

現在、オミクロン株の猛威により、医療が逼迫している。特に、小児医療、救急医療はほぼ壊滅状態で、子供が熱性痙攣を起こして救急車を呼んでも、何時間も搬送先が見つからないような事態すら起きている。

オミクロン株はこれまでのウイルスとは違い、子供の間で容易に伝播していくという特性を、変異により手に入れた。そして、まだワクチン接種ができていない十一歳以下を中心に、子供に襲いかかっている。

もしかしたら、医療を受けられなくて困窮し、どうしようもなくなってうちに電話をかけてきているのかもしれない。

――父さんはこの地域の人たちの健康の基盤になっていたんだな。

ついさっき、大樹から掛けられた言葉が耳に蘇る。そう、俺はこの地域の医療を支えている。困っている人がいたら、できる限りのことをしなくては。

長峰は受話器を取り「はい、長峰医院です」と言う。受話器の向こう側から、息を呑む音が聞こえてきた。

『や、夜分失礼いたします。私、心泉医大附属氷川台病院の椎名と申します』

早口で女性の声が言う。心泉医大附属氷川台病院のような大病院が、こんな夜に個人診療所になんの用があるというのだろう？

疑問に思いつつも、「椎名」という名前に聞き覚えがあった。記憶を必死に探っていた長峰の脳裏に、二年前、コロナ禍がはじまった当初の出来事が蘇る。

「もしかして、二年前、コロナの検査ができなくて他の病院にことごとく入院を断られた、うちの肺炎患者を受け入れて下さった先生ですか？」

『はい、そうです』

「ああ、あのときはお世話になりました。それで、どんなご用件でしょうか？」

『あの、実は……六歳の息子が先ほど発熱しまして』

長峰の表情が引き締まる。

「咽頭痛はありますか？」

『はい、喉が痛くて唾もうまく飲めないんです』

オミクロン株は強烈な咽頭痛を起こすことが多い、典型的な症状だ。

「息子さんは幼稚園児ですか？　幼稚園で、コロナは流行っていますか？」

『幼稚園ではCOVIDの園児が立て続けに出たので、いまは行かせていません。私もコロナ病棟に勤めているので、先月からホテル暮らしをして会っていません』

「賢明な判断だと思います」

長峰は受話器を持ったまま頷く。オミクロン株が蔓延してから、高熱でのせん妄状態、熱性痙攣、咽頭痛による水分摂取不良からの脱水などになった小児患者を何人も診ている。医師として、最大限の警戒をするのは当然だ。

『いまは私の母と二人で暮らしていますが、ワクチンの追加接種を終えている母には特に症状はありません。ただ、ときどき公園などで友達と会って遊んでいたりはしたらしいです』

外遊びでは子供にマスクを外させている親も少なくない。そこで感染した可能性は十分にある。

長峰が頭の中で状況をまとめていると、切羽詰まった声が聞こえてくる。

『なんとか受診させたかったんですが、どこも小児の発熱患者の診察は難しいと断られてしまって……。私もコロナ病棟の勤務ですぐに動くことは難しく……』

ただでさえ、週末の夜は病院の機能は落ちる。さらに、現在はこれまでにない発熱患者に、救急医療、小児医療は崩壊している。受診が難しいのは当然だろう。

椎名がなにを望んでいるか理解し、長峰は口を開く。

「分かりました。うちで診察しましょう」

『本当ですか⁉』椎名の声が跳ね上がった。

「こんな時間ですので、PCR検査はできませんが、抗原検査なら可能です。また、院内処方で解熱鎮痛剤とうがい薬なら処方できますし、陽性だったら保健所への連絡もします。できるのはこれくらいですが、よろしいでしょうか？」

『もちろんです！　ありがとうございます！　すぐに母に車で向かわせます。本当にありがとうございます！』

くり返し礼を言う椎名に、長峰は微笑みながら言った。

「いいえ、仕事ですから。それに、ようやく二年前の恩返しができます」

軽自動車が駐車場に止まり、マスクをつけた年配の女性が運転席から降りてきた。女性は慌てた様子で助手席の扉を開き、ぐったりした子供を抱きかかえる。

「椎名さんですか。こちらです」

ＰＰＥを装備し、正面出入り口のシャッターを開けて待っていた長峰が声をかけると、女性は少年を抱きかかえたまま小走りに近づいてくる。

「夜分すみません。椎名梓の母で、春子と申します。この子が、孫の一帆です」

春子は腕に抱きかかえている少年に、不安げに視線を落とす。

「気にしないで下さい。困ったときはお互い様ですから」

長峰は一帆を観察する。かなり高熱なのか、頰が紅潮し、目は虚ろだった。口の端から涎が漏れているのは、咽頭痛で唾を呑み込むのがきついからだろう。

「重かったですよね。私が抱っこしましょう」

春子から少年を受け取った長峰は、そのまま隣の検査室へつれていき、ベッドに横にする。少年がCOVIDだったらリスクが高い行為だが、自分は先日感染したばかりだ。しかも、三回のワクチン接種も終えていて、いまは極めて免疫が強化された状態だろう。再感染のリスクはほぼゼロのはずだ。

それよりも、まずはこの少年を助けなければ。

長峰は少年のシャツをまくり上げると、胸部の聴診を行う。かなり呼吸は早いが、肺雑音は聞こえなかった。指にパルスオキシメーターをつける。血中酸素飽和度は九十八パーセントを示した。長峰はN95マスクの中で安堵の息を吐く。少なくとも、重度の肺炎を起こしているということはなさそうだ。

「いつから、こんな状態なんですか？」

一帆のシャツを直しながら、春子に訊ねる。

「喉は昨日から少しガラガラするとは言っていましたけど、乾燥のせいだと思っていました。ただ、今日の昼過ぎから急に熱が上がってきて、『喉が痛い』って泣き出して。ずっと唾も吐き出しているんです」

典型的なオミクロン株の症状だ。春子の説明を聞きながら、長峰は一帆の手の甲の皮を摘まむ。跡がすぐには消えなかった。

皮膚のツルゴール（張り）が低下している。脱水を起こしている。

長峰は口元に力を込める。オミクロン株に感染した子供で頻繁に起きるのが熱性痙攣と、この咽頭痛による脱水だった。それを治すためには、基本的に入院治療が望ましいが、現状で子供のコロナ病床は少なく、入院は困難となっている。

「どうですか？　やっぱりコロナなんですか？」

春子は祈るかのように両手を組んだ。

「その可能性が高いと思います。とりあえず、検査をしましょう」

長峰はひざまずくと、ベッドに横たわる一帆と顔の高さを合わせる。

「一帆君、分かるかい？」

一帆は緩慢な動作で首を回し、無言のままかすかに頷いた。

「先生が治してあげるからね。喉が痛いんだよね。まずはお口の中を見せてもらってもいいかな？」

オミクロン株の感染では、咽頭にあまり発赤・腫脹《しゅちょう》が見られないにもかかわらず、強烈な痛みを訴えることが多い。咽頭所見は診察でとても重要だった。一帆が弱々しく開いた口を、ペンライトで照らしながら覗き込んだ長峰は、目を見開く。

「あの……、どうでしょう？」

おずおずと春子が声をかけてきた。

「いえ、とりあえず検査をしましょう」

長峰は綿棒を手に取って、「ちょっと嫌な感じがするよ」と一帆の喉の奥をこすった。

検体を採取し終えた綿棒の先を浸した試液を、テストプレートに滴下する。

陽性を示す赤いラインがくっきりと浮かび上がってきた。

まだだろうか？　医局で自分のデスクの椅子に腰かけながら、梓は細かく貧乏揺すりをくり返す。腕時計に視線を落とすと、時刻は午後十時を過ぎていた。もう、長峰医院にはついているはずだ。けれど、一向に連絡がない。

もしかしたら、一帆が重症化したのではないだろうか。

日本全国で、新型コロナにかかった子供の熱性痙攣が頻発している。それに、稀に脳症や脳炎を起こすこともあるウイルスだ。もちろん、ワクチン未接種者には重症肺炎を起こすリスクもある。

また感染から数週間後にMIS-Cが生じて死亡する症例が海外では多数報告されているし、麻疹感染から数年後に認められるＳＳＰＥのような、致死性の合併症が今後生じないとも限らない。

重症化しなくても、咳、呼吸苦、倦怠感、神経症状などのlong covidと呼ばれる後遺症が、子供でもかなりの確率で発生している。

核分裂のように不安が不安を呼ぶ連鎖反応が起き、心臓を締め付ける。そのとき、デスクに置いていたスマートフォンが着信音を鳴らした。梓は相手を確認することなく、電話に出る。

「もしもし、お母さん!?　一帆は!?」

『いえ、私です』男性の声が聞こえてくる。『長峰医院の長峰です』

「あ、先生、失礼しました。あ、あの、一帆はどんな状態でしょう？」

『一帆君は咽頭痛で水分が取れなかったせいでかなりの脱水になっていたので、いま点滴をしています。座薬の解熱剤も投与しましたので、少し楽になったのか眠っています。あと三十分くらいしたら、家に帰れると思いますよ』

よかった、急変したわけではなかった。梓は大きく息を吐く。

「それで……、肺炎は起こしていないでしょうか？　呼吸状態は？」

『肺炎？　いえいえ、肺炎なんて起こす病気じゃないですよ』

軽い声で長峰が言う。

「え、でもオミクロン株でもワクチン未接種だと、それなりの頻度で肺炎を……」

『ああ、すみません。最初に伝えるべきでしたね。一帆君、コロナじゃないです』

「……え？」口から呆けた声が漏れる。

『口の中を見たら、扁桃腺が真っ赤にはれ上がっていて、白苔、つまり白い膿がべっとりとついていました。コロナでそんなことは起こらないので、溶連菌の検査をしたら、陽性が出ました』

「じゃあ、熱と咽頭痛の原因は……」

『はい、A群溶血性連鎖球菌による咽頭炎ですね。念のためコロナの検査もしましたが、そちらは陰性でした。ペニシリン系の抗生剤を処方しましたので、それを内服すれば明日にも解熱しますよ』

全身の筋肉が弛緩するほどの安堵に、座ったまま崩れ落ちそうになる。

「ありがとうございます。本当にありがとうございます」

『いえいえ、コロナじゃなくて本当に良かったです。まだまだ大変な状況ですが、あと少し、お互い頑張っていきましょう。それじゃあ失礼します』

「はい、失礼いたします」

通話を終えた梓は、放心状態で天井を見上げた。よかった。本当に助かった。

コロナ病棟で勤務していると、自分たちだけが人類に牙をむいている有機機械と対峙しているような気分になる。しかし、長峰医院のような最前線で発熱外来やワクチン接種をしている医療従事者たちも、必死に戦ってくれているのだ。

保健所職員、救急隊員、自治体職員、それぞれが必死に一人でも新型コロナウイルスによる犠牲者を少なくしようと奮闘している。そして日本では、多くの国民がマスク、手洗い、三密回避、そしてワクチン接種などの感染対策に協力し、ここまで少ない被害でコロナ禍を乗り越えつつある。

もう少しだ。そう、みんなが力を合わせれば、きっともうすぐこの危機を乗り越えられる。それまで、全力で自分のできること、やるべきことをやろう。

梓がそう心に決めたとき、勢いよく医局の扉が開き、梅沢が飛び込んできた。

「どうしたんですか、梅沢先生。そんなに息を切らせて」

「椎名、大変だ。大変なんだよ」

額に汗を浮かべながら、梅沢が声を張り上げる。

「大変って、どうしたんですか？」

「新館の呼吸器内科病棟ナースの、PCR検査の結果がいま出たんだ。発熱外来の検査の方が優先されて、こんな時間になっちまった」

「陽性だったんですか？　まあ、この状況ですから一人くらい仕方ないですよ」

「一人じゃないんだ」梅沢は頭を抱える。「五人も一気に陽性になったんだ」

「五人⁉」

梓が目を剝くと、梅沢は弱々しくかぶりを振った。

「喉の違和感があるっていうナースが何人かいたんで、病棟のナース全員に検査をした。そうしたら、五人陽性だった。しかも、病棟の患者も何人か発熱している」

「患者まで……」

喉が引きつる。体が震え出した梓に向かい、梅沢は低くこもった声で告げた。

「ああ、とうとう起きちまった。……院内クラスターだ」

6　2022年2月22日

「いやー、今日も疲れたねぇ」

ロングコート姿で隣を歩く猪原瑞枝が、明るい声で言う。

「そうですね。今日だけで何人に注射したかな」

硲瑠璃子は頭の中で計算をする。瑠璃子と瑞枝は心泉医大附属氷川台病院で行われているワクチン接種業務を終え、着替えてロッカーを出たところだった。

午前九時から午後五時まで、途中の昼休憩を除いてずっと仕事をしていた。おそらく、三百人は下らない人々に接種をしただろう。

「接種者がたくさん来ると大変だけど、なんというか、『世の中のために役にたっている』って実感があるよね。そろそろ、効果も見えてきたしさ」

三回目の追加接種率もこのところ急速に伸びてきていて、それにともない、過去最大の感染者を出している第六波にも、徐々に収束の兆候があらわれてきていた。

「高齢者の人たちが積極的に受けに来てくれていますからね」

「そりゃそうでしょ。これまでにない死者が出ているんだからさ」

野生株より病毒性が高いにもかかわらず、ワクチン接種による見かけ上の致死率低下により、オミクロン株は弱毒株であるという誤った認識が、メディアやSNSから広がっていた。その油断により感染者は爆発的にふえ、結果的に第六波の犠牲者は、強毒性のデルタ株が蔓延した第五波を大幅に上回っていた。

たとえ、致死率が下がっても、感染者が爆発的に増えれば犠牲者は増える。誤情報がどれだけ多くの人の命を奪うのか、まざまざと見せつけられた。

「できれば、もっと早く高齢者への追加接種をはじめたかったですね。そうしたら、こんなに死者は出なかったのに。なんのために外国人の入国禁止をしたんだか」

「そうそう、あそこで全力でワクチン打っていれば、全然違っただろうにね。岸田首相って全然、前の菅さんと違って、ワクチンについて興味ない感じ。もうコロナは終わったって油断していたんじゃないの？　それで、オミクロンが流行って、慌ててワクチンを一日百万回接種しろなんて、泥縄もいいところよね」

そんな話をしながら、瑠璃子は瑞枝とともに病院の裏手にある職員用出入り口から外に出る。視界に飛び込んできた光景に、瑠璃子は顔をしかめた。

敷地の外、職員が使用する裏門の周りに十数人の人々がたむろしていた。腕には『報道』の腕章をつけ、カメラやマイクを持っている。

「……まだいるの、あの人たち」瑞枝が憎々しげに吐き捨てた。

先々週、呼吸器内科病棟でクラスターが発生した。看護師五人に新型コロナウイルス感染が確認され、発熱の症状がある入院患者もいたため、全員にＰＣＲ検査を行ったところ看護師七人、患者八人が陽性となった。

発生の起点となったのは、進行した肺がんの緩和治療のために入院していた八十代の女性患者だった。認知症が進んでいたため、マスクの着用や病室待機が困難で、よくマスクをつけぬまま徘徊《はいかい》しては、看護師や他の患者に話しかけていた。

入院してくる患者全員にＰＣＲ検査をしていたが、潜伏期だったらしくすり抜けてしまい、さらに発熱しても放射線でがんの治療を行ったことによる腫瘍崩壊熱だと判断され、診断が遅れた。

その間に、ウイルスはひっそりと看護師、そして患者たちへと浸透していた。

本来、病棟でクラスターが起きた場合は、検査で感染が確認された患者をコロナ病棟に移すというマニュアルになっていたが、現在旧館のコロナ病棟は四階、五階ともに満床で新しい患者を入院させる余裕がなく、仕方なく呼吸器内科病棟ごとレッドゾーンとして対応しているということだった。

呼吸器内科の医師たちが必死に治療に当たっているが、最初に発症した患者を合わせ二名が、すでに死亡していた。たとえワクチンを接種しても、多くの肺がん患者が入院する呼吸器内科病棟で新型コロナウイルスが蔓延すれば、死者が出るのは避けられない。そして、どこからかその情報を聞きつけたマスコミが三日ほど前から、病院の敷地外に陣取り、職員からしきりに話を聞こうとするようになった。

地域医療の要である大病院内で起き、犠牲者も出ているクラスター。マスコミとしては『美味しいネタ』なのだろう。

インタビューに答えると、どんな切り取られ方をして恣意的《しいてき》に報道されるか分からない。絶対にマスコミは無視するようにと、病院から指示が出ていた。

マスクをあごにかけ、大きな笑い声をあげながら話をしている取材陣を見て、腹の奥にどす黒い感情が浮かんでくる。

二人が並んで裏門から出ると、待ち構えていたマスコミが取り囲んでくる。

「病院の中の様子はどうですか？」

「クラスターが起きた病棟に勤めていますか？」

「患者さんやご家族の反応は？」

「感染対策が甘かったと思いませんか？　気が緩んでいたんじゃないですか？」

リポーターらしき人々から複数のマイクを突きつけられ、大量の質問が浴びせかけられる。瑠璃子と瑞枝は顔を伏せると、足早にその場から立ち去った。

背後から舌打ちが聞こえてきて、ただでさえ毛羽立っている神経を刺激する。

「硲さん、行きましょ」

瑞枝に促され、瑠璃子はざわつく気持ちを抑え込んで足を動かしていく。

「お酒飲んで、あいつらのこと忘れたい」

瑠璃子がつぶやくと、瑞枝は肩をすくめた。

「賛成、って言いたいところだけれど、同居家族以外との飲食はまた病院に禁止されちゃったからね。まあ、呼吸器内科病棟のクラスターを見ると、それも仕方ないか。油断して、看護師控室でときどきおやつを食べながら、ちょっと話したりしていたのが原因らしいしね」

「たぶんワクチンを三回しっかりと打っているから、油断したんですよね」

「オミクロンが相手だと、感染予防効果は限定的だからね。重症化予防効果は十分だから、みんな喉風邪程度の症状らしいけどさ」

「呼吸器内科のナース、ほとんどが濃厚接触者で自宅待機になったんですよね」

「らしいね。そのうえ、各地の保育園でもクラスターが頻発して、休園になっているところが多いから、子供がいるナースがかなり勤務できなくなっている。かなりヤバい状態。まあ、退職している私に心配されるなんて、余計なお世話かもしれないけどさ」

瑞枝は後頭部で両手を組んだ。

「猪原さん、今夜、暇なら『Zoom 飲み』しませんか。なんか、話をしたい気分で」

瑠璃子の提案に、瑞枝は横目で思わせぶりな視線を送って来る。

「まあ、それも悪くないけど、せっかくなら裕さんは『同居人』と飲んだ方がいいんじゃないの。彼に看護師の仕事について、しっかりと教え込んどいた方がいいよ。籍を入れた後のことを考えて」

「まだ、婚約は白紙に戻したままです。ただ、念のために教育はしておいた方がいいかもしれませんね」

瑠璃子はふっと笑みを浮かべる。

今年の正月明けに、一年半以上住んでいた看護師寮を引き払い、また彰と同棲をはじめていた。二人で話し合った結果、家事は公平に分担制にし、生活費もお互い同じだけ出すことにしていた。コロナ禍の前は彰の庇護下に置かれていた。けれどいまは、対等な関係を築けている気がする。四月にオーストラリアに留学するまでに、この関係をさらに強固なものにしたい。

「応援してるよ。ああ、私もそろそろ恋人作ろうかな」

瑠璃子から様々な相談を受けている瑞枝は、冗談じみた口調で言いながら、艶っぽくウインクをしてきた。

二人は氷川台駅の近くまでやってくる。瑞枝はここから電車に乗り、瑠璃子は彰と同棲しているマンションまで徒歩で向かう。

瑠璃子が「また明日」と軽く手を上げたとき、だみ声が響き渡った。反射的に声が聞こえてきた方向に視線を向けると、駅前のターミナルの一角に十人ほどの男女が、マスクもせずに大声をあげていた。年齢は四十代から七十代といったところだろう。その周りには、歪んだ文字が記された看板が大量に置かれている。看板に書かれていた文字を読んで、吐き気をおぼえるほどの嫌悪感が湧き上がってくる。

『ワクチンは殺人兵器！』

『マスクは奴隷の烙印！』

『ビル・ゲイツの人口削減計画！』

『子供を大量虐殺から守れ！』

『厚労省と医師会はディープステートの手先！』

コロナ禍がはじまってから、インターネットを中心に湧き上がり続けていたありとあらゆる支離滅裂な陰謀論が、そこには記されていた。

「反ワクチン団体の集会？　まだ、あんな馬鹿なことやってる人たちがいるの？」

瑞枝が呆れ声でつぶやく。

「いるどころか、どんどん増えていて、活動も過激になっているらしいです。特に子供のワクチン接種が来月からはじまるから、『子供をワクチンから守れ』って」

「ワクチンから守れ？　なに馬鹿なこと言っているんだか。ウイルスから守れ、でしょ。コロナを舐め過ぎよ。あんな恐ろしいウイルスに、ワクチン未接種の子供を晒そうっていうの？」

コロナ禍の初期にコロナ病棟で働き、多くの重症患者の看護をしてきた瑞枝の声には、抑えきれない怒りが滲んでいた。

「ああいう陰謀論者だけでなく、医者とか学者とか政治家でも、『子供は重症化しないからワクチンなんていらない』って人がたくさんいるらしいんですよ」

「子供が重症化しない!?」瑞枝の声が跳ね上がる。「なに馬鹿なこと言ってるの？うちのコロナ病棟に、ＥＣＭＯ導入されている六歳の子供がいるっていうのに。熱性痙攣で救急搬送されている子供も多いし、高熱でうなされている子供たちが発熱外来に列をなしているじゃない。それに、子供の死者も普通に出ているでしょ」

「そうなんですよ。一時間、発熱外来かコロナ病棟を見学すれば、そんなわけないって分かるのに、それをしないで適当なことを言っているんです」

反ワクチン団体から視線を外した瑠璃子と瑞枝の間に、重い沈黙が降りる。

「……それじゃあ、私は帰るね。こんな状況だから、あのノーマスクで叫んでいる人たちの中に、感染している人もいるでしょ。できるだけ距離取って駅に入るよ。硲さんも気を付けてね」

軽く手をあげ、言葉通り反ワクチン団体にできるだけ近づかないように遠回りしながら駅の中に消えていった瑞枝を見送った瑠璃子は、胸のむかつきをおぼえながら駅の反対側へと回っていく。

やっぱり酒を買っていこう。アルコールで、腹の底に溜まった苛立ちを希釈しなくては。そう思って大股に進んでいた瑠璃子は、踏切を渡ったところで慌てて足を止める。

線路わきに置かれている古いベンチに、見知った人物が腰かけていた。原口梨花、同期入職の看護師。

梨花は時折列車が通過するレールを眺め続けている。その瞳の焦点が消え去っていることに気づき、瑠璃子は寒気をおぼえる。放っておくと、そのまま梨花が線路へと吸い込まれていくような予感がした。

「梨花！」

駆け寄ると、梨花は頸椎が錆びついたかのような動きで、こちらを向いた。

「瑠璃……子……？」

乳児のようにたどたどしくつぶやく梨花の姿は痛々しく、思わず目を逸らしそうになる。

「大丈夫だよ、梨花。もう、大丈夫だから」

瑠璃子は梨花の華奢な体を力いっぱい抱きしめる。梨花の身になにが起きているのか、すぐに分かった。自分も経験したことだから。

コロナ病棟での勤務に身も心も蝕まれ、精神が腐り落ちかけているのだ。去年の第五波のあと、感染者の減少していた時期に梨花が、元々所属していた産婦人科外来に戻ったことまでは噂で知っていた。コロナ病棟での勤務でかなり精神的に不安定になっていたので、それを聞いて安堵していた。

しかし、年始からはじまった第六波でまた患者が増えてきて、またコロナ病棟に招集されたのだろう。クラスターにより保育園が休園になり、子供を持つ看護師たちが多く出勤できなくなっている現状で、少ない人数でコロナ病棟の看護業務をこなすことになり、そしてとうとう心身が限界を迎えたのだ。

「私が師長に言ってあげる。もう、限界だって。あなたは頑張った。本当に頑張った。一昨年、あなたがコロナ病棟に来たとき『ここでやっていけるわけない』なんて、酷いこと言ってごめん。梨花は私なんかより、ずっと強かった。梨花は私の、私たち看護師の誇りだよ」

偽らざる想いを言葉に乗せ、梨花に伝える。弛緩していた梨花の腕が瑠璃子の体に回され、痛みをおぼえるほど強く抱きしめてきた。

「瑠璃子！　瑠璃子、私……」

それ以上、言葉が続かなかった。瑠璃子の着ているダウンジャケットの肩口に顔をうずめ、梨花は泣きはじめた。

「つらかったよね……。本当につらかったよね……」

瑠璃子も感情が昂り、声が出なくなってくる。喉の奥から嗚咽が漏れはじめた。

二人は固く抱き合ったまま、誰に憚ることなく大声で泣いた。帰宅途中の人々が、いぶかしげな視線を向けてくるが、気にはならなかった。

あの悪夢のような病棟で働き続けた者にしか、私たちの気持ちは分からない。私たちは看護師として、全てを投げうって戦い続けたのだ。誰にも恥じることなんてあろうはずがない。誰にも私たちを蔑む資格などないはずだ。

数分間、固く抱き合って涙を流したあと、瑠璃子は柔らかく話しかける。

「いまは、寮に帰ってなにも考えずに眠って。あとのことは私に任せて」

洟《はな》をすすりながら、梨花は「でも……」と不安げな表情を浮かべる。

「いいから、休みなさい。いまは休むことこそあなたの仕事なの。私が苦しかったとき、あなたは助けてくれようとしたじゃない。今度は私があなたを助ける番」

手を引いて立ち上がらせた梨花を、瑠璃子はタクシー乗り場まで連れて行き、強引にタクシーに乗せる。運転手に千円札を三枚渡した瑠璃子は、看護師寮の住所を告げて扉を閉めた。

タクシーが走り去っていく。それを見送った瑠璃子は、涙で濡れている目元をダウンジャケットの袖で拭うと、大きく息を吸う。冬の清冽《せいれつ》な空気が、肺を冷やしてくれる。

──自分のやれること、やりたいことをゆっくり考えなさい。

強い抑うつ症状と、COVIDの後遺症でどん底にいたとき、父にかけられた言葉が耳に蘇る。瑠璃子は来た道をゆっくりと戻りはじめた。次第に足の動きが早くなる。体が前傾していく。パンプスを鳴らしながら瑠璃子は走り出した。

運動不足の体に鞭を打って数分走ると前方に、心泉医大附属氷川台病院が見えてきた。瑠璃子は裏口から病院の敷地に入ろうとする。そのとき、瑠璃子に気づいたマスコミたちが前方を遮った。

「病院の職員の方ですか？」

「今回のクラスターについてどう思いますか？」

「気の緩みはあったと思いますか」

マイクを突き出してまくし立ててきた同年代の女性リポーターを、瑠璃子は睨みつける。リポーターは気圧《けお》されたのか、かすかにのけぞった。

「気の緩み？　この二年間、私たちが毎日、どれだけの緊張感をもって仕事に当たっていたと思ってるんですか？」

質問を返されるとは想像していなかったのか、リポーターは「そ、それは……」と口ごもる。

マスコミにはなにも話さないよう、強く指示されている。しかし、胸の中で吹き荒れる怒りを吐き出さずにはいられなかった。

「外食も、旅行も、同居家族以外と会うことも禁じられ、それを愚直に守ってきた。顔に痕が付いて消えなくなるぐらい、ずっとマスクをつけていたし、手の皮膚がざらざらになるまで、アルコール消毒をくり返した。面会ができなくて怒鳴る家族に、事情を説明しながら頭を下げ続けた。防護服を着て、コロナが蔓延する病棟で肺炎で苦しんでいる患者を必死に看護し続け、そして……看取り続けた。そんな二年間で疲弊しきったのを、あなたたちは『気の緩み』って言うわけ⁉」

「いえ、そういうつもりでは……」

女性リポーターは助けを求めるかのように、周りの取材陣に視線を送る。しかし彼らは、目を伏せるだけだった。

「医療従事者はこの二年間、感染リスクが極めて高い状況でずっと患者さんたちのために頑張ってきた。なのに、差別を受けたり、感染したら今回みたいに犯罪者みたいな扱いでメディアに取り上げられる。それっておかしくないですか？　私たちはこの二年間、何のために文字通り命がけで頑張ってきたんですか？」

ずっと感じていた理不尽をすべて吐き出した瑠璃子は、大きく息を吐いて報道陣を見回す。誰もが目を合わそうとしなかった。

「皆さんがコロナに感染して受診しても、私たちは全力で治療します。だから、私たちが患者さんを助ける邪魔をしないで下さい。お願いです」

一礼すると、瑠璃子はリポーターのわきをすり抜けて病院の敷地に入る。

私たちの敵はマスコミなんかではない。いま相手にするべきは、無慈悲に人々を蹂躙し続けている変異ウイルスだ。

「いま、私にできること……」

足を止めた瑠璃子は、そびえ立つ病院を見上げながらつぶやいた。

7　2022年2月27日

昼下がりの長峰医院の診察室、長峰邦昭は椅子に腰かけて新聞を開いていた。

『ロシア軍　東部で複数の集落を掌握』

『英国防省「ウクライナ側が空域の大部分を制している」』

『ウクライナ　少なくとも217人死亡と発表』

紙面に躍っている文字を読んで、暗澹たる気持ちになる。二月二十四日、ロシア軍がウクライナへ全面侵攻を開始した。ロシア側は『特別軍事作戦』などと言っているが、これが侵略戦争であることは誰の目にも明らかだった。

この二十一世紀に侵略戦争が起きた。しかも、それを仕掛けたのは国連安全保障理事会の常任理事国を務める大国であり、日本の隣国でもある。

世界が壊れはじめている……。そんな想いを抱かずにはいられなかった。

戦後に生まれ、高度経済成長やバブル景気を目の当たりにしてきた長峰は、無意識に日本はずっと平和なままだと信じ込んでいた。米ソ冷戦、特にキューバ危機の際は、漠然と核戦争に対する恐怖を抱きはしたものの、それらも遠くの国で起きていて、自分とは関係ない出来事であるという感覚をもっていた。

ソビエト連邦が崩壊して、冷戦が終わったあとは、安全で平和な世界で自分は生き、そして年を取って死んでいくのだと疑いを持つことはなくなった。

しかし、阪神・淡路大震災、オウム真理教による化学テロ、そして東日本大震災を経験し、信じていた平和は単なる幻想なのかもしれないと疑いを持ちはじめた。

そして、二年前からはじまった、ウイルスと人類の全面戦争。その最前線に立つことになり、幻想は硝子細工が床に落ちたかのように、粉々に砕け散った。

この世界は自分が思っていたような、美しく、平和に満ちたものではなかった。

けれど、人々が力を合わせれば、きっとこの意思もたぬ有機機械との戦いに勝つことができる。そう信じていた。信じ込もうとしていた。

しかし、まだウイルスとの戦いが終わってもいないのに、人間が人間を虐殺しはじめた。なぜこんなことが起きてしまうのだろう。なぜ、多くの幼い子供を含む無辜《むこ》の民が、銃弾や砲弾でその命を奪われなければならないのだろうか。

一人の人間の命を救うことがいかに困難なことなのか、医師としての五十年の経験で痛いほど思い知らされてきた。患者を救うことができず自らの無力を嘆いたことは数えきれないほどある。

なのにいま、一人の老いた独裁者がいとも簡単に、何千、何万という人々の命を奪っている。

長峰は新聞を折りたたむと、デスクの上に放り捨てる。

虚しかった。ただただ、虚しかった。

自分が生涯をかけて取り組んできた仕事が、無意味だったと突きつけられた気がして、胸に大きな風穴があいたかのような虚無感に襲われていた。

長峰は首を激しく振って、頭に湧いた考えを振り払う。あと十分ほどで午後三時だ。もともと日曜の午後は休診にしていたのだが、最近は午後三時から新型コロナワクチン接種を行っていた。

少しでも追加接種を進めれば、年始からはじまったオミクロン株による第六波での犠牲者を減らせるだろうし、感染自体も抑え込める可能性が高い。そう思って、可能な限り多くの人々へ接種を続けた。

第六波が感染者だけでなく、死亡者もこれまでで最大になったのを見てようやく慌てたのか、岸田首相は菅前首相と同様に『一日百万回』の接種目標を立て、全力で追加接種を進めるよう関係各所に指示を出した。

追加接種が遅々として進まないことに焦燥し、行政が動くことをずっと待っていた医療現場は素早く対応した。去年の夏、世界最速で接種を進めた経験を元に一気に接種枠を増やし、そこに追加接種の対象となった国民が殺到した。

岸田首相が目標とした一日百万回はすぐに達成され、追加接種率は急速に上昇していった。それに伴い第六波は今月初旬をピークに収束をはじめ、一時は発熱患者が殺到しパニック状態だった発熱外来も、いまはだいぶ落ち着いている。

来月からは五歳から十一歳までの小児へのワクチン接種もはじまる。大人に比べて発熱などの副反応は少なく、効果は十分という優れた治験結果が出ている。

第六波を収束させ、その間に追加接種と小児への接種が進めば、きっとコロナ禍を終わらすことができるはずだ。そう思い、ワクチン接種業務に邁進してきた。もう熱で苦しみ、朦朧とし、咽頭痛で水も飲めずに脱水症状になっている子供など見たくなかった。

そうだ、落ち込んでいる場合じゃない。俺がやっていることには意味があるはずだ。だから、頑張らねば。長峰は自らを鼓舞する。

そろそろ準備をしよう。椅子から腰を上げたとき、遠くから怒声が響いた。

なんだ？　眉を顰めると、看護師が診察室に飛び込んできた。

「先生、変な人たちが？」

「変な人たち？」

首を捻りつつ長峰は診察室を出て、怒鳴り声が響いてくる待合室へ向かった。

小太りの中年男がマスクもつけず土足のまま上がり込んで、ビニールカーテンをめくり、怯える事務員に向かって声を荒らげていた。追加接種を待っている待合の人々も困惑した表情を浮かべている。

「いったいなんの騒ぎなんだ!?」

長峰が声を上げると、中年の男はぐるりと首を回して睨んでくる。男の後ろには、痩せた中年女性が二人、やはりマスクをせずに立っている。

「あんたが長峰ってやつか」男はだみ声で言う。

「ここは医院だ。まず、マスクをつけてくれ」

長峰の指示を聞いた男は、小馬鹿にするように鼻を鳴らした。後ろにいる女たちも、蔑むかのようにわざとらしい嘲笑を上げた。

「そうやって騙そうってわけか。だけどな、そんなのもう通じないんだよ。お前たちのやり口は全部分かっているんだからな」

「分かっている？　なんのことだ？」

「コロナなんて存在しないんだ。全部、ワクチンを打たせるために、闇の奴らがでっち上げた計画なんだろ！」

「コロナが存在しない……？」

なにを言っているんだ、この男は？　長峰がマスクの下で口を半開きにすると、男は

「ほれみろ」と鼻を鳴らした。

「図星をつかれて言葉も出ねえだろ。俺たち光の側は、お前たちディープステートの手口を全部知っているんだ。トランプさんがもうすぐ軍を連れてお前たちの野望を打ち砕いてくれる。そうしたら、お前らは新ニュルンベルク裁判で裁かれ、死刑になるんだ。それが嫌なら、いますぐにワクチン接種を止めろ。さもないと、光の竜の子孫である我々甲軍がまず……」

空中を凝視しながら男は早口でまくし立てる。その内容は、何一つ理解できなかったが、『新ニュルンベルク裁判』という特異な言葉に覚えがあった。昨年、医院に送りつけられた怪文書に記されていた単語だ。カッターナイフの刃が入った脅迫状を送り付けられた際、刑事から聞いた話を思い出す。

——反ワクチン団体の中の多くは、陰謀論の自家中毒によって先鋭化して、カルトと化しています。

これが刑事が言っていたカルト団体か。それが、この医院に直接乗り込んできたというのか。

「一一〇番を！」

長峰は事務員に鋭く告げる。事務員は頷くと、震える手で受話器を取った。

「馬鹿が。警察幹部にも俺たちのメンバーはいるんだぞ。警察は俺たちの仲間だ。呼んだって、お前たちが逮捕されるだけだっていうことが分からないのかよ」

この男と話しても仕方がない。妄想の世界に囚われている人間と、まともに会話などできるはずがない。いま大切なのは、警察が来るまでスタッフを、そして何よりも患者たちを守ることだ。

「なあ、お前、ワクチンなんて打って、許されると思っているのか」

「……予防接種をして何が悪いんだ」

警戒しつつ訊ねると、男は突然、「ふざけるな！」と金切り声で叫んだ。

「自分の胸に手を当てて聞いてみろ。みんなを騙してワクチンを打って、それで金を儲けやがって。てめえ、それでも人間か！」

声の大きさに体がこわばるとともに、顔に男の唾がかかり恐怖をおぼえる。

大丈夫だ。俺は三回ワクチンを接種しているうえ、感染もしている。たとえこの男が感染していて、ウイルスが含まれた飛沫を浴びたとしても、ＣＯＶＩＤになることはないはずだ。けれど……。長峰はこわばった表情で成り行きを見守っている、二十人ほどの接種予定者を見つめる。

この人たちはまだ追加接種を受けていない。この男が怒鳴り続け、大量のウイルスを撒き散らせば、感染してしまうかもしれない。

「とりあえず、外で話さないか」

長峰が提案すると、男は勝ち誇ったような表情を浮かべ、指を突きつけてきた。

「そうだよな。聞かれたらまずいよな。お前がワクチンで人を殺しているなんて」

「人を殺している⁉」

長峰が目を剝くと、男は「そうだよ！」と奇声を上げる。

「ワクチンは人殺しの兵器だ。ワクチンを打つ医者はみんな人殺しだ。殺人罪だぞ、殺人罪！　お前はここにいる奴らだけじゃなく、子供まで殺そうとしているんだろ！　だから俺たちがトランプさんの命令でここに……」

次の瞬間、重く大きな音が響き渡り、男はびくりと体を震わせて言葉を止めた。

「俺が人を殺しているだと……？　五十年間、人の命を救うために全力を尽くしてきた俺が、人殺しだと……」

力任せに壁を殴りつけた拳をぶるぶると震わせながら、長峰は男に一歩にじり寄る。その迫力に圧されたのか、男は後ずさった。

「俺は二年間、こんな小さな医院で、あの恐ろしいウイルスと戦い続けてきたんだ。自分が感染したら、悲惨な死に方をする可能性が高いことも理解しながら、ずっとコロナ患者を診てきた。それも全部、コロナなんかで死ぬ人を少しでも減らしたかったからだ。コロナで苦しむ人を助けたかったからだ。なのにお前は、その俺を『人殺し』だっていうのか？」

最大の侮辱に、怒りの炎が理性を焼き尽くした。長峰は目を泳がせる男に詰め寄る。男の後ろにいる女たちも、助けを求めるように視線を彷徨わせていた。

「どうなんだ！　言ってみろ！」

「近づくな！　この殺人鬼」

悲鳴じみた声を上げると、男は両手で長峰の胸をついた。自分より遥かに若い男に力任せに押され、長峰はその場に尻餅をつく。

「お前は人殺しだ！　子供を殺そうとしている、大量虐殺者だ！　だから、俺たちはそれを止めに来ているんだ！　これは、光の戦士として当然の権利なんだ！」

上ずった声で叫びながら、男は追いうちをかけるつもりなのか、拳を振りかぶって長峰に近づこうとする。

殴られる。そう思って身を固くした長峰と男の間に、人影が割り込んできた。

「おい、兄ちゃん。てめえ、なんて言った？」

長峰を守るように、男の前に立ち塞がった老齢の男性、長峰医院のかかりつけ患者である町田が、どすの利いた声で言う。

「お前は関係ないだろ！　そこをどけ！」

押しのけようとしてきた男の胸倉を無造作に掴むと、町田は額が付きそうなほど、男に顔を近づける。

「関係あるんだよ。てめえ、先生のことを『人殺し』って言ったな。俺たちを殺そうとしているって」

「ああ、それがどうした！　俺はお前たちを守るためにこうして、ワクチンを止めに来てやっているんだぞ！」

男は大声をあげているが、こわばったその表情から、虚勢を張っているだけなのは明らかだった。

「おい、兄ちゃん。俺はな、二年前、先生に命を救ってもらったんだよ。肺炎を起こして死にかけていたのに、コロナかもしれないってどこの病院にも入院できなかった俺をはげまして、入院できる病院を必死に探してくれたんだよ。おかげで俺はこうしてまだ、この世に生きていられている。その命の恩人に向かって、よりにもよって『人殺し』だと？　てめえ、何様のつもりだ！」

顔を真っ赤に紅潮させながら町田が怒声を浴びせると、男は「それは……」としどろもどろになる。そのとき「そうよ！」という声が上がった。見ると、この診療所の大家が、険しい顔で立ち上がっていた。

「長峰先生は三十年以上、ずっとここでみんなの健康を守ってくれていたのよ。どこの馬の骨か知らないあんたたちなんかが、侮辱していい人じゃないの」

尻餅をついたままの長峰の前で、待合にいた人々が次々に、立ち上がっていく。

「そうだ。俺は大腸がんを長峰先生に見つけてもらったんだ。初期だったから内視鏡で取れたけど、もし放っておいたら進行して死んでいたかもしれない」

「うちの子が喘息発作を起こしたときは、先生が吸入しながら発作がおさまるまでそばにいて励ましてくれたのよ」

「お袋が背骨の圧迫骨折で動けなくなったときに、家まで往診に来てくれて、入院できるように先生が病院と連絡をしてくれたんだ」

人々が次々に救われた経験を語っていくのを、長峰は呆然と見つめ続ける。

「長峰先生はな、俺たちを何度も何度も助けてくれたんだよ。そんな人をよそ者が人殺し扱いして、ただで済むとでも思っているのか」

町田は摑んでいた男の胸倉を放すと、脅しつけるように言った。その後ろに、待合にいた人々が集まっていく。

男たちは出入り口まで後ずさった。そのとき、サイレンの音がかすかに聞こえてくる。その音がみるみる大きくなっていき、そして医院の前に三台のパトカーが止まった。扉が開き、制服警官が次々と降りてきて院内に入り、男たちを取り囲む。

「ちょっと、外でお話よろしいでしょうか？」

警察官の一人が慇懃に言う。その声には、拒絶を許さない響きが籠っていた。

「俺じゃなくて、あの医者を殺人罪で逮捕しろよ。ワクチンを打って人を殺しているんだぞ。俺は光の戦士で、警視総監も仲間なんだぞ。いいから、警視庁に問い合わせてみろよ。そうしたら、分かるから」

男は恐怖に顔を歪めながら喚《わめ》くが、警察官は「とりあえず外で話しましょう」と男たちを院外へと連れて行った。

「先生、大丈夫でしたか？」

見覚えのある男が顔を覗かせる。カッターナイフの刃が入った脅迫状が送られた際、対応してくれた若い刑事だった。

「ええ、大丈夫です。助かりました」

町田たちの手を借りて立ち上がりながら、長峰は礼を言う。

「いえいえ。ここの電話番号を登録しておいてよかったです。おかげですぐに駆け付けられました。申し訳ありませんが、あの男たちを逮捕したいので、事情を伺ってもよろしいですか？」

「事情を……」

長峰は周りにいる人々をゆっくりと見回したあと、刑事に向き直った。

「いまからワクチン接種なんで、それが終わってからでもいいですか？　この人たちの健康を守るのが、私の大切な仕事なんで」

そうだ、ここで周りの人々に貢献することこそ自分の仕事だ。戦争に巻き込まれ、苦しんでいる人を救うことはできなくても、目の前にいる人たちの健康を守ることはできる。

いまはできないことではなく、できることを考えよう。

一人一人の力は小さくても、それが合わされればきっと世界をより良いものにできるはずだから。

医師として自分の仕事に誇りをもち、そして全力を尽くそう。

長峰は刑事を見つめる。刑事は苦笑しながら肩をすくめた。

「そういうことなら、仕方ありません。健康第一って言いますからね。それじゃあ、私はここで待たせて頂きます」

刑事に「悪いね」と会釈すると、長峰は自分の周りにいる人々を見回す。

「おかしな騒動に巻き込んでしまって申し訳ありません。それじゃあ、いまからワクチン接種をはじめます。えっと、一番の方、中にお入りください」

「はい、先生！　よろしく頼むよ」

まっすぐに手を上げた町田の、威勢の良い声が待合に響き渡った。

8　2022年3月1日

「近藤《こんどう》さんのPCR検査の結果が出ました。……陽性でした」

PPEを着込んだ研修医が報告する。ナースステーションで電子カルテの前に座っていた椎名梓は、N95マスクの中で唇を嚙んだ。

「分かった。カルテに書いておいて」

叫び出したいという衝動を必死に抑え込みながら、梓は指示を出す。研修医は「はい……」と弱々しく声を絞り出し、おぼつかない足取りで離れていった。

梓は立ち上がると、病棟主任の看護師に近づいていく。

「主任さん。近藤さん、やっぱり陽性だったって……」

目に見えて主任の肩が落ちる。

「そうですか。それじゃあ、六号室の他の患者さんたちも濃厚接触者になるから、またPCR検査をしないと……」

「ええ、あと近藤さんは陽性確定だから、部屋を移す必要がある。個室か陽性者の専用病室で空いているところはある？」

「ありませんよ」主任は苛立たしげにかぶりを振った。「もう、陽性患者用の病室はいっぱいです。新しく、陰性の患者さんを移動させて、陽性用の病室を作らないと……。せっかく昨日、ベッドコントロールで陰性用の病室を増やしたのに……」

看護師の愚痴を聞いている精神的余裕はなかった。入院患者のベッドコントロールは看護師の仕事だ。丸投げして、自分の仕事に集中しよう。

「ごめんさない。でも、お願い」

近藤さんは肺がんの疑いで、気管支鏡をする予定で入院していたはずだ。六十代だしワクチンは三回接種をしている。ただ、肥満気味だし高血圧の既往もあるので、重症化リスクはある。内服薬を確認して、もし併用禁忌の薬剤を飲んでいなかったらパキロビッドを、飲んでいたらラゲブリオを処方しなくては。

これからするべきことを考えつつ、梓は再び電子カルテの前に座る。

呼吸器内科病棟で院内クラスターが起きてから三週間近く経つが、いまだに新しい感染者が発生し、終息は見込めていなかった。

コロナ診療の経験が豊富であり、またもともと呼吸器内科病棟であったということで、梓や梅沢などの呼吸器内科医が先頭に立ってクラスターに対応していた。しかしそれは、コロナ病棟の勤務とはあまりにも勝手が違っていた。

まず、看護師が感染対策に慣れていない。呼吸器内科の看護師たちは濃厚接触者として休職になり、各病棟から急遽看護師たちが集められて即席のクラスター対応チームが作られたが、普段ともに働いていない者同士なので連携がうまく取れていない。また、COVID患者の看護経験が全くない看護師も少なくなく、そこに基本的な感染対策を教え込むだけでも一苦労だった。

さらに、コロナ病棟に入院している患者は全員が感染者であるため、患者同士が接触しても大きな問題にはならなかったが、ここはそうではない。ＣＯＶＩＤ患者と未感染者が共存しており、まだ感染していない者がウイルスに曝露されるのを防がなくてはならないが、それが容易ではなかった。

感染が確認された患者は、個室か、陽性者の専用病室に隔離している。しかし、陰性者用病室で発熱患者が生じ、検査で感染が確認されるということが度々生じていた。そのたび、同室内の患者には濃厚接触者として検査が必要だし、それで陰性でも潜伏期である可能性を考え、可能な限り隔離しなければならない。

さらに、旧館のコロナ病棟が呼吸器内科の担当であることに変化はなかった。あまりの負担の大きさを考慮した病院は、二年目の研修医を送り込み、さすがに他の内科も同情したのか、三年目から五年目の専修医たちを派遣してきた。しかし、彼らの大部分もＣＯＶＩＤ患者の入院管理の経験はない。雑用などは任せられるが、治療に関する決定はやはり呼吸器内科の専門医たちでなくては対応することができず、焼け石に水というのが現状だった。

コロナ禍のはじめ、呼吸器内科がＣＯＶＩＤ患者を診ることで『防波堤』となって他科の機能を維持し、地域医療を守る方針を部長である扇谷が決定した。だが、その弊害がいまこのような形として明らかになってきている。

なんで、私たちばっかり、こんなに苦しまないといけないの。

奥歯を噛みしめながら、梓は書きかけの診療記録を打ち込みはじめる。ラテックス製の手袋をしているため、キーボードが打ちにくく、苛立ちが強くなっていく。

コロナ病棟ではナースステーションはグリーンゾーンだったので、マスクだけで過ごすことができた。しかし、ここはナースステーションと病棟がアクリル板で仕切られてはいない。そのため、まとめてレッドゾーンに指定するしかなく、ナースステーション内でもPPEを着て勤務しなければならなかった。

二年間、新型コロナウイルスと対峙してきた。まだ正体不明の未知のウイルスに、ワクチンで守られることもなく対応していた時期、強毒性のデルタ株で中年・若年層が次々と人工呼吸管理が必要になっていた時期、心身ともにつらい経験を何度もくり返してきた。しかし、いまほどの苦痛を感じたことはなかった。

二年間で消耗しきった心と体が、まもなく崩れてしまう。そう確信できる。それほどに追い詰められていた。

もう無理。誰か助けて。梓は心の中で悲鳴を上げる。キーボードを打っていた手が止まり、だらりと垂れ下がる。

欧米から数ヶ月も遅れていた小児へのワクチン接種も、間もなくはじまる。喘息の既往がある一帆は優先接種の対象になり、来週接種予定だった。

今月の末には、息子は二回の接種を終える。そうしたら、家族全員が当面の必要回数のワクチン接種をしたことになる。完全に感染を防げるわけではないが、COVIDで重症化するリスクは、あの有機機械により人生が狂わされるリスクは極めて低くなるだろう。

そうすれば、また家族三人でかつてのように生活をすることができる。マスクや手洗いなどの基本的な感染対策は必要だろうが、ウイルスに怯えることなく過ごすことができるようになる。

ただひたすらに求めてきた『日常』が、すぐ目の前にある。

けれど、このままではその『日常』を手に入れる前に、『私』が壊れてしまう。

ようやく目の前にまでやってきた『日常』が、陽炎《かげろう》のように消えていくのを梓は感じていた。

「椎名！　椎名、いるか？」

だみ声が響いて、梓は振り返る。巨体をPPEに包んだ医局長の梅沢が、レッドゾーンとイエローゾーンを区切っているビニールカーテンを掻き分けてナースステーションに入ってきていた。

切羽詰まった梅沢の様子を見て、不吉な予感をおぼえる。

「ヤバいんだよ。本当にヤバい……。どうするんだよ、これ……。ヤバすぎる……」

近づいてきた梅沢は譫言のように「ヤバい……」とつぶやき続ける。

なにが起きたのか聞きたくなかった。両手で耳を塞いでしまいたかった。いや、鼓膜を破ってしまいたかった。これ以上の負荷が身体に、そして心にかかれば、もはや『自分』を保っていられないから。

しかし、梓が拒絶する前に、梅沢が告げた。

「また、患者のクラスターが確認された。今度は整形外科病棟だ」

「整形外科病棟……」梓は力なくその言葉をくり返す。「それなら、私たちは関係ないじゃないですか。整形外科医たちが自分で管理すればいい」

「あいつらに、コロナ対応ができると思うか？　絶対、俺たちに整形外科病棟も管理しろって病院は言ってくる。全部押し付けてくるに決まっているんだ……」

激しい嘔気が襲ってくる。胸郭の中身が腐っていくような感覚に襲われる。

「そんなの酷すぎます！」

怒りのあまり立ち上がった梓は、激しいめまいをおぼえる。幕が下りるかのように、視界がぐにゃりと曲がり、上方から白くなっていく。

脳貧血だ。このままだと気を失ってしまう。梓はその場にしゃがみこむ。こうすれば脳への血流が上がるし、失神しても頭を打つリスクを減らすことができる。

曲線で構成されていた世界が、直線を取り戻していく。

「大丈夫か？」心配そうに梅沢が声をかけてきた。

大丈夫じゃない！　大丈夫なんかじゃない！　内心で悲鳴を上げながら、梓は力なく首を横に振った。

「そうだよな……。俺ももう無理だ」

医局のムードメーカーであり、めったに弱音を吐くことがない梅沢が弱々しく首を横に振った。

「部長に、扇谷先生に言いましょうよ。もう医局員全員、限界だって」

しゃがみこんだまま見上げると、梅沢は首を横に振った。

「クラスターが起きてから、何度も部長に直訴したよ。『コロナ病棟だけの担当にしてくれ』ってな。けれど、部長は『少し待ってくれ』ってごまかすだけだ」

「そんな……」

全身の力が抜けていく。梓はその場にへたり込んでしまった。

今年に入って扇谷はあまりコロナ病棟に入らなくなった。部長として医局員の負担を減らすため、他の科の部長や病院長との交渉で多忙なのだと思っていた。

けれど、私たちは見捨てられたのかもしれない。捨て石にされたのかもしれない。

――呼吸器内科が防波堤となり、地域医療を守るんだ。

二年前、扇谷はそう言った。あれは他の科の機能を守るために、呼吸器内科の医局員が犠牲になることを許容する意味だったのか……。

私たちはこの二年間、多くの人々に手を差し伸べてきた。けれど、溺れかけている私たちに手を差し伸べてくれる者は誰もいない。

なんのために私たちは戦ってきたというのだろう。

気持ちが悪い。思考がまとまらない。逃げ出してしまいたい。このウイルスで汚染された世界から……。

そのとき、遠くから「椎名先生？」という声がかけられた。幻聴だと思った。壊れた脳が創り出した、偽りの声だと。だから、うなだれたまま動かなかった。

「椎名先生、大丈夫？」

今度ははっきりとその声が聞こえた。この二ヶ月、ずっと聞きたかった声。

振り向くと、ＰＰＥを着込んだ長身の女性が心配そうにのぞき込んできていた。

「姉小路先生⁉」

クラスター対処のために心泉医大附属病院本院へと出向していた感染症内科の姉小路。コロナ禍の初期から、ともに戦ってきた尊敬する戦友がそこに立っていた。

「そうよ。どうしたの？　たった二ヶ月で顔、忘れちゃった？」

「そんなわけないじゃないですか。でも、どうしてここにいるんですか？」

梓は再び脳貧血を起こさないよう気をつけつつ、ゆっくりと立ち上がる。

「どうしてって、元々私はこの氷川台病院の所属だから。本院の仕事が終わったら戻ってくるに決まっているじゃない」

姉小路はアイシールドの奥の目をしばたたいた。

「仕事が終わったってことは、本院のクラスターは収まったってことですか？」

「クラスター？　それはとっくに収まっている。そうじゃなくて、この一ヶ月以上、私は必死にチームを作っていたの」

「チーム？」

座り込んだまま梓が聞き返したとき、足音が響いてきた。ビニールカーテンを開けて、PPEに身を包んだ男女が次々にナースステーションに入ってくる。その数は、二十人を超えていた。

「本院の依頼で私が作ったICT（感染制御チーム）。医師、看護師、薬剤師、臨床検査技師、事務員、全員が新型コロナウイルスの感染対策のエキスパートたちよ」

振り返ってICTのメンバーを見渡した姉小路は、「じゃあ、はじめて」と柏手を打つように、ラテックス製手袋を嵌めた両手を合わせる。それを合図に、ＩＣＴのメンバーたちはいっせいに動き出した。

電子カルテと看護記録を見て患者の情報を集めるとともに、師長をはじめとするナースたちに話を聞いて、病棟で行っている感染対策を確認し、改善点を探していく。それらの動きには、一切の迷いがなかった。

「なんで、本院のＩＣＴがうちに……」

「僕が依頼したんだよ」

聞きなれた声が響く。いつの間にか、呼吸器内科の部長である扇谷が、近くに立っていた。

「部長!?」

梓と同様に、事態についていけず立ち尽くしていた梅沢が驚きの声を上げる。

「どうしたんだい、梅沢先生。そんな大きな声を上げて。もしかして、僕が君たちを見捨てて、コロナ診療から手を引いたとでも思っていたかな」

冗談めかして扇谷が言う。図星をつかれた梅沢は「そういうわけでは……」と言葉を濁した。

「さすがに、このクラスター対策を全部うちの医局員でやるのは厳しいからね。なんとか、本院のＩＣＴを派遣してもらうように、ずっと交渉していたんだよ。いまはまだこの人数だけど、さらに十人ほどの医師と看護師が追加されるはずだ」

「でも、そんなに本院からドクターを連れてきて大丈夫なんですか？　本院の方の診療が厳しくなりませんか？」

梓の疑問に、扇谷は「ああ、それは大丈夫だよ」と軽く手を振る。

「代わりに、うちの各科の部長が、医局員を本院に派遣して穴埋めすることになった」

「うちの病院のドクターを派遣するっていうことですか？」

思わぬ答えに、梓の声が大きくなる。

「そうだよ」扇谷が大きく頷いた。「その分、各科のマンパワーが削られて大変だろうが、呼吸器内科だけに負担を押し付けられないと、全科が協力してくれたよ」

「全科が協力……」

梓は呆然とつぶやく。自分たちだけがすべての負担を押し付けられていると思っていた。けれど、そうではなかった。他の科のドクターたちも負担を分かち合ってくれていた。口から小さく「ああ……」という感動のうめきが漏れる。

姉小路が「というわけで、椎名先生」と背中を叩いてくる。

「ここと整形外科病棟のクラスター管理は、私たちＩＣＴに任せて、呼吸器内科は旧館のコロナ病棟に集中して」

「本当にいいんですか、……全部任せても」

梓がおそるおそる訊ねると、姉小路は「当然でしょ」と胸を張った。

「本院でのクラスターはこんなもんじゃなかった。それを、しっかりと抑え込んで終息させた経験が私たちにはあるの。ここのクラスターだって、すぐに終息させてみせるわよ。そうよね、みんな」

姉小路はICTのメンバーたちに水を向ける。「おうっ」という、雄叫びのような返事が内臓を揺らした。

「ありがとうございます！　それじゃあ、お願いします」

梓は勢いよく頭を下げると、梅沢に「行きましょう」と声をかける。

「お、おう……」

状況についていけていないのか、梅沢はまばたきを繰り返しながらついてくる。

ビニールカーテンをくぐり、PPEを脱いでいると、扇谷が「椎名先生」と声をかけてきた。

「はい、なんでしょう？」防護ガウンを脱いだ梓が返事をする。

「あっちにも、援軍を送っておいたから」

「援軍？　どういう意味ですか？」

扇谷は「行ってみれば分かるさ」といたずらっぽく言った。首を捻りつつ、梓は梅沢とともに階段を降りていく。

連絡通路を通って旧館へと向かっている途中、梅沢は脂の浮いた髪を掻いた。

「病棟のクラスター管理を任せられたのは、本当にありがたい。けれど、コロナ病棟だけでも全く余裕ないから気を抜けないな」

「そうですね」

梓は重々しく頷く。去年の三月で複数の医局員が退職してからというもの、コロナ病棟の管理は限られた呼吸器内科医でなんとかぎりぎりで回している状態だ。第六波が収束傾向になり、毎日の新規感染者はだいぶ少なくなっている。しかし、感染してから重症化まで、一、二週間かかることにより、まだ重症患者の減少は見られていなかった。コロナ病棟はいまだに満床で、人工呼吸管理になっている者も少なくない。スタッフへの負担は大きかった。

さらに先週、これまで一年以上、コロナ病棟で奮闘してくれていた原口梨花という看護師が離脱した。彼女だけでなく、負担に耐え切れなくなったり、子供が濃厚接触者になって出勤できなくなるなどして、看護師も足りなくなっていた。

師長が新しい看護師を補充しようとしているが、即戦力として感染症病床で勤務できる者は少ない。結果、普段より少ない人数で業務を行わざるを得ず、一人一人の負担がさらに大きくなり、また離脱者が出るという悪循環に陥っていた。

梅沢とともに旧館四階のコロナ病棟ナースステーションに着いた梓は、まばたきをくり返す。アクリル板の向こう側に見える病棟、その廊下を行き交っている看護師の数が、昨日までよりも明らかに増えていた。

「おい……、なんか変じゃないか？」

梅沢が声を上げる。梓は「ええ」と返事をしつつ、ナースステーションの奥へと進んでいった。病棟内で働いている看護師の防護ガウンの胸の文字を見て、梓は大きく息を呑む。そこには『硲瑠璃子』と記されていた。その隣の看護師の胸には『猪原瑞枝』とある。

よく観察すると、硲や猪原だけでなく、何人もの顔見知りの女性たちがＰＰＥに身を包み、アクリル板の向こう側で働いていた。かつてコロナ病棟に勤務し、そして去っていった看護師たち。

「どうして、みんなが……」

梓が呆然とつぶやくと、柔らかい笑みを浮かべながら四階コロナ病棟の看護師長が近づいてきた。

「みんな、今日からまたここで働いてくれるの。コロナ患者看護の経験が豊富だし、本当に助かったわ」

「みんなって、どうして急に？」

「あの子よ」

師長が硲を指さす。こちらに気づいた彼女は、軽く手を振ってきた。

ＣＯＶＩＤになってコロナ病棟を去る直前の、やせ細って生気がなく、まるで生ける屍のようだった頃からは別人のように健康的な姿。疲れ果てているというのに、思わずこちらも笑顔になってしまう。

「うちの病棟の窮状を原口さんから聞いたらしくてね、硲さんがここで働いたことのあるベテランナースたちに片っ端から連絡を取ってくれたの。そうしたら、一時的になら手伝ってくれるって、たくさんの申し出があったのよ」

師長の説明を聞いて、胸が熱くなってくる。

「頼りになるナースたちが助けに来てくれた。これで、第六波を乗り越えられる。きっと患者さんたちを助けられる」

感動をかみ殺しながら梓がつぶやくと、「ナースだけじゃないぞ」という声が背後から聞こえてきた。梓は目を見開くと、勢いよく身を翻す。

「茶山!」

そこには、一年前に病院から去っていた親友の姿があった。

「よお、椎名。久しぶり」

軽い口調で言いながら、茶山は手を上げる。

「久しぶりって、なんでここに」

「そりゃ、今日から復職したからに決まっているだろ。扇谷先生に頼み込まれちゃ断るわけにはいかないよ」

「礼子は? 赤ちゃんは大丈夫なの?」

梓が早口で聞くと、茶山はわざとらしく大きなため息をついた。

「大丈夫じゃなかったよ。椎名の言った通り、夜泣きが本当にきつかった。二時間ごとに起きては、何十分も泣いてさ。あれなら、たしかに当直の方がましだ」

茶山はシニカルに微笑む。

「けど、ようやく夜泣きも落ち着いたし、礼子のコロナ後遺症もほとんどなくなった。というわけで、俺の育休も終わりってわけだ。一年間のブランクがあって迷惑をかけるかもしれないけど、椎名、梅沢先生、またよろしく」

芝居じみた仕草で茶山が頭を下げた。

「なに言ってんだ、茶山」

梅沢があごの脂肪を揺らしながら、満面の笑みを浮かべる。

「迷惑なわけあるか。救世主だよ。地獄に垂れた蜘蛛の糸だ。よろしく頼むぜ」

茶山は「はい！」と背筋を伸ばした。そのとき、アクリル板の向こう側からレッドゾーンに繋がる扉が開き、麻酔科部長の市ヶ谷が顔を覗かせた。

「おー、椎名先生。いたのか。ちょうどよかった」

「はい、なんでしょうか？」

「いまから、陽太君のＥＣＭＯ離脱をするぞ。せっかくだから見に来いよ。先生もあの子を助けた功労者なんだから」

梓は目を見開く。息子と同じ六歳にして重症化し、救命のためにＥＣＭＯ導入をした真崎陽太。あの子がＥＣＭＯを離脱できるほどに回復した。

クラスターが起きてから、担当患者ではない陽太の病状を追っていく余裕もなく駆けずりまわっていた。自分たちだけが、ＣＯＶＩＤ患者の治療を押し付けられていると思っていた。

けれど、違っていたのだ。自分の見えないところで、麻酔科、小児科、循環器内科の医師たちが、幼い命を救おうと奮闘していた。

疾患はＣＯＶＩＤだけではない。各科の医師、看護師、薬剤師、技師、救急隊員、事務員、保健所職員、全ての医療従事者が、たとえ直接ＣＯＶＩＤ患者を診なくても、このコロナ禍で必死に戦い、公衆衛生を守ってきたのだ。

いや、戦ってきたのは医療従事者だけではないのだろう。自治体職員、官僚、政治家、そして何よりもすべての国民が協力し、力を合わせて有機機械と戦い続けてきたのだ。

この二年間で、COVIDの致死率を大きく下げることに成功した。効果的なワクチンも治療薬もすでに手に入った。ウイルスとの全面戦争の出口が近づいている。

だから、あと少し頑張ろう。この国の人々が『日常』を取り戻すまで、私も医師として全力を尽くそう。

「椎名、行こうぜ。俺たちの戦場にさ」

茶山に促された梓は「ええ」と大きく頷くと、近くの棚に置かれていた防護ガウンを勢いよく纏った。

9　2022年4月6日

「そろそろかな?」

校門の前で、母の春子が腕時計を見ながらつぶやく。

「そうね。もうすぐだと思う」

梓は校庭の葉桜を眺めて、目を細めた。

今日は一帆の小学校入学式だった。本当なら息子の晴れ姿を見学したいところだったが、感染対策として保護者の参加は残念ながらできなかった。プロのカメラマンが入学式を撮影し、後日DVDに焼いて配ることになっていた。

平日だが、有休をもらってこうして学校の外で一帆を待っている。第六波もだいぶ収まり、コロナ病棟のベッドにも空きが出てきて、一人ぐらい休んでも問題ないほどに余裕が出ていた。

呼吸器内科、整形外科の二つの病棟で起きたクラスターも、姉小路が本院から連れてきたＩＣＴの活躍により、すでに完全に終息している。

先週、一帆は二回目のワクチン接種を受けた。発熱することなく、肩の痛みも翌日には完全に消えているほど副反応は弱く、念のためその翌日にも有休をとっていた梓が拍子抜けするほどだった。

一帆の二回目の接種から一週間が経ち、梓は再び池袋のビジネスホテルを引き払い、自宅マンションで家族三人で暮らすようになっていた。

二年間、新型コロナウイルスに対して無防備だった一帆は、いまや強力な免疫によって守られている。ウイルスに曝露されても、感染はしにくいだろうし、もし感染してもごく軽症で済む可能性が高いはずだ。

自分たち家族にとって、新型コロナウイルスは大きな脅威ではなくなった。

もちろん、社会からウイルスが消え去ったわけではない。まだマスクや手洗い、三密回避などの基本的な感染対策は当分の間、続けなければならないだろう。

今後、新型コロナウイルスが人間社会から根絶されることはないのだろう。変異をくり返し、ウイルスは完全に人間社会に浸透するまでに進化してしまった。

誰もが、いつかは新型コロナウイルスに曝露される。もはや、それは避けようがない。

増殖することをプログラムされた有機機械。それに定着を許したということは、ある意味、人類はウイルスとの戦争に敗れたのかもしれない。

だが、適応したのはウイルスだけではない。人間もワクチンという科学の力を利用し、ウイルスに命を奪われないように適応していった。

太古から人間は、多くの病原体に晒され、犠牲を払いつつ適応し続けていた。いまは冬に鼻風邪を引き起こす一般的なコロナウイルスも、人間と初めて出合った頃はきっと、多くの命を奪ったのだろう。

新型コロナウイルスは間もなく、共存可能なまでに人間に馴染み、風邪を引き起こすウイルスの一種になる可能性が高い。

いまは人間と有機機械が、平和条約を結ぼうとしているとも言えるかもしれない。

私の家族は、ウイルスに曝露される準備はできた。これは私たちにとっての仮初《かりそ》めの『日常』だ。そして、国民の大部分が免疫をつけ、『準備』を整えたとき、本当の『日常』がこの国に戻って来る。

半年後なのか、一年後なのか、それとももっとかかるのかは分からない。ただ、それは遠くない未来に必ずやって来る。梓はそう信じていた。

「ママー！　ばぁば！」

空を仰いだ梓の耳に、無邪気な声が聞こえてくる。見ると、ランドセルを背負った一帆が、全力で駆けてきていた。

「一帆」

梓は片膝をつくと、両手を大きく広げた。
温かく、そしてどこまでも愛しい『日常』が、胸の中に飛び込んできた。

エピローグ

1　2022年4月26日

「パスポート、ワクチン接種証明、学校の入学証明っと。うん、ちゃんとあるね」

硲瑠璃子はバッグの中を確認していく。

「本当に大丈夫か？　もう一度、全部チェックしたか？」

定岡彰が心配そうに声をかけてくる。

「大丈夫だって。彰君、本当に心配性だよね」

「だって、瑠璃子ってよく財布とかスマホを家に忘れて、取りに戻って来るだろ」

痛いところをつかれて、瑠璃子は「うっ」と言葉に詰まった。

夕方の成田空港、瑠璃子はこれからオーストラリアへと向かう飛行機に搭乗する。

三月いっぱいで心泉医大附属氷川台病院を退職した瑠璃子は、予定通りオーストラリアに看護留学をすることにした。まずは夏まで語学学校に通い、試験に受かれば九月から看護師としてシドニーの病院で研修を受けることになっていた。

退職後すぐに、感染も落ち着いていることから熊本の実家に帰り、少し緊張しつつも両親に留学のことを伝えた。父の竜二は少し目を大きくしたあと、好々爺のような笑みを浮かべて言った。「頑張って来いよ」と。

今日は平日だが、彰は休みを取って空港まで見送りに来てくれていた。

「それじゃあ、彰君。そろそろ時間だから行くね」

瑠璃子が言うと、彰は「もう行くのか」と唇をへの字に歪めた。

「そんな寂しそうな顔しないでよ。時差は小さいから、夜には国際電話するようにするし、夏には一回帰ってくるからさ」

彰の頬に軽くキスをすると、瑠璃子は「じゃあね」と手荷物検査のゲートへと向かう。

「瑠璃子、頑張ってな」

追いかけてきた彰のエールに、瑠璃子は振り向いて力強く頷いた。

二年近くゼロコロナに成功していたオーストラリアだが、現在はオミクロン株の流行を完全には抑えきれなくなっていた。もしかしたら、私は留学先でまた、看護師としてあの恐ろしいウイルスと対峙することになるのかもしれない。

けれど、大丈夫だ。父に認められたいま、きっとどんな試練でも乗り越えることができる。

この二年間でたくさんのものを喪ったが、同時に多くのものを得ることができた。

多くの大切なものを。

瑠璃子は口元をほころばせると、左手に視線を落とす。薬指に嵌められたリングのダイヤが、高い天井から降り注ぐ明かりを艶やかに乱反射していた。

2　2022年5月10日

「ちょっと往診に言ってくる」

午前八時四十五分、長峰邦昭が声をかけると、診察室の椅子に腰かけている息子の大樹が呆れ顔になった。

「あのさあ、俺は父さんを休ませたくて、こうして外来を手伝っているんだよ。なのに、どうして仕事しちゃうんだよ」

「なんか、休んでいると落ち着かなくてな」

長峰は頭を掻く。四月から週に一日、大樹が長峰医院で勤務をしてくれるようになった。大樹が外来をしてくれる日は、午前中に往診をし、午後は自宅でゆっくりと休むことにしていた。

「本当にワーカホリックだよな。まあ、父さんがやりたいなら止めはしないけどさ」

苦笑する大樹に「よろしくな」と告げると、長峰は往診バッグを手に従業員用出入り口から外へと出た。

三ヶ月前は、この時間に発熱患者がここに列をなしていた。しかし、いまは誰もいない。高齢者への追加接種が進んだおかげか第六波は急速に収束して、いまや発熱外来を受診する患者も、一日二、三人までに減っていた。最近は検査をしてもほとんど陽性者を見ない。

できればこのままコロナ禍が終わって欲しいが、そうは問屋が卸さないだろうということも、この二年の経験で分かっていた。

先のことを考えても仕方がない。それは公衆衛生の専門家や、政治家の仕事だ。やってきた患者をただ全力で診察し、治療する。それこそが開業医の、町医者の仕事だ。

この地域の町医者として、体が動く限り働き続けよう。それが俺の使命であり、生き甲斐だと気づいたから。

駐輪場に置いてある自転車のかごに往診バッグを入れると、チェーンを外す。

「おう、長峰先生。お出かけかい？　いまから薬をもらいに行こうと思っていたのに」

威勢の良い声がかけられる。視線を上げると、町田が人懐っこい笑みを浮かべて手を振っていた。

「ああ、町田さん。悪いけど、今日は息子が外来やっているんだ」

「おっ、若先生か。一回挨拶しておかないとな。いい感じだったら、次からは若先生の日を選んで受診するようにするよ」

「おいおい、長い付き合いだっていうのに、若い奴に浮気するのはあんまりじゃないか」

長峰が肩をすくめると、町田は「冗談だって」と笑い声をあげた。

「それじゃあ、先生。またな。今度、ゴルフでもしようぜ」

「ああ、いいね。久しぶりにラウンドしたいよ」

「約束だぞ」

町田は手を振って医院の正面入り口に向かっていく。

「約束か……」

長峰は去年の正月に亡くなった同期の友人である、数見を思い出す。

――コロナを社会から消すことができたら、みんなで墓の前に報告しに来てくれよ。

最後に電話で話をしたとき、数見とそんな約束をした。

残念ながら、新型コロナウイルスを社会から完全に消すことは難しそうだ。しかし、その脅威は確実に低下している。

一度、数見の墓参りに行こう。あいつが逝ってからどんなことがあったのか、そして俺たちがそれにどうやって立ち向かったのか、報告をしよう。

「さて、それじゃあ仕事をはじめるか」

長峰はサドルにまたがると、思い切りペダルを踏み込んだ。

3　2022年6月6日

人気《ひとけ》のないコロナ病棟の廊下を、椎名梓はゆっくりと進んでいく。二年以上、毎日のようにここで仕事をしていた。なのに今日は、まるではじめて訪れた場所のように感じる。

アイシールド越しでないコロナ病棟は、こんなふうに見えるのか。新鮮な感覚に梓はやや戸惑っていた。

いつもここに入るときは、ＰＰＥに身を包んでいた。しかし、今日はサージカルマスクしかつけていない。

先週、とうとうこの四階コロナ病棟で治療を受けていた最後の患者が、症状が改善して退院していった。稼働から二年三ヶ月、はじめてこの病棟から患者がいなくなった。

二月には二万人を超えていた東京の新規感染者も、現在は千人台になっている。さらに、高齢者の八十パーセント以上が三回目の追加接種を終え、ＣＯＶＩＤになっても肺炎を起こす者はほとんどいなくなっていた。

軽症・中等症病棟にはまだある程度、ＣＯＶＩＤ患者が入院している。しかし、重症患者を受け入れていた心泉医大附属氷川台病院には入院依頼がこなくなっている。

この空間は『敵』の領地だった。ここに入るときは、ＰＰＥで身を守る必要があった。けれど、いまこの空間に『敵』は存在しない。

梓は周りを見回して誰もいないことを確認すると、サージカルマスクを外して大きく深呼吸する。かすかに消毒薬の匂いがする空気を吸い込むたび、背徳感と解放感が同程度にブレンドされた快感が脳を痺れさせる。

ようやくここを『敵』から取り戻すことができた。

もちろん、これで終わりだとは思っていなかった。おそらく遠くない未来、この病棟はまた多くの患者で溢れるだろう。

三月からはじまった五歳から十一歳への新型コロナワクチン接種は、感染収束傾向による油断か、メディアが副反応への不安を非科学的に強く煽ったせいか、遅々として進まない。さらに四歳以下への接種はいつはじまるかすら分からなかった。

来月に控えた参議院選挙に政治家たちが集中しているためか、政府による小児ワクチン接種の重要性の啓発が全く足りていない。

いまだに子供はウイルスから守られていない状態だ。にもかかわらず、追加接種を終え、強力な免疫で守られた大人たちから、「マスクを外すべき」という声が上がり、それに同調する政治家も少なくなかった。

大票田である高齢者さえ守られれば、それでいいと考えているのだろうか？　この国の未来を支える子供たちこそ、最も守られるべき存在ではないだろうか。

オミクロン株は、それ以前の新型コロナウイルスとは違い、子供の間で容易に伝播する。このまま小児の接種率が上がらなければ、おそらくは秋から冬にかけて、もしくは今後のウイルスの変異によってはそれよりも早く第七波が起こり、子供からその親へと伝播する形で多くの国民がウイルスに曝露されるだろう。

すでに海外ではBA.4、BA.5と呼ばれるオミクロン株の亜型の変異ウイルスが発見され、かなり伝播性が高いのではと警戒されている。

「秋にはオミクロン用のワクチンが供給されるはず。それさえ多くの人に接種できれば、きっと完全正常化が見えてくる」

自分に言い聞かせるように、梓はマスクに覆われていない口でつぶやく。

これからも、何度か『感染の波』が押し寄せるだろう。ワクチンと感染による獲得免疫により、やがて新型コロナウイルスは大きな脅威でなくなり、インフルエンザのような季節性の感染症として定着するはずだ。

機械仕掛けの太陽は、これからも人間社会の中で燃え上がり続ける。けれど、いつかは人間の科学力が、ウイルスを駆逐できるはず。梓はそう信じていた。

とりあえず、いまはつかの間の勝利を喜ぼう。いま生きていることに感謝し、一歩一歩、着実に前に進んでいこう。人類はそうやって歴史を紡ぎ、より良い世界を目指してきたのだから。

梓は微笑むと、壁のスイッチを押す。

夜のとばりが降りるように、戦場がひっそりと闇に満たされた。

謝辞

本作品の執筆にあたり、取材にご協力いただいた埼玉医科大学総合医療センター総合診療内科教授岡秀昭先生と、突然襲ってきた見えない敵とともに戦い続けた医療関係者の皆様に心から感謝をいたします。

また、ワクチン接種やマスク着用などの感染対策を重ね、多くの国と比較して犠牲者を極めて少なく抑えこんだ国民の皆様に、心からの敬意を表します。

文春文庫

機械仕掛《きかいじか》けの太陽《たいよう》

定価はカバーに表示してあります

2025年1月10日　第1刷

著　者　知念実希人《ちねんみきと》
発行者　大沼貴之
発行所　株式会社 文藝春秋

東京都千代田区紀尾井町 3-23　〒102-8008
TEL　03・3265・1211㈹
文藝春秋ホームページ　https://www.bunshun.co.jp

落丁、乱丁本は、お手数ですが小社製作部宛お送り下さい。送料小社負担でお取替致します。

印刷・TOPPANクロレ　製本・加藤製本　Printed in Japan
ISBN978-4-16-792319-8

文春文庫　最新刊

新たな明日 助太刀稼業（三）　佐伯泰英
嘉一郎が選んだ意外な道とは？　壮快な冒険がついに完結

機械仕掛けの太陽　知念実希人
コロナ禍で戦場と化した医療現場の2年半をリアルに描く

ついでにジェントルメン　柚木麻子
分かる、刺さる、救われる――自由になれる7つの物語

耳袋秘帖 **南町奉行と殺され村**　風野真知雄
美女が殺される大人気の見世物がどう見ても本物すぎて…

砂男　有栖川有栖
〈火村シリーズ〉幻の作品が読める。単行本未収録6編

「俳優」の肩ごしに　山﨑努
名優・山﨑努がその演技同様に、即興的に綴った初の自伝

50歳になりまして　光浦靖子
人生後半戦は笑おう！　留学迄の日々を綴った人気エッセイ

東京新大橋雨中図〈新装版〉　杉本章子
明治を舞台に「最後の木版浮世絵師」小林清親の半生を描く

モネの宝箱 あの日の睡蓮を探して　一色さゆり
アート旅行が専門の代理店に奇妙な依頼が舞い込んできて

老人と海／殺し屋　アーネスト・ヘミングウェイ　齊藤昇訳
ヘミングウェイの基本の「き」！　新訳で贈る世界的名著